林巨正

벽초 홍명희 소설

9

화적편 3

사계절

일러두기

1 이 책은 본사에서 펴낸 1985년 1판과 1991년 2판, 1995년 3판을
  토대로 하였고, 이미 2판과 3판에서 시행한
  조선일보 신문연재분과 1939년, 1940년에 나온 조선일보사본,
  1948년에 나온 을유문화사본 대조작업을 한번 더 거쳐 나온 것이다.
2 표기는 원문의 느낌을 최대한 살리는 선에서 현행표기법에 따라 바로잡았다.
  지문에서는 표준말을 원칙으로 하였으나 표준말이 없는 것은 그대로 놔두었다.
  대화에서는 방언이나 속어를 살리되 현행 한글맞춤법에 맞도록 표기하였다.
3 원전에 나와 있는 한자 가운데 일반적인 것은 더러 빼기도 하고
  필요한 한자는 더 보충해 넣기도 하였다.
4 독자들이 읽기에 편리하도록 현재 흔히 쓰지 않거나
  꽤 까다로운 말은 뜻풀이를 첨부하였다.

차례

008 피리

142 평산쌤

이날 밤에 달이 밝은데 청정법계라 달빛도 깨끗한지 천지간에 티끌 한 점이 없는 것 같았다. 단천령이 초향이를 데리고 밖에 나와 거닐다가 하인을 불러서 가야금을 가져오라 이르고 만세루로 올라왔다. 그림폭 같고 꿈자취 같은 가까운 봉우리와 먼 뫼부리를 돌아보는 중에 가야금이 와서 초향이는 달빛이 비치는 곳에 앉히고 단천령은 난간을 의지하고 서서 한 곡조를 어울렀다.

피리

피리

이해는 팔도가 거진 다 흉년이어서 삼남三南의 벼농사도 말이 아니고 양서兩西의 서속 농사도 마련이 없었다. 삼남에는 오월 한 달을 내처 가물어서 고래실˚땅에도 호미모를 낸 데가 많았고, 엇답, 건답乾畓들은 거지반 메밀 대파代播를 하였다. 가을에 와서 지주와 작인 사이에 도조 재감˚으로 말썽이 많이 생겨서 된내기˚ 온 뒤까지 벼를 세워놓고 베지 않은 땅도 더러 있었다. 그러나 삼남은 곡향穀鄕이라 수한병식˚하는 좋은 땅도 많거니와 밭곡식이 잘되어서 양서같이 참혹하진 아니하였다. 양서는 첫가뭄이 들고 늦물이 가고 게다가 풍재風災에 박재雹災까지 겹친 데가 있어서 두태豆太도 많이 줄었지만, 주장 세우는 서속이 소출이 가량없이 줄었다. 밤에 바심하는 머슴들이 밤참 투정할 경도 없었고 북섬이˚를 숭치는 여편네들이 웃고 지껄일 흥도 없었다. 평년에 백석 하던 사람이 이삼십 석만 하여도 잘한 양으로들 말하였다.

청석골서는 매삭每朔 도중 공용으로 쓰는 석수石數가 엄청나게 많았다. 대장과 두령들은 녹祿을 먹고 두목과 졸개들은 요料를 태우는데 대장은 백미가 일 석이요, 황두가 십 두요, 두령 십 인은 매인 백미가 십 두요, 황두가 오 두요, 두목 이십여명은 매명 요가 쌀 닷 말, 서속 닷 말이요, 졸개 백여명은 매명 요가 쌀 서 말, 서속 서 말이요, 이외에 마소 먹이 콩이 두어 섬씩 나가서 육십 석 곡식을 가져야 한 달을 부지할 수 있었다. 청석골서 평양 봉물을 뺏은 뒤로 관서, 해서 감영과 각읍에서 서울로 올라가는 진상과 인정을 대개 중간에서 가로채고 또 근기近畿와 해서의 여러 골로 돌아다니며 크면 읍을 치고 작으면 촌을 떨어서 모은 재산이 적지 아니 끼쳤지만, 봄 이후로 벌어들이진 않고 쓰기만 한데다가 반이 부비, 역사 부비 같은 모개용˚을 누차 써서 한온이가 재산 반을 들여놓지 않았다면 다음달 녹과 요도 자라지 못할 뻔하였다. 목전에 있는 두목과 졸개들도 흉년에 먹이기가 어려운데 먹고살 수 없어서 입당하러 오는 사람이 하루 한둘 없을 때가 없었다. 그나마 들뜨기로 오면 안 받겠지만, 도중과 연락 있는 사람의 인권을 받고 오거나 두령과 친분 있는 사람의 청찰請札을 가지고 오는 까닭에 안 받지도 못하였다.

어느 날 석후 여러 두령이 꺽정이 사랑에 모여 앉아서 담화들

- 고래실 바닥이 깊고 물길이 높아 기름진 논.
- 재갑(災減) 재해를 입은 논밭에 대하여 세금을 덜어줌.
- 된내기 '된서리'의 방언.
- 수한병식(水旱並食) 장마나 가뭄의 영향을 받지 않고 늘 농사를 지어 먹을 수 있음.
- 북섬이 북세미. 북데기. '검불'의 방언. 벼나 밀 따위의 낟알을 털 때 나오는 짚 부스러기, 이삭 부스러기 같은 찌꺼기.
- 모개용 큰 몫으로 쓰는 비용.

하는 중에 배돌석이가 졸개들의 초막을 사방 등성이 너머까지 지어주는 수밖에 없다고 말을 하고, 그다음에 또 김산이가 도중의 곡식이 항상 백여 석씩 준비가 있었으면 좋겠다고 말을 하여 졸개는 늘고 양식은 딸리는 것이 화제가 되었을 때, 서림이가 버릇으로 헛기침을 한번 한 뒤 꺽정이를 보고

"각처에서 방곡˚들 하는 올 같은 흉년에 양식이 딸리는 것은 큰 두통거립니다. 흉년에는 조정에서 백관의 녹을 감하는 전례두 있으니 우리 도중의 녹과 요를 일체루 감하면 어떻겠습니까?"
하고 의향을 물으니 꺽정이는 웃으면서

"가령 한 달 지낼 걸 가지구 두 달을 지낸다구 하구 두 달 뒤에는 어떻게 할 테요?"
하고 되물었다.

"그때 가서는 달리 변통해야 하겠습지요."

"그때 가서 변통할 걸 지금부터 미리 변통하면 못쓰나. 그따위 구차스러운 소리는 하지 말구 방곡한 골에는 가서 뺏어오구 방곡 안 한 골에는 방을 붙입시다. 방을 붙여서 안 가져오거든 방 붙인 놈의 집은 말할 것두 없구 그놈 사는 데가 읍이면 읍, 촌이면 촌을 아주 뿌리를 빼옵시다."

꺽정이의 말끝에 여러 두령들이 이구동성으로

"대장 형님 말씀이 지당합니다."

"대장 형님 말씀이 좋습니다."
하고 떠들었다.

그 이튿날부터 서림이는 방을 쓰기가 바쁘고 황천왕동이는 방을 붙이러 다니기가 바빴다. 이봉학이의 좌군과 박유복이 우군이 번차례로 나가기도 하고, 일시에 같이 나가기도 하였다. 경기도 한쪽과 황해도 한쪽은 조포˚섬 하는 사람이 살 수가 없었다.

청석골에 오가가 혼자 있을 적에는 주장 벌이가 금교 장꾼을 떠는 것이었는데 장꾼이 서넛만 함께 와도 감을 못 내서 떠는 것보다 그대로 보내는 것이 더 많았고, 박유복이가 와서 있게 된 뒤에는 사람이 여럿이 온다고 그대로 보내는 법은 없었으나 대개 금교 장날 탑고개를 지키는 것은 오가 혼자 있을 적과 별로 다름이 없었고, 곽오주와 길막봉이와 배돌석이가 와서 모인 뒤에는 박유복이까지 넷이 돌려가며 매일같이 나와서 장꾼이고 행인이고 만나는 족족 떨었는데 떠는 자리가 탑고개인 것만은 전과 같았고, 서림이가 와서 평양 봉물을 금교역말서 뺏어온 뒤로는 난데 나가서 불한당질을 많이 하게 되었으나 그래도 탑고개는 두목과 졸개를 내보내서 지키고 난데 나가지 않는 두령이 순을 돌았고, 꺽정이가 대장이 된 뒤로는 탑고개를 여전히 지키긴 지키되 황해도, 평안도에서 서울로 올려보내는 봉물과 뇌물을 뺏어들이고 촌장꾼이나 보행인은 그대로 보내게 하였다.

● 방곡(防穀) 곡식을 다른 곳으로 실어 내보내지 못하게 막음.
● 조포(租包) 벼를 담는 데 쓰는 포대. 짚으로 날을 촘촘히 속으로 넣고 결어 만든다.

오월 이후로 지키지 않던 탑고개를 다시 지키기 시작할 때, 서림이가 꺽정이를 보고 물건을 많이 가진 장꾼이나 노수를 넉넉히 가져 보이는 행인들은 탑고개를 지나가는 데 세를 바치게 하자고 말하여 꺽정이가 그 말을 좇아서 장꾼과 행인에게 세를 받되 대개 십일조로 받고 불쌍한 것들은 그대로 보내라고 명령을 내렸다. 촌장꾼과 보행 행인은 일체로 침책하지 말라는 때도 두목과 졸개가 심심풀이로 말썽들도 부리고 술잔들도 뺏어 먹었거든 세를 받으라는 명령이 있으니 장꾼과 행인을 못살게 굴 것은 정한 일이다. 불쌍하게 보고 안 보는 것이 보는 사람의 눈대중인데다가 누가 보든 불쌍하게 볼 만한 사람도 베주머니에 의송 들었는지 모른다는 이유를 붙여서 보따리도 뒤지고 몸도 뒤졌다. 그러나 두목과 졸개들이 귀찮은 생각이 나거나 순 돌러 나온 두령이 가만두란 처분을 내리면 세를 톡톡히 받을 만해도 받지 않고 그대로 보내었다.

금교 장날 탑고개로 나가는 장꾼은 대개 청석골서 십리 이십리 이내에 사는 사람들이라 청석골 도중 일을 새로 입당한 졸개들보다 잘 알았다. 졸개들이 장꾼들의 길을 막고 세를 내라고 할 때 장꾼들 중에

"임대장은 우리 촌장꾼의 것을 뺏으시는 법이 없는데 이게 혹 자하루들 하시는 일 아니오?"

하고 묻는 사람이 있어서

"쓸데없는 잔소리 마라!"

하고 두목이 윽박질렀다.

"세라니, 무슨 명목으루 세를 받소?"

"탑고개 지나가는 세야."

"길세란 말이오?"

"아따 그 사람, 잔소리 되우 하네."

"알 건 알아야 하지 않소?"

"자네네 장이 늦지 우린 상관없네. 알구 싶은 건 실컷 다 알구 가게."

"세를 내자면 어떻게 내우?"

"자네 자루 속에 든 게 무언가?"

"콩이오."

"몇 말인가?"

"두 말이오."

"그럼 여기 되가 있으니 두 되만 떠 내놓게."

"십일조를 떼는구려. 십일조 뗄 수 없는 저 나뭇짐 같은 건 어떻게 받소?"

"팔러 갈 때 받을 수 없는 물건이면 팔구 올 때 받지."

"그래 이게 참말루 임대장 명령이오?"

"대장 명령이 아니면 어쩔 텐가?"

"등장 가겠소."

"등장 갈라거든 가게. 우선 두령 한 분이 여기 와 기시니 가서 뵈입구 말씀해보게."

이날 순 돌러 나온 두령은 황천왕동인데, 주막에 앉아 있다가 두목과 졸개들이 일하는 것을 보러 나왔다. 그 장꾼이 황천왕동

● 베주머니에 의송(議送) 들었다
보기에는 허름한 베주머니에 기밀한 서류가 들었다는 뜻으로, 사람이나 물건이 외모를 보아서는 허름하고 못난 듯하나 실상은 비범한 가치와 훌륭한 재질을 지녔음을 비유적으로 이르는 말.

이 나오는 것을 바라보고

"황두령이시군."

말하고 앞으로 나가서 공손히 허리를 굽혀 인사하였다.

"왜들 이렇게 섰나? 어서어서 세를 내구 가지."

"길세를 받으신다니, 이 길이 언제 도중에서 내신 길입니까? 세를 무슨 턱으루 받으십니까? 이전처럼 그대루 지나다니게 해주십시오."

"대체 자네들 가진 게 다 무엇무엇인가?"

"저는 콩 두 말입니다."

"그다음은?"

"달걀 세 꾸레미뿐이올시다."

"달걀 뒤는 나뭇짐, 나무 뒤는 숯짐, 숯 뒤는 무언가?"

"거피팥이 한 말두 못 됩니다."

황천왕동이가 장꾼들의 가진 물건을 강 받듯˙ 물어본 뒤 두목을 불러서 장꾼들을 다 그대로 보내라고 분부하였다.

그다음 장날 길막봉이가 탑고개에 나와서 두목과 졸개들을 친히 지휘하여 장꾼에게 세를 받을 때 지난 장날 달걀을 가지고 가던 사람이 장마다 망둥이 날˙ 줄 알고 도중에서 내지 않은 길에 무슨 턱으로 길세를 받느냐고 말하다가 길막봉이 주먹에 대가리가 터지고 가지고 가던 물건을 송두리째 빼앗기었다. 법 없는 천지라 세 받는 법도 이와같이 대중이 없었다.

나라에서 팔월에 왕세자의 관례를 지내고 구월에 별시別試로 과거를 보이었는데, 과유˚ 천여명 중에 육백명이 초시에 뽑히고 초시 육백명 중에 십팔명이 전시殿試에 뽑히었다.

 과거의 부정한 일이 이때도 아주 없진 않았겠지만, 조선의 공도는 오직 과거뿐˚이란 속담까지 있던 때라 후세와 같이 급제 될 사람을 미리 정하여 놓고 과거를 보이진 아니하였다. 그러나 백에 한둘 뽑히는 급제에 참례하기는 하늘에 오르기만 못지않게 어려워서 노사숙유˚라고 일컫는 포부 많은 선비들도 거지반 다 낙방거자˚들이 되었다. 황해도 평산, 봉산에서 과유 사오십명이 과거를 보러 왔었는데, 이중에는 평산 신희복 신감사의 문인도 더러 있었고 또 사수師授 없이 독학한 사람도 혹간 있었으나 열에 일곱여덟은 봉산 장가순 장참봉의 제자이었다. 경학經學들은 유여有餘하여 강경에는 대개 통通 아니면 약略이었으나, 시부표책詩賦表策의 제술˚들이 부족하여 삼중三中이 많고 삼하三下도 적지 아니하였다. 사오십명의 태반은 초시 시부詩賦에 떨어지고 그 나머지는 용인방법用人方法을 물은 전시 책문策問에 떨어졌다. 과거들을 보러 올 때는 떼를 지어 왔지만 과거들을 못하고 내려갈 때는 뿔뿔이 내려갔다.

 초시에 뽑히고 전시에 떨어진 봉산 선비 중에 소과는 이미 하고 대과를 아직 못한 생원 두 사람과 소과 않고 바로 대과 하는 비렴급제飛簾及第를 바라고 온 유학

● 강(講) 받다
자기가 듣는 앞에서
글을 외어 바치게 하다.
● 장마다 망둥이 날까
'세상 물정이 자주 바뀐다는 사실을
모르는 어리석음'을 뜻하는 말.
● 과유(科儒)
과거를 보는 선비.
● 조선의 공도(公道)는
오직 과거뿐이다
조선 사회에서 입신양명할 수 있는
길은 오직 과거 시험뿐이란 말.
● 노사숙유(老師宿儒)
학식과 덕망이 깊은 나이 많은 선비.
● 낙방거자(落榜擧子)
과거에 떨어진 선비.
● 제술(製述)
시나 글을 지음.

幼學 두 사람이 성균관에 거재해볼 생각으로 서울에 남아 있으며 거재할 길을 자세히 알아본즉, 동서상재東西上齋는 백명 정원이 차지 아니하여 사람을 더 들일 만하건만 경비 관계로 금년 내에는 새 사람을 들이지 않는다 하고, 하재下齋의 유학은 상재의 생원, 진사와도 달라서 자원을 받지 않고 동서남중東西南中 사부학당四部學堂에서 취재를 보고 뽑아올리는데 사학四學에 들어가기는 그다지 어렵지 않을 모양이나 동서하재의 백명 정원이 다 차서 성균관으로 올라갈 가망이 없었다. 시골집에들 내려가 있다가 명년 식년˚ 과거나 다시 보러 오자고 의논들이 되어서 넷이 같이 작반하여 서울서 떠났다.

첫날 파주 와 자고 다음날 송도 와 잤는데, 송도까지 오는 동안 봄날같이 따뜻하던 일기가 밤사이에 변하여 날이 음산하고 비가 오다 말다 하고 때 아닌 우레소리까지 났었다. 급한 길도 아닌데 모우˚하고 갈 까닭이 없어서 아침밥을 먹고도 떠날 생각을 하지 않고 그대로 앉아서 이야기들 하였다. 네 사람 중에 정생원이란 사람이 입이 재어서 거의 혼자 떠들다시피 하고 다른 세 사람은 간간이 몇마디씩 지껄일 뿐이었다. 동쪽 들창에 햇발이 비치어서 정생원이 떠들다 말고 벌떡 일어나서 들창을 열고 내다보니 검은 구름이 터지고 해가 나왔다.

"날은 갤 모양일세. 밥값 셈해주구 떠나세."

여우볕이 난 것을 개는 줄로 알고 정생원이 뒤설레를 쳐서 숙소에서 불불이들 떠나 나왔다. 오정문午正門 큰길을 좇아서 오다가 오정문까지 나가지 않고 옥장다리玉粧橋께서 파지동巴只洞 앞으로 나가는 지름길을 잡아들 때, 바람에 나부끼는 가는 비가 물을 뿜듯 사람의 얼굴에 끼치었다. 가는 비에도 옷이 젖으니 유삼이 있으면 둘렀을 것이지만, 유삼들은 안 가지고 우비라고 가진 것이 갓모들뿐이라 갓모들만 갓에 받쳐 쓰고 오는 중에 가는 비가 그치는 듯 굵은 비가 시작하여 한 줄기를 제법 하였다.

옷들이 함씬 젖었다. 미륵당이까지 오는 동안에 젖은 옷들이 몸에서 말라서 뿌득뿌득하여졌으나 아주 말려들 입느라고 미륵당이에서 한동안 늘어지게 쉬고 청석골로 나오는데, 골 어귀 동네 못미처서 비가 또 시작하여 정생원은 웃옷자락을 걷어들고 뛰었다. 동행 친구들보다 먼저 동네 와서 길갓집 처마 안으로 들어서는데 그 집 방안에서

"치명이."

하고 정생원의 자를 부르는 사람이 있었다.

방안에 평산 선비 네 사람이 들어앉았는데 방문턱에서 비 오는 것을 내다보던 사람이 정생원을 보고 알은체하였다.

• 식년(式年) 자(子), 묘(卯), 오(午), 유(酉) 따위의 간지가 들어 있는 해. 3년마다 한번씩 돌아오는데, 이해에 과거를 보이거나 호적을 조사하였다.

• 모우(冒雨) 비를 무릅씀.

"자네 웬일인가?"

"자네들이야말루 웬일인가?"

"어서 길목 빼구 들어오게."

정생원이 봉당에서 갓모 벗고 웃옷 벗고 또 길목 벗는 동안에 뒤에 떨어진 동행이 다들 왔다. 먼저 와서 있는 평산 선비 넷과

나중 온 봉산 선비 넷이 다 같은 장참봉의 제자라 동문수학의 교분들이 자별하여 뜻밖에 만난 것을 서로 반기었다. 평산 선비 네 사람도 이번 과거에 초시에 붙고 전시에 떨어진 사람들인데, 그중에 한생원이란 사람은 행검˚이 있어서 자기 앞도 잘 닦거니와 입이 발라서 남의 허물을 용서 않고 면박을 잘하는 까닭에 친구들 사이에 평산어사라는 별명이 있고 신진사란 사람은 풍채도 좋고 문장도 좋고 언변까지 좋아서 어느 좌석에 끼이든지 한몫 볼 만하고 그외의 두 사람도 다 평산 선비의 교초˚들이었다. 봉산 선비들이 방안에 들어와서 좌정한 뒤 신진사가 먼저

"자네들은 서울서 거재해본다드니 어째들 내려오나?"
하고 물으니 정생원이

"거재두 우리에겐 참례 안 오데."
대답하고 곧 뒤이어서

"자네들은 벌써 집에 갔을 사람이 어째 여기들 와 있나?"
하고 되물었다.

"우리는 서울서 내려올 때 송도 경숙敬叔이하구 동행이 됐었는데 그 사람이 붙잡구 놓지 않아서 송도서 놀다가 인제 집으루들 가는 길일세."

봉산 선비 하나가 정생원더러

"경숙이가 누구든가?"
하고 물어서

"차식車軾이라면 자네두 짐작할 테지. 그 사람의 자가 경숙일

세. 어느 해 연분인가 우리 선생님께서 복재復齋선생에게 갔다오셔서 복재 문인門人 차식이의 시라구 고시 한 편을 내놓으시구 귀귀이 칭찬하시는 것을 자네는 못 들었든가? 그때 나는 속으루 어떻게 하면 나두 저런 글을 지어서 선생님께 칭찬을 받아보나 차식이가 부럽기두 하드니."

정생원은 수다를 떨어서 대답하고 다시 신진사를 보고

"자네들두 오늘 송도서 떠났네그려. 날세 좋은 때 다 내버리구 왜 하필 오늘 같은 날 떠났나? 경숙이도 우스운 사람이지. 친구들을 일껀 붙들어서 묵히다가 이런 궂은 날 붙들지 않구 보내드란 말인가."

하고 말하였다.

"우리는 어제 송도서 떠났네."

"어제 떠나서 하루 종일 겨우 여기를 왔단 말인가?"

"어제 떠날 때 우리끼리 두문동을 보구 가자구 말하는 것을 경숙이가 듣구 두문동에다 시회詩會를 차려서 글 짓구 술 먹구 다 저녁때까지 놀다가 경숙이 부자와 중적仲積이는 부내루 들어가구 우리는 미륵당이 와서 잤네."

경숙이 차식인 줄을 잘 알던 정생원도 중적이 누구인 것은 생각이 잘 안 나던지

"중적이?"

하고 뇌면서 고개를 기울였다.

● 행검(行檢)
품행이 점잖고 바름.
● 교초(翹楚)
여럿 가운데에서 뛰어남. 또는 그런 사람.

"마희경馬義慶이를 모르나?"

"옳지, 마희경이의 자가 중적이래. 화담 문하의 문장은 경숙이가 첫째구 학행은 그 사람이 제일일걸."

"그 사람의 학행이 무던하지만 화담 문하의 제일은 마치 모르겠네. 행주幸州 사람 민순閔純이가 있으니까."

"지금 경숙이 부자라구 말했지? 경숙이가 몇해 전에 참척을 봤는데 웬 아들이 또 있든가?"

"죽은 아들 재생한 이야기는 듣지 못했나?"

"재생이라니 무슨 소린가? 금시초문일세."

"경숙이의 죽은 아들 이름이 은로殷輅지. 은로가 죽어서 장사지내던 날 밤에 경숙이 내외가 똑같은 꿈을 꾸었는데, 꿈에 은로가 와서 하는 말이 옥황상제의 명령이 계셔서 아들루 다시 태어나러 왔다구 하드라네. 그 꿈을 꾼 뒤에 경숙이 실내가 바로 태기가 있어서 은로 죽던 이듬해에 지금 아들 천로天輅를 낳았는데 은로의 요사夭死와 재생再生이 막비천수莫非天數라구 이름을 천天자루 지어줬다구 하데."

"재생이구 아니구 천로란 아이가 지금 나이 몇 살인데 시회에 부자 같이 왔드란 말인가?"

"지금 다섯살밖에 안 된 놈이 글자를 제법 많이 알데."

"그래 참말 시를 지을 줄 알든가?"

"다섯 자씩 한 귀 두 귀 자모듬을 해놓는 게 하두 신통해서 내가 시회에 데리구 가자구 했네."

신진사와 정생원이 이런 수작 하는 동안에 다른 사람들은 대개 두 사람의 수작하는 말을 듣고만 있었다.
　신진사가 다시 말끝을 고쳐서 화담 가서 시 지은 이야기를 꺼내는데 한생원이 신진사와 정생원을 보고
　"방안 사람이 여덟인데 자네들 둘이서만 이야기해서 되겠나. 자네들은 고만 쉬게. 다른 사람두 이야기 좀 하세."
하고 말하여 신진사는 두말 않고 이야기하던 것을 그치고 정생원은
　"누가 다른 사람더러 이야기를 말랄세 말이지. 이야기할 게 있거든 어서 하게."
하고 한생원에게 말대답하였다.
　"내가 이야기할 게 있어 한 말이 아닐세. 자네들 둘이만 맞붙어 이야기하는 게 여러 친구와 같이 이야기하는 것만 못하단 말이지."
하고 한생원이 곧 시비나 차리려는 사람같이 다리를 도사리고 앉았다. 자리가 잠시 버성기어졌다. 신진사가 좌중을 돌아보며
　"비는 종일 오다 말다 할 모양인데 우리가 여기서 잘 수야 있나. 금교까지는 가야지. 가다가 비를 만나거든 인가 있는 데선 그어가구 무인지경에선 맞구 가세. 비 맞으면 추울 테니 술을 사다가 한두 잔씩 미리 어한하구 나서보세."
하고 말한 뒤 곧 그 집 주인을 불러서
　"이 동네에 술 파는 집이 있느냐?"

하고 물었다.

"동네에는 술 파는 집이 없습니다. 술을 사자면 미륵당이 주막이나 탑고개 주막에를 가야 합니다."

하는 주인의 대답을 듣고 신진사는 다시 좌중의 여러 친구더러

"가다가 탑고개 주막에서 술 몇잔씩 사먹구 금교 가서 오늘 밤에 금교 술에 실컨들 취해보세."

하고 말하였다.

비가 그치는 동안에 여덟 사람이 골 어귀에서 탑고개로 나왔다. 주막 앞에 와서 신진사가 주막 주인더러 술이 있느냐 묻고 들어앉아서 술들을 먹게 방을 치우라고 일렀다.

"방에는 먼저 오신 손님이 기십니다."

하고 주인이 말할 때 방안에 있는 사람이 닫힌 방문을 열어젖혀서 방을 들여다본즉 상제 복색한 손 하나, 탕창˚한 손 하나, 사람이 둘인데 상제 손은 나이 새파랗게 젊고 탕건 쓴 손은 나이 지긋하여 보이었다. 탕건 쓴 손이 한참 내다보다가 주인을 가까이 불러서 몇마디 말을 이르더니 주인이 신진사에게 와서

"다른 손님이 기셔두 상관없으시면 방으루들 들어가십시오."

하고 말하여

"역려과로˚에 잠시 한방 거처두 인연으루 알면 고만 아니냐."

신진사가 주인의 말에 대답하고 나서 여러 친구의 앞장을 서서 방으로 들어왔다. 방안의 두 사람이 일시에 한옆으로 비켜앉았다. 여덟 사람이 다 방에 들어와서 좌정한 뒤에 넘너리성˚ 있는

신진사가 먼저 두 사람을 보고 인사를 청하였다.

"나는 서울 사는 엄오위장嚴五衛將이오."

탕건 쓴 손은 통성通姓하고 상제는 평인과 달라서 인사절차를 차리기가 싫던지 성도 말하지 않고 그저

"나두 서울 삽니다."

하고 말할 뿐이었다. 신진사가

"나는 평산 사는 신진사요."

하고 인사한 다음에

"나는 봉산 정생원이오."

정생원이 통성하여 인사하고 그외의 다른 사람은 혹 앉아서 허리도 구부리고 혹 바라보며 고개도 끄덕이어서 인사한 셈들로 쳤다. 신진사가 주인 불러 술을 들여오라고 하여 거섶안주˙와 막걸리 술을 들여다 놓고 엄오위장과 상제더러 술을 같이 먹자고 청하니 둘이 다 고사들 하였다. 여덟 사람이 한 방구리 술을 다 먹고 새로 한 방구리를 들여왔을 때, 정생원이 한 그릇을 떠서 엄오위장을 권하니 엄오위장은 사양하다가 그대로 받아먹고 또 한 그릇을 떠서 상제를 주니 상제는 다 지우고 한 모금쯤 마시었다.

"여러분들 별시 보구 가시는 길입니까?"

엄오위장이 묻는 말에

"그렇소."

● 탕창(宕氅)
탕건과 창의를 아울러 이르는 말.
● 역려과로(逆旅過路)
여행을 다니다가 지나가는 길이라는 뜻으로, 우연히 잠깐 만나 직접 관련이 없는 관계를 이르는 말.
● 넘너리성 넘늘성.
점잖을 지키면서도 언행을 흥취 있고 멋지게 하는 성품.
● 거섶안주
채소 따위로 만든 거친 음식.

하고 정생원이 대답하여 주었다.
 "이번 별시의 장원 민덕봉閔德鳳이는 이 상제의 내종형이구 담화랑擔花郞 정염丁焰이는 나하구 오촌척입니다."
 "네. 그런 줄 몰랐드니 두 분이 다 새 급제들과 척분이 기시단 말이지. 사촌 오촌 척분두 절척*이구려. 그래 창방들 하는 것을 보구 오셨소?"
 "서울서 창방을 보구 떠나서 잠깐 황해도 땅에 왔다갑니다."
 엄오위장이 정생원과 이런 수작을 하고 잠시 밖에들 나갔다 들어오더니 얼마 뒤에 주인이 술 한상을 들여오는데 술은 약주가 한 양푼이요, 안주는 닭고기 전지가 상대접*에 가득하고 도야지고기 저민 것이 쪽목판에 수북하였다.
 주막 주인이 술상을 엄오위장 앞에 놓고 나가려고 할 때, 봉산 선비 하나가 주인을 불러세우고
 "우리는 탁주나 먹을 사람이지 약주는 못 먹을 사람인가. 우리 두 탁주는 탁주값 내구 약주는 약주값 낼 텐데 어째 저 손님하구 층하를 하나?"
하고 꾸중 쉽직하게 말하였다.
 "약주술은 저 손님들께서 다른 데서 사오신 갭니다."
 "닭하구 돼지두?"
 "닭고기, 돼지고기두 따루 사오셨습니다."
 주인이 발명하는 위에
 "촌 주막에 웬 약주술이 있구 고기 안주가 있겠소? 주인은 잘

못이 없으니 꾸지람 마시우."

하고 엄오위장이 싸주기까지 하여 그 선비는 할 말이 없어서

"그렇다면 모를까."

하고 말 뒤를 거두었다.

엄오위장이 여러 선비를 보고

"우리가 여러분의 술을 먹었으니 여러분두 우리 술을 좀 자시우."

말하고 약주를 돌려 권하는데, 신진사가 첫째 잔을 사양 않고 받기 시작하여 다른 선비들도 잔을 주는 대로 받았다. 한생원이 눈살을 찌푸리고

"남이 자시려구 멀리서 가지구 온 술을 자네들이 다 먹을 작정인가? 염익들 좀 차리게."

하고 친구들을 책망하니 정생원이 닭 전지를 하나 들고 뜯으면서

● 절척(切戚)
성과 본이 같지 아니하면서 가까운 친척.
● 상대접
품질이 좋지 아니하여 허드레로 쓰는 대접.
● 얼얼지육(鴯鴯之肉)
거위고기라는 뜻으로, 마음에 꺼림칙한 선물을 이르는 말.

"그 말이 옳으이."

하고 뒤로 물러나 앉았다.

"자네 얼얼지육●이 무언지 아나?"

"맹자께서 인이후 蚓以後에 충기조 充其操 라구 책망하신 진중자 陳仲子의 말이지 무어야."

"논어의 오부영자 惡夫佞者 란 구절을 생각하구 말하게."

한생원과 정생원이 유식한 문자말을 주고받고 하는 중에 이때까지 말이 별로 없던 상제가 홀제 엄오위장더러

"알아듣지 못할 수작을 듣구 있느니 먹을 줄 아는 술이나 먹읍시다."
하고 말하여 엄오위장이 상제와 둘이만 약주를 권커니 잣거니 먹으면서 옆에 선비들은 본 체도 아니하였다.

한참 오래 그치었던 비가 다시 시작하며 바람도 같이 나서 바람소리 같은 빗소리와 빗소리 같은 바람소리가 어울려 들리는 속에 가을이 시시각각으로 깊어지는 것 같았다.

여러 선비들이 비가 그치기를 기다리고 무료하게들 앉았는 중에 신진사가 봉산 선비들을 돌아보며

"헛방 창방할 때 아는 친구의 성명이 나오니까 헛방일망정 반갑데그려."
하고 말하니

"헛방 말 말게. 나는 헛방 까닭에 실해實害를 착실히 봤네."
하고 정생원이 신진사의 말을 받았다.

"무슨 실해를 봤나?"

"삼관(성균관, 예문관, 교서관) 관원들이 헛신래를 부를 때 거기 정신이 팔려서 현제판* 밑에 좋은 자리 잡았던 것을 영남 선비들에게 빼앗기구 뒤루 밀려나갔었네. 그게 실해 아닌가."

"장중場中의 자리쌈은 당연히 금할 일인데 금하지 않으니 별일이야."

"자리쌈을 금해야 하다뿐인가."

"우리는 장중에 들어가기두 남 뒤늦게 들어갔지만, 자리쌈하

는 꼴이 보기 싫어서 글제의 글씨가 겨우 보이는 데 가서 앉았었네."

"우리 나중 잡은 자리 옆자리에 도희령都希齡이란 사람이 앉았었는데 그 사람이 어떻게 곤작˚인지 우리가 설폐구폐˚ 다 해놓구 편마감들을 하려구 할 때, 그 사람은 겨우 허두虛頭 내놓구 조대˚를 못해서 쩔쩔매는 모양이더니 그 사람이 방에 붙어두 높이 넷째루 붙었데."

"북소리 난 뒤에라두 납권˚만 했으면 고만이지 곤작이 무슨 상관 있나?"

이때 비바람소리가 그치는 듯하여 방문 가까이 앉았던 평산 선비 하나가 방문을 열고 밖을 내다보았다. 봉당에 장정 너넛이 쭈그리고 앉아 있다가 방문이 열리는 것을 보고 죽 일어나서 방안을 들여다보는데 목자들이 불량하였다. 선비들이 재물 안 가진 것을 믿고 또 사람수 많은 것을 믿으나, 대개는 송구한 마음이 없지들 않더니 엄오위장이 그 장정들을 내다보며

"비 그치면 가겠다."

하고 말하는 것이 엄오위장과 상제의 하인인 듯하여 마음들이 놓였다. 그중에 정생원이 말을 못 참아서 엄오위장을 보고

"밖에 있는 사람들이 하인이오?"

하고 물으니 엄오위장은 고개를 끄덕이었다.

- 현제판(懸題板) 과거를 보일 때 문제를 써서 내걸던 널빤지.
- 곤작(困作) 글을 애써가며 더디 지음.
- 설폐구폐(說弊救弊) 폐단을 말하고 그 폐단을 바로잡음.
- 조대(條對) 조목조목 받아 대답함.
- 납권(納卷) 조선시대에 과거를 볼 때 글장을 바치던 일.

"나는 임꺽정이가 나온 줄 알았소."

"임꺽정이가 무섭소?"

"그놈이 흉악한 대적놈인데 어째 무섭지 않겠소."

"임꺽정이가 사람은 터지게 났답디다."

"꺽정이패의 속내를 잘 아시우?"

"내가 적당이 아닌데 속내를 잘 알 까닭이 있소."

"꺽정이는 힘만 세지 꾀는 없는 놈인데 그 밑에서 창귀˚ 노릇하는 서가 성 가진 놈이 갖은 못된 꾀를 다 내어 바친답디다. 서가놈이 꾀가 어떻게 배상한지˚ 가짜루 금부도사를 못 꾸미나 멀쩡한 감사의 사촌을 못 맨드나 갖은 짓을 다 하우."

엄오위장은 슬며시 일어나서 밖으로 나가고 상제는 무슨 의미가 있는 것같이 웃고 있었다.

이때 청석골 두령 중에 무예 있는 사람은 대개 다 난데 나가고 대장 꺽정이 외에 오가, 서림이, 김산이, 한온이 네 두령만 도중에 남아 있었다. 이날이 장날도 아니요, 날도 궂어서 탑고개 순도는 것을 그만두기로 하였더니 서울로 물건하러 가는 도붓장수 십여명이 금교역말서 자고 간다고 금교서 기별이 와서 두목, 졸개 이십여명을 탑고개로 내보내게 되었는데, 두목, 졸개들을 한온이가 거느리고 나가보겠다고 자원하여 꺽정이가 허락하였으나 남의 재물을 강탈하는 데 한온이는 경력 없는 사람이라 서림이와 같이 가라고 둘을 함께 내보냈다. 한온이와 서림이가 탑고개에 나와 앉아서 도붓장수들 오기를 기다리다가 하도 오래 오지 아니하여 졸개 하나를 금교까지 보내보았더니 금교서는 떠났고 탑고개에는 오지 아니한 것이 분명 용고개(龍峴)길로 돌아나간 모양이었다. 금교역말 갔다오는 편에 약주와 도야지고기를 사와서 고기 안주하여 술이나 먹으며 비 그치기를 기다리자고 서림이가 한온이와 공론한 뒤, 두목과 졸개들을 동네 사람의 집에 가서 쉬라고 흩어 보내고 단둘이 주막방에 앉았을 때 평산, 봉산 선비들이 주막에 와서 술을 찾았다. 상제는 한온이요, 탕창은 서림인데 서림이는 외가 성이 엄가인 까닭으로 본성명을 감출 때 흔히 엄가로 변하였다.

서림이가 선비들을 방안에 들일 때는 심심파적이나 할 생각이요 해칠 뜻이 아니었는데, 주육(酒肉)을 권하다가 얼언지육 소리를 들은 것도 마음에 미타한데다가 서가놈이니 창귀니 욕설하는 것을 듣고 악심이 • 창귀(倀鬼) 남을 못된 짓을 하도록 인도하는 사람을 비유적으로 이르는 말.
• 배상하다 좀스럽고 아니꼽다.

생기어서 방 밖에 나와서 봉당에 있는 졸개 넷에게 빨리 여럿을 불러모으라고 분부하였다. 그 졸개 넷은 목들이 컬컬하여 탁배기 한 사발씩 얻어먹으러 왔었는데, 주인 말이 방안에서 고기가 남아 나오거든 고기 안주로 먹으라고 하여 술상이 나기를 기다리고 있었던 것이다.

졸개 넷이 다함께 동네로 뛰어간 뒤 얼마 아니 있다가 방안의 선비들이 주인을 불렀다. 술값을 치러주고 떠나려는 모양이라, 서림이가 졸개들 오기까지 지체를 시키라고 넌지시 주인에게 말을 일렀다. 주인이 방문을 열고

"왜 부르셨습니까?"

하고 물으니

"술값 받으라구 불렀네."

하고 신진사가 말하였다.

"안주두 변변치 않은데 많이야 줍시사구 할 수 있습니까. 쌀 한 말 값만 냅쇼."

"큰 병만두 못한 방구리루 술 두 방구리에 쌀 한 말 값을 내라? 되우 비싼 술일세."

"비싸지 않습니다."

정생원이 앞으로 나앉으며 주인에게 이놈을 붙이었다.

"왜 이놈저놈 합시오?"

"이 도둑놈아, 술 두 방구리에 쌀 한 말 값이 무어냐? 청석골이 적굴이라드니 주막쟁이놈까지 도둑놈이구나."

"내가 샌님 댁에 가서 무얼 훔쳐왔소? 왜 도둑놈이라시우?"

"양반 앞에서 내라니 저런 죽일 놈 봤나."

"내라구 말구 소인이라구 하란 말이오? 소인이란 말은 내 평생에 한번두 입 밖에 내본 일이 없소."

"오, 네가 버릇을 못 배웠으니까 좀 배워야겠다."

"어려서 아버지 어머니한테 못 배운 버릇을 지금 다 늙어 뉘게 배워요?"

"오늘 우리가 먹은 술값을 봉산 읍내 정생원 댁에 와서 받아 가거라."

"나는 외상술 팔지 않았소. 쓸데없는 말 말구 술값 내구 가시우."

"술값을 안 내구 가면 우리를 어쩔 테냐?"

"술값을 안 내면 백날이라두 못 가시지요."

"이놈, 네가 양반들을 사구류˙할 작정이냐!"

"양반 행티˙ 너무 마시우."

"양반 행티라니, 저런 죽일 놈의 말버릇이 있나."

정생원이 주막 주인과 아귀다툼하다시피 하는 것을 한생원이 가만히 듣다가 못하여

"여보게 치명이, 내 말 듣게. 이런 데 와서 술을 먹는 것이 우리의 불찰이니까 한 말 값이든 두 말 값이든 달라는 대루 주구 가세."

하고 정생원더러 말한 뒤에 곧 주막 주인을 보고

"쌀 한 말 값이 두자 상목으루 몇 필이야?"

하고 쌀값을 물었다.

"올 같은 흉년 쌀금에 다섯 필이야 안 주실 수 있습니까."

쌀 한 말에 두자 상목 다섯 필이란 말도 엄청나는 말이건만, 한생원은 두말 않고 자기의 가진 두 필을 먼저 내놓고 다른 사람들더러 다섯 필을 채우라고 말하였다. 선비들이 상목을 모아서 술값을 치르는 중에 두목과 졸개들이 풍우같이 몰려왔다. 서림이가 방안의 선비들을 죄다 잡아 묶으라고 호령하여 이십여명이 짚신 발 신은 채 방안에들 뛰어들어와서 선비 하나에 둘씩 셋씩 달려

● 사구류(私拘留) 권세 있는 사람이 법에 의하지 아니하고 남을 사사로이 구금함.
● 행티 행짜를 부리는 버릇. '행짜'는 심술을 부려 남을 해롭게 하는 행위를 이른다.

들어서 방 밖으로 끌어내다 앉혀놓고 바, 새끼 있는 대로 갖다가 뒷결박들을 지웠다.

서림이와 한온이가 장대고 나간 도붓장수들은 만나지 못하고 뜻밖에 만난 선비들을 잡아가지고 산속으로 들어왔다. 꺽정이가 선비들을 잡아왔단 말을 듣고 서림이를 보고

"그까짓 낙방거지˚들은 왜 잡아왔소?"

하고 책망 반 물으니

"그놈들이 우리 욕을 망유기극하게 하기에 분풀이하려구 잡아왔습니다."

서림이가 잡아온 까닭을 말하였다.

"그럼 지금 잡아들여다가 분풀이를 해보구려."

"선비놈들에게는 첫째 위의威儀를 보이는 게 좋으니 내일 아침 조사 끝에 처치하지요."

"아무리나 생각대루 하우."

이튿날 아침 도회청에서 조사가 끝난 뒤에 서림이가 꺽정이를 보고

"어제 잡아온 선비들을 어떻게 처치할까요?"

하고 의향을 묻는데

"다 죽여버리든지 다 놔보내든지 잡아온 사람이 맘대루 하우."

하고 꺽정이는 서림이에게 밀어 맡기었다.

"그럼 지금 선비들을 하나씩 잡아다가 혼꾸멍을 내겠습니다."

하고 말한 뒤 서림이가 곧 자기의 교의를 대청 끝으로 옮겨놓고

나와 앉아서 두목과 졸개들을 지휘하여 형장제구까지 차려놓게 한 뒤, 가두어둔 선비들을 하나씩 잡아오되 그중에 정생원이란 자를 맨 먼저 잡아오라고 청령하는 졸개들에게 분부하였다. 얼마 동안 안 지나서 졸개 서넛이 정생원의 등을 짚고 또 좌우 팔을 잡아끌고 들어왔다.

"게 꿇려라!"

서림이 호령 아래 졸개들이 정생원을 뜰아래 꿇어앉히었다. 대청 위 교의에 걸터앉은 서림이와 뜰아래 맨땅에 꿇어앉힌 정생원과의 사이가 예사로 하는 말도 서로 들릴 만하건만, 서림이가 위의를 보이느라고 뜰 위의 두목과 뜰아래의 졸개로 말을 받아내리고 또 받아올리게 하였다.

● 낙방거지 '낙방거자'를 놀림조로 이르는 말.

"사람을 창귀라고 욕하는 입을 여기서 한번 다시 놀려봐라!"

"모르구 잘못했소. 용서하우."

"용서해줍시오 해두 용서를 할둥말둥한데 용서하우? 용서 못하겠다. 탑고개에서 먹은 술값을 봉산으루 받으러 오라구? 그런 짓 하란 것이 논어에 있드냐, 맹자에 있드냐? 한 일을 미루어 열 일 알지. 네가 양반 자세하구 갖은 못된 짓 다 했을 게다. 너희 동네 사람을 위해서라두 너는 죽여 없애야겠다."

"술값으루 말씀하면 탁주 두 방구리에 쌀 한 말 값을 내라니 이런 술값이 세상 천하에 어디 있습니까. 세상 천하에 없는 술값을 내라는 것이 괘씸해서 봉산으루 받으러 오라구 억탁의 말을 했습니다. 그러구 이 몸이 거향居鄕을 잘하구 못하는 건 봉산으루 알아보시면 대번 아실 일이니까 구렁이 제 몸 추듯˙ 말씀하지 않습니다."

"네 말대루 다른 죄는 없다구 치드라두 내 면전에서 욕설한 죄만 해두 열 번 죽어 마땅하다."

"임장군은 만부부당지용˙을 가지셨구 서모사는 지모가 제갈공명 같으시다구 말씀해야 옳을 것을 그렇게 말씀 안 한 것이 잘못인 줄 깨닫구 복복사죄僕僕謝罪하지 않았습니까. 항자는 불살이라니˙ 잘못했다구 사죄하는 걸 죽이는 법이 있습니까."

"그놈 더러운 놈이다. 빨리 내다 목을 비어라!"

하는 천둥 같은 호령이 대청 안침에서 나왔다. 꺽정이가 호령한 것이다. 좌우에 벌려 섰던 졸개들 중에 오륙명이 일시에 내달아서 정생원을 잡아 일으켜세우는데, 정생원은 벌벌 떨면서 서림이를 치어다보고

"그저 목숨만 살려주시면 결초보은하겠습니다."

하고 우는 소리를 하였다.

"목숨은 되우 아까운가 부다. 그렇게 살구 싶거든 요순우탕 문무주공 공자 맹자 주자 하늘에 기신 여러 조상님네 굽어 살피셔서 잔명을 보전하게 해줍소서 해봐라. 혹 살는지 모르니."

서림이가 조롱하느라고 한 소리를 정생원은 살 욕심에 눈이 어두워서 조롱인 줄도 모르고 주문 외듯 그대로 옮기었다. 서림이가 한바탕 깔깔 웃은 뒤

"그놈 삼천육부지자로구나. 참말 더러운 놈이다. 그놈은 대장 명령대루 끌어내다가 목을 비구 그러구 다른 놈을 하나 끌어오너라."

하고 분부하여 정생원은 여러 졸개들에게 끌려나갔다.

정생원 다음에 평산 선비 하나가 잡혀왔다. 뜰아래 맨땅에 꿇어앉아서 대청 위 교의에 걸터앉은 서림이를 치어다보며 자기는 말 한마디 잘못한 일이 없는데 무슨 죄가 있는지 죄목이나 알아지라고 말하였다.

"네 얼굴빠대기를 보니 양반 자세하구 동네 백성들에게 행학行虐 많이 했을 게다. 그 죄가 죽어두 마땅하다."

서림이가 죄를 얽어서 으름장을 놓으니 그 선비는 행학한 일 없다고 누누이 발명하고 또 살려달라고 구구이 빌었다.

"용서없이 죽일 것이로되 인생이 불쌍해서 약약히 볼기깨나 때려 용서할 테니 그리 알아라."

"유죄무죄간 때리면 맞는 것이지만 이왕 맞을 바엔 형문을 맞겠습니다."

"상사람이면 혹 형문두 치지만 양반은 반드시 볼기를 치는 것이 우리의 법이다."

"그럼 할 수 있습니까. 볼기라두 맞겠습니다."

서림이가 졸개들에게 형틀과 태장笞杖을 내놓으라고 분부할 때 꺽정이가 뒤에서

● 구렁이 제 몸 추듯
자기 자랑만 함을 비유적으로 이르는 말.
● 만부부당지용(萬夫不當之勇)
수많은 장부로도 능히 당할 수 없는 용맹.
● 항자(降者)는 불살(不殺)이라
아무리 중한 죄를 지었더라도 잘못했다고 항복하는 자는 죽이지 않는다는 말.

"여보 서종사, 볼기는 다 무어요? 그놈두 먼저 놈같이 목 비게 내주우."

하고 말하여 그 선비도 마침내 여러 졸개들에게 끌려나가서 망나니 구실하는 졸개 손에 머리를 넣게 되었다. 그 선비 뒤에 봉산 선비 둘과 또 평산 선비 하나가 차례로 잡혀와서 대개 먼저 선비와 어슷비슷하게 애걸복걸하다가 모두 참혹한 죽음들을 당하였다.

정생원부터 여섯째 번에 잡혀온 사람은 한생원인데, 졸개들이 먼저 다섯 사람과 같이 잡아 꿇리려고 하니 한생원은 딱 버티고 서서 앉으려 들지 아니하였다.

"빨리 꿇어앉혀라."

"빨리 꿇어앉히랍신다."

"녜이."

호령소리, 긴대답소리 바로 무시무시한데 한생원은 꿇어앉히려고 애쓰는 졸개들을 뿌리치면서

"양반이 죽으면 죽었지, 도둑놈들 앞에 무릎은 꿇지 않는다."

하고 소리질러 꾸짖었다. 막된 것들 여럿에 약한 선비 하나라 한생원이 마침내 서 있지 못하고 주저앉았으나 한 무릎도 꿇지 않고 두 다리를 앞으로 내뻗었다. 마른 정강이를 연해 걷어채어서 부러질 것같이 아프건만 이를 악물고 다리를 오므려들이지 아니하였다.

"그걸 꿇리지 못한단 말이냐!"

하는 호령을 듣고 졸개들이 곧 다리를 분질러 접치려고 드니 한

생원은 뒤로 벌떡 드러누워 몸부림을 치고 발버둥질을 쳤다. 한생원이 한사코 꿇어앉지 않는 것을 서림이가 보고

"그대루 일으켜 앉혀놔라."

하고 분부하여 졸개들이 한생원을 잡아 일으켜서 마음대로 앉게 두고 한옆으로 물러섰다.

"양반 고집은 쇠고집이라더니 너두 반명이라 고집이 무던하구나."

서림이가 놀림조로 말을 하니 한생원이 눈을 부릅뜨고 서림이를 똑바로 보며

"이놈, 네가 누구를 놀리느냐! 내가 너희 같은 도둑놈들에게 놀림받을 사람이냐! 너희가 나를 죽이기는 할지라두 놀리지는 못한다."

하고 통통히 호령하였다.

"그렇게 기쓰구 발악하지 말구 꿇어앉아서 빌어라. 빌면 목숨을 살려줄 테니."

"대체 빌긴 무얼 빌란 말이냐? 우리가 너희에게 빌 일이 무어냐! 우리의 친구 하나가 꺽정이를 대적놈이라구 또 서림이를 꺽정이의 창귀라구 말했다구 우리를 잡아다가 이 욕을 보인다니, 그래 꺽정이가 대적놈이 아니냐! 서림이가 꺽정이의 창귀가 아니냐? 그 말이 무에 잘못이냐! 그 친구의 말 삼가지 않은 것을 잘못이라구 하기루서니 우리가 너희에게 빌 일이 무어냐? 그러구 너희 같은 무도한 도둑놈들에게 살려줍시오 죽여줍시오 빌 사

람이 누구냐?"

한생원의 말이 끝나자마자, 꺽정이가

"여보 서종사, 그 사람은 사내요. 그 사내는 내가 살려 보내겠소. 이때까지 잘못했습니다 살려줍시오 소리에 욕지기가 나서 못 배기겠드니 인제 속이 좀 시원하우."
하고 말하였다.

서림이가 한생원은 도회청 옆에 있는 허생원 약방에 보내서 잠시 앉혀두게 하고 남아 있는 선비 하나를 잡아오라고 하여 신진사가 한생원 다음에 잡혀오게 되었다. 졸개들이 뜰아래에 꿇어앉히려고 하니 신진사는

"에라 이놈들, 가만있거라!"
하고 졸개들을 제지한 뒤 서림이를 치어다보며

"비록 다 같은 죄수라두 사람 따라 대접이 각기 다르려든, 황차˙죄수 아닌 사람을 천한 죄수루 대접하는 법두 있는가. 선비란 작위爵位 없는 사람이나 작위 높은 삼공육경˙과 등분等分 없이 마주 겨루는 건 그대네두 잘 알 터이지. 조정의 공경과 항례˙하는 선비가 적굴의 적괴와 항례를 못할까. 내게 무슨 말을 물으려거든 먼저 계하수˙루 대접을 마라. 그렇지 않으면 천언만어千言萬語를 묻더라두 한마디 대답할 리가 없으니."
하고 여러 말을 늘어놓았다.

서림이가 먼저 한생원의 뻗대고 꿇지 않던 것을 생각하고

"네 성이 신가라더니 참말 흉내내는 잔나비로구나."

하고 말하였더니 신진사가 두 눈썹을 일으켜세우고

"그게 무슨 소린고? 사가살불가욕士可殺不可辱이라니 선비를 죽이면 죽이지 욕보일 법이 없는데 계하에 꿇려 욕을 보이려 들고 또 언사에 하대하고 욕설까지 하니 그럴 데가 어디 있을까. 어, 고약한지고. 나는 그대네가 적당이라두 서절구투˙ 좀도적과 달라서 바른말을 바르게 들을 도량들이 있을 줄루 믿었더니 내가 너무 지나치게 믿었군."

하고 준절하게 책망하였다.

"임자네를 우리가 상빈上賓 대접하려구 뫼셔온 줄 알았습나? 선비 양반, 미안하지만 우리 눈에는 사람 같지 않구 초개草芥 같으니 칼루 치구 낫으루 도리는 걸 알맞은 대접으루 알구 더 바라지 마소."

서림이는 농조로 말하는데, 신진사는 정색하고 아래와 같은 긴말을 훈계하는 어투로 말하였다.

"옛말에 양상에 군자˙가 있고 녹림綠林에 호걸이 있다 하니 그대네 중에 군자도 있을 것이요, 호걸도 있을 것인데 그대네가 어찌하여 대당 소리들만 듣고 의적 노릇들은 하지 않는가. 의적이 되려면 의로운 자를 도웁기 위하여 불의한 자를 박해하고 약한 자를 붙들기 위하여 강한 자를 압제하고 또 부자에게서 탈취하면 반드시 빈자를 구제하여야 할 것인데 그대네의 소위는 빈부와 강약과 의, 불의를 가리지 않고 한

- 황차(況且) 하물며.
- 삼공육경(三公六卿) 조선시대에 삼정승과 육조 판서를 통틀어 이르던 말.
- 항례(抗禮) 한편으로 치우치지 아니하고 동등하게 교제함.
- 계하수(階下囚) 섬돌 아래 꿇어앉힌 죄수.
- 서절구투(鼠竊狗偸) 쥐나 개처럼 몰래 물건을 훔친다는 뜻으로, '좀도둑'을 이르는 말.
- 양상군자(梁上君子) 들보 위의 군자. 도둑을 완곡하게 이름.

결같이 박해하고 압제하고 탈취하되 인가에 불놓기가 일쑤요, 인명을 살해하는 게 능사라 하니 이것이 그대네의 수치가 아닐까. 그대네가 전일 소위를 다 고치고 의적 노릇을 해볼 생각이 없는가. 다 고쳐야 좋을 일이지만 그중에도 지중한 인명을 무고히 살해하는 건 천벌을 받을 일이니 단연코 고치라고."

서림이가 신진사의 말을 다 듣고 나서

"우리가 선생님으루 받들어 뫼실 테니 입당하시겠소?"

하고 물었다.

"지금 말과 같이 꼭 나를 선생으루 대접하겠소? 빈말루만 선생 대접한다는 건 미덥지 못하니 꺽정이가 내 앞에 와 꿇어앉아서 내 말이면 팥으루 메주를 쑤래두 어기지 않겠다구 하늘을 가리켜 맹세하면 입당해보겠소."

서림이의 입당 권유도 진정이 아니지만 신진사의 입당 허락도 역시 진정이 아니었다. 서림이가 고개를 돌려 꺽정이를 보고 웃으면서

"저 선생님을 어떻게 할까요, 놔보낼까요?"

하고 물으니 꺽정이는 고개를 끄덕끄덕하였다.

서림이가 신진사를 약방으로 보내서 한생원과 같이 앉혀두게 하고 끝으로 봉산 선비 하나 남은 것을 마저 잡아오게 하였더니 그 선비는 겁을 잔뜩 집어먹고 말문이 꽉 틀어막혀서 죽인다고 땅땅 으르는데도 살려달란 말 한마디 못하고 사시나무 떨듯 떨기만 하였다.

"세상에 불쌍한 인생두 많다. 신진사 말마따나 천벌이 무서우니 살려줄까?"
하고 서림이가 혼잣말한 뒤 그 선비도 갖다 앉혀두라고 약방으로 보내었다.

이리하여 평산, 봉산 선비 여덟 사람 중에 세 사람만 살아 나가게 되었다. 세 선비를 탑고개로 내보낼 때 꺽정이가 한생원, 신진사 두 선비는 노수를 주어 보내라고 분부하여 김산이가 두자 상목 다섯 필씩 주었더니, 한생원은 촌촌걸식村村乞食하여 갈망정 도둑놈의 재물로 노수를 쓰지 않는다고 당초에 받지 않고 신진사는 받아가지고 탑고개에 와서 호송하는 졸개들에게 행하로 다 주고 갔다.

2

평산, 봉산 선비들이 잡히던 날부터 불과 사오일 후에 종실宗室 단천령端川令이 탑고개에서 잡혔다.

단천령은 태종 별자別子 익령군益寧君의 증손이요, 글 잘하고 거문고 잘하던 수천부정秀泉副正의 손자니 이름은 억순億舜이요, 자는 주경周卿이다. 그 적형嫡兄 함천부수咸川副守 억재億載와 형제가 난형난제로 음률에 정통한 중에 형은 거문고를 잘 타고 아우는 피리를 용하게 불었다. 함천의 거문고는 조부의 계적으로 청출어람이란 정평이 있었고, 단천의 피리는 자기의 장기長技로 고금무쌍이란 칭찬을 받았었다. 피리는 득음하기 어려운 거문고와 달라서 누가 불든지 소리가 나는 악기라 곡조만 배워서 불면 고만 다 될 것 같지만, 사람의 입술과 피리의 혀가 서로 합하여 둘이 하나 되어서 소리의 신통한 지경이 생기는 것은 가르칠 수도 없고 배울 수도 없는 것이다. 단천령의 피리 부는 것을 들어보면 입김이 피리를 울려서 소리를 내는 것 같지 않고 천지 안에 가득한 피리소리가 조그만 피리 속으로 들어가려고 하다가 다 들어가지 못하고 남아서 허공에 흩어지는 것 같았다. 단천령의 피리가 용한 것을 밝히 아는 사람은 그리 많지 못하겠지만, 단천령이 피리 잘 부는 것을 아는 사람은 경향에 많았다. 무무한 시골 사람 하나가 단천령을 함경도 단천군수로 알고 또 피리를 봄철에 아이들 부는 호드기˚로 알고서

"세상이 망할라니 별일이 다 많지. 호드기 잘 부는 걸루 유명한 원님두 다 있담."

하고 말한 것이 굴러굴러 단천령 친구들 귀에 들어가서 단천령을 호드기 원님이라고 조롱들 한 일까지 있었다.

수천부정이 서자라 그 가법家法이 적서嫡庶에 대하여 까다롭지 아니하므로, 그 손자 육형제 중에 적출 삼형제와 서출 삼형제가 모두 우애가 있었다. 그런 중에도 적출의 둘째 함천부수와 서출의 둘째 단천령은 취미가 서로 합하여 우애가 특별하였다. 설산˚은 비록 각각 하였으나, 의복차 음식감이 조금만 신기하여도 서로 나누지 않는 것이 없고 예사 조석도 형제 겸상으로 회식하는

때가 많고 더구나 봄날 꽃달임*이나 가을밤 달구경 같은 운치 있는 자리에는 반드시 형제 모이어서 거문고와 피리 어우르는 것을 인간에 다시 없는 즐거움으로 여기었다. 함천부수가 평안감사 유강俞絳과 친분이 두터워서 이해 늦은 봄에 평양을 놀러가는데, 단천령은 그 형님을 뫼시고 갈 마음이 간절하였으나 공교히 서울 집을 떠나지 못할 사정이 있어서 못 갔더니 함천부수가 평양서 돌아와서 그 아우를 보고

"기백箕伯이 너하고 같이 안 온 것을 매우 섭섭히 말하더라. 기백이 이번에 나를 위해서 관하 각군의 음률 아는 기생들을 일부러 뽑아올려다가 각기 소장所長으루 취재를 보이는데 영변 기생 초향楚香이의 가야고는 수법이 무던하더라. 초향이는 양녕대군讓寧大君께서 구난가九難歌를 지어 주셨다는 정향丁香이의 종손녀라나 종증손녀라구 하더라. 명기의 혈통이 달라서 지조두 있다더라."

하고 이야기하여 단천령은 초향의 가야고를 한번 들어보고 싶은 마음은 있었으나 영변까지 가볼 생각은 없었는데, 그후에 유감사가 그 형님에게 보낸 편지 협지*에 초향의 말이 함천 나리의 거문고를 들었으니 그 계씨 단천 나리의 피리마저 들었으면 평생 원이 없겠다고 한다니 주경이를 권하여 한번 평양을 보내라. 그러면 내가 초향을 불러다가 계씨에게는 천침*까지 시켜서 그 계집의 평생 원을 풀어주겠노라는 웃음의 사연이 있

• 호드기
봄철에 물오른 버드나무 가지의 껍질을 고루 비틀어 뽑은 껍질이나 짤막한 밀짚 토막 따위로 만든 피리.
• 설산(設産) 살림을 차림.
• 꽃달임
진달래꽃이 필 때에, 그 꽃을 따서 전을 부치거나 떡에 넣어 여럿이 모여 먹는 놀이. 음력 3월 3일에 하였다.
• 협지(夾紙) 편지 속에 따로 적어 넣는 쪽지.
• 천침(薦枕)
첩이나 시녀 등이 잠자리에서 모심.

었다.

이 협지 사연을 보고 단천령은 영변을 가볼 생각이 나서 속으로 벼르던 것이 한 달 두 달 밀려나오다가 왕세자 관례가 끝난 뒤에 비로소 묘향산 단풍을 구경할 겸 초향이의 가야고를 들으러 간다고 나귀 타고 하인 하나 데리고 영변길을 떠났다. 단천령이 평양을 지날 때 유감사를 찾아보았는데, 유감사가 초향을 평양으로 불러온다고 하는 것을 이왕 묘향산을 가는 길이니 고만두라고 굳이 사양하고 평양서 바로 떠나려고 하였더니, 유감사가 붙들고 놓지 아니하여 수일 동안 묵어서 구일날 금수산錦繡山 모란봉에서 단풍놀이까지 하고 구일 다음날 떠나서 사흘 만에 영변을 득달하였다.

단천령이 전례서典禮署의 섭사 다니는 토관의 집에 하처˚를 정하게 되었는데, 주인 섭사가 처음에는 행색이 초초한 것을 보고 자기 방에서 내다보고만 있더니 나중에 서울 귀인인 줄 알고 하처방 앞에 와서 하정배로 문안을 드리었다. 단천령은 묘향산이 영변읍에서 백여리 길인 줄 짐작 못하지 않건만

"묘향산이 예서 몇 린가?"

하고 묻는 것으로 말 시작을 내었다.

"묘향산 구경 오셨습니까? 읍에서 일백삼십리나 됩니다."

"약산藥山은 가깝다지?"

"네, 동대東臺는 바루 지척이올시다. 그러나 동대 구경은 꽃피는 봄철이 좋습니다."

"이 골에 가야금 잘하는 기생이 있다지?"

"있다뿐입니까? 여럿이올시다."

"가야금 잘하는 기생이 하나 있다든데."

"아마 초향이 소문을 들으셨나 보오이다. 음률에 밝으시기루 유명한 서울 양반 한 분께서 올 삼월에 평안 감영에 오셔서 평안도 기생들을 취재를 보이셨는데 그때 칭찬받은 기생이 그 여러 총중˙에 초향이 하나뿐이었답니다. 그년이 워낙두 조를 몹시 빼는 년인데 그 양반께 칭찬받구 온 이후루는 더 도도해졌습니다."

"석후에 가야금이나 한번 듣게 초향이를 자네가 불러주겠나?"

"본골 사또께서 부릅셔두 일쑤 칭탈˙하는 년이올시다. 그년이 그렇게 앙똥하구 방자합니다. 불러서는 안 옵지요만 그년의 집에를 뫼시구 가면 가야고를 한번 늘려드리겠습니다. 그것두 여느 사람이 가서는 안 됩니다. 일껀 저 혼자 뜯다가두 손님이 가면 집어치우구 뜯지 않습니다."

- 하처(下處) 사처.
- 총중(叢中) 떼를 지은 뭇사람.
- 칭탈(稱頉) 무엇 때문이라고 핑계를 댐.
- 하향(遐鄕) 중앙에서 멀리 떨어져 있는 지방.

"제가 막이 하향˙천기루 그렇게 방자하구 볼기를 안 맞을까?"

"왜 안 맞겠습니까. 우선 이번 사또께서 수청 들라시는데 거역하다가 볼기를 두어 차례 톡톡히 맞았습니다. 그년이 가야고만 잘 뜯지 인물은 그리 출중나지 못한 까닭에 볼기 두어 차례루 용서를 받았습지요. 만일 인물이 사또 눈에 드셨다면 그년이 목숨이 붙어 있구서야 수청 안 들구 배기었겠습니까."

"그년의 재주란 가야금뿐인가?"

"시조를 곧잘 지어서 부릅니다."

"시조를 제가 짓는단 말이지?"

"녜, 지어두 당장 앉은 자리에서 지어 부르기를 곧잘 합니다."

"방자한 것이 병통일는지 모르나 재주 있는 기집일세그려."

"그년이 지은 시조 하나 들어보시렵니까?

    창밖에 오동나무 까막까치 집이 되니
    거문고 만들어서 옛 곡조나 올려보자
    어드메 봉이 황 찾아 홀로 울고 예나뇨.

이 시조 하나만 들으셔두 그년이 얼마나 앙똥하구 방자한 걸 아실 수 있지 않습니까?"

"그년의 집은 어딘가?"

"동문 안이올시다."

"동문 안이 여기서 초간한가?"

"그리 멀지 않습니다."

"재미있는 이야기 많이 들었네. 그런데 내가 점심을 설치구 와서 시장하니 저녁을 좀 일찍 해줄 수 있겠나?"

"녜, 곧 해드리두룩 하겠습니다."

주인이 밖으로 나간 뒤에 단천령은 초향이가 지음知音을 하나 못하나 한번 시험하여 보려고 궁리하였다.

저녁은 재촉한 보람이 있어서 밥상이 일찍 들어왔다. 단천령이 밥을 먹고 상을 물린 뒤 주인을 불러서

"내가 어떤 사람을 찾아보러 갈 텐데 밤에 늦게 올는지두 모르구 또 늦으면 자구 올는지두 모르니 기다리지 말게."
하고 말을 일렀다.

"삽작문은 닫아걸지 않구 지쳐둘 테니 혹 늦게 오시거든 그대루 밀어 여십시오."

"지쳐두지 말구 닫아걸게. 내가 와서 들어올 수 없으면 열어달라구 소리함세."

"흔히 지쳐만 둡니다."

"나 위해서 지쳐둘 건 없단 말일세. 그러구 내가 자네에게 청할 일이 한 가지 있네."

"무엇입니까?"

"내가 쓸데가 있으니 헌 갓하구 헌 두루마기를 좀 얻어주게."

"그건 무엇에 쓰실랍니까?"

"쓰는 데는 나중에 말함세."

"갓이구 두루마기구 헌 걸수록 좋습니까?"

● 제량갓
제주도에서 만들어내는 품질이 낮은 갓.
● 통량갓
통량을 단 좋은 갓. '통량'은 통영에서 만든 갓의 양태를 말함.

주인이 물으니 단천령은 고개를 끄덕이었다. 주인이 나가서 부서진 제량갓●과 때 묻은 두루마기를 가지고 왔다. 단천령이 훌륭한 창의를 벗고 꾀죄죄한 두루마기를 입고 통량갓●과 탕건을 벗고 헌 제량갓을 쓰니 의복이 날개란 말이 빈말이 아니어서 청수

한 얼굴까지 갑자기 틀려 보이었다. 단천령이 구지레하게 차리고 하인도 안 데리고 밖으로 나가는데 주인은 속으로
　'저 양반이 어디 가서 암행어사질을 할라나.'
하고 생각하였다.
　단천령이 하처에서 나설 때 햇발이 다 빠지지 않았었는데, 동문 안 초향이의 집을 물어서 찾아오는 동안에 벌써 땅거미가 다 되어서 저녁연기 잠긴 속에 달빛이 나기 시작하였다. 싸리문 밖에서 안의 동정을 살펴보니 안방에는 불이 켜 있으나, 불 있는 안방과 불 없는 건넌방이 다같이 조용하여 마치 사람 없는 집과 같았다. 주인을 서너 번이나 연거푸 부른 뒤에
　"순아, 밖에 누가 오셨나 부다. 나가 봐라."
여편네의 곱지 않은 말소리가 안방에서 나더니 불 없는 건넌방에서 계집아이년 하나가 나와서 싸리문 뒤에 와서 엉성한 바자 틈으로 내다보며
　"어디서 오셨습니까?"
하고 물었다.
　"지나가는 손이 하룻밤 자자구 왔다."
　"우리 집에는 손님을 치지 않아요."
　"잘 데 없는 손이 하룻밤 재워달라구 왔어."
　"글쎄 손님을 재우지 않아요."
　"네가 이 집 주인이냐?"
　"아니요."

"그럼 들어가서 주인께 말씀이나 전할 것이지 네가 주제넘게 재운다 못 재운다, 어 맹랑스러운 년이로군."
하고 아이년을 꾸짖을 때, 안방문이 열리더니 늙은 여편네 하나가 마당으로 내려왔다.
"웬 양반이오?"
하고 묻는 말소리로 아이년을 불러 내보내던 사람인 줄 알 수 있었다.
"나는 지나가는 과객인데 하룻밤 자구 가자구 왔소."
"우리 집에선 과객을 재우지 않소."
"과객 재우는 집이 어디 따루 있소?"
"잔소리 말구 얼른 다른 데나 가보우."
"나는 과객질하는 법이 여느 과객과 다르우."
"다른 게 무어요? 모지라진 게요?"
"내가 과객질 십년에 어느 집에든지 가서 한번 자자구 청한 뒤에는 갖은 구박을 다 받드라두 그 집에서 잤지, 다른 집으루 옮겨가 본 일이 없소. 이 법을 내가 과객질 처음 나설 때 작정해가지구 십년 동안 변치 않구 지켜 내려오는 것인데 어떻게 다른 집으루 가겠소."
"임자가 작정한 법 임자나 알 게지 우리가 알 까닭이 무어요?"
"그러니 다른 데루 가란 말은 마시우."
"첫째 우리 집에는 손님 재울 방이 없소."
"방이 없으면 봉당두 좋구 헛간두 좋소. 한뎃잠은 십년 동안에 많이 자봤으니 염려 마시우."

"우리 집은 여편네들만 사는 집이라 외간 남자를 봉당, 헛간에 두 재울 수가 없소."

"삽작 안은 내근하다면 삽작 밖에서라두 자구 갑시다."

"그건 맘대루 하구려."

"여기 바깥마당에서 자구 갈 테니 깔구 덮을 것이나 좀 빌려주시우. 개가 아닌 바에 맨땅에서야 잘 수 있소?"

"깔구 덮을 게 무어요? 원앙금침 잣벼개 말이오?"

"원앙금침이면 더욱 좋구 그만 못한 객침客枕이라두 좋소."

"미안하지만 우리 집에는 객침이 없어 못 빌려주겠소."

"가을밤 찬 이슬을 맞구 밖에서 자라며 객침 하나 빌려주지 않는 그런 인심이 어디 있단 말이오?"

"누가 여기서 자랍디까? 다른 데루 가지."

"다른 데루 가란 말은 안 될 말이구 객침이 없으면 멍석이라두 한 닢 빌려주우."

"멍석을 빌렸다가 말아서 걸머지구 가면 어떻게 하게."

"여보, 내가 멍석 도적이오? 그게 무슨 소리요!"

늙은 여편네가 혼잣말로

"마당에서 잔다구 멍석 빌려달라는 과객은 생전 처음 보아."
하고 지껄이더니 얼마 만에 헌 멍석 한 닢을 아이년과 마주 들고 삽작 밖으로 나왔다.

"무거운 걸 들어다 주는데 가만히 보구 섰소? 어서 와 받으우."

"거기 내던져두면 내가 나중에 갖다 깔구 자리다."

늙은 여편네가 화증난 말소리로 아이년더러

"여기 놔라."

말하고 싸리문 바로 앞에 멍석을 내려놓았다.

"끼니때가 지났는데 군조석을 시키기가 미안해서 저녁은 굶어 자니 내일 한 끼 잘해주시우."

"네, 진수성찬으루 아침 진지를 해드리오리다."

늙은 여편네가 비꼬아서 대답한 뒤 싸리문을 닫아거는 데 한동안 지체하고 아이년을 앞세우고 들어갔다.

초향이의 집이 뒤는 바로 자그마한 동산이요, 앞은 훨씬 나가서 행길이요, 오른편은 뒷동산에서 뻗어내려온 언덕인데 언덕 밑에 샘이 박히고 왼편은 김장 배추를 심은 채마전인데 채마전 지나서 남의 집이 있고 언덕과 채마전 사이의 바깥마당이 멍석 여남은 닢 깔이 넉넉히 되는데, 마당가에는 실도랑이 나고 도랑가에는 낙엽 된 수양버들 서너 주가 띄엄띄엄 섰다. 영변 도호부(都護府) 성중이건만 자리가 궁벽하여˙ 촌집이나 다름이 없었다.

• 궁벽(窮僻)하다
매우 후미지고 으슥하다.

단천령이 헌 멍석을 대강 떨어서 넓은 마당 한중간에 갖다 깔고 앉았다. 품에 지니고 온 학경골(鶴脛骨) 피리를 손에 내들고 만지면서

'초향이가 과연 지음할 줄 아는 기집이면 내 피리소리를 듣구 안 쫓아나올 리 없으렷다.'

생각하고 혼자 웃었다.

 학경골 피리란 두루미 다리뼈로 만든 피리니 단천령 집에서 기르는 두루미가 개에게 물려 죽은 일이 있었는데, 그때 단천령이 두루미 다리뼈로 피리를 만들면 어떨까 생각하고 시험조로 만들어본 것이 뜻밖에 일품으로 좋았다. 채는 좀 짧으나 소리는 제법 크게 나고 소리의 울리는 맛이 대피리와 달라서 맑고도 가볍지 않고 강하되 새되지 않았다. 단천령은 그 이후로 줄곧 학경골 피리만 불고 대피리는 별로 불지 아니하였다. 학경골 피리를 여남은 개 좋이 장만하였는데, 이번에 가지고 온 것이 그중에 소리 제일 잘 나는 것이었다.

 단천령이 곧 초향이를 불러낼 생각으로 피리를 입에까지 대다가 멍석잠도 이야깃거리니 한숨 자고 나서 밤 느직한 뒤 초향이를 놀래주리라 고쳐 생각하고, 피리를 다시 품에 넣고 일어나 도랑가에 가서 갓을 벗어 버들가지에 매어달고 베개삼아 벨 만한 돌 하나를 들고 왔다. 찬 이슬이 내리는데 덮으려고 멍석을 이불 개키듯 세골접이로 접치고 찬 돌을 그대로 베지 않으려고 두루마기를 벗어 착착 접어서 돌 위에 덧베개로 놓은 뒤에 마치 통이불 속에 들어가듯 멍석 속에 들어가서 목 위만 내놓고 번듯이 누웠다.

 달은 하늘 복판에 가까이 와서 있고 흰구름장은 온 하늘에 군데군데 떠 있었다. 구름이 밝은 빛 가리는 것을 달은 좋게 여기지 아니하여 여러 구름장들을 한달음에 뚫고 나가려고 달음질을 치는 것같이 보이었다. 달이 구름장에 들어가면 희미하고 나오면 환하여 희미하고 환한 것이 연해 섞바뀌어 변하였다.

　단천령이 한동안 달을 치어다보다가 잠을 청하여 보려고 눈을 감았다. 그러나 멍석이 아래서 배기고 위에서 누르고 또 벤 것이 거북하여 밤새도록 잠을 청하여도 잠이 올 것 같지 않았다. 가을 달밤의 임자는 벌레들이라 샘 둥천에도 벌레소리, 채마전 머리에도 벌레소리, 도랑가와 싸리문 안에도 벌레소리, 사방에 벌레소리 요란한 중에 별안간 가야금 줄 고르는 소리가 들려왔다. 단천령은 눈을 한번 떴다가 다시 감고 귀를 기울였다. 줄 고르는 것이 끝나며 바로 계면조가 시작되었다. 가야금 수단에 조화가 붙어서 사람의 말할 수 없는 애틋한 심정을 가야금 시켜 대신 말하는 듯 하였다. 백낙천白樂天을 울리던 심양강潯陽江 위의 비파소리가 저처럼 애원하였을까, 단천령은 이런 생각을 하며 가야금 소리를 한참 듣다가 멍석 밖에 반몸을 일으키고 앉아서 피리를 불어서 가야금 곡조를 맞추었다. 피리소리와 가야금 소리가 한참 서로 어울리는 중에 가야금 소리가 똑 그치어서 피리도 그치었더니 얼마 아니 있다 가야금 소리가 다시 나서 피리도 다시 시작하였다. 그러나 곡조가 다 끝나기 전에 가야금 소리가 또다시 그치고 이번에는 방문 여닫는 소리가 나는 것 같고 또 사람의 신발소리가 나는 것 같았다. 단천령은 초향이가 피리소리를 듣고 쫓아나오는 줄로 짐작하고 더 농락하여 볼 생각으로 얼른 피리를 품에 품고 멍석 속에 얼굴까지 파묻고 드러누웠다.

삽작문 여는 소리가 나고 짝짝 신발 끄는 소리가 머리맡에 와서 그치고 한참 만에

"손님."

하고 부르는 것은 멍석 빌려주던 늙은 여편네의 목소리였다. 단천령이 자는 체하고 대답을 아니하였다. 늙은 여편네가 연거푸 서너 번 손님을 부르다가 멍석 위에 손을 대고 흔들었다. 단천령이 더는 자는 체할 수가 없어서 자다가 놀라서 깨는 것같이 엉 소리를 지르고 멍석 밖으로 반몸을 일으키며 곧 늙은 여편네더러

"웬일이오? 밤중에 멍석을 쓸 일이 있소?"

하고 물었다.

"손님, 지금 세피리를 부셨소?"

"세피리요? 아니오."

"지금 여기서 누가 부는 것 듣지두 못했소?"

"나는 자느라고 못 들었소."

단천령이 생파리같이 잡아떼니 늙은 여편네는 입속말로

"별 이상스러운 일두 다 많아."

하고 혼자 중얼거린 뒤 도로 안으로 들어갔다.

한동안 좋이 지난 뒤에 가야금 소리가 다시 나는데 곡조도 화평한 평조平調거니와 청이 먼저보다 훨씬 낮았다. 가야금으로 피리를 자아내서 들으려고 줄 소리를 짐짓 줄이는 것이 환하였다. 단천령이 가야금을 맞추어서 피리를 불긴 불되 멀리서 부는 것같이 들리도록 역시 청을 낮추었다. 소리만 다 내지 않지 재주는 다

내서 빠른 듯 가야금을 싸주고 느린 듯 가야금을 돋워주되 장단한 점 빈구석이 없었다. 가야금 소리 그칠 듯 그치지 않고 곡조를 다 마치었다. 곡조가 끝난 뒤 단천령은 처음 누울 때와 같이 얼굴만 멍석 밖에 내놓고 드러누워서 안에서 무슨 기척이 나려니 마음으로 기다리며 귀를 기울이고 있었다. 싸리문께 가벼운 신발소리가 나는 것 같아서 단천령이 머리를 잠깐 치어드는 듯하고 바라보니 아이년이 앞서고 그 뒤에 젊은 계집이 따라 나오는데, 키는 크도 작도 않고 얼굴은 달덩이 같고 먼 광이 나서 싸리문 앞의 달빛은 더 환한 것 같았다. 이 계집이 초향인 것은 묻지 않고도 알 수 있었다. 단천령이 자는 체하려느니보다도 바라보고 누워 있기 겸연한 생각이 나서 눈을 감았다. 신발소리들이 멍석 옆에까지 와서 그치고 소곤소곤 속살거리는 소리가 들릴 듯 말 듯 나더니 아이년이 새된 목소리로

"나리."

하고 불렀다.

'탕건 안 쓴 사람을 나리라고 부르게 하니 피리소리 듣고 짐작이 난 것이로군.'

단천령은 속으로 생각하며 눈을 떠보고 부지런히 일어앉았다.

"네가 나를 깨웠느냐?"

"녜, 나리 일어나세요."

"나리가 웬 나리냐?"

"우리 아씨께서 단천 영감 나리신 줄 다 아셨세요."

아이년 말끝에

"존전에서 아씨가 무어냐!"

초향이는 나직이 나무라고

"아씨는 아씨거니와 영감 나리가 무어냐?"

하고 단천령은 껄껄 웃었다.

"아무리 모르고 한 일이라도 찬 이슬 내리는데 한데 기시게 해서 죄만합니다. 어서 일어나서 안으로 들어가시지요."

"내 행색이 고만 탄로난 모양일세그려."

단천령이 초향이를 보고 한번 웃은 뒤 멍석자리에서 일어나서 툭툭 떨고 안으로 따라들어오는데, 베었던 두루마기와 매어단 갓은 아이년더러 가지고 들어오라고 일렀다.

안방에 들어와서 단천령이 먼저 앉은 뒤 초향이는 절을 하고 옆에 와 앉아서 말끄러미 얼굴만 치어다보고 말은 하지 아니하였다.

"맨상투바람에 꼴이 보기 우스운가?"

단천령이 당치 않은 말을 물어서 초향이는 고개를 살래살래 흔들고

"꿈에라도 한번 보입고 싶던 나리께서 제 집에를 오시다니, 아무리 생각해도 꿈만 같습니다."

하고 말하는데 정이 말 밖에 넘치는 것 같았다.

"내가 이번에 겉으루는 묘향산 구경 온다구 하구 실상은 자네의 가야금을 들으러 왔네."

"여기를 언제 오셨습니까?"

"오늘 다저녁때 들어왔네."

"들어오시는 길로 바로 제 집을 찾아오셨습니까?"

"전례서 섭사 다니는 사람의 집에 사처는 정했네."

"그런데 의관은 어떻게 하셨습니까, 길에서 봉적하셨습니까?"

"아니, 자네게 와서 과객 행세하려구 폐포파립을 빌려가지구 왔네."

"나리께서 저를 농락하셨습니다그려. 그러나 제가 만일 가야고 고만두고 일찍 잤든들 하룻밤 한데서 떠실 뻔하셨지요?"

"내가 한번 피리만 불면 자네가 자다가라두 쫓아나올 줄 믿구 있었는걸."

"처음 계면조 부실 때는 본 사람이 없어서 어리석은 소견에 혹 신선이 내려와서 저를 희롱하나 생각했었지만, 나중 평조 부실 때는 아이년이 울 틈으로 망도 보았고 또 제 맘에 짐작도 나서 나리께서 오신 줄 알았습니다."

이런 수작들을 할 때 늙은 여편네가 건넌방에서 건너와서 단천령을 보고

"초향이의 어미올시다."

하고 인사한 뒤 초향이더러

"나 좀 보자."

하고 모녀 같이 마루로 나갔다.

"약주 대접할라느냐?"

"약주는 가서 받아오지만 안주를 어떻게 하느냐?"
하고 공론하는 말을 단천령이 방에서 듣고
 "여보게 초향이, 술을 줄라거든 안주는 푸새김치˚라두 좋으니 따루 장만하지 말게."
하고 말하였다.
 초향이가 단천령 옆에 와 붙어앉아서 공연히 소리내서 웃기도 하고 정답게 가만가만 이야기도 하는 중에 초향이의 어미가 술상을 차려 들여보냈는데 술은 소주요, 안주는 배추 겉절이와 마늘 장아찌뿐이었다. 단천령이 소주를 즐기지 아니하나 권에 못 이겨서 두어 잔 마신 뒤에 초향이더러
 "자네두 한잔 먹게."
하고 초향이의 손에 든 주전자를 달라고 하니
 "저는 술을 접구도 못합니다."
하고 초향이는 주전자를 내놓지 아니하였다.
 "술이란 운에 먹는 음식인데 나 혼자 무슨 맛인가. 나두 고만 먹겠네."
 "안주 없는 술이나마 한두 잔 더 잡수시지요. 제가 대작하는 대신으로 노래를 부르겠습니다."
 "참말 자네가 시조를 잘 짓는다데그려. 하나 지어 불러보게."
 "잘 짓고 못 짓고 지으라시면 짓겠습니다."
 초향이가 시조를 생각하느라고 얼마 동안 잠자코 있다가
 "할 말이 없는 듯 많고 많은 듯 없어서 시조가 안 됩니다. 웃음

거리로 들어줍시오."

하고 말한 뒤 단정하게 앉아서 시조를 불렀다.

"상공相公은 금지옥엽 이내 몸은 하향천기 지기知己라 입에 올려 일컫지는 못하오나 정情에는 위아래 층이 없사올 듯하외다."

"자네 수고를 갚기 위해서 나두 되나마나 시조 하나 지어서 화답함세."

"시조 부르실 때 제가 가야고로 어우르까요?"

"좋지, 장단이 혹 틀리거든 가야고루 잘 싸주게."

"그렇게 말씀하면 고만둘랍니다."

"자네가 어울러주지 않구 고만두면 나두 부르지 않구 고만두겠네. 그러지 말구 가야고를 어서 이리 가지고 오게."

- 푸새김치
절이지도 아니하고 담가서 바로 먹는 김치.
- 안족(雁足) 기러기발. 거문고, 가야금, 아쟁 따위의 줄을 고르는 기구.

초향이가 가야금을 가지고 와서 줄을 퉁기며 안족˙을 들이키고 내키고 한 뒤에 단천령이 시조를 부르기 시작하였는데, 가야금 소리 곱게 흘러서 남청의 웅장한 맛을 더 돋우었다.

그대의 높은 재주 귀에 저저 들었기로
그대를 보랴 하고 천리 먼길 예 왔노라
그대가 싫다 않으면 같이 놀다 가리라.

단천령이 시조 삼장을 다 부르고 나서

"종장 사의가 자네 맘에 어떤가? 싫다구 하지 않을 텐가?"
하고 물으니 초향이는 말없이 방그레 웃었다.
 "싫다 않으면 여기서 자구 싫다면 더 늦기 전에 가겠네."
 "멍석자리로 나가시겠단 말씀입니까? 멍석은 벌써 거둬 치웠습니다."
 "나를 여기서 자게 할라면 내가 길을 와서 곤하니 좀 일찍 자게 해주게."
 "네, 그러십시오."
초향이가 술상을 마루로 내보내고 가야금을 벽에 갖다 걸고 방을 훔치고 자리를 내려 까는 동안에 단천령은 망건을 벗고 피리를 품에서 꺼내서 머리맡에 놓았다. 초향이가 자리를 다 깔아놓은 뒤 피리를 집어들고
 "이게 대가 아니고 뼵니다그려. 무슨 뼵니까?"
하고 물어서
 "두루미 다리뼈루 만든 겔세."
하고 단천령이 대답하였다.
 "대피리보다 소리가 잘 납니까?"
 "아까 들을 제는 대피리와 어떻든가?"
 "아까 들을 제는 대피리로만 알았습니다."
 "내일 가까이서 잘 들어보게."
 "제가 지금 시조를 또 하나 부를 테니 피리로 어울러주시겠습니까?"

"그리하세."

  이날 밤 어인 밤가 어른님을 뫼시도다
  종없이 웃고 싶고 하염없이 울고 싶다
  아마도 기쁨에 겨워 미칠 듯하여라.

단천령이 종장 끝에 군장단까지 다 불고 피리를 입에서 뗄 때
"대피리보다 소리가 더 청청하고 강한 맛이 있는 것 같습니다."
하고 초향이가 말하니 단천령은 고개를 끄덕끄덕하였다.
"인제 고만 누우십시오."
"자네두 눕게."
"어미를 잠깐 보고 와서 자겠습니다."

● 소간사(所幹事) 볼일.

초향이가 건넌방에 가서 별로 오래도 있지 아니하였건만, 단천령은 그동안에 벌써 잠이 어렴풋이 들다가 도로 깨었다.
"불을 켜놓구 자나?"
"아니요, 끄지요."
달이 서창으로 들이비쳐서 방안은 등잔불 켰을 때보다 도리어 더 밝고 초향이의 얼굴은 등잔불 밑에서 볼 때보다 몇배 더 아름다워 보이었다.
이튿날 식전에 단천령이 초향이에게 부탁하여 아이년을 하처 잡은 집에 보내서 의관을 바꾸어 오게 하였다. 하처에 가야 별로 소간사˙가 없는 까닭에 초향이의 집에서 아침을 얻어먹고 눌러

앉아서 아악, 향악, 당악의 각기 좋은 것을 들어 이야기하다가 이야기가 번지어서 장악원의 제도 변천을 이야기하고, 세종대왕 때 관습도감사慣習都監使 박연朴堧이란 이가 악공을 교습시키던 방법이 아직 남아서 조라치들 공부가 수월치 않은 것을 이야기한 끝에

"자네두 서울 와서 장악원 같은 데 시사˙해보면 어떤가?"
하고 물으니 초향이는 한숨만 짓고 대답이 없었다.

"자네가 서울 와 있어 본다면 내가 이번에 올라가서 주선해보겠네."

"서울 왈짜들에게 부대낌을 받으러 서울까지 갈 맘은 아직 없습니다. 장악원이나 내의원 같은 데 주선해주실 생각을 마시고 나리 댁에 시사를 시켜주십시오."

"내 집에 와서 시사를 하겠다? 그것 좋은 말일세. 처음에 장악원이나 내의원으루 올라왔다가 나중 내 집으루 옮길 도리를 해보세그려."

"옮겨주실 것만 단단히 언약하시면 좋지 않은 시사라두 싫단 말 않고 가겠습니다."

"내가 언약하기는 어렵지 않은데 우리 집에는 안에 호랑이가 하나 있어서 자네가 옮겨왔자 하루를 배기기가 어려울걸."

"부인이 아무리 무서우시기로 무지스러운 볼기야 때리시겠습니까. 볼기 맞는 데 기생 노릇이 이에 신물이 납니다."

"자네가 그렇게까지 맘을 먹으면 어디 다시 생각해보세."

"언제쯤 올라가시겠습니까?"

"아직 작정 없네. 이왕 말하구 온 게니 일간 묘향산이나 갔다 와서 작정하겠네."

"묘향산을 보름 후에 가시면 저도 뫼시고 가겠습니다."

"자네가 같이 간다면 오늘이라두 가구 싶은데 보름 전에는 못 갈 일이 있나?"

"보름 점고를 맞아야지요."

"점고 때문에 못 간단 말인가? 탈하면 고만 아닌가."

"제가 사람이 고약해서 남더러 사폐 보아달라기도 싫고 또 보아달래야 보아줄 사람도 없습니다. 그래서 초하루 보름 점고는 몸져누워 앓지 않으면 빠지지 않고 치르고 그 대신 여느 때는 관가에를 별로 들어가지 않습니다."

● 시사(時仕)
아전이나 기생 등이 그 매인 관아에서 맡은 일을 함. 또는 그 일.

● 중씨
남의 둘째형을 높여 이르는 말.

"내일이 보름날 아닌가?"

"아니, 모렙니다."

"그러면 글피 떠나보세."

"무얼 타고 가십니까?"

"나는 타고 온 나귀가 있지만 자네 탈 것을 준비해야겠네. 자네 말 탈 줄 아나?"

"올 봄에 중씨˙ 나리께 보이러 갈 때도 말 타고 갔었습니다."

"그럼, 내가 삯마라두 얻어놓음세. 자네 가야고가 단벌인가?"

"왜요?"

"여벌이 있으면 갈 때 하나 가지구 가세."

"가야고를 가지고 가자면 지고 갈 사람이 따로 있어야지요."

"내가 데리구 온 하인이 있으니까 그놈 지워가지구 가지. 대체 거추장스러운 악기는 이런 때 재미없는 까닭에 나는 거문고를 안 배우구 피리를 배웠네."

"어디를 가시든지 하인들을 데리구 다니시는데 거추장스러운 악기면 어떻습니까? 거문고가 거추장스럽다고 안 배우셨단 말씀은 공연한 말씀인 것 같습니다."

"송장 묶은 거 같은 것을 길에 뻗지르고 다니기가 무에 좋은가?"

"그럼 이번에 가야고를 안 가지고 갈랍니다."

"이 사람아, 골내지 말게. 거문고나 가야고가 그래 피리만큼 간단스러운가, 자네 말해보게."

"퉁소, 단소, 젓대, 생황 등속이 다 간단스럽지요, 어디 피리뿐입니까?"

"그렇지. 그런데 그중에서 피리가 제일 간단스럽단 말이야."

"제일 간단스러운 것이 제일 좋은 것은 아니겠습지요."

"제일 좋은 것이라구 억지를 쓰구 싶으나 자네가 가야고를 안 가지구 간다구 뻗댈까 겁이 나서 고만두네."

"참말로 간단스러운 걸 취해서 피리를 배우셨습니까?"

"거짓말을 할 리가 있나. 우리 형님이 거문고를 같이 배우자구 하시는 것을 나는 굳이 싫다구 하구 단소를 배웠네."

"단소도 잘 부십니까?"

"단소두가 아니야. 단소를 피리보다 더 잘 불지. 그렇지만 세상에서 야속하게 안 쳐주니 할 수 있나. 우리 이야기는 고만하구 자네 거추장스러운 악기와 내 간단스러운 악기를 한번 어울러보세."

초향이가 웃고 일어나서 가야금을 가지고 와 앉아서 줄을 골랐다.

"이거 보게. 어디 가지구 다니기가 거북한 건 차치물론하구 집안에서두 뻗쳐놓을 자리가 있어야지, 줄을 번번이 골라야지, 이것이 얼마나 거북살스럽구 번폐스럽구 거추장스러운가."

"가야고 타박은 고만하시고 무엇이든지 먼저 내세요."

"향악 영산이나 한바탕 해볼까?"

"좋지요."

● 곰배곰배
곰배임배. 계속하여. 자꾸자꾸.

이야기가 그치며 바로 피리소리와 가야금 소리가 어울러 났다.

서로 좋아하는 남녀가 세상 시름을 다 잊고 밤낮 웃고 지낼 때 이틀 사흘은 눈깜짝할 사이나 다름이 없어 어느덧 보름이 지나 열엿샛날이 되었다. 단천령이 초향이를 데리고 향산 구경길을 떠나는데 단천령은 나귀를 타고 초향이는 집부담 샀마를 타고 단천령의 하인은 길양식 자루와 술병을 짐 만들어 지고 가야금은 샀마 마부가 짊어졌다. 유산 나선 길을 조여갈 까닭도 없겠지만 수석水石이 좋다고 쉬고 단풍이 곱다고 쉬고 곰배곰배˙ 쉬어서 일백삼십리 길을 사흘에도 해동갑하여 왔다.

첫날 보현사에서 자는데 중들이 단천령을 서울 양반인 줄 알면

서도 색다른 동행이 있는 까닭으로 쓸쓸히들 대접하였다. 이날 밤에 달이 밝은데 청정법계淸淨法界라 달빛도 깨끗한지 천지간에 티끌 한 점이 없는 것 같았다. 단천령이 초향이를 데리고 밖에 나와 거닐다가 하인을 불러서 가야금을 가져오라 이르고 만세루로 올라왔다. 그림폭 같고 꿈자취 같은 가까운 봉우리와 먼 묏부리를 돌아보는 중에 가야금이 와서 초향이는 달빛이 비치는 곳에 앉히고 단천령은 난간을 의지하고 서서 한 곡조를 어울렀다. 가릉빈가˚의 묘한 소리가 시방十方에 두루 찬 듯, 균천광악˚의 희한한 곡조가 구소˚에서 내려오는 듯 세상에서 흔히 듣는 풍류소리와 다른 것은 누가 듣든지 짐작할 수 있었다. 중들이 하나씩 둘씩 밖으로 나왔다. 이때 보현산 선방에서 조실˚을 맡아보던 지식 있고 도덕 있는 청허당 휴정선사까지 밖에 나서서 바라보았으니 젊은 중들이 누 아래 모여 서서 치어다보는 것은 말할 나위도 없었다. 향산의 이날 밤 달은 오로지 단천령과 초향이를 위하여 밝은 듯하였다.

초향이가 처음에 향산 구경 올 것을 작정할 때 저의 삼종조가 향산 중으로 당호堂號가 수월당水月堂인데, 수월당 노장스님이라고 하면 향산 안에서 모를 리 없다고 하더니 단천령이 보현사에서 젊은 중 하나에게 물어본즉 과연 잘 알아서 그 노장이 십여년 전에는 큰절 주지로 있었으나 지금은 큰절의 번뇌煩惱한 것을 피하여 내원암에 가서 있다는 대답을 들었다. 향산에 들어오던 이튿날 단천령이 초향이와 같이 내원암에 와서 그 노장을 만나보니 나이 근 팔십 된 늙은이가 근력이 정정하여 기거동작이 젊은 사람과 거의 다름이 없었다. 초향이는 내원암에 머물러두고 단천령은 그 노장의 상좌 둘에서 큰 상좌를 지로승삼아 데리고 고적 구경을 나섰다. 쓰러져가는 암자와 다 쓰러진 암자가 도처에 눈에 뜨이어서 단천령이 상좌중더러

"암자들을 퇴락하게 내버려두구 중수 않는 것이 웬일이냐?"
하고 물으니

"와서 있을 중두 없는데 물역을 들여서 중수해놓으면 무어합니까?"
하고 상좌중은 대답하였다.

"보현사에 매인 암자가 수가 모두 몇이나 되느냐?"

"예전부터 전해오는 말은 묘향산 안에 팔만구 암자라구 합니다."

"예전 팔만구 암자가 지금 몇이나 남았느냐?"

"지금두 퍽 많습지요."

현재 암자 수는 상좌중이 똑똑히 알지 못하는 모양이었다.

삼성대를 와서 보고 앉아 쉴 만한 자리를 살피는 중에 단천령이 한 곳에 와서 깨어진 기왓장과 삭은 재목이 풀 속에 널려 있는 것을 보았다.

"여기두 전에 암자가 있었구나."

● 가릉빈가(迦陵頻伽) 불경에 나오는, 사람의 머리를 한 상상의 새. 히말라야 산에 살며, 그 울음소리가 곱고, 극락정토에 둥지를 튼다고 한다.
● 균천광악(鈞天廣樂) 하늘의 신비로운 음악.
● 구소(九霄) 높은 하늘.
● 조실(祖室) 참선을 지도하는 직책. 또는 그 직책을 맡고 있는 중.

"녜, 여기 있던 암자가 이름이 삼성암인데 전에 이인이 한 분 와서 기셨답니다."

"전이라니 팔만구 암자 있을 때 말이냐?"

"아니올시다. 몇십년밖에 안 되었습니다."

"그 이인이 지금은 어디 있느냐?"

"돌아가셨습니다."

"그래 이인을 너두 봤느냐?"

"소승은 세상에 나기두 전에 돌아가서 못 뵈었습지요만, 소승의 스님은 이인과 친하게 지냈답니다."

"무엇이 여느 사람과 달라서 이인 소리를 들었다드냐?"

"도술이 갸륵하드랍니다."

"갸륵한 도술을 어디 들은 대루 이야기 좀 해봐라."

"이인의 일을 스님이 잘 아니 스님에게 이야기를 들어보십시오."

삼성대에서 내원암에를 오니 해가 거의 승석때가 다 되었다. 구경을 따라다니던 하인과 마부는 전날 묵던 큰절에 내려보내서 묵게 하고 단천령은 초향이와 함께 내원암에서 저녁 대접을 받고 자게 되었는데, 석반들을 먹고 나서 노장과 셋이 솥발같이 앉아서 한담할 때 단천령이 삼성암 이인 이야기를 물어보았다.

"그전에 삼성암에 있던 이인은 중이로되 법호두 없구, 당호두 없구, 속인 적 성명 이천년이란 것두 역시 본성명이 아닌 모양이었습니다. 연산주 임술년, 소승의 나이 스물한살 적 일입니다. 이

해 오월에 소승의 은사 스님이 우연히 난 병환이 대단 위중해서 소승이 영변 읍내루 의원을 청하러 가게 되었는데 해는 길지만 읍내를 당일에 들어가자면 첫새벽 떠나야 하는 까닭에 잔입으루 절에서 떠나서 한 삼십리가량 새벽길을 걷구 가지구 가던 백설기루 아침 요기를 하려구 샘물을 찾아갔더니, 중 하나가 샘 둥천에 앉아 있다가 소승을 보구 너 인제 오느냐 하구 마치 소승을 기다리구 있던 사람같이 말을 합디다. 머리를 깎은 것은 중이나 수염은 속인같이 길게 기르구 꿈에두 본 일이 없는 사람인데 그렇게 말을 하니 괴상하지 않겠습니까. 하두 괴상해서 소승은 대답두 못하구 뻔히 보구만 있었습니다. 그 중이 빙글빙글 웃으면서 네가 지금 영변 읍내 의원 아무개를 청하러 가지 않느냐 하구 의원의 성명까지 알구 말합디다. 대체 누구신데 어떻게 그렇게 소상히 아시느냐구 소승이 물었더니, 그 중이 묻는 말에는 대답 않구 내가 지금 너의 스님의 병을 봐주러 가는 길이니 나하구 같이 가자. 영변 읍내 의원은 가서 청해야 오지두 못하구 오더라두 그 의술 가지구는 병을 고치지 못한다 하구 말합디다. 그 중의 외모만 보더라두 허튼 말을 할 사람 같지 않아서 소승이 그 중을 데리구 도루 절루 왔었습니다. 그 중이 와서 스님의 맥을 보구 약을 쓰는데 첫번 약 서너 첩에 대세를 돌리구 나중 약 한 제에 그 위중하던 병환이 운권청천˙이 되었습니다. 소승의 스님두 그 중의 내력을 몰라서 여러가지루 물어봤지만 그 중이 차차 알라구 하구 잘 말

• 운권청천(雲捲晴天) '구름이 걷히고 하늘이 맑게 갬'이란 뜻으로, 병이나 근심 따위가 씻은 듯이 없어짐을 비유적으로 이르는 말.

하지 않습디다. 하여튼 중병을 고쳐준 은인이니까 간단 말 하지 않는 것을 가라구 할 수야 있습니까. 그래서 한 달 두 달 같이 지내는 중에 스님이 그 중에게 어떻게 반했든지 다른 데루 간다구 할까 봐 겁을 내게 되었습니다. 대소사 무슨 일이든지 스님이 그 중의 훈수를 받게 되었습니다. 그 말을 들으면 일이 여의하게 되구 그 말을 안 들으면 일을 낭패보게 되니 그런 훈수를 누가 안 받겠습니까.

 일년 남짓 지난 뒤에 그 중이 강서 구룡산으루 간다구 하는 것을 스님이 향산에 있으라구 굳이 붙들어놓구 그의 소원대루 삼성암에 혼자 와서 있게 하구 쌀가루 지필묵 등속만 대주었습니다. 쌀가루 가지구 생식하구 지필묵 가지구 책 저술하구 삼십여년 동안 있다가 소승의 스님이 열반에 드신 뒤에 그 중은 처음에 간다구 하던 강서 구룡산으루 갔는데, 나중에 들으니 가던 이듬해 기해년에 그곳에서 이 세상을 떠났답디다. 그 중이 여기 있는 동안에 속인 제자 두 사람을 거두어 두었는데 그중 한 사람은 그 스승만 못지않은 이인이었습니다. 그 사람의 내력은 소승이 잘 압니다. 그 사람은 본래 함흥 백정 양주팔인데 이 장자곤 이찬성의 처삼촌이구 나중 동소문 안에 무명씨 갖바치루 조 광자조 조대사헌의 친구이었답니다. 그 사람이 기해년에 강서 구룡산에서 자기 스승을 종신終身하구 그 길루 여기 와서 소승의 제자루 삭발했었습니다. 소승에게서 얼마 동안 있다가 경산으루 간다구 가더니 죽산 칠장사에 가서 있었다는데 승속간에 생불 대접을 받다가 사오년 전에 서천극락으루 갔답니다. 지금 세상에서 해서대적이라구 떠드는 임꺽정이가 그 사람의 제자랍니다. 임꺽정이가 그 사람의 재주를 다 배웠으면 호풍환우呼風喚雨두 할는지 모르구 둔갑장신遁甲藏身두 할는지 모르구 백리 천리 밖 일두 앉아서 환히 내다볼는지 모릅니다."

노장의 긴 이야기가 끝난 뒤에 단천령은 노장을 보고

"그런 줄 몰랐더니 대사가 도둑놈의 대선생이군."

하고 웃음의 소리를 하였다.

초향이가 단천령을 보고

"임꺽정이 있는 데가 청석골이라니 청석골이 어딘가요?"

하고 물으니 단천령은 노장에게 웃음의 소리 하던 심경이 아직 변치 아니하여

"그건 왜 묻나. 꺽정이를 찾아보러 갈 생각이 있나?"

하고 실없는 말을 하였다.

"내가 왜 도둑놈을 찾아보러 다니는 사람인가요?"

"도둑놈 찾아보는 사람이 어디 따루 있나, 누구든지 찾아보면 찾아보는 게지."

"나리도 꺽정이를 더러 찾아보셨습니까?"

"아직 못 찾아봤네. 자네 앙갚음을 해서 속이 시원한가?"

"말씀을 함부루 해서 죄송합니다."

초향이의 사과하는 말을 단천령은 적이 웃으며 듣고 나서

"꺽정이의 소문이 굉장한 건 알 수 있네. 영변 구석에 있는 자

네가 다 청석골 이름을 아니."
하고 말끝을 조금 달리 돌리었다.

"우리 골 사또께서 서울로 올려보내시는 봉물을 두 번이나 연거푸 꺽정이에게 뺏겼답니다. 그래서 청석골 이름을 들었습니다."
하고 초향이가 말한 뒤에 노장이 단천령을 보고

"꺽정이 까닭으루 서관대로가 막히다시피 될 때가 많다지요?"
하고 물었다.

"아주 막히기야 할까만 도로에 작경이 부절히 있으니까 막힌단 소리두 날 만하지."

"꺽정이가 평안도루 온단 소문을 혹 들으셨습니까?"

"그놈이 잡힐 듯하면 강원도루두 내빼구 평안도루두 내뺀다구 말들 하드군."

"일시 피신하러 오는 게 아니라 아주 붙박여 있으러 온단 소문을 혹 들으셨느냔 말씀이올시다."

"별반 그런 소문은 못 들었어."

"꺽정이가 아마 평안도루 올 모양인갑디다."

"대사가 무슨 짐작이 있나?"

"짐작으루 하는 말씀이 아닙니다. 성천 향풍산香風山 정진사淨進寺 중 하나가 향일에 와서 이야기를 하는데 꺽정이가 성천, 양덕 접계 두메 속에 와서 적굴을 만든단 소문이 있어서 그 중이 일부러 무인지경 산속을 찾아들어가본즉 고래등 같은 기와집을 새루 지어놨더랍니다. 그놈이 필경 평안도루 옮겨올라기에 성천 산

중에 와서 그런 큰 집을 지었을 것 아닙니까."

"꺽정이가 청석골을 버리구 성천 두멧구석으루 올 리가 있다구."

"그 중이 꺽정이를 먼빛으루 보기까지 했다는걸요."

"그것이 어느 달 일이라든가?"

"지난달이랍니다."

"지난달 언제야?"

"그 중이 절에서 추석을 쇠구 나섰다니까 아마 이십일경이겠지요."

"그게 꺽정이가 아니구 다른 도둑놈일세. 꺽정이는 지난달 이십일경에 서울 장통방에 와 파묻혀 있다가 잡힐 뻔했다는데 성천 와서 집 역사를 시키다니 날아다닌대두 안 될 일 아닌가?"

● 부절(不絶)히
끊이지 아니하고 계속.

"그놈이 분신술을 하는지두 모르지요."

"꺽정이가 이인의 제자란 말은 오늘 저녁에 대사에게 처음 들었지만 제가 만일 앞일을 미리 안다면 기집 셋을 잡히게 가만둘 리가 없구, 둔갑장신을 한다면 밤중에 오간수 구녕으루 도망할 리가 없을 것일세. 장통방에서 실포失捕한 때 꺽정이는 오간수 구녕으루 빠져 내빼구 서울 안에 있던 꺽정이 기집 셋만 잡혔다네. 그러니까 꺽정이가 다른 재주는 가졌는지 마치 몰라두 분신하는 재주를 가진 것만은 나두 잘 아네."

"꺽정이가 분신술 부리는 걸 보신 일이 있습니까?"

"내 눈으루 본 일은 없지만 본 이나 진배없지. 꺽정이가 지금 조선 팔도에 없는 데가 없으니 분신 안 하구야 그렇게 도처에 있을 수가 있나. 그런데 분신하는 방법은 별게 아니구 다른 도둑놈들에게 이름을 빌려주는 거야."
하고 단천령이 웃으니
"꺽정이 같은 큰 도적은 좀도적들에게 이름을 도적맞는 일두 더 있겠지요."
하고 노장도 웃었다.

밤에 잘 때 단천령과 노장과 노장의 상좌들은 한방에서 같이 자고 초향이만 혼자 딴 방에서 자게 되었다. 초향이가 자려고 불을 끄고 누웠는데 우수수하는 바람소리에 공연히 처량한 생각이 나서 잠을 못 이루고 이리 뒤척 저리 뒤척 하였다. 우수수 소리는 그치고 우 하는 소리가 멀리 들리다가 차차로 가까이 들려왔다. 그 소리를 어찌 들으면 급한 비가 몰려오는 듯하나 남창에 달이 밝으니 빗소리가 아니겠고 또 어찌 들으면 큰 물결이 밀려오는 것 같으나 첩첩한 산중에 물결소리 날 까닭이 없다. 높은 산 위에서 바람이 불어내려오거니 짐작하고 듣는 중에 용에게는 구름이 따르고 범에게는 바람이 따른단 말이 문득 생각나며 곧 범이 올까 무서워서 여럿 자는 방으로 가고 싶은 마음이 간절하였으나 변스럽게 여길 듯 고만두었다. 방 뒤에서 별안간 버스럭 소리가 났다. 범이 와서 뒷벽을 발로 허비는 것만 같아서 몸이 으쓱하여졌다. 버스럭 소리도 수상한데다가 벽의 흙 떨어지는 소리가 완연히 들리니 범이 아니면 무엇이랴. 쥐랴? 쥐장난 같으면 우르르 몰려다니는 소리도 나고 찍찍 소리도 날 터인데 한결같이 버스럭 소리만 날 뿐이고, 버스럭 소리는 벽을 허비는 것이 흙 떨어지는 소리만 들어도 알 수 있었다. 틀림없이 범인 모양이다. 계집사람이 암자에 와서 자는 것을 산신령이 부정하게 여겨서 잡아먹으라고 범을 보냈는가 보다. 인제는 변스럽게 여기거나 말거나 여럿 자는 방으로 가려고 일어앉기까지 하였으나 방문을 열고 나갈 수가 없어서 방에 들어와서 잡아먹으려거든 잡아먹어라 마음을 먹고 도로 드러눕는데 치마를 얼굴에 뒤집어쓰고 몸을 한줌 되도록 오그렸다. 팔다리가 떨리기 시작하더니 온몸이 덜덜덜 떨리었다. 이를 악물고 떨지 않으려고 하나 점점 더 떨리어서 오장육부가 다 떨리었다. 얼마를 떨었던지 떨다 떨다 지쳐서 잠이 들었다가 새벽 종소리에 놀라 깨었다.

• 신중단(神衆壇) 불법을 모시는 화엄신장을 모시는 단.

   툇마루 구석 신중단˚ 앞에서 예불하는 소리가 나서 정신을 차리고 일어앉아서 방문을 조금 삐기고 내다본즉 지새는 달빛 속에 흰 장삼 입은 상좌가 너푼너푼 절을 하고 있었다. 범이 중으로 변화한다는 옛날이야기가 생각나서 삐기었던 방문을 얼른 도로 꼭 닫았다. 예불이 끝나고 툇마루에 발소리가 날 때 참말 상좌인가 아닌가 시험하려고
   "스님, 손님 다 일어나셨소?"
하고 물어보니
   "네, 다 일어나셨습니다."

하는 대답이 작은 상좌의 목소리가 분명하였다. 초향이가 비로소 마음이 놓이어서 여럿 있는 방으로 건너가는데 그래도 툇마루와 마루를 지나갈 때 마당 쪽을 바라보며 바쁜 걸음을 걸었다.

"벌써 일어났느냐?"

노장이 묻고

"잘 잤나?"

단천령이 묻는 것에 초향이는 대답도 변변히 아니하고 노장을 보고

"밤에 무어 오지 않았세요?"

하고 물었더니

"오긴 무에 온단 말이냐."

노장의 대답이 하도 무뚝뚝하여 밤 지난 이야기를 하려다가 말았다.

구경을 다 하는 동안 자기 암자에서 묵으라고 노장이 말하고 단천령은 노장의 말을 좇아서 일이일간 더 묵으려고 하는데 초향이가 노장과 단천령을 번갈아 보며

"저는 오늘 나가겠세요."

하고 말하여

"자네 혼자 먼저 가겠단 말인가? 같이 왔다가 그런 법이 어디 있나?"

하고 단천령이 책을 잡았다.

"나리께서 구경을 더 하신다면 저 혼자 먼저 가겠세요."

"갑자기 웬일인가?"

"산에 다니시는데 따라다닐 수도 없고 혼자 암자에 떨어져 있기도 싫고 그래서 먼저 가겠단 말씀입니다."

"그러면 같이 가자구 말을 해야 옳지 않은가?"

"그럼 같이 가세요."

"엎드려 절 받길세그려. 아무러나 그래 보세."

단천령은 묘향산을 다시 오기가 쉽지 못하여 이왕 온 길에 명승고적을 대강 고루 구경하고 갈 마음이 있었으나 초향이에게 끌려서 고만두고 가기로 하였다.

초향이가 단천령을 따라 묘향산에 간 동안에 영변 진관鎭管에 매인 태천泰川현감과 운산雲山군수가 영변 와서 모이었었다.

- 제승방략(制勝方略) 조선시대에 오랑캐를 막기 위하여 함경도 팔진의 지세와 공수(攻守)의 방법을 적은 책.
- 진배(進排) 물품을 나라에 바침.

을묘년에 호남에만 시행한 제승방략*의 분군법分軍法을 그 뒤에 각도에 다 시행하여 진관제도가 유명무실하게 되었으나 영변은 다른 진관과 달라서 대도호부사大都護府使가 병마절도사를 겸임하는 까닭에 진관에 매인 각읍 수령을 절제節制하는 것이 그전과 다름이 없었다.

태천현감은 새로 도임하여 절도사에게 현신하러 온 길이요, 운산군수는 군오軍伍에 관한 중요한 일을 절도사에게 취품하러 온 길인데 우연히 한때 와서 모이게 된 것이었다.

영변부사가 운산군수와 태천현감을 위하여 운주루運籌樓에서 자그마하게 잔치를 하는데 주식은 전주국典酒局에서 진배*하고

기악은 전례서에서 지휘하였다. 운산군수가 기악을 듣다가
"초향이의 가야고는 사또께서 두구 혼자만 들으십니까?"
하고 웃음의 말로 초향이의 가야금 듣기를 청하여 부사가 행수기생을 불러서
"초향이는 어째 안 왔느냐. 그년 또 병탈이냐?"
하고 물었다. 행수기생은 초향이를 못 잡아먹어 몸살하는 계집이라
"그년이 어떤 서울 양반을 따라서 향산으로 유산하러 가는데 말미도 받지 않고 갔답니다."
하고 초향이의 뒤를 발기집어내었다.
"무엇이야! 말미두 안 받구 출타하다니, 그런 발칙한 년이 어디 있단 말이냐!"
부사가 화를 내서 말하고 곧 좌우에 뫼셔 섰는 통인들을 돌아보며
"수노 부르래라."
하고 일러서 긴대답소리가 난 뒤 수노가 누 아래에 와서 대령하였다. 부사가 누 아래를 내려다보며
"관기가 수유 않구 임의루 출타해두 좋으냐? 그러다가는 어디루 도타해두 모르겠구나. 초향이란 년이 향산을 갔다니 지금 곧 관노를 보내서 내일 해전으루 잡아오게 해라."
하고 수노에게 분부를 내리었다. 부사 자리에 가까이 앉았던 판관이

"초향이를 데리구 간 서울 양반이란 게 누군가 알아보시지요."
하고 말하여 부사는 수통인더러 서울 양반이 누구인 것을 알아 올리라고 일렀다. 수통인이 누 아래 내려가서 여러 토관들에게 물어보는 중에 전례서 섭사가 종실 단천령이라고 말하여 주었다. 수통인이 올라와서 그대로 아뢰니 부사는 듣고 판관을 돌아보며

"단천령이 어느 틈에 왔군."

하고 말하였다.

"온단 선성이 있었습니까?"

"향일 관찰사 사또 하서*에 단천령이 가거든 극진 보호하란 부탁이 기셨는데 왔단 말이 없기에 아직 안 온 줄만 알았네."

"단천령이 음률을 잘 안다지요?"

"피리를 썩 잘 분다데."

● 하서(下書)
주로 편지글에서, 웃어른이 주신 글월을 높여 이르는 말.

"초향이란 년이 지음해주는 데 반해서 향산까지 쫓아간 겝니다그려."

"그런 게지."

"단천령의 안면을 보아주시자면 초향이를 잡아오란 분부는 도루 거두시는 게 좋을 것 같습니다."

판관의 말을 부사는 옳게 듣고 수노를 다시 불러서 초향이가 오거든 치죄할 셈 잡고 잡으러 보내진 말라고 고쳐 분부하였다. 운산군수가 단천령과 친분이 있어서 부사를 보고

"단천령 주경이가 여기 오긴 의원데요."

하고 말하니

"단천령과 친하시우?"

하고 부사가 물었다.

"녜, 친합니다."

"그럼 여기서 며칠 묵어서 만나보구 가시구려."

"한만하게 유산 나간 사람을 언제 올 줄 알고 기다립니까."

"친한 친구 사이면 운산까지 가기가 쉽겠소."

"그 사람이 맘이 내키면 천리두 멀다 않구 찾아다니지만 맘이 내키지 않으면 과문불입過門不入두 예사루 합니다."

운산군수와 부사 사이에 이런 수작이 있은 뒤 판관과 태천현감이 번갈아가며 단천령의 인물을 물어서 운산군수는 단천령이 시속時俗 사람과 다른 것을 한동안 입에 침이 없이 이야기하였다.

단천령과 초향이가 묘향산에서 돌아온 지 이삼일 된 뒤 단천령이 초향이 집에 와서 있을 때 사령들이 어깻바람나게 들어와서 바로 안방문을 잡아 열어젖히다가 방안에 양반 한 분이 앉은 것을 보고 무춤하고 뒤로들 물러섰다. 초향이가 내다보며

"웬일들이오?"

하고 물으니 사령 하나가 초향이더러 나오라고 손길을 쳤다.

"글쎄 무슨 일이오?"

"무슨 일인 걸 알아야 나오겠나? 사또께서 자네를 보자구 부르시네. 어서 이리 나오게."

초향이의 어미가 마침 동네 집에 간 것을 아이년이 쫓아가 불러서 허둥지둥 밖에서 들어왔다. 사령 하나는 눈 한번 흘낏 떠보

고 아무 말도 않고 초향이와 말하던 사령은 인사성으로

"어디 갔다오시우?"

하고 물었다.

"자네들 오래간만일세. 초향이가 또 무슨 일에 걸렸나?"

"그런가 보우."

"저 건넌방으루들 들어가서 이야기나 좀 속 시원하게 해주게."

"언제 들어앉구 있겠소. 얼른 가야지."

"아무리 잡혀가드라두 옷이나 좀 바꿔 입어야지 이 사람들아."

"얼른 바꿔 입으라시우."

"그동안 잠깐이라두 좀 들어앉게그려."

사령들끼리 두어 마디 수군수군 지껄인 뒤 초향이 어미의 뒤를 따라서 건넌방으로들 들어갔다. 초향이의 어미가 사령들을 앉혀놓고 밖에 나와서 아이년더러 술을 사오라고 이르고 안방에 들어와서 단천령을 보고

● 과문불입(過門不入) 아는 사람의 집 문 앞을 지나면서도 들르지 아니함.

"나리께서 어떻게든지 잡혀가지 않두룩 해주시우."

하고 말하였다.

"부사가 잡아오란다는 걸 내가 무슨 수루 잡혀가지 않두룩 하나?"

"서울 양반님네가 그만 수두 없단 말씀이오?"

"자네 말마따나 내가 서울 양반이니까 서울 가면 양반 자세를 더러 할 수 있지만 영변서는 하는 수 없네."

"저애가 지금 잡혀가면 등으루 업어 내올는지 거적으루 말아 내올는지 생사가 어찌 될지 몰라요. 그게 뉘 탓인데 뱃심 좋게 실없는 말씀을 하구 기시우?"

초향이의 어미가 단천령에게 곧 시비를 하러 대드는데 초향이가 눈살을 잔뜩 찌푸리고

"어머니, 왜 이러오?"

하고 나무랐다.

"왜 이러다니, 내가 못할 말 했느냐!"

"어머니는 건넌방에 가서 술대접이나 하시우."

"네 일루 온 사람이니 네가 가서 대접하렴."

"어머니, 그예 나 죽는 꼴을 보고 싶소?"

"그게 늙은 어미 위로하는 말이냐?"

"나는 어머니를 위로하고 어머니는 나를 위로해야 하지 않소."

초향이 눈에 눈물이 맺히는 것을 보고 그 어미는 쓴 입맛을 다시며 일어나서 건넌방으로 건너갔다.

"내가 자네 매를 벌어준 모양이니 자네 어머니가 나를 책망 안 하겠나."

"나리 때문에 매를 맞게 되면 하루 열두 번 맞아도 달게 맞겠세요."

"자네 어머니야 어디 자네 맘과 같은가."

"제가 잡혀들어가서 나리 말씀을 해도 좋겠습니까?"

"좋다뿐인가. 내게 밀어붙일 만한 일이거든 죄다 밀어붙이게."

"지금 제 요량에는 말미 안 받고 향산 간 것을 누가 고자질해서 잡힌 모양인데 나리께서 별안간 가자고 끌어 내세우셔서 말미 받을 새도 없었다고 발명해볼까요?"

"자네 구변껏 발명하구 무사히 나오기만 하게."

"나리와 친쭙게 지내게 된 것을 묻거든 멍석잠 주무시려던 것까지 다 이야기할까요? 이야기해도 창피하지 않으시겠세요?"

"나는 그걸 창피한 일루 알지 않네. 우리들 그동안 지낸 일이 우러러 하늘두 부끄럽지 않구 굽어 땅두 부끄럽지 않은데 사람 앞에서 이야기 못할 게 무어 있나."

안방에서 단천령과 초향이가 이런 수작을 하는 동안에 건넌방의 사령들은 두어 차례나 간다고 서둘렀다. 초향이가 옷을 바꾸어 입고 건넌방에 가서 사령들 술을 권하여 먹인 뒤에 사령들에게 붙들려서 관가로 들어갔다.

● 자행자지(自行自止)
스스로 행하고 스스로 그친다는 뜻으로, 자기 마음대로 했다 말았다 함을 이르는 말.
● 친쭙다
가까이 모시고 지내다.

"초향 잡아들였소."

사령의 외치는 소리를 급장이 댓돌 위에서 받고 형리가 방문 밖에서 받았다. 부사가 닫혔던 방문을 열어젖히고 댓돌 아래 쪼그리고 앉힌 초향이를 내려다보며

"네가 관가에 매인 몸으로 자행자지˙를 하니 너는 관장官長두 두렵지 않구 법두 무섭지 않으냐?"

하고 호령을 내놓았다.

"친쭈운˙ 서울 양반 한 분이 묘향산을 같이 가자고 끄시옵기

에 매인 몸으로 수유 않고 갈 수 없다고 고사하였숩더니, 그 양반께서 말씀이 묘향산이 타도 타군도 아니요, 영변 경낸데 경내에 잠깐 갔다오는 것을 수유 안 하면 어떠냐 핑계를 말라 하시며 화를 내셔서 할 수 없이 그 양반을 뫼시고 갔다왔소이다."
하고 초향이가 요요하게 발명하였다.

부사가 단천령의 안면을 보아서 초향이의 수유 않고 출타한 것을 덮어두고 싶었으나 중인소시*에 잡아오라 말라 하고 체면에 그대로 두기 어려워서 꾸중이나 한번 하려고 잡아들인 까닭에 초향이를 댓돌 위에 올라서라고 명한 뒤

"네가 뫼시구 간 서울 양반이 종실 단천령 나리시라지?"
하고 예사말소리로 물었다.

"녜, 그렇소이다."

"단천령 나리가 여기를 무어하러 오셨다더냐?"

"묘향산 구경 겸 제 가야금을 들으러 오셨다고 하십디다."

"네 가야금이 소문이 굉장히 났구나."

"그 중씨 나리께서 올 봄에 평양 오셨다 가셔서 말씀하셨답디다."

"그 나리의 피리 선성은 너두 전에 들었겠지?"

"녜, 익히 들조왔었소이다."

"그 나리 피리가 과연 용하시더냐."

"용하시다뿐이오리까. 이 세상에는 짝이 없을 줄로 아옵니다."

"그 나리가 묘향산 가시기 전에 너를 찾으셨더냐?"

"그 나리께서 여기 도착하시던 날 저녁때 바로 찾아오셨는데 과객 모양을 차리고 오셔서 모르고 농락을 받았소이다."

"네가 그 나리께 농락을 받았단 말이냐?"

"네."

"농락받은 이야기 좀 해봐라."

단천령이 한데 마당 멍석자리에 누워서 피리로 농락하던 것을 초향이가 일장 다 이야기하여 부사가 듣고 웃으며

"풍류남아의 일이다."

하고 말한 뒤 다시 정색하고

"네 이번 소행은 단단히 치죄해야 마땅하되 단천령 나리의 안면을 봐서 특별 용서하니 일후에는 그런 일이 다시 없도록 하렷다."

● 중인소시(衆人所視) 중목소시. 여러 사람이 다같이 보고 있는 형편.

하고 일렀다. 초향이가 잡혀올 때 매는 면부득 맞을 줄로 알았는데 다행히 매 한 개 안 맞고 용서를 받았다.

초향이의 어미는 딸을 잡혀보낸 뒤 도무사 都務司의 전사 典事로 있는 먼촌 일가를 찾아가서 딸이 무사히 놓여나오도록 주선하여 달라고 백번 천번 부탁하고 관문 앞에 와서 동정을 살피려고 기웃거리고 있는 중에 전사가 관문 안에 들어갔다 나와서

"어떻게든지 주선해서 무사히 나가게 할 테니 집에 가서 기다리시우."

하고 말하여 그 말을 태산같이 믿고 집에 와서 있었다. 별안간 삽작 밖에서

"어머니!"
하고 부르는 소리가 나며 초향이가 웃고 들어와서 초향이의 어미는 버선발로 쫓아나오며

"네가 무사히 나왔구나. 아이구, 고맙다. 전사 아재 신세를 무얼루 다 갚는단 말이냐?"
하고 지껄였다.

"전사 아저씨 신세라니 무어요?"

"네가 무사히 나오게 된 게 전사 아재 주선한 덕이다."

"천만 도섭스러운 소리 고만하시우. 사또께서 단천령 나리 안면을 봐서 용서하신다고 말씀하시든데 누가 무슨 주선을 했단 말이오?"

"사또께서 단천령 나리 안면을 보시두룩 주선했는지 누가 아니?"

"내가 잡혀들어가기 전은 몰라도 잡혀들어간 뒤에는 전사 아저씨 그림자가 사또 앞에 얼른하는 것도 못 보았소."

"이애, 그래도 네가 한번 찾아가서 고맙다고 인사는 해두어라."

"고맙다고 인사하면 전사 아저씨 낯이 간지러우라고요."

"사람이 무슨 일이든지 뒷길을 두어야 하는 법이다."

"뒷길 이야기는 두었다 하고 우선 단천령 나리께 나 나왔다고 기별이나 하시우."

"그건 그리 급할 게 무엇 있니?"

"궁금해 여기실 텐데 얼른 알려드리는 게 좋지 않소."

"마당에 서서 긴 이야기 하지 말구 방으루 들어가자."
"어머니가 기별 안 해준다면 내가 가서 보입고 오겠소."
"누가 기별 않는다나. 아이년을 보내자꾸나."
"아주 보내고 방으로 들어갑시다."

초향이의 우김대로 계집아이년을 단천령 하처에 보내고 비로소 모녀 같이 방으로 들어갔다.

단천령이 기별하러 간 아이년과 같이 왔다. 초향이가 단천령을 보고 부사와 문답한 말을 저저이 다 옮기고 끝으로

"사또께서 수이 한번 만나보입자고 말씀을 여쭈라십디다."
하고 말하였다.

"부사가 나를 찾아나온다든가, 나더러 관가루 들어오라든가?" ● 얼른하다 얼씬하다.

"그런 말씀 저런 말씀 없이 그저 만나보입자고만 말씀하십디다."

"자네가 잡혀 갇히구 못 나오게 되었드면 부사를 찾아봤을는지두 모르지만 인제는 부사를 찾아볼 일이 없네."

옆에서 듣던 초향이의 어미가 입을 실쭉하고

"영변부사를 찾아보면 종반 지체가 떨어지시우?"
하고 말참례하여 단천령은 마음에 불쾌한 것을 억지로 참고 내색하지 않았다.

단천령이 초향이와 친하게 지낸 뒤로 아직껏 쌀 한 말 상목 한 자 주지 아니하여 초향이의 어미가 대접을 차차로 전만 못하게

하였다. 초향이 집에서 숙식을 하는 때가 많은데 조석상의 찬만 가지고 말하더라도 처음에는 아무쪼록 먹도록 해주는 정성이 반상에 가득하더니 그 정성은 어느 결에 없어지고 찬 없다는 빈 입 인사만 남았다가 종내는 그 인사마저 없어졌다.

단천령이 하처에 가고 없을 때는 딸이 어미의 심장을 나무라고 어미가 딸의 심사를 뒤집어서 초향이 모녀간에 말다툼이 자주 났었다.

초향이가 관가에 잡혀갔다 나오던 날 낮부터 이튿날 다저녁때까지 단천령 옆에서 먹고 자고 웃고 놀고 별로 건넌방에도 건너가지 아니하였다. 초향이의 어미가 마당에서 어슬렁어슬렁 돌아다니는데 초향이가 안방에서 내다보고

"어머니, 저녁 곧 시키시우. 나리께서 아침 진지도 얼마 안 잡수셨소."

하고 말하니 초향이의 어미는 단천령더러 귀 있거든 들으라는 듯이

"거리 없는 저녁을 나더러 어떻게 하란 말이냐?"

하고 소리를 질렀다. 초향이가 일어나서 마당으로 내려가더니 안방에서 보이지 않는 구석에 가서 그 어미를 불러가지고 한바탕 말다툼을 하고 다시 방으로 들어왔다. 단천령이 웃으면서

"자네 집엔 저녁이 없는 모양이니 나는 사처루 가겠네."

하고 곧 일어나려고 하니

"굶더라도 같이 굶으셔야지 그런 인심이 어디 있세요?"

하고 초향이가 붙잡고 놓지 아니하였다.

　방안이 어두워서 등잔불을 켜놓은 뒤에 거리 없다던 저녁밥이 어떻게 되어서 단천령이 밥을 먹긴 먹었으나 마음에 가시 먹는 것과 같았다. 밤에 초향이 집에서 자면 자연 이튿날 조반까지 먹게 되는 까닭에 단천령은 볼일이 있다 하고 하처로 자러 왔다. 단천령 생각에 일면부지 영변부사를 찾아보고 사정을 하더라도 괄시는 아니할 것이요, 친분 있는 운산군수를 가서 보고 이야기를 하면 당장 변통이 될 것이지만 객지의 용 쓸 것을 서울 집에서 보내줄 터인데 구태여 남에게 구차한 소리할 까닭이 없으므로 서울서 전인이든지 환(換)이든지 오는 동안 초향이 집에를 조석으로 놀러갈지라도 숙식은 아니하려고 작정하였다.

● 율객(律客) 음률에 밝은 사람.

　이튿날 단천령이 아침밥을 먹은 뒤에도 한동안 하처에 있다가 초향이 집에 와서 싸리문 안에 들어서니 방문들을 닫고 들어앉아서 사람은 보이지 않고 말소리만 나는데 안방의 초향이와 건넌방의 그 어미가 얼굴도 서로 보지 않고 말다툼을 하는 듯

　"금지옥엽 귀한 양반을 건달 율객*이라니, 그게 말이요 무어요?"

안방에서 나는 초향이의 말소리는 독살스럽고

　"허울 좋은 하눌타리 다 봤다. 고만둬라."

건넌방에서 나는 그 어미의 말소리는 느물느물하였다. 단천령은 싸리문 밖으로 도로 나갔다가 다시 돌쳐서서 들어오며 에헴 큰기침하고 뚜벅뚜벅 신발소리를 내었다. 건넌방에는 쥐죽은 듯 아무

소리가 없고 안방에서는 버스럭 소리가 나며 곧 초향이가 마루로 나와서

"왜 인제 오세요?"

하고 늦게 온 것을 매원하는데 모녀간 말다툼할 때 난 독살이 갑자기 다 풀리지 못하여 진정으로 매원하는 것 같았다.

"나는 어디 좀 가네."

"어딜 가세요?"

"운산을 잠깐 갔다오겠네."

"저하고 같이 가세요."

"자네 매맞는 꼴을 그예 나더러 보란 말인가?"

"며칠이나 되시겠어요?"

"가봐야 알지만 늦어두 사오일밖에 더 안 될 테지."

"왜 올라오시지 않고 거기 서셨세요?"

"지금 곧 떠날 테니까 올라갈 새두 없네. 갔다와서 만나세."

단천령은 초향이의 집 마루 앞에 잠깐 섰다가 바로 하처로 돌아와서 하인더러 나귀 안장을 지우라고 이르고 주인에게 운산을 갔다온다고 말하고 무슨 급한 일이나 생긴 것처럼 총총히 운산으로 떠나갔다.

운산군수가 단천령을 반갑게 맞아서 후하게 대접하고 서울 가서 갚는다고 쌀 열 섬과 상목 열 필을 변통하여 달라는 것도 두말 않고 허락하였다. 단천령은 운산서 하루 묵고 떠나오려고 하였더니 군수의 말이 운산에는 초향이 같은 명기도 없고 묘향산 같은

명산도 없으나 천리 타향에 고인˚을 만나서 그렇게 홀홀히 작별하고 갈 법이 있느냐고 책망으로 만류하여 오륙일을 묵게 되었는데 쌀과 상목은 그동안에 먼저 영변 초향이의 집으로 실려 보내었다.

단천령이 영변으로 돌아오던 날 하처에서 저녁밥을 먹고 석후에 초향이를 보러 온즉 초향이의 어미가 초향이보다 더 반가워하며 갖은 너스레를 다 놓았다. 기생 어미의 염량이 으레 그러하려니 셈을 치면서도 너스레 놓는 꼴이 우습기도 하고 밉살스럽기도 하였다. 초향이가 오륙일 그린 정회를 탐탐하게˚ 이야기하는 중에

"나리 안 기신 동안에 사또께서 저를 부르셨겠지요?"

하고 부사에게 불린 것을 말하여 단천령이

"왜?"

하고 불린 까닭을 물었다.

"사또께서 밤저녁에 한번 저의 집에를 나오시겠다고 말씀하세요."

"자네 아버지 무덤 위에 꽃이 피었는가?"

"나리를 만나러 나오신단 말씀이에요."

"나를 만나려면 사처루 전갈이라두 하구 나올 것이지 어째 밤저녁에 자네 집으루 나온단 말인가?"

"나리께서 와서 노실 때 뒤로 기별해드리면 미복으로 나오셔

● 고인(故人)
오래전부터 사귀어온 친구.
● 탐탐하다
마음에 들어 매우 즐겁다.

서 하룻밤 같이 노시겠단 말씀입다."

"우리들 정답게 노는 것을 발가리노러˚ 나온단 말인 겔세."

"제 가야고에 나리 피리 어우르시는 걸 들으러 나오신대요."

"부사가 나를 율객으로 아는 모양일세그려. 내가 여기 더 있다 간 무슨 망신을 할는지 모르니까 곧 떠나야겠네."

"나리가 제게 와서 기실 때 기별해드리지 않으면 고만이지요."

"그러지 않아두 수이 떠날 생각이 있던 차이니까 하루 이틀 미룰 것 없이 내일 바루 떠나겠네."

"어떻게 그렇게 속히 가세요?"

"속히라니. 여기 온 지가 벌써 이십여일인데 속히야."

"아주 한 달이나 채우고 가시지요."

"한 달 있으면 떠날 때 섭섭하지 않은가. 내일 내가 안 오거든 떠난 줄루 알게."

"가시더래두 그렇겐 못 가세요."

"갈 때는 자네를 작별 안 하구 갈는지 모르니 그쯤만 알아두게."

"참말 내일 떠나실 테요?"

"참말이구 아닌 건 내일 보면 알겠지."

"난 싫어요. 난 어떻게 하란 말씀이에요?"

"내년 봄쯤 서울서 다시 만나두룩 해보세."

"내일 하루만 더 있다 가세요. 그것도 못 하시겠세요?"

"하루 더 있으나마나 매한가지 아닌가."

"제 손톱이 빠지도록 실컨 이별곡이나 뜯고 이별하겠세요."

"그것두 좋겠지만 지금 우리 한 곡조 어울러보세."

밤이 이슥하도록 피리와 가야금을 어우르다가 단천령은 행역˙ 끝에 피곤하다고 풍류를 그치고 자리를 보게 하였다.

이튿날 단천령이 초향이 집에서 조반을 먹고 눌러앉아 있다가 별안간 무슨 잊은 일이 있는 것같이 말하고 하처에를 와서 운산군수가 객지의 잔용을 쓰라고 준 상목 세 필에서 두 필은 주인을 내주고 나머지 한 필은 노수로 가지고 영변서 도망하듯이 떠났다. 첫날은 안주安州서 숙소하는데 초향이가 쫓아와서 내버리고 도망하였다고 매원하는 꿈을 꾸고, 이튿날은 냉정冷井서 숙소하는데 꿈에 초향이의 어미가 멱살을 들려 대들어서 호령하다가 잠이 깨고, 그 이튿날은 평양을 들어왔다. 이때 평안감사 유강이 벼슬이 내직으로 옮아서

● 발가리놓다
발기집어 훼방놓다.
● 행역(行役)
여행의 피로와 괴로움.

새 감사와 교대하기를 기다리고 있는 중이라 찾아보고 벼슬 갈린 인사하고 하룻밤 자고 떠나는데 평양서 늦게 떠난 까닭으로 그날은 중화 와서 숙소하고 그 다음날은 봉산참을 못 대고 동선역에서 숙소하고 다음날은 서흥 와서 숙소하고 또 그 다음날은 평산 와서 숙소하였다.

평산서 백십리 송도를 숙소참 대려고 길을 조여오다가 금교역에 와서 중화하는데 하처 잡은 집 주인이 송도로 가는 줄을 알고

"탑고개가 요새 버쩍 더 험해져서 행차가 무사히 지나가시기 어렵습니다."

하고 말하였다.

"탑고개가 요새 험하다니 도적이 자주 난단 말인가?"

"자주 여부가 없습니다. 매일 난답니다."

"그럼 탑고개루 사람이 못 다니나?"

"다니기야 다닙지요만 꺽정이에게 세를 바치구 다닙니다."

"세를 바치다니?"

"꺽정이패가 길세란 명목을 내걸구 탑고개 지나가는 사람에게 세를 받는답니다."

"그래 행인 한 사람에 세를 얼마큼씩 받는다든가?"

"근처 장꾼에게는 대개 십일조를 받구 여느 행인에게는 드리없이˙ 받는답니다."

"인명은 살해하지 않는다든가?"

"웬걸요. 선심이 내키면 물건만 뺏구 선심이 들이키면 목숨두 뺏는갑디다. 며칠 전에두 평산, 봉산 선비님네 여러분이 작반해서 탑고개를 지나오다가 꺽정이에게 붙들려가서 다섯 분인가 여섯 분이 죽구 겨우 세 분이 살아 갔습니다."

"죽은 사람은 어째 죽구 산 사람은 어떻게 살았다든가?"

"말을 잘못한 양반은 죽구 말을 잘한 양반은 살았겠지요."

"지금 이 해 가지구 용고개루 돌아서 송도를 갈 수 있을까?"

"탑고개루 바루 가셔두 저물 터인데 더구나 길을 돌아가시면 밤에나 들어가실걸요."

"요새 달이 좋으니까 홰 안 잡히구두 갈 수 있겠지."

"용고개는 전에 무사했었는데 근래 길을 돌아다니는 사람이 하두 많은 까닭으루 꺽정이패가 용고개까지 나와서 지킨단 말이 있습디다."

"돌아가두 도적이요, 바루 가두 도적이면 돌아갈 까닭 있나. 바루 가는 게지."

"어뜩새벽이나 어둔 밤중이면 탑고개두 대개 무사합니다. 여기서 주무시구 첫닭울이에 떠나가시지요."

"밤중두 좋으면 오늘 밤에 밤길루 가겠네."

"송도 가서 주무실 데가 없어서 고생하시지 않을까요?"

"새벽길 밤길 다 고만두구 지금 그대루 가겠네. 뺏길 만한 물건이 없는데 겁날 것 있나."

● 드리없다
경우에 따라 변하여 일정하지 않다.

"그건 처분대루 하십시오."

단천령은 아무것도 가진 것이 없는 것만 믿고 금교역말서 그대로 떠났다.

이날 청석골 두령 중에 황천왕동이가 탑고개를 나오게 되었는데 한온이가 심심한데 같이 가겠다고 꺽정이에게 말하고 황천왕동이를 따라나왔다.

홀아비로 지내던 탑고개 주막 주인이 도망꾼이 젊은 계집 하나를 갓 얻었는데 얼굴이 해반주그레하다고 하여 한온이는 주막 계집을 구경하려고 따라나온 것이었다. 황천왕동이와 한온이가 주막방에 들어앉아서 계집을 데리고 희영수도 하고 술도 먹었다. 해가 승석때가 다 되었을 때 두목 하나가 방 밖에 와서

"해가 다 져갑니다. 들어가지 않으시렵니까?"
하고 품하여 황천왕동이가 두목더러
　"다들 게 있느냐?"
하고 물으니
　"네, 다 여기 있습니다."
하고 그 두목이 대답하였다.
　"아무리나 고만 들어가자. 오늘 하루는 아주 빈탕이로구나."
하고 황천왕동이가 먼저 방 밖에 나서서 방안의 한온이를 돌아보며
　"이 사람아, 고만 나와."
하고 재촉할 때 길에 나섰던 졸개 하나가 쫓아와서
　"나귀 탄 양반 하나가 이 아래 옵니다."
하고 말하여 황천왕동이는 두목, 졸개 십여명을 얼른 주막 헛간에 들여세우고 혼자 주막 앞길에 나서서 기다리었다. 나귀 탄 양반이 하인 하나를 데리고 오는데 행색은 초초하나 신수를 보든지 기상을 보든지 귀인이 분명하였다.
　"이애들, 나오너라!"
　황천왕동이가 소리를 치자 곧 두목과 졸개들이 헛간에서 뛰어나와서 나귀 앞을 가로막았다. 하인은 대번에 궁둥방아를 찧고 주저앉고 양반은 눈살만 찌푸리었다. 두목 하나가 졸개들을 보고
　"얼른 끌어내리지 못하구 구경들 하구 섰느냐!"
하고 소리를 질러서 졸개들이 끌어내리려고 달려드니 그 양반은

찌푸렸던 눈살까지 펴고서

"대들지 말구 말루 해라. 너희가 내게 무얼 바라느냐?"

하고 말하는데 말하는 모양이 태연하였다.

황천왕동이가 그 양반의 거동을 밉게 보지 아니하여 졸개들에게

"그 양반을 가만둬라."

하고 분부한 뒤

"우리가 바라는 건 재물이니 재물을 가진 대루 다 내시우."

하고 대접하여 하오로 말하였다.

"다들 보다시피 행장은 아무것두 없구 저 하인이 걸머진 자루에 길양식이 너댓 되 들었을 뿐이니 그거라두 달라면 주지."

남은 일껏 하오로 대접하는데 아니꼽게 반말을 하여

"다른 재물을 가진 것이 없거든 나귀라두 두구 가라구."

하고 황천왕동이도 반말지거리를 하였다. 황천왕동이의 눈치가 좋지 않은 것을 알았던지 그 양반은 바로 말씨를 고쳐서

"나귀를 주면 나는 무얼 타구 가란 말이오?"

하고 하오를 하는데 이번에는 뒤쪽으로 황천왕동이가

"정강말을 타구 가지 무얼 타구 가?"

하고 반말로 내뻗었다.

"그대네 괴수가 임꺽정이 아니오? 꺽정이가 여기 있거든 나를 상면 좀 시켜주구려."

"댁은 대체 누구시우?"

황천왕동이가 성정이 싹싹한 까닭으로 반말을 고만두고 다시 하오하여 주었다.

"나는 종실 단천령이오."

황천왕동이는 단천령을 잘 몰라서 누군지 아느냐 묻는 눈치로 옆에 나와 섰는 한온이를 돌아보았다. 한온이가 단천령더러

"피리 잘 부는 단천령이시우? 금지옥엽이시구려."

하고 말한 다음에 황천왕동이에게 귓속말을 몇마디 소곤소곤 지껄이었다. 황천왕동이가 단천령을 보고

"우리 대장을 상면하구 싶거든 우리하구 같이 갑시다."

말하고

"여기 있거든 만나잔 말이지 일부러 다른 데까지 가서 만날 건 없소."

하고 단천령이 싫다고 대답하는 말은 들은 척도 아니하고 두목과 졸개들을 둘러보며

"이 양반을 잘 뫼시구 가자."

하고 분부하였다. 두목, 졸개 십여명이 나귀 탄 단천령을 전후로 옹위하고 또 벌벌 떠는 하인을 양쪽에서 부축하듯 껴들고 산속으로 들어왔다.

황천왕동이가 단천령을 허생원 약국에 잠시 앉혀두게 하고 바로 한온이와 같이 꺽정이 사랑에 와서 보니 꺽정이는 마침 소흥이 집에 가고 사랑에 없었다.

"단천령 노주의 저녁을 얼른 어디다가 시켜야 할 텐데 어떻게

할라나?"

 한온이의 말에

 "형님 말을 들어봐야지. 형님 있는 데루 우리 가세."
황천왕동이가 대답한 뒤 두 사람이 같이 소홍이 집으로 꺽정이를 보러 왔다. 소홍이가 광복산서 청석골로 온 뒤에 초막 한 채를 조금 변작하여 가지고 딴살림을 하게 되었는데, 집 밖에 울도 두르고 방 앞에 퇴도 놓았으나 원래가 초막이라 일자집 삼간뿐이었다. 황천왕동이와 한온이가 소홍이 집 삽작 안에 들어와서 방 앞으로 가까이 오는데 방문이 닫히고 방안에 말소리가 없어서 둘이 서로 눈짓하고 도로 나가려고 할 때, 소홍이가 방문을 열고 내다보며

 "탑고개들 나가셨다더니 언제 오셨세요? 대장께서 여기 기십니다. 어서 이리 들어들 오십시오."
하고 말하였다. 두 사람이 방안에 들어와 앉은 뒤 황천왕동이가 단천령 붙들어온 사연을 말하는데 꺽정이는 말을 다 듣지도 않고

 "나귀가 좋으면 나귀나 뺏구 보내지 그건 왜 붙들어온단 말이냐?"
하고 말하는 것이 붙들어온 것을 긴치 않게 여기는 모양이었다.

 황천왕동이가 한온이를 가리키며

 "이 사람이 붙들어가지구 와서 피리를 한번 듣구 보내자구 말합디다. 그래서 붙들어왔습니다."
하고 한온이에게 밀어붙여서 한온이가 단천령의 피리가 용하다

는 소문을 이야기한 끝에 소홍이더러

"자네는 더러 들어봤겠지?"

하고 물었다.

"그 양반 형님의 거문고도 들어보고 그 양반의 피리도 들어봤지요. 그 양반이 피리에는 귀신이에요."

껵정이가 소홍이의 말을 듣고

"이왕 붙들어왔으니 오늘 밤에 여럿이 모여서 피리를 한번 들어보자."

하고 황천왕동이더러 일렀다.

"그 노주의 저녁은 뉘게다가 시키까요?"

"온이가 청해온 손님이니 온이 집에서 어련히 잘 대접하겠느냐."

껵정이가 일변 황천왕동이에게 대답하며 일변 한온이를 보고 웃었다.

껵정이가 소홍이 집에서 사랑으로 왔을 때, 서림이가 마침 와서 단천령을 탑고개에서 붙들어온 것과 여럿이 밤에 모여서 피리 들을 것을 껵정이의 이야기로 듣고

"단천령을 하루 묵혀서 내일 밤에 피리를 듣는 것이 좋을 것 같습니다."

하고 말하였다.

"내일 밤이 좋을 게 무어요?"

"여러가지루 좋겠습니다. 난데 나간 이두령, 길두령 두 분이

내일은 들어올 테니 원만히 함께 모여서 하룻밤을 즐겁게 보내는 것이 좋겠구요, 또 피리를 불 때 장단 쳐줄 사람은 반드시 있어야 할 텐데 이왕이면 내일 송도에 사람을 보내서 음률 아는 기생을 한둘 붙들어오는 것이 좋겠구요. 그러구 또 여럿이 모여 놀 처소루는 옹색한 이 사랑보다 널찍한 도회청이 좋겠는데 내일 밤이면 밤에 선선치 않두룩 준비를 잘할 수 있지만 오늘 밤에는 준비할 새가 없을 것 같습니다."

"오늘 밤에 이 사랑에서 한번 듣구 내일 밤에 도회청에서 또 한번 들으면 되지 않소?"

"여느 율객이나 광대만 같으면 그렇게 하는 게 좋겠지요만 종반 중에두 내로라하는 훌륭한 양반을 율객이나 광대같이 대접해서 말을 잘 들을는지 모르겠습니다. 피리를 한사코 불지 않으면 어떻게 하실랍니까. 죽이기는 쉬워두 억지루 불리기는 어렵지 않습니까. 또 억지루 불려서는 재주껏 불릴 수두 없습니다. 제 생각에는 내일 하루 손님으루 대접을 잘해서 맘을 눅여주구 저녁 연석에서 술과 기집으루 흥을 돋워준 뒤에 피리를 한번 들려달라구 청하면 그 재주를 다 내놓게 될 듯합니다."

서림이 말에 꺽정이는 고개를 끄덕이고 곧 황천왕동이와 한온이를 불러서 피리는 내일 밤에 듣게 하고 대접은 아무쪼록 잘하라고 말을 일렀다.

이튿날 아침 후에 꺽정이가 황천왕동이더러 송도 가서 김천만이와 상의하여 기생 두엇을 데려오게 하라고 하고 김산이더러 도회청 밤잔치를 한온이와 같이 준비하라고 하고 또 서림이더러 한온이 집에 가서 단천령을 잘 대접하라고 하였다. 서림이가 단천령에게 가 있다가 와서
 "대장을 만나뵙구 싶어하는 눈치든데 만나보실랍니까?"
하고 물어서
 "만나볼 테니 이리 데리구 오구려."
하고 꺽정이는 대답하였다.
 "이왕 특별히 대접하실 바엔 가서 보시는 게 어떨까요?"
 "내가 가서 하정배하리까?"
 "대접을 아주 읍숭하게 해주시려면 가 보시는 것두 좋을 듯해서 말씀한 게올시다."
 "안 온다거든 고만두구 온다거든 데리구 오우."
 "만나자구 오라시면 오겠습지요. 그럼 가서 데리구 오겠습니다."
 "그리하우."
 서림이가 단천령을 데리러 간 동안에 꺽정이는 심부름하는 졸개들을 사랑 바깥마당에 세우고 신불출이, 곽능통이 두 시위를 사랑마루에 세워서 손이 오거든 거래하고 들이게 하였다. 미구에˚ 졸개 하나가 나는 듯이 들어와서
 "서종사께서 손님을 뫼시구 오셨습니다."
하고 아뢰고 신불출이가 밖에까지 들릴 큰 소리로
 "손님 듭시라구 하랍신다."

하고 외친 뒤에 서림이가 앞서고 단천령이 뒤따라 들어오는데, 꺽정이가 열어놓은 방문으로 내다보니 단천령의 얼굴 모습이 언뜻 보기에 이봉학이와 비슷한 데가 있어 보이었다. 단천령이 방에 들어서는 것을 보고 꺽정이가 비로소 자리에서 일어서서 여러 두령 모일 때 이봉학이의 앉는 자리를 가리키며 와 앉으라고 청하였다. 좌정하고 수인사가 끝난 뒤 단천령이 먼저

"내가 말씀할 일이 있소."

하고 말을 내어서

"무슨 일이오?"

하고 꺽정이가 물었다.

"탑고개에 나왔던 사람들이 내 나귀를 달라는데 내가 서울까지 이백리 길을 도보루 가기가 어려워서 사정하구 싶으나 속담에 잔고기 가시 세다'구 그 사람들은 사정을 잘 들어줄 것 같지 않아서 대장을 만나게 해달라구 말했다가 여기를 붙들려오게 되었소. 처음 뵙구 이런 말씀을 해서 믿으실지 모르지만 사람 하나를 날 주면 내가 서울 가서 그 사람에게 나귀를 주어 보내리다."

- 미구(未久)에 얼마 오래지 않아.
- 잔고기 가시 세다 고기는 작은데 가시는 세서 먹기가 여간 성가시지 아니하다는 뜻으로, 몸집은 작으나 속은 야무지고 단단함을 이르는 말.

"나귀는 아무리 좋더라두 내가 욕심내지 않을 테니 염려 마시우."

"그럼 나를 오늘 가게 해주시우."

"이왕 오셨으니 일이일간 묵어 가시우."

"내가 집을 떠난 지가 오래돼서 생각에 일각이 삼추 같소."
"오늘 묵어서 내일 가시우."
"지금 집에 갈 맘이 살 같아서 하루바삐 가야겠소."
"임꺽정이는 한 말을 두 번 세 번 곱씹구 되풀이하는 사람이 아니오."

꺽정이의 말이 힘진 데 눌리었던지 단천령은 가겠단 말을 다시 하지 못하였다.

단천령이 무료하여 앉았는 것을 서림이가 위로하느라고
"하루쯤 더 묵으셔서 별루 낭패되실 일은 없겠지요?"
하고 말하니 단천령은 한참만에
"낭패될 일은 없지만 잠시라두 있어 부질없는 사람을 붙들어 묵히시는 게 무슨 의사신지 의사를 몰라서 궁금하우."
하고 대답하였다.

"서울 양반이 이런 데 오시기가 어디 쉽습니까? 쉽지 않은 길이니 묵어 가시란 말이지요. 우리가 예법은 모르는 사람이지만 손님으루 대접하는 데 악의는 먹지 않습니다. 맘을 놓으시구 하루 놀다 가십시오."
"이 산속에 수석이나 좋은 데 있거든 한번 구경시켜 주시우."
"여기가 첩첩산중일 뿐이지 수석은 볼 만한 데가 없습니다."
"내가 이번에 묘향산을 구경하구 오는데 산세두 웅장하구 수석두 기특합디다."

서림이는 묘향산을 보지 못한 사람이라

"네, 그래요?"

하고 말할 뿐인데 꺽정이가 전에 본 산들을 비교하여

"묘향산이 산세가 웅장하기는 백두산만 못하구 수석이 기이하기는 금강산만 못하지요."

하고 단천령의 말을 뒤받았다.

"대장은 백두산을 구경하셨소?"

하고 단천령이 묻는 것에

"우리 대장께서는 북으루 백두산부터 남으루 한라산까지 조선 팔도의 명산이란 명산을 골고루 다 구경하셨답니다."

하고 서림이가 대신 대답한 뒤 꺽정이가 이어서

"전에 우리 선생님이 산수에 벽*이 있는 분이어서 많이 따라다녔소."

● 벽(癖)
무엇을 치우치게 즐기는 성벽.

하고 다시 대답하였다.

"대장의 선생님이 이인이랍디다그려."

"우리 선생님 말씀을 뉘게 들으셨소?"

"이장곤 이찬성의 후취 처삼촌이 지인지감이 있어서 이찬성을 조카사위 삼았단 이야기두 전에 들었구 갓바치에 숨은 인물이 있어서 조정암 선생이 친구루 사귀구 영정대왕榮靖大王(인종)께서 영의정감으루 치셨단 이야기두 전에 들었지만, 그가 한사람인 것은 이번에 묘향산 가서 알았소."

"묘향산 중에 우리 선생님 일을 자세히 아는 사람이 있습디까?"

"수월당 노장중이 자세히 압디다."

"옳지, 우리 선생님이 출가할 때 삭발해드린 중이 그저 살았군."

"대장의 선생님이 분신술두 할 줄 아시구 호풍환우두 할 줄 아셨소?"

"난 모르우. 난 못 봤으니까."

"그런 재주를 가진 사람은 구경 잡술꾼인데 조정암 선생 같은 정인군자正人君子가 잡술꾼을 친구루 사귀셨을 리가 없을 듯해서 나두 그런 말은 곧이듣지 않았소."

"우리 선생님이 잡술은 아셨는지 모르지만 천문, 지리, 의약, 복서 무엇에구 막힐 데가 없으셨소. 그러구 앞일을 잘 아셨소."

"대장두 앞일을 잘 아시우?"

"내가 앞일을 잘 알면 도둑놈이 됐겠소?"

껑정이가 껄껄 웃은 다음에

"우리 선생님이 돌아가실 때 내게 하신 유서가 있는데, 그 유서가 무슨 뜻인지 아는 사람이 없으니 한번 보실라우?"

하고 물었다.

"무슨 뜻인진 모르드라두 한번 보기나 합시다."

껑정이가 머리맡에 놓인 조그만 손궤짝을 열고 그중에서 쪽종이 착착 접은 것을 꺼내서 단천령을 주었다. 그 종이는

삼년적리관산월三年笛裏關山月. 구월병전초목풍九月兵前草木風.

부상서지봉단석扶桑西枝封斷石. 천자정기재안중天子旌旗在眼中.

이란 절구 한 수 적힌 것이었다. 단천령이 한참 들여다보다가 그 종이를 접은 금대로 도로 접어서 꺽정이 앞으로 밀어놓았다.

"그 뜻을 아시겠소?"

꺽정이가 묻는데 단천령은 대답없이 고개를 가로 흔들었다.

"글하는 이들이 모두 모른다니 무슨 글이 뜻이 그렇게 어렵단 말이오."

"글뜻은 별루 모를 것이 없지만 유서루는 뜻을 땅띔두 못하겠소.*"

"대체 글뜻은 무어요? 아는 대루 말씀 좀 하우."

"그게 당나라 두보杜甫의 글을 모은 것이오. 첫 구 안짝은 삼년 동안 이별했단 뜻이구, 바깥짝은 만국에 난리 났단 뜻인데 원래는 만국인 것을 구월이라구 고쳤구려. 그러구 낙구 안짝은 동쪽에서 서쪽으루 간단 뜻이겠구, 바깥짝은 천자의 깃발이 눈에 보인단 뜻이오."

단천령이 말을 할 때 밖에서 두세두세˚하는 소리가 나더니 여러 사람이 사랑 앞마당으로 죽 들어서며 그중에 두 사람은 바로 방으로 들어왔다.

꺽정이가 방에 들어온 두 사람의 절을 받을 때는

"잘들 다녀왔나?"

• 땅띔 못하다
어떤 내막을 조금도 알아내지 못하다.
'땅띔'은 무거운 물건을 들어 땅에서 뜨게 하는 일을 가리킨다.
• 두세두세 두런두런.

말을 묻고 마당에 선 여러 사람의 문안을 받을 때는 말없이 고개만 끄덕이었다. 두 사람 중에 얼굴 희고 수염 검은 사람이 자리에서 일어섰는 서림이와 수어수작을 하는데 꺽정이가

"가서 옷들이나 바꿔 입구 오게. 다녀온 이야기는 나중에 듣세."

하고 말하여 두 사람은 섰다가 도로 나갔다. 두 사람이 마당의 여러 사람을 거느리고 나간 뒤에 단천령이 먼저 있던 처소로 가겠다고 말하니 꺽정이가 그럴 것 없다고 말리고 나서

"전에 종반 이가에 이학년이란 사람이 있었는데 촌수를 따질 수 있소?"

하고 물었다.

"이학년이라니, 신사년 안씨 집 옥사에 죽은 사람 말씀이오?"

"네, 그렇소."

"촌수를 따지면 동고조팔촌同高祖八寸일 것이오."

"그럼 그리 먼 일가두 아니구려."

"삼종이 무어 멀겠소. 그런데 그건 어째 물으시우?"

"일가 하나를 찾으시우. 그 아들이 여기 있소."

"그가 자제가 있어요? 그 자제가 이름은 무어구 나이는 몇 살이오?"

"이름은 봉학이구 나이는 올에 갓 마흔이오."

"갓 마흔이면 신사생 아니오? 그럼 그 아버지 죽던 해에 났구려."

"난 지 백일두 되기 전에 그 아버지가 죽었다는갑디다."
"참말 조고여생˚이구려. 가까이 있거든 만나보게 해주시우."
"옷 바꿔 입구 오랬으니까 곧 올 것이오."
"아까 왔다간 사람이오?"

꺽정이가 대답으로 고개를 끄덕이었다. 서림이는 이학년의 근본을 자세히 알지 못하여

"아무리 천첩소생이라두 종반 양반의 아들루 홍문관 관노 노릇을 한 것이 어찌 된 일입니까?"

하고 단천령이더러 물어서 이학년이 노는 계집의 몸에서 난 것을 그 아버지가 찾지 아니하여 모족母族을 따라서 천인이 된 것과 속량 못하고 천인 노릇을 하였지만 학문이 있어서 당대의 문인학사들과 추축˚이 많았던 것을 단천령이 간단하게 이야기하였다. 이학년은 기묘년 조정암 옥사에 걸려서 장류˚를 속바치고˚ 면하고 신사년 안처겸安處謙 옥사에 또 걸려서 처참을 당한 사람이라 기묘년 이야기도 나오고 신사년 이야기도 나왔는데, 꺽정이와 단천령이 서로 돌려가며 말자루를 잡고 서림이도 간간이 말참례를 들었다.

● 조고여생(早孤餘生)
어려서 어버이를 여의고 자란 사람.
● 추축(追逐)
친구끼리 서로 오가며 사귐.
● 장류(杖流)
장형과 유형을 아울러 이르는 말.
● 속바치다 죄를 면하기 위하여 돈을 바치다.

한동안 좋이 지나서 이봉학이가 탕창을 말쑥하게 차리고 왔다. 이봉학이가 서림이의 비켜주는 자리에 와서 앉은 뒤

"이 양반하구 인사하게. 자네의 일가 양반일세."

꺽정이가 단천령과 인사를 붙이었다.

"나는 이봉학이란 사람이오."

"나는 단천령이야. 선장 휘자諱字가 학자 년자시라지. 우리가 촌수를 따지면 사종숙질간인데 내가 숙항叔行이니 처음 봐두 하게하겠네."

"일가루 하게할 생각은 마시우. 나는 일가가 없는 사람이오."

"선장 일을 생각하면 자네가 그렇게 격한 말을 하는 것두 괴상할 것이 없지만 일가를 어떻게 억지루 떼어버리나. 그러구 나두 지체가 자네나 별루 다름없는 사람일세. 증조 익령군은 말씀할 것 없구 조부 수천부정두 서자시구 나 자신두 서자일세."

"그건 나를 양반의 서족으루 알구 하는 말씀이지만, 아니오. 나는 상놈이오."

단천령은 말을 더 하지 못하고 한숨을 지었다. 평소에 불쌍하게 생각하던 일가 학년이 아들이 있단 말만 들어도 반가울 터인데 그 아들 되는 사람을 만나보게까지 되어서 반갑기가 그지없건만 정답게 수작을 붙일 수 없는 것이 애달팠던 것이다. 꺽정이가 빙그레 웃으면서

"일가간에 정다울 줄 알구 일견 인사를 붙였는데 말하는 것이 곧 척진 사이 같으니 인사 붙인 사람까지 무안해."

하고 이봉학이를 나무라듯 말하니 이봉학이가 단천령을 돌아보며

"처음 뵙는 처지지만 남과 달리 생각해주시는 까닭에 진정을 속임없이 말씀한 게니 어찌 알지 마시우."

하고 부드러운 언사로 말하였다.

시월도 보름이 가까웠건만 일기 따뜻한 것이 봄날과 같았다. 해진 뒤에는 바람이 좀 차나 장정들은 무명 고의적삼으로 견딜 만하였다.

하늘에 구름도 없고 공중에 진애도 없으나 산에서 남기嵐氣가 내리는지, 저녁연기가 아직 다 사라지지 않고 잠겨 있는지, 초저녁 달빛은 조금 흐릿하여 물같이 맑지 못하고 수은같이 희었다.

조사 때만 지나면 종일 텅 비는 도회청에 이날은 낮부터 저녁까지 사람이 그치지 않고 들락날락하였다.

모정˙ 같던 도회청을 그동안 좀 변작하여 뒤와 좌우는 벽을 치고 전면은 양쪽에 난간을 드리었다. 난간 중간은 오르내리는 층계인데 층계 위만 틔우고 난간 밖은 양쪽 다 휘장을 치고 대장 앉는 주홍칠한 큰 교의 하나만 남기고 그외의 다른 교의는 다 치워버리고 대청 안에

● 모정(茅亭) 짚이나 새 따위로 지붕을 이은 정자.
● 모 꺾다 모서리에서 옆으로 꺾다.

멍석을 들여깔고 멍석 위에 등메를 덧깔고 층계에서 정면에 놓인 주홍 교의 양쪽으로 벌려서 또 좌우로 모 꺾어서˙ 보료, 방석들을 깔아놓고 대청 앞 추녀 끝에는 사초롱들을 달아놓고 대청 안 들보 아래는 큰 등롱을 달아놓았다. 여느 때 같으면 캄캄한 도회청에 불이 환하였다. 바깥마당에 화톳불을 놓고 앞마당에 횃불을 피우고 사초롱과 등롱에 촛불을 당기었다. 바람맞이에는 등롱을 달았거니와 휘장이 바람을 막아서 아늑한 데는 나무 촛대들에(이때는 유기 촛대가 없었다) 대초를 붙여서 넓은 대청을 밝히었다.

꺽정이 사랑에 모이었던 여러 두령들이 꺽정이를 옹위하고 도

회청으로 왔다. 두령 중에 아니 온 사람이 오가와 한온이와 김산이 셋인데, 김산이는 음식을 보살피고 올 것이고 한온이는 손님과 같이 올 것이나 오가는 두통이 나서 못 오겠다고 아니 왔다. 오가가 상처한 뒤로 그전 놀기 좋아하던 풍치가 없어져서 노는 자리에는 모피를 잘하므로 두통이 심하거든 머리를 동이고라도 오라고 꺽정이가 박유복이를 보내고 또 서림이를 연거푸 보내서 오가를 억지로 끌어오다시피 하였다. 오가까지 마저 온 뒤에 꺽정이가 한온이에게 사람을 보내서 손님을 뫼시고 오라고 하여 단천령이 한온이를 따라왔을 때 꺽정이가 일어서니 여러 두령이 모두 따라 일어서서 단천령을 정중하게 맞아들이었다.

꺽정이의 걸터앉은 교의 양쪽에 보료가 하나씩 깔렸는데 왼쪽 보료에는 서림이와 이봉학이가 앉고 바른쪽 보료에는 오가와 박유복이가 앉았다. 또 좌우편으로 모 꺾어서 보료 하나, 방석 둘씩 깔렸는데 왼편에는 단천령을 보료에 앉히고 황천왕동이와 한온이가 방석에 앉고 바른편에는 배돌석이와 곽오주가 보료에 앉고 길막봉이가 방석 하나를 깔고 방석 하나는 김산이의 앉을자리로 남겨놓았다. 좌정한 뒤에 낮에 서로 보지 못한 오가와 단천령을 꺽정이가 인사를 붙이었다. 오가가 인사를 마치자마자 곽오주가 꺽정이를 바라보고

"나두 인사 못했소."

하고 인사 붙여달라고 말하는 것을 꺽정이가 못 들은 체하니 곽오주는 바로 단천령을 건너다보며

"우리두 인사합시다."

하고 제대로 인사수작을 건네기 시작하였다.

"나는 성은 곽가구 이름은 오주요."

"나는 단천령이오."

"서울은 단가가 많소? 나는 단가 성 가진 사람을 처음 보우."

꺽정이가 곽오주의 말을 듣고

"이놈아, 그게 무슨 미친 소리냐!"

하고 나무랐다.

"무에 미친 소리라구 공연히 호령을 하시우?"

"이 양반 성이 이씬 줄을 모르느냐?"

"이씨요? 난 몰랐소. 그럼 왜 단천령이라우?"

"단천령은 벼슬 이름이다."

"모두들 단천령이, 단천령이 하기에 나는 성이 단가구 이름이 천령인 줄 알았소."

"그렇기에 너 같은 무식한 놈은 인사할 생각두 말구 국으루 가만있지."

꺽정이가 곽오주를 윽박지른 다음에 곧 단천령을 돌아보며

"저놈의 행적을 들으셨는지 모르겠소. 요새 여인네들이 우는 애를 혼동시킬 때 곽쥐라구 한답디다. 그 곽쥐가 곧 저놈이오."

하고 말하니 단천령이 깜짝 놀라면서

"어린애를."

하고 말하다가 말을 중동무이하고 곽오주를 바라보았다.

단천령 생각에 곽오주의 얼굴은 보기 흉악하기가 야차의 화상 같아야 할 것인데 이목구비가 여느 사람과 다름없는 것이 도리어 괴상하였다. 단천령이 도둑놈들에게 대접을 받는 것이 마음에 송구스러운데다가 죄없는 어린애를 해치는 곽쥐와 같은 전고에 없는 흉악한 도둑놈과 마주 대하고 앉았는 것이 진저리가 치이도록 불쾌하여 말도 않고 웃도 않고 고개를 숙이고 앉았었다.

꺽정이가 계집들을 곧 불러오라고 재촉하여 김산이가 계집 셋을 데리고 왔다. 셋 중에 둘은 송도서 온 기생이요, 나머지 하나는 소홍이였다. 소홍이는 전에 단천령과 안면이 있다고 하여 꺽정이가 밤에 와서 같이 놀게 하라고 미리 일러두었던 것이다. 꺽정이의 지휘로 소홍이는 꺽정이 교의 앞에 들어앉고 송도 기생들은 단천령 좌우에 갈라 앉았다. 단천령은 초향이를 생각하여 마음과 뜻을 멀리 영변으로 보내고 가까이 옆에 앉은 기생들은 눈도 잘 거들떠보지 아니하였다. 서림이가 단천령에게로 가까이 나와 앉아서 이런 말 저런 말 붙이다가

"우리 청석골 자랑을 좀 들어보실랍니까?"

하고 말한 뒤 꺽정이와 길막봉이가 호도와 잣을 엄지, 식지 두 손가락으로 깨기 내기하던 것을 이야기하고 이봉학이와 배돌석이가 을묘년에 전공 세운 것을 이야기하고 박유복이가 원통하게 죽은 아버지의 원수 갚은 것을 이야기하고 황천왕동이가 여색에 근엄한 덕으로 김산이 칼에 죽지 않은 것을 이야기하여 단천령의 귀를 흠씬 소승기어 놓고 곽오주의 이야기를 시작하였다. 곽오

주가 남의 집에서 머슴을 살 때 주인의 아들이 과부 하나를 첩삼으려고 업어왔다가 연이 없어 같이 살지 못하고 곽오주를 내준 것과 그 과부가 곽오주의 아들 하나를 낳아놓고 산후발이로 죽어서 곽오주가 갓난애를 안고 동네로 돌아다니며 동냥젖을 얻어먹인 것과 어느 날 밤중에 어린애가 배고파서 우는데 젖은 얻어먹일 수 없고 가로안고 둥둥이를 치다 치다 접접한 성미에 동댕이를 친 것과 어린애가 죽은 뒤 곽오주는 심질(心疾)로 거의 폐인이 될 뻔하다가 다행히 폐인은 되지 아니하였으나 어린애 우는 소리만 들으면 심질이 발작되어서 정신 모르고 어린애 해치는 것을 자세히 다 이야기하여 들리었다. 송도 기생들은 단천령과 같이 이야기를 잠착하게˙ 듣고 그외의 다른 사람들은 가까이 앉은 대로 서로 웃고 지껄이고 무슨 이야기 하는 것을 알려고도 하지 아니하였다.

● 소승기다 조금 올리면서 옴츠러뜨리다.
● 잠착(潛着)하다
한 가지 일에만 정신을 골똘하게 쓰다.

  단천령은 전에 한번 어린애 우는 것이 듣기 싫어서 어린애를 포대기째 방구석에 밀어박질렀다가 어린애의 경기를 고쳐주느라고 달포 애쓴 일이 있어서 자기의 일과 곽오주의 일이 오십보 백보까지 틀릴 것이 없는 듯하여 곽오주가 흉악한 조명을 듣게 된 것이 용혹무괴의 일로 생각이 들었다.

  단천령 생각에 흉악한 야차만 여긴 곽오주도 구경 자기와 다름이 없는 사람이나, 사람으로 생김생김은 도둑놈밖에 더 될 것이 없어 보이었다. 그러나 이건 곽오주 하나뿐이 아니다. 우선 꺽정이부터 사내답게는 생겼으나 천생 도둑놈이고 그외의 여럿도 목자 불량한 것이 숨길 수 없는 도둑놈들이었다. 어느 모로 뜯어보든지 도둑놈 같지 않은 사람이 한가, 황가, 봉학이 셋인데, 언어 동작이 한가는 왈짜요, 황가는 상것이요, 오직 봉학이만 씨가 달라서 양반 같았다. 단천령이 곽오주로부터 여러 두령들까지 한번 쭉 돌아보며 이와같이 생각하였다.

단천령이 꺽정이 앞에 앉은 기생을 바라보니 낯은 익어 보이는데 이름은 생각나지 아니하여

"저 사람은 어디서 많이 본 것 같은데."

하고 혼잣말을 한 다음에

"자네 이름이 무언가?"

하고 물었다.

"소홍이올시다."

"소홍이? 자네 장악원에 시사하지 않았나?"

"네, 그랬습니다."

"여기서 만나긴 의욀세."

"네."

멀리 앉은 기생과 수작하고 가까이 앉은 기생들을 모른 체할 법이 없어서 단천령은 자기 양옆의 기생들을 돌아보며 약간 말마디를 물어보았다.

꺽정이가 김산이더러 술을 곧 가져오게 하라고 재촉하여 떡 벌어지게 차린 주안상 두 상이 들어왔다. 여러 사람이 자리들을 옮겨 앉는데, 이때까지 혼자 교의에 걸터앉아서 거만을 부리던 꺽

정이도 교의를 뒤로 물리고 방석 깔고 내려앉았다.

꺽정이가 서림이, 이봉학이 두 사람과 같이 한상을 가지고 단천령을 대접하고 그외의 여러 사람은 모두 딴 상으로 몰리었다. 소홍이는 꺽정이 상에서 술을 치며 권주가까지 부르고, 여러 사람 상에 와서 시중을 들게 된 송도 기생들은 상제 오입쟁이 한온이와 만수받이도 변변히 하지 못하고 그저 술 치기에 분주하였다.

좌중 십여 인의 복색들을 볼작시면 조관의 모습과 거의 다름이 없었다. 꺽정이는 진사립에 탕건을 받쳐 쓰고 홍포에 자주띠를 눌러 띠고 여러 두령들은 거지반 주사립* 밑에 탕건 쓰고 남철릭 위에 도홍띠 띠고 단천령은 복건 쓰고 창의 입고 오직 한온이만 상제 노릇하느라고 두건 위에 평량자를 쓰고 베 직령* 위에 삼띠를 띠었다. 여러 사람 상에서 좌석을 좁히려고 먼저 파탈하기 시작하여 꺽정이, 서림이, 이봉학이 세 사람도 운*에 딸려서 의관들을 벗고 끝으로 단천령에게 벗으라고 번갈아 권

- 주사립(朱絲笠) 주립. 융복을 입을 때 쓰던 붉은색의 갓.
- 직령(直領) 조선시대에 무관이 입던 웃옷. 깃이 곧고 빳빳하며 소매가 넓다.
- 운 어떤 일을 여럿이 함께 하는 바람.

한즉 단천령은 선선하여 벗기 싫다고 방색하였다. 단천령 속에는 무슨 핑계든지 하고 술자리에서 일찍 일어나볼 생각이 있는 까닭에 파탈까지 하고 싶지 않았던 것이다. 도회청 안이 별로 소냉하지 않은데 선선하다고 하므로 귀인이라 다르다고 꺽정이가 단천령을 비웃은 뒤 곧 가까이 섰는 신불출이에게 손님께 화롯불을 갖다 드리라고 분부하였다. 사람 운김과 술기운으로 실상은 선선치도 않은데다가 숯불이 이글이글하는 청동화로를 옆에도 갖다

놓고 뒤에도 갖다 놓아서 땀이 날 지경이라, 단천령이 더 방색할 말이 없어서 창의를 벗으려고 술띠를 끄르니 소홍이가 선뜻 일어나 창의를 받아서 한곁으로 치워놓았다.

"복건마저 벗으시지요."

하고 소홍이가 말하는데

"맨상투바람으루 앉았는 꼴이 보구 싶은가?"

하고 단천령이 말대꾸하는 것을 꺽정이가 듣고 한온이를 불러서

"손님 감투가 집에 있겠지, 얼른 사람 보내 가져오게."

하고 일렀다. 꺽정이 입에서 말이 떨어지기가 무섭게 들똘같이 탕건을 가져와서 단천령이 복건마저 벗었다.

얼굴들이 불그레할 만큼 술기운이 돌았을 때, 서림이가 꺽정이를 보고

"술은 나중에 다시 먹을 작정하구 저 기집들의 음률을 한번 들어보시지요."

하고 말하여 꺽정이의 분부로 주안상들을 물리는데 곽오주, 길막봉이 같은 사람은 내놓기 싫은 상을 억지로 참고 내놓았다. 여러 사람의 상이 놓였던 자리와 그 앞자리에 송도 기생이 하나는 가야금을 안고 또 하나는 장구를 끼고 들어앉았다. 단천령은 초향이의 가야금을 들은 귀가 더러워질 듯 생각하였던지 가야금 들여오란 말을 들은 때부터 눈살을 찌푸리고 있었다. 가야금 소리 나기 전에 단천령이 슬며시 자리에서 일어나서 난간 앞에 나와 앉아서 밖을 내다보려고 휘장을 치어드니 먼저 화로를 갖다 놓던

사람이 어느 틈에 뒤에 따라와 섰다가 옆으로 나서며

"휘장을 좀 거드치오리까?"

하고 물어서 단천령은 말없이 고개를 끄덕이었다. 그 사람이 휘장 끝을 접침접침˙ 접어서 줄 위로 걷어올린 뒤에 단천령이 난간을 의지하고 앉아서 밖을 내다보며

"횃불이 달을 끄슬르는군."

하고 혼잣말을 하였다. 신불출이가 단천령의 혼자 하는 말을 듣고 꺽정이에게 가서 품하고 마루 끝에 나서서 마당에 섰는 졸개들더러 해를 끄라고 소리를 쳤다. 졸개들이 횃불을 두들겨 끄는 중에 이왕이면 사초롱도 앞으로 둘만 남기고 다 꺼버리라고 꺽정이가 분부를 내리어서 불빛이 거의 다 없어지니 달빛이 밝게 솟아났다. 초저녁의 흐릿하던 것이 맑아져서 달빛이 대낮같이 명랑하였다. 가야금 뜯는 기생은 그동안에 줄을 다 고르고 향악에 밑도드리˙부터 시작하여 벌써 이장을 마치고 삼장을 뜯는 중인데 수단이 과히 망측하든 아니하나, 초향이의 수단과는 천지상격으로 틀리었다. 단천령이 초향이를 생각하고 산 너머 먼 하늘을 바라보며 휘파람을 불었다. 단천령은 휘파람도 잘 부는 까닭에 소리가 초군아이들의 초적草笛만 못하지 아니하였다.

● 접침접침 이리저리 여러 겹으로 접는 모양.
● 밑도드리 아악에 속하는 국악곡의 하나.

꺽정이가 서림이를 돌아보며 빙그레 웃은 뒤 입과 손으로 피리 부는 시늉을 내고 턱으로 단천령을 가리켰다. 휘파람보다 피리를 불게 하란 뜻이다. 서림이가 꺽정이의 뜻을 받고 단천령 옆에 와

서 앉으며

"피리 선성은 익히 듣조왔지만 휘파람까지 용하신 줄은 몰랐소이다."

하고 말을 붙이니 단천령은 휘파람을 그치고 한참 있다가

"오늘 밤 달이 좋소."

하고 딴청으로 대답하였다.

"저 기생의 가야고가 어떻습니까?"

"어떻다니?"

"잘하느냔 말씀입니다."

"잘하는구려."

이때 가야금은 밑도드리 칠장이 다 끝나고 돌장˚이 시작되었다.

"밑도드리가 인제 끝났구먼요."

"음률을 아시우?"

"어수귀나 겨우 떴다구 할까요."

"어수귀라니 무슨 말이오?"

"눈에 어수눈˚이 있으니 귀에 어수귀가 없겠습니까?"

"훌륭한 재담이구려."

"대체 피리를 어떻게 잘 부시면 고금무쌍이라구 칭찬을 받으십니까?"

"누가 고금무쌍이라구 칭찬합디까?"

"세상 사람이 다들 그렇게 칭찬하지 않습니까?"

"모르구 하는 칭찬이 대중 있소? 그러구 그까짓 피리가 정말

루 고금무쌍이면 좋을 게 무어요? 율객 천명˙이 수치나 될 뿐이지."

"율객 천명이라니 천만의 말씀이지요. 우선 선조부 영감께서 두 거문고를 잘하셨다는데 세상에서 율객으루 친단 말씀은 듣지 못했습니다."

"사람으루 보든지 학문으루 보든지 나 같은 불초손˙이 어디 있겠소. 그러구 또 거문고는 점잖은 악기라 여느 악기와 다르니까."

"왜 거문고를 배우시지 않구 피리를 배우셨습니까?"

"배우려구 배운 것두 아니오. 장악원 악공에 피리 잘 부는 사람이 우리 조부 때부터 집에를 다녀서 아잇적에 장난으루 배운 것인데 그럭저릭 조명이 널러 나게 되었소."

"오늘 밤 같은 이런 좋은 달밤에 피리를 한번 안 부시렵니까?"

"달은 좋아두 흥이 나지 않소."

"내가 귀띔해드릴 말씀이 있습니다."

하고 서림이가 갑자기 가는 목소리로 소곤거리듯 말하니

"무슨 말이오?"

하고 묻는 단천령의 말소리도 따라서 낮아졌다.

"오늘 밤 이 잔치의 속내를 아십니까?"

● 돌장 국악에서, 되돌아드는 악장.
● 어수눈 어섯눈. 사물의 한 부분 정도를 볼 수 있는 눈이라는 뜻으로, 지능이 생겨 사물의 대강을 이해하게 된 눈을 이르는 말.
● 천명(賤名) 천한 이름이란 뜻으로, 자기 이름을 겸손하게 이르는 말.
● 불초손(不肖孫) 손자가 조부모를 상대하여 자기를 낮추어 이르는 일인칭 대명사.

"내가 알 까닭이 있소?"

"대장이란 사람이 피리가 듣구 싶어서 일부러 이 잔치를 차렸습니다. 가야고 끝난 뒤에는 필경 한 곡조 듣자구 청할 테니 처음에 좋은 낯으루 청할 때 선뜻 허락하십시오."

"그 청을 듣지 않으면 어떻게 할 모양이오."

"아까 잔치 차릴 공론을 할 때 일견 잔치까지 차렸다가 피리를 안 불면 어떻게 하랴 말이 났었습니다. 오복전 조르듯 조르자구 말하는 사람두 있었구 한 달이구 두 달이구 붙들어두었다가 그예 한번 듣자구 말하는 사람두 있었는데, 대장이 이말저말 다 듣구 나서 하는 말이 한번 불래서 불지 않으면 창피하게 조를 것두 없구 또 나중 듣자구 붙들어둘 것두 없구 피리를 다시는 불지 못하두룩 입술을 짜개서 쌍언청이를 만들구 두 손의 손가락을 끊어서 조막손이를 만들어 놔보내겠다구 합디다. 이런 불호광경不好光景이 나지 않두룩 조심하십시오. 저녁 전에 잠깐 가서 뵙구 말씀을 해드리려구 한 것이 틈이 없어 못 갔습니다."

서림이의 소곤소곤 지껄이는 말이 단천령 귀에는 우레같이 울리었다. 단천령이 송구한 마음을 억지로 진정하고 한참 생각하고 있다가

"여러 사람이 모두 피리를 듣구 싶어하우?"

하고 물었다.

"그러면요. 피리를 들으려구 밖에 졸개들두 많이 모였습니다."

"여러 사람 낙망 안 되게 한 곡조 불어볼까. 그러구 이왕 불 바

엔 청하기를 기다릴 것두 없지."

"지금 부시렵니까?"

"가야고가 끝나거든."

"가야고는 고만두라지요. 피리가 어디 있습니까?"

"내 창의를 이리 가져오라시우. 소매에 피리가 들었소."

단천령이 서림이의 꾀에 떨어져서 한 곡조 불려고 마음을 먹고 창의 소매에서 학경골 피리를 꺼내 들었다.

가야금 뜯는 기생은 듣는 사람들이 재미있게 들어주지 아니하여 신명이 나지 않는 판에 고만두란 말을 듣고 끝이 조금 남은 타령을 급히 몰아 마친 뒤에 가야금을 밀치고 일어나고, 장구 치는 기생은 서림이의 시키는 대로 장구를 들고 단천령 뒤에 와서 앉고 꺽정이 이하 여러 두령은 대개가 앉은 자리에 그대로 앉아서 단천령 앞은 쪽을 바라보고들 있었다.

- 우조(羽調) 동양 음악에서 '우' 음을 으뜸음으로 하는 조. 다른 곡조보다 맑고 씩씩하다.
- 초중대엽(初中大葉) 초(初), 이(二), 삼(三)의 세 중대엽 가운데 첫째 중대엽. 국악 가곡의 원형 가운데 하나이다.

단천령이 피리를 입에 대려고 할 즈음에 뒤에 앉은 기생이

"무슨 장단을 치라고 미리 말씀해주셨으면 좋겠습니다."

하고 말하여 단천령은 피리를 한손에 들고 뒤를 돌아보며

"우조˚ 초중대엽˚부터 삼중대엽까지."

하고 대답하였다.

단천령이 피리를 입에 갖다 대었다. 피리소리가 나기 시작하였다. 처음에는 여느 사람의 피리나 마찬가지지 별수가 없었다.

처음 잠깐 듣고 일어서 간 사람이 있다고 치고 그 사람더러 말하라면
"단천령이 피리를 귀신같이 분다더니 그저 그렇든데."
하고 말하였을 것이다.

피리가 차차로 조화를 부리는 듯 우수수 지나가는 바람소리, 딸딸딸 구르는 낙엽소리, 사람들이 지껄지껄하는 소리, 모든 소리를 다 없이하여 여러 사람 귀에 들리는 것이 피리소리밖에 없었다. 꺽정이 이하 여러 두령이 서로 돌아보고 고개들을 끄덕이었다.

조그만 피리에서 어찌하면 그런 웅장한 곡조가 나오며 우스운 피리소리에 어찌하면 그런 굉장한 기세가 나타날까. 그 곡조 그 기세를 좀 흔감스럽게 형용하면 큰바람이 바닷물을 뒤집는 듯하고, 바윗덩이가 높은 산에서 내리구르는 듯하고, 호걸남자가 큰 칼 비껴들고 말을 놓아 천만진중에서 횡행하는 듯하였다. 형용은 고만두고 말할지라도 대장부의 씩씩한 기운을 돋워줄 만하였다. 꺽정이 이하 여러 두령들이 어느 틈에 단천령 뒤에 와서 둘러앉았는데 꺽정이는 채수염을 쓱쓱 쓰다듬고 두령들은 혹 팔도 뽐내고 혹 어깨도 으쓱으쓱하였다.

단천령이 우조를 다 불고 뒤를 돌아다보다가 여러 사람 거동을 보고 적이 웃으면서 피리를 다시 불었다. 곡조가 달랐다. 이번 곡조는 처량하였다. 장구 치던 기생이 계면조를 모를 리 없건만 장구채를 꽂아놓고 가만히 앉았으므로 소홍이가 장구를 끌어다가

끼고 나서서 피리를 따라 장단을 쳤다.

  춘몽 같은 세상이요, 초로 같은 인생인데 시름도 첩첩하고 설움도 첩첩하다. 첩첩한 시름과 설움을 피리로 풀어내는 듯 피리 소리가 원망하는 것도 같고 한탄하는 것도 같고 하소연하는 것도 같으나, 어떤 마디는 천연 울음을 우는 것과 같았다. 그칠 듯 자지러지는 소리는 목이 메어 울음이 나오지 않는 것 같고 호들갑스러운 된소리는 울음이 복받쳐 터지는 것 같았다. 사람의 울음은 아니나 울음소리 같은 것은 필시 귀신의 울음일 것이다. 오가는 죽은 마누라의 혼이 와서 울고불고하는 듯 생각하고 닭의똥 같은 눈물이 뚝뚝 떨어졌다. 다른 두령들도 각기 구슬프고 한심한 생각이 나서 혹은 눈을 끔벅거리고 혹은 한숨을 지었다. 바깥 마당에서는 누가 우는지 흑흑 느끼는 소리까지 났다. 꺽정이가 마음이 공연히 비창悲愴하여지는 것을 억지로 참는 중에 이 광경을 보고 급히 손을 내저으며

  "피리를 고만 그치우."

하고 소리를 질렀다. 단천령이 못 들은 체하고 피리를 그치지 아니하여 꺽정이가 벌떡 일어나서 단천령의 팔죽지를 잡아 일으켜 세웠다. 단천령은 팔죽지가 떨어지는 것 같아서 아이쿠 소리를 부지중에 질렀다. 꺽정이가 잡은 팔죽지를 놓고

  "우리 자리루 가서 술이나 더 먹읍시다."

하고 말하였다.

  여러 사람이 다같이 먼저 앉았던 자리에 와서 다시 좌정한 뒤

에 꺽정이가 주안을 새로 가져오라고 하여 술들을 또 한차례 먹고 다담을 잇대어 가져오라고 하여 밤참들을 먹었다.

송도 기생 중에 가야금 뜯던 계집은 단천령 가까이 앉은 것도 호강인 양 생각하는지 술 먹기 전부터 밤참 먹은 뒤까지 단천령 옆을 잘 떠나려 들지 아니하였다. 서림이가 이것을 눈여겨보고 이봉학이에게 몇마디 귓속말을 하더니 자리를 파하고 일어들 설 때, 이봉학이가 그 기생더러

"너는 손님을 뫼시구 가서 오늘 밤에 수청을 자거라."
하고 일러서 단천령을 딸려보냈다.

이튿날 식전에 꺽정이가 도회청에 나가서 조사를 마치고 사랑으로 돌아올 때 서림이가 뒤를 따라왔다.

"아침 먹으러 가지 않구 어째 왔소? 무슨 할 말이 있소?"
"단천령을 어떻게 하실랍니까, 놔보내실랍니까?"
"오늘 보내겠소."
"제 생각에는 아주 붙들어두어두 좋을 것 같은데 어떨까요?"
"서종사, 피리에 반했구려."
"옛날 초한전쟁 때 한나라 장자방張子房이 계명산 가을밤에 퉁소를 불어서 초나라 대군을 흩어버린 일이 있답니다. 단천령의 피리가 장자방의 퉁소만 못지않을 듯한데 붙들어두면 앞으루 혹시 쓸데가 있을는지 누가 압니까."
"그런 때 적진 군사는 흩지 못하구 자기 군사를 흩으면 어찌하노?"

"그거야 미리 단속해두면 염려 없겠지요."

"단천령이 입당을 할 듯싶소?"

"지금은 잘 안 할라구 하겠지만 오래 두구 시달리면 모르지요."

"당장은 고만두고 장래라두 꼭 쓸데가 있다면 또 모르지만 혹시나 쓸데 있을까 바라구 귀골 양반을 붙들어둘 건 없소."

"칠장사 스님 유서에 '삼년적리관산월'이란 글이 있습지요. 단천령을 삼년 동안 붙들어두면 그 글뜻이 맞을 듯 생각이 듭니다."

"관산달이란 말에 이별 뜻이 있다며. 이별이란 좋지 않은 것인데 억지루 맞두룩 할 것 무어 있소."

"저두 꼭 붙들어두자구 말씀 여쭙는 건 아닙니다."

이때 마침 한온이가 퇴 앞에까지 들어오다가 도로 나가는 것을 꺽정이가 열어놓은 방문으로 내다보고

"그게 온이 아닌가? 왜 안 들어오구 도루 가나?"

하고 소리하여 한온이가 방에 들어와서 도로 나간 발명으로

"무슨 의논들 하시는 줄 알았습니다."

하고 말하였다.

"무슨 의논을 하기루 자네가 피할 까닭 있나."

"말씀할 일이 급한 일이 아니니까 좀 이따 다시 오려구 했습니다."

"무슨 일인데?"

"단천령이 식전 일어나며부터 와서 보입겠다구 하는 것을 조사 끝나기까지 기다리라구 일러두었는데, 지금 데리구 와두 좋을

는지 여쭤보러 왔습니다."

"오늘 가게 해달라구 나를 보자는 게지."

"아마 그렇겠지요."

"아침 후에 데리구 오게."

"아침은 먹었습니다."

"나는 아침을 아직 안 먹었는데 나중에 데리구 오라구 통기할 테니 가서 있게."

한온이와 서림이가 같이 일어서 나간 뒤에 꺽정이는 신불출이를 불러서 아침 재촉을 시키었다. 전날 밤에 꺽정이가 도회청에서 소홍이 집으로 가서 음률 이야기를 듣다가 그대로 눌러자고 식전에 기침을 여느 때보다 늦게 한 까닭에 자리조반도 안 먹고 조사를 보러 나갔었다.

꺽정이가 안에 들어와서 아침밥을 먹을 때, 그 누님 애기 어머니가 상머리에 앉아서 시중을 들면서

"대장두 어젯밤에 피리 듣구 눈물을 냈다지?"
하고 물었다.

"누가 그따위 소릴 합디까?"

"백손이 외삼촌이 우리를 속였구먼."

"실없는 것이 거짓부리하는 걸 곧이듣는 사람이 딱하우."

"우리만 보고 그런 소릴 하면 곧이 안 들었겠지만 백손이더러 형님께서 눈물을 내셨다 하구 바로 점잖게 말하기에 그럴싸하게 들었지. 속은 걸 생각하니 분해 죽겠네."

"누님두 나와 들으셨소?"

"죄다 나갔었지. 누구 안 나간 사람 있어?"

"그래 안식구들 중에 더러 운 사람이 있소?"

"소리내서 울기까지 한 사람은 갑돌이 처 하나지만 눈물 낸 사람은 한둘이 아니야."

"갑돌이 처는 아주 통곡을 했소?"

"난간 모퉁이에 가 붙어서서 피리를 듣다가 거기서 느껴가며 울었어요. 우는 소리가 도회청 안에도 들렸을걸?"

"갑돌이 천 줄은 몰랐어두 우는 소린 나두 들었소. 그년은 무슨 설움이 그렇게 많아서 통곡까지 했단 말이오?"

"그년이 어느 때는 꼭 산매*들린 것 같으니까 매친증이 났든 거야."   ● 산매(山魅)
요사스러운 산 귀신.

꺽정이가 남매 이야기하며 밥을 먹느라고 한동안 늘어지게 안에 있다가 사랑에를 나와보니 이봉학이, 박유복이, 배돌석이, 길막봉이 네 두령이 사랑에 와 앉아 있었다.

네 두령이 일제히 일어섰다가 꺽정이가 자리에 와서 앉은 뒤에 다시들 앉는데, 그중에 길막봉이는 이날 탑고개를 나가게 되어서 꺽정이를 보고 가려고 기다리던 차이라 일어선 채로

"저는 지금 탑고개를 나갑니다."

하고 말하였다.

"아직 좀 있거라."

"무슨 이르실 말씀이 있습니까?"

"단천령을 오늘 보낼 텐데 네가 데리구 나가거라."

"그럼 한두령에게 가서 단천령을 데리구 가겠습니다."

"가만히 좀 있어. 내가 아직 가란 말두 이르지 않았다."

"데리구 나갈 아이들을 도회청 앞에 세워놨는데 그 아이들이 나 먼저 내보낼까요?"

"가만있으라는데 무슨 잔소리냐!"

하고 꺽정이가 꾸중기 있게 말하여 길막봉이는 입을 다물고 우두머니 섰다가 다시 주저앉았다. 꺽정이가 신불출이를 불러서

"한두령에게 가서 손님을 데리구 오시라구 말해라."

하고 분부할 때 서림이가 들어오더니 꺽정이를 보고

"좀 이따 보내시지요."

하고 말하여

"왜?"

하고 꺽정이가 물었다.

"제가 지금 한두령에게를 다녀오는데 단천령이 황두령하구 내기 장기를 둡디다."

"무슨 내기야?"

"단천령이 지면 피리를 한번 더 불구 황두령이 지면 탑고개까지 곧 데려다 주기랍디다. 단천령 장기가 황두령하구 맞둘 수가 못 되는 걸 황두령이 수를 속이구 한두령과 김두령이 부추겨서 내기를 시킨 모양입디다. 지금 사람을 보내시면 장기판이 깨질 테니 이따가 피리소리 난 뒤에 보내셨으면 좋겠습니다."

꺽정이가 서림이의 말엔 대답 않고 가지 않고 섰는 신불출이를 돌아보며
"왜 안 가구 섰느냐? 얼른 가서 곧 오시라구 해라."
하고 재차 분부하여 내기 장기판을 끝마치게 하려고 청하던 서림이는 더 개구하지 못하였다.
신불출이가 간 지 얼마 아니 되어서 한온이가 단천령을 데리고 오는데 황천왕동이와 김산이도 따라왔다. 꺽정이와 먼저 있던 네 두령이 밤 잔 인사들을 마치고 여러 사람이 다같이 좌정한 뒤에 꺽정이가 단천령이 보자는 뜻을 다 짐작하면서 짐짓
"무슨 일루 나를 보자구 하셨소?"
하고 물었다.
"어제두 누누이 말씀했시만 내기 집에 갈 맘이 일시가 바쁘니 오늘 아침에는 꼭 떠나게 해주시우. 이 말씀하려구 보입자구 했소."
"당신의 피리가 하두 용해서 우리 중에 반한 사람이 많소. 당신을 붙들어서 한 삼년 같이 지내게 해달라는 청을 내가 받구 있소."
단천령은 놀라서 입을 딱 벌리고 말을 못하였다.
"어제 내가 오늘 보내드리마구 말했는데 대장부가 일구이언하겠소? 보내드릴 테니 염려 마시우."
꺽정이 말에 단천령은 놀란 마음이 가라앉아서
"지금 곧 떠나게 해주셨으면 좋겠소."

하고 바짝 졸랐다.

"그리하시우. 서울까지 가실 노수를 드리구 싶으나 찐덥게 생각하실지 몰라서 고만두구 정으루 조그만 물건 하나를 빌려드리겠소."
하고 꺽정이가 옷고름에 찬 먹감나무로 만든 제골˚ 장도를 끌러서 단천령을 주면서
"길에서 혹시 작경하는 자들을 만나거든 이걸 내보이시우."
하고 말하니 단천령은 인사성으로 한번 치사하고 받았다.

길막봉이가 단천령의 노주를 데리고 탑고개로 나가려고 할 때, 송도 기생들이 단천령 일행과 같이 나가게 하여달라고 황천왕동이를 졸라서 황천왕동이가 꺽정이에게 말하고 같이 내보내는데 단천령에게 수청 든 기생은 일례로 주는 상급 외에 피륙 몇필을 더 행하로 주었다.

단천령이 길막봉이의 배행으로 탑고개까지 나와서 길막봉이에게 수어 치사하고 바로 송도로 향하는데, 몸과 마음이 다 거뜬하여 곧 날 것 같았다. 몸은 나귀 등에 실리었을망정 마음은 날았다. 거미줄에 걸리었던 나비가 거미줄에서 떨어져서 청산으로 날아가는 듯, 조롱에 갇히었던 새가 조롱을 벗어나서 공중으로 날아가는 듯 단천령이 눈 뜨고 꾸는 꿈에 나비 되어 너푼너푼 날고 새가 되어 훨훨 날다가 나귀가 넓은 도랑을 건너뛸 때 하마 떨어질 뻔하고 꿈이 깨어졌다. 댕갈댕갈˚ 지껄이는 계집들 말소리에 뒤를 돌아보니 적굴에서부터 동행하는 송도 기생 둘이 말들을 옆

으로 타고 뒤에 따라오는데, 지껄이는 것은 자기 이야긴 듯 양반 율객이란 말이 귓결에 들리었다. 율객 소리가 귀에는 거치나 마음에까지는 거슬리지 아니하였다. 그보다 더한 소리를 한대도 시들스러웠다.

 단천령 눈에 좌우 산천이 처음 대하는 것같이 새로워서 산 보고 좋아하고 물 보고 좋아하며 송도부중까지 들어왔다. 송도를 지나면 점심참이 없으나 해가 점심때가 안 되어서 단천령이 송도서 쉬지 않고 그대로 지나가려고 하다가, 적굴에서 수청 든 기생이 저의 집이 멀지 않다고 잠시 들러 가라고 붙들어서 그 기생의 집에 가서 점심 대접을 받고 묵어 가라고 붙드는 것은 못하겠다 떼치고 떠나 나왔다. 장단 읍내 숙소할 작정하고 나귀를 슬렁슬렁 걸리었다. 어느덧 넛문이를 지나서 어룡개 앞길에 당도하여 산 한 모퉁이를 돌아서자, 수건으로 머리를 질끈질끈 동인 놈 서넛이 길가에 주저앉았다가 죽들 일어섰다. 단천령의 하인이 얼른 지나가려고 나귀를 채쳐 모니 세 놈이 길을 가로막고 나섰다. 하인은 뒤로 주춤 물러서며 단천령을 치어다보고 단천령은 태연하게 나귀 등에 앉아서 세 놈을 내려다보았다.

 ● 제골
감이나 모양새가
제격으로 된 물건.
● 댕갈댕갈
조금 떨어진 곳에서
잇따라 나는 맑고 높은 소리.

 "어서 내려라!"

하고 한 놈이 소리를 지르며 앞으로 나서는데 단천령은 예사 언성으로

 "왜 내리라느냐?"

하고 뇌까렸다.

"우리가 어떤 사람인지 보다 모르겠느냐? 노수 다 내놓구 나귀까지 두구 가거라."

단천령은 꺽정이가 준 장도를 생각하고

"보여줄 만한 물건은 하나 있거니."

하고 말하며 창의 소매에 든 장도를 꺼내서 앞에 나선 놈을 내주었다. 그놈이 장도를 받아들고 보는데 두 놈마저 와서 들여다보더니 세 놈이 서로 돌아보면서 혹 입도 벌리고 혹 고개도 흔들었다. 장도 가진 놈이 단천령을 치어다보며

"이걸 어디서 얻으셨습니까?"

하고 깍듯한 말씨로 물었다.

"장도 임자에게서 얻었지 어디서 얻어?"

"네, 그러십니까. 그러신 줄은 몰랐습니다. 죄송합니다. 자, 어서 행차합시오."

"장도는 나를 도루 주어야지."

"네, 예 있습니다."

단천령이 어룡개 앞길 후미진 곳에서 적환을 면한 뒤 꺽정이의 장도가 값 있는 줄을 밝히 알았다.

이날 밤에 장단 숙소하고 이튿날 낮에 파주 중화하고 고양으로 오는 길에 혜음령 중턱에서 단천령은 또 화적을 만났다. 화적 댓 놈이 내달아서 길을 막으며

"나귀, 게 세워라!"

하고 소리지를 때, 단천령은 화적들을 가까이 오라고 손짓하여 불러다가 창의 겉고름에 찬 장도를 보라고 내밀었다. 화적 한 놈이 저의 동무들더러

"청석골 대장의 표신일세."

하고 말한 뒤 곧 길들을 비키었다.

고양읍에서 숙소하더라도 내일 입성하기는 일반인데, 단천령은 단 십리나마 서울 더 가까이 오려고 새원 와서 숙소하고 이튿날 일찍 떠나서 아침결에 녹번이고개를 넘어올 때 어떤 사람 하나가 나귀 머리에 와서 굽실 절을 하였다. 단천령이 전에 본 적이 없는 사람이라

"누군고?"

하고 물으니 그 사람이 누구란 말은 하지 않고

"청석골서 장도 가지구 오시는 행차시지요?"

하고 되물었다.

"그걸 어찌 알구 묻나?"

"다 압니다. 그 장도를 이리 줍시오."

"그건 왜 달래?"

"찾아 보내란 기별이 왔습니다."

"청석골서 사람이 왔단 말이야?"

"네, 그저께 왔다갔습니다."

"무어야? 내가 그저께 청석골서 떠났는데."

"오지 않은 걸 왔달 리가 있습니까. 황두령이 그저께 왔다갔습

니다."

"황두령이라니 장기 잘 두는 사람 말인가?"

"네, 그렇습니다."

"그 사람이 그저께 청석골 있었는데 무슨 당치 않은 소린가?"

"황두령이 장기 잘 두는 건 아셔두 축지법하는 건 모르십니다그려. 요새 해에두 서울은 두서너 차례도 도다녀갈 겁니다."

단천령은 더 말 안 하고 곧 장도를 끌러서 그 사람을 주어버리었다.

단천령이 입성한 뒤 불과 삼사일쯤 지나서부터 단천령의 봉변한 이야기가 남북촌 사랑의 이야깃거리로 돌기 시작하였다.

당시 병조판서 권철權轍이 어느 날 밤에 문객 사오 인을 불러놓고 세상 소문을 이야기시키고 듣는 중에 문객 하나가

"종실 단천령이 청석골 적굴에 붙잡혀가서 피리 불구 대접받은 이야기를 들어 기십지요?"

하고 물으니 권판서는 고개를 한두 번 가로 흔들며

"못 들었네."

하고 대답하였다.

"단천령 이야기가 요새 파다하든데 어째 대감께서 이때까지 못 들으셨습니까?"

"파다한 이야기를 인제라도 좀 듣게 이야기하게."

그 문객이 단천령 이야기를 몰라서 빼기도 하고 꾸며서 보태기도 하여 일장을 다 마치자, 다른 문객 하나가 그 뒤를 받아서 황

해도 선비들의 소조를 이야기하는데 주워들은 소문이라 죽은 사람과 살아 간 사람의 수효가 다 틀릴뿐더러 사실과 뒤쪽으로 말을 뻣뻣하게 한 사람들은 모두 죽고 창피하도록 애걸복걸한 사람은 살아 갔다더라고 이야기하였다. 단천령 이야기가 꺽정이 이야기로 번지어 나왔는데, 꺽정이 이야기라고 태반 터무니도 없는 이야기를 여러 문객들이 받고채기로 지껄인 끝에 먼저 단천령의 일을 이야기하던 문객이 주인 대감을 보고
"꺽정이 같은 근고에 없는 큰 도둑놈을 조정에서 얼른 잡아 없앨 도리를 차리지 않는 것이 웬일이오니까?"
하고 물은즉 권판서는 잠자코 쓴 입맛만 다시었다.

매일 상참˚에는 임금이 편전에서 신하들을 접견하고 간일間日 조참˚에는 임금이 정전에서 신하들 조회를 받던 것인데, 상참과 조참이 연산주 때 정지된 채 그대로 내려와서 근신近臣 외에는 신하들이 임금을 면대할 기회가 드물었다.

● 상참(常參)
의정을 비롯한 중신과 시종관이 매일 편전에서 임금에게 정사를 아뢰던 일.
● 조참(朝參)
한 달에 네 번 중앙에 있는 문무백관이 정전에 모여 임금에게 문안을 드리고 정사를 아뢰던 일.

권판서가 재상 몇사람과 서로 의논하고 같이 예궐하여 위에 알현을 청하여 편전에서 면계로 아뢰기를
"황해도 대당 근포하올 방책은 삼공이 이미 아뢰온 일도 있습거니와 근래 적세가 점점 더 성하와 행려行旅를 욕보이는 건 여차이옵고 살육까지 낭자히 하옵는 까닭에 서관대로에 행려가 두절될 지경이오며 심지어 조관이라 칭하옵고 기탄없이 각군에를 출입하옵는데 수령이 혹 모르고 접대까지 한 자가 있었다 하오니

이런 해괴한 일이 어데 있소리까. 본도本道에서 체포하려고 한다는 선성이 나오면 으레 강원도나 평안도로 도망하옵는데, 강원도에는 이천 지경에 소굴이 있옵고 평안도에는 성천, 양덕, 맹산 지경에 소굴이 있다고 하옵건만 양 도의 감사나 병사가 체포할 방법을 강구한단 말이 없사오니 이것은 대단 잘못된 일이외다. 체포하도록 비밀히 속히 하유하옵소서. 그외에 또 그 흉악한 대당이 황해도에서 재물을 약탈하와 개성부중에 가져다가 판매하기도 하옵고 도성 안에 와서 거접하기도 한다고 하오므로 포도대장을 시켜 비밀히 근포하게 하였솝는데, 체포할 조처를 한단 말이 없사오니 이것은 대단 미타한 일이외다. 포도대장과 종사관들은 추고시켜 그 한만한 것을 징계하옵시고 부장, 군관들은 사목事目을 따라 치죄하게 하옵시고 금군은 각별 택차하게 하옵소서."

대개 이와같이 아뢰어서 위의 윤허를 물었다. 육칠일 후에 사간원 간관들이 초기初記로 합계를 올리었는데, 그 계사는 이러하였다.

"황해도 한 도가 도적의 소굴이 되어서 행인을 무참히 죽이거나 잔생이 욕보이와 도로가 막히게 되옵고 약탈한 물화를 싣고 서울 와서 숨어 파옵고 조관이니 감사의 친족이니 하고 각군의 허실을 엿보고 다녔다 하오니 이건 근고에 없는 변이라 어찌 놀랍지 않사오리까. 수색하고 체포하는 건 수령들이 할 일이오나 명령은 감사에게서 나올 것이온데, 황해감사 유지선이 한 방면 전제專制의 책임을 맡아가지고 간 지 지금 벌써 삼사 삭이 되옵건만, 도적 잡을 방략을 세운 것이 조금도 없고 대적이 친족이라 하고 횡행한 일을 일찍 장계도 않고 덮어두었사오니 이런 미타한 일이 어디 있사오리까. 속히 체차시키시고 문무겸전한 자를 각별 택송擇送합셔서 도적을 섬멸하와 지방을 간정케 하심을 바랍니다."

위에서 간관들의 계사대로 하라 처분을 내려서 이삼일 후에 김덕룡金德龍이란 재상이 유지선을 대신하여 황해감사로 나가게 되었고, 새 황해감사는 봉산군수 윤지숙이 적당에게 수치당한 것을 들어 아는 까닭으로 도임 초에 장파*하고 그 대에 신계현령 이흠례가 봉산군수로 승차하게 되었다.

* 초기(草記) 서울 각 관아에서 행정에 그리 중요하지 아니한 사실을 간단히 적어 임금에게 올리던 상주문.
* 장파(狀罷) 원이 죄를 지었을 때, 그 도의 감사가 임금에게 장계를 올려 원을 파면시키던 일.

평산쌈

연천령이 별안간 큰 소리를 지르고 한 발을 앞으로 내디디며 머리 위의 환도를 정면으로 내리쳤다.

껙정이는 미리 짐작하고 기다린 것같이 슬쩍 몸을 바른쪽으로 틀고 몸을 트는 결로 곧 연천령의 왼쪽 허리를 가로 후려칠 듯이 하여 연천령이 환도를 끌어들일 새도 없이 그대로 껙정이의 칼은 팔을 치치려는 순간에 껙정이의 칼이 가로 허리를 치지 않고 위로 어깨에 떨어졌다.

날카롭기 짝이 없는 장쾌도가 연천령의 왼쪽 어깨에서 바른쪽 젖가슴까지 엇비슥하게 내려먹었다.

연천령이 몸이 피투성이 된 뒤에도 악 소리를 지르며 환도를 몇번 휘두르다가 땅바닥에 쓰러지는데 마치 밑둥 찍어 놓은 나무 넘어가듯 하였다.

평산쌈

　금교역말 어물전 주인 부자는 청석골 도중과 거의 한속같이 지내는 터인데 젊은 주인이 주색이 과하여 삼십 미만 젊은 나이에 요사하였다. 손자는 유치의 것이 두엇 있으나 장남한˙ 자식을 앞세운 늙은 주인의 정경이 가련하기 짝이 없었다. 청석골 도중에서 통부를 받은 뒤 초종 부비에 한몫을 보태도록 부의를 후히 보내고 망인과 친구이던 황천왕동이가 꺽정이와 여러 두령의 몸을 받아서 조상을 하러 나갔다. 늙은 주인이 황천왕동이를 보고 일을 좀 보아달라고 간청하여 황천왕동이가 인정에 차마 못한단 말을 못하고 들어와서 꺽정이에게 말하고 다시 나가려고 하였더니, 서림이가 꺽정이보고 말하기를 일 보아주고 있는 것은 잠시 다녀오는 것과 달라서 자연히 안면 아는 사람들을 많이 만나게 될 터이라 재미없다고 하여 꺽정이가 서림이의 말을 옳게 듣고 나가지 못하게 하였다.

"그 늙은이는 올 줄루 믿구 기다릴 텐데 어떻게 합니까?"

"어째 내 말두 들어보지 않구 다시 오겠다구 말했느냐?"

"여쭤보구 다시 오마구 말은 했지만 그래두 오기를 기다릴걸요."

"서종사같이 초상 치르는 절차나 잘 알면 외려두 모르지만 네가 가서 무얼 하겠느냐? 두말 말구 고만둬라."

"그럼 제 대신 서종사라두 보내주시지요."

"서종사는 네 대신 초상집에 다니는 사람이냐? 지각없는 소리 하지 마라."

황천왕동이가 꺽정이에게 꾸지람을 듣고 다시 더 말을 못할 때 꺽정이 옆에 앉아 있던 이봉학이가 꺽정이를 보고

● 장남하다 '장성하다'를 속되게 이르는 말.
● 구애(拘碍) 거리끼거나 얽매임.

"그 늙은이가 일을 봐달라지 않더라두 우리가 구애˙만 없으면 하나 가서 봐주는 게 좋을 것 같은데요."

하고 말하여 은근히 황천왕동이의 말을 거들어주니 꺽정이가 이봉학이를 돌아보며

"가서 일 봐주는 게 좋지 않다구 누가 못 가게 하나?"

하고 증을 내서 말하였다.

"서종사 말이 안면 짐작하는 사람을 만날까 봐 재미가 적다구 그러니 금교 일판에서 통히 안면 모를 사람이 가면 상관없지 않습니까?"

"그런 사람이 누구야?"

"탑고개에두 별루 나가보지 않은 김두령 같은 사람이야 금교서 누가 알겠습니까?"

"도중 회계는 누구더러 보라구?"

"요새는 출납이 그리 많지두 않은데 한두령더러 혼자서 치부까지 다 하라시지요."

"죽은 사람 산 사람 다 친치 못한 산이더러 가랄 맛이 무언가?"

"도중을 대표해서 가는데 친치 못하면 어떻습니까?"

꺽정이가 한참 동안 아무 말 않고 있다가 황천왕동이더러

"네가 가서 산이를 데리구 오너라."

하고 말하였다. 황천왕동이는 어물전 늙은 주인에게 실신失信될 것을 속으로 짜게 여기는 중이라 꺽정이의 말이 떨어지기가 무섭게 곧 나가서 김산이를 불러가지고 왔다.

"향일 부의 보낸 금교 초상집에서 천왕동이더러 와서 일을 보아달라구 청하더란다. 천왕동이는 근방에 안면 아는 사람들이 많아서 사람 많이 모이는 상가에 보내는 게 부질없으니 네가 가서 일을 좀 보아주구 오너라."

꺽정이가 김산이더러 말을 이르니 김산이는 선뜻

"네."

대답하고 나서

"입관, 성복 다 했을 텐데 가서 무슨 일을 봐줍니까?"

하고 갈 것 없다는 의사를 비치었다.

"장사를 순장˙으루 지내는데 장지는 멀구 일은 뒤죽박죽 잘 안 된다구 와서 봐달라데."

하고 황천왕동이가 말한 뒤

"가서 봐줄 만한 일이 없거든 도루 들어오려무나."

하고 꺽정이가 다시 일러서 김산이는 금교 초상집에를 나가게 되었다.

황천왕동이가 금교 다녀온 이튿날, 다시 김산이를 데리고 나와서 어물전 늙은 주인을 보고

"나는 도중에 다른 일이 있어서 단 하루라두 난데 나와 있을 수가 없소. 여기 같이 온 김두령이 우리 도중을 대표해서 나왔으니 그리 아시우."

하고 말하니 늙은이는 시원치 않게

"녜."

하고 대답하였다.

● 순장(旬葬) 죽은 지 열흘 만에 지내는 장사.
● 발음(發蔭) 조상의 묏자리를 잘 써서 그 음녁으로 운수가 열리고 복을 받는 일.
● 지가설(地家說) 풍수설.

어물전 늙은 주인은 삼십 후에 아들을 낳아서 후사를 잇게 되고 가세가 늘어서 불빈不貧하게 된 것이 다 부모 산소의 발음˙이라고 믿는 사람이라 지가설˙에 반하여 지관들을 데리고 답산踏山도 많이 하였다. 어느 때 산안山眼이 높은 지관 하나를 만나서 같이 답산하러 나간 길에 평산 남면 마산리馬山里에 지관의 말로 장군격고출동형將軍擊鼓出洞形이란 대지大地가 비어 있는 것을 찾아낸 뒤, 반계곡경으로 그 산을 사서 자기 내외의 신후지지로 정하여 두었다. 그 마누라가 먼저 죽어서 갖다 묻을 때 그 옆에 자

기 묻힐 광중까지 모토˚를 빼어두었고 마누라 무덤에서 그리 멀지 아니한 조그만 날가지에 한 장 붙일 만한 자리가 있어서 유념성으로 치표˚를 하여두었는데, 그 치표한 자리에 이번에 죽은 아들을 갖다 묻으려고 작정하고 모든 준비를 차리는 중이었다.

  그 늙은이가 이십 안팎 적에 어물을 가지고 등짐장사를 다니다가 밑천을 모은 뒤에 금교서 장가를 들고 눌러앉아서 어물로 전을 내기 시작하고 내처 한편으로 어물을 파는 까닭에 남들이 전부터 불러내려온 대로 어물전이라고 부르지만, 실상은 곡식, 포목, 재목 여러가지를 무역하여 파는 금교 장터의 제일 큰 장사라 초상에 와서 일 보아주는 사람도 적지 않았다. 그런데 그 늙은이가 황천왕동이더러 와서 일을 보아달라고 청한 것은 장지까지 근 백릿길에 사람이 한번 갔다오자면 적어도 이틀씩 걸리는 까닭에 황천왕동이의 빠른 걸음을 빌려 써보려고 생각하였던 것이다. 김산이는 친치도 못할뿐더러 긴치도 않아서 여짓 고만두고 도로 가라고 말하고 싶으나 황해감사는 등지고 살아도 청석골패는 등지고 살 수 없는 처지에 그 패에서 무등˚ 호의로 내보내준 사람을 가거라 말아라 할 수가 없어서 늙은이는 김산이를 보고

  "이런 사람의 집의 궂은일을 봐주러 나오셨다니 황송하기 이를 데 없소."

하고 외면치레로 인사하고 또 황천왕동이가 들어갈 때

  "여러분께서 너무 근넘˚들 해주셔서 황감합니다구 면면이 말씀 좀 해주시우."

하고 이면을 차려서 인사 부탁까지 하였다.

　일한다고 공연히 분주만 떠는 사람도 많고 일 시킨답시고 떠드는 것으로 한몫 보는 사람도 많은데 김산이는 입을 봉하고 가만히 앉아 있으니 앉았을 맛도 없고 또 나온 본의도 아니어서 주인 늙은이더러 물어보아서 보아줄 일이 별로 없으면 도로 들어가려고 생각하였다. 그러나 늙은이가 물으러 오는 사람을 붙들고 신세 한탄하며 질금질금 울랴, 일하는 사람을 쫓아다니며 일 잘못한다고 잔소리하랴, 잠시도 가만히 안 있어서 김산이는 말할 틈을 타지 못하여 그대로 앉아 있는 중에 저녁이 되어서 두루거리 밥상이 안에서 나왔다. 밥상에 둘러앉은 여러 사람 중에 한 사람이 가만히 앉아 있는 김산이를 바라보고

　"저 손님두 이리 오시지요."

하고 청하여 김산이가 여러 사람 틈에 가서 끼어 앉았을 때, 늙은이가 방 앞에 와서 들여다보더니

　"왜 거기 가 앉으셨소? 이리 나오시우."

하고 불러내었다.

　"저녁 진지를 지관하구 겸상해 내온다니 지관 있는 방으루 가십시다."

하고 늙은이가 앞서가는데 김산이는 뒤따라가면서

　"가만히 보니 내가 봐드릴 만한 일이 없는 것 같구려."

하고 말하였다.

　"무슨 일이든지 봐주시겠소?"

● 모토(母土)
무덤의 구덩이를 팔 때, 바닥에 관이 놓일 자리를 꾐아낸 흙.

● 치표(置標) 묏자리를 미리 잡고 표적을 묻어 무덤 모양으로 만들어둠. 또는 그 표적.

● 무등(無等)
더할 수 없을 정도로.

● 근념(勤念)
마음을 써서 돌보아줌.

"일만 있으면 봐드리다뿐이오."

"모레가 참파토*할 날인 까닭에 지관을 내일 산으루 보낼 텐데 지관하구 같이 가서 산역을 시켜주셨으면 좋겠소."

"아무리나 하라는 대루 하리다."

김산이가 지관하고 같이 먹고 같이 자고 또 마산리 장지에를 같이 왔다. 오던 날은 산 맡아보는 사람 집에서 자고 이튿날 일꾼들을 데리고 산상에 올라와서 산역을 시키는데, 구경 온 동네 사람 중에서 어떤 사람 하나가 앞으로 나와서

"자네 나를 모르겠나?"

하고 김산이의 팔을 꽉 잡았다.

김산이는 팔 잡은 사람이 무안스럽도록 자지러지게 놀라고 너무 놀란 데 창피한 마음이 들어서 놀랄 때와는 딴판으로 곧 율기를 하고 그 사람을 노려보았다. 그 사람이 키는 구 척이요, 얼굴은 둥글넓적한데 눈은 부리부리하고 코는 얼굴의 주인이 내란 듯이 앉을자리를 넓게 잡고 위로 우뚝 솟기까지 하였다. 그 유난히 큰 코를 김산이가 물끄러미 보다가

"자네가 춘동春同이 아닌가?"

하고 물으니 김산이의 얼굴만 뻔히 보고 섰던 그 사람은 껄껄 웃으며 고개를 끄덕이었다.

"나는 자네가 죽은 줄 알았더니 죽지 않구 살아 있네그려."

김산이의 말에 춘동이란 사람은 입내*내듯이

"나는 자네가 죽은 줄 알았네."

하고 말하였다.

"죽지 않으면 서루 만나는 겔세. 우리가 대체 얼마 만에 만나나. 이십년이나 거진 되지 않았나?"

"한 이십년 되었을걸. 가만있게. 내가 고모부 아저씨 돌아가시던 해에 파주 자네 집에를 갔었구 그 뒤루 못 갔으니까 올에 꼭 열아홉 해 만인가베."

"자네 올에 서른 몇인가?"

"여덟일세."

"나버덤 삼년이나 위든가?"

"그럼, 자네가 콧물 흘릴 때 나는 어른이었었네."

"주제넘은 소리 하지 말게."

"내가 열아홉에 첫 장가 들구 고모부 아저씨 상청에를 다니러 갔었는데 그때 자네가 나를 이서방 어른이라구 부르지 않았나. 내가 거짓말인가?"

● 참파토(斬破土)
무덤을 만들기 위하여
풀을 베고 땅을 팜.
● 입내
소리나 말로써 내는 흉내.

"상투꼬부랑이니까 이서방이라군 불렀었겠지. 옳지, 참말 그때 자네 상투가 컸었지? 그때 우리가 상투치레 코치레 당나귀 무엇치레 하구 놀려주었거니."

"에 이 사람!"

"우리 어디 가서 좀 앉아 이야기하세."

"어디 가서 앉을 게 아니라 우리 집으루 내려가세."

"자네 집이 어딘가?"

"이 아래 마산리여."

"내가 지금 여기 산역을 봐주는 중인데 언제 마산리까지 갔다 오나. 저기 어디 잔디밭에 좀 가 앉아서 이야기하세."

김산이가 이춘동이와 손을 맞잡고 금정* 놓은 자리에서 멀찍이 나와서 잔디밭에 다리들을 뻗고 앉았다. 두 사람이 의외에 만난 것을 반갑다고 새삼스럽게 서로 말한 뒤에 이춘동이가 먼저

"금교역말 어물장수가 부자라지?"

하고 물어서 김산이는 자세히 모르는 말로

"꽤 견디는 모양이데."

하고 대답하였다.

"청석골 턱밑에서 부자 소리 듣구 살자면 임꺽정이에게 공을 많이 바쳐야 할걸."

이춘동이가 심사 꼬어진 어투로 말하는 것을 김산이는 듣고 한참 있다가

"더러 뜯기겠지."

가볍게 흘려서 대답하고 말을 달리 돌리려고

"자네 언제부터 여기 와서 사나?"

하고 이춘동이더러 물었다.

"작년에 왔네."

"그 전에는 어디서 살다가?"

"해주 땅에서 살다가 이리 들어왔네."

"농사하나?"

"대장쟁이 노릇하네."

"자네가 대장일을 배웠어?"

"늦깎이루 배웠네."

"그래 벌이가 좋은가?"

"건지가 많아야 국물이 나지.˚ 이런 산골 동네의 대장간 일이 변변한가. 그저 낫자루, 도끼자루나 벼려주는 게지."

"자네 집 식구는 몇인가?"

"식구는 많지 않아. 어머니, 우리 내외, 딸자식 하나. 원식구는 넷이구 그외에 일꾼이 서넛 있네."

"자네 어머니가 그저 살아 기신가?"

"그럼, 아직두 사실랑이 멀었네."

"연세가 올에 어떻게 되셨나?"

"올이 환갑인데 새달 스무엿샛날이 환갑날일세."

"일꾼을 서넛씩이나 두었을 젠 대장간 일이 꽤 많은 모양일세그려."

"농사두 좀 시키네."

"그래 의식 걱정은 없나?"

"양식을 남의 집에 꾸러 다니진 않네."

"고마운 일일세."

"산역 마치구 내려올 때 우리 집으루 와서 사는 꼴을 보게."

"오늘 저녁때는 상행이 올 테니까 자네 집에 가게 되는지 모르겠네."

● 금정(金井)
뫼를 쓰기 위하여 판 구덩이.
● 건지가 많아야 국물이 난다
필요한 조건이 갖추어지면 그만큼 더 큰 성과가 이루어질 수 있음을 이르는 말.

"상행이 오더라두 자네가 상젠가, 못 나올 것 무어 있나? 저녁밥은 우리 집에 와서 먹게."

"내일 여기 장사 지내는 것까지 보구 자네 집에 가서 일이일간 묵어 가겠네."

"일이일이구 일이 삭이구 내가 놔보내구 싶을 때 놔보낼 테니까 아주 그리 알구 있게."

"내가 팔자가 사나우니까 아주 자네에게 봉양을 받으러 올는지두 모르지."

"어른에게 욕하지 않나. 버릇없는 놈이구나."

하고 이춘동이가 김산이의 어깨를 치며 허허허 웃었다.

이춘동이가 김산이더러 어물전에서 서사나 차인˙ 노릇을 하느냐, 어디서 무얼 하고 사느냐 묻는 것을 김산이가 어물어물 대답하니, 이춘동이는 자기를 외대˙한다고 골을 펄쩍 내었다.

"이 사람, 골내지 말게. 내 일신상 일은 나중 조용히 만나서 다 이야기함세."

"내가 자네 뒤를 다 알구 있네."

"다 알면 왜 묻나?"

"자네 말을 들어보려구 물었네."

"이 사람이 뉘 등을 치는 셈인가?"

"자네가 적성 가서 아전 다니구 아전 내놓은 뒤 마전 달골 가서 살지 않았나?"

"내 말을 자네가 뉘게서 들었나?"

"듣지 않구두 아는 수가 있지그려."

"이보˙하나?"

"자네 짐작이 용해. 내게 이보해주는 청의동자˙두 있구 내 분부를 거행하는 신장神將두 있네. 조심하게."

이춘동이의 골은 바로 풀리고 김산이의 마음은 조금 떨떠름하여졌다. 이춘동이가 김산이의 내색이 달라진 얼굴을 들여다보면서 싱글싱글 웃었다.

"왜 웃나?"

"내가 신장을 부린다니까 겁이 나는 모양일세그려."

"자네가 신장을 부리기루 내가 겁날 까닭이 있나?"

"아까 내가 자네 팔을 잡을 때 왜 그렇게 질겁을 했나?"

"뜻밖에 팔을 붙잡으니까 잠깐 놀랐지 질겁은 무슨 질겁이야."

"실없는 소린 고만두구 내가 올 여름에 십오륙 년 만에 서울을 갔었네. 서울서 내려오는 길에 자네가 그저 고향에서 사나 하구 자네 집 살던 동네를 찾아들어갔더니 아는 얼굴이 어디 하나나 있

- 차인(差人) 차인꾼. 남의 장사하는 일에 시중드는 사람.
- 외내 푸내집.
- 이보(耳報) 직접 보고 듣지 못한 일을 귀신이 와서 귀에 대고 일러주는 말로, 점을 쳐서 알아내는 일.
- 청의동자(靑衣童子) 신선의 시중을 든다는 푸른 옷을 입은 사내아이.
- 오래나무 '오리나무'의 방언.

든가. 그래서 한참 공연히 돌아다니며 이 사람 저 사람더러 물어보다가 도루 나오는데 동네 앞에 큰 오래나무˙ 있지? 그 오래나무는 그저 있데. 그 나무 아래서 얼굴이 눈에 익어 보이는 늙은이를 하나 만났네. 그 늙은이가 자네 집 이웃에 살던 최생원이데.

최생원이 자네가 적성으루 이사간 것을 가르쳐주어서 이왕 맘이 내킨 김이기에 적성까지 갔었네. 적성 가서……."

이춘동이가 한참 이야기를 하는데 김산이는 누가 잡아 일으키는 것같이 벌떡 일어섰다.

"이야기 듣다 말구 왜 일어나나?"

"그런 이야기는 나중 둘이 조용히 만나서 하세."

"그럼 나는 먼저 내려가겠네."

하고 이춘동이도 따라 일어섰다. 김산이가 우두머니 서서 산 아래로 내려가는 이춘동이를 바라보다가 다시 산역하는 데 와서 일을 보았다.

해질물에 상행이 들어와서 전을 지낸다, 상두꾼 술을 먹인다, 한참 수선한 중에 이춘동이가 저녁 먹으러 가자고 부르러 와서 김산이는 가까스로 틈을 타서 주상*하는 늙은이에게 의외에 옛 친구를 만나서 그 사람의 집으로 저녁밥 먹으러 간다고 말하고 이춘동이를 따라왔다. 이춘동이의 집은 산 밑에 있는데 집이 커서 어림에 한 이십 간 되는 것 같았다. 바깥방은 치지 말고 안으로만 방이 셋인데, 그중에 제일 작은 아랫방도 간반이 이간같이 널찍하였다. 이춘동이의 어머니는 환갑 늙은이가 칠십이 넘어 보이도록 나이보다 더 늙었고, 이춘동이의 아내란 아낸지 첩인지 춘동이보다 근 이십년 아래 될 듯 젊어 보이었다. 김산이가 이춘동이의 끄는 대로 먼저 춘동이 어머니 거처하는 건넌방에 들어가서 잠시 동안 앉았다가 건넌방에서 나오는 길에 춘동이 내외 쓴

다는 안방을 들여다보고 나중에 아랫방으로 내려왔다. 얼마 아니 있다가 저녁밥을 내와서 주인 손 두 사람이 겸상하여 먹는데 닭을 몇마리나 잡았는지 국에도 닭고기요, 지짐이에도 닭고기요, 구운 고기도 닭이요, 볶은 고기도 닭이었다. 반주 먹고 밥 먹고 다 먹은 밥상을 내보낸 뒤 이춘동이가 김산이더러

"인제 자네 이야기를 좀 듣세."

하고 말하였다.

"재미두 없는 이야기를 듣기가 그리 바쁜가?"

"대체 자네가 지금 어디 있나, 금교역말 있나?"

"나 있는 데를 몰라서 궁금한가? 황해도 선화당에 있네."

"정당하게 묻는데 실없는 말루 대답하는 것이 그게 친구 대접인가."

• 주상(主喪)
죽은 사람의 제전(祭奠)을 대표로 맡아보는 사람.

"이야기를 하자면 순서 차려 해야겠네. 우선 자네가 나를 찾아 다니던 이야기부터 마저 하게. 그래 적성 가서 어떻게 했나?"

"적성 가선 마전으로 이사간 것을 알구 또 마전 가선 기집년과 총각놈을 죽여놓구 도망한 것을 알았네."

"그럼 내가 그 연놈 죽이던 날 밤 일부터 이야기함세."

하고 김산이는 곧 이야기를 시작하였다.

김산이가 자기 데리고 살던 계집의 행실이 원래 부정하던 것과 그날 저녁때 젊은 과객이 와서 자자고 청하는데 계집의 눈치가 달라서 일부러 과객을 재우고 소상집에 밤새움하러 가는 체하고 숨어서 엿본 것과 계집이 정을 돋우다 못하여 나중에는 막 달라

붙는 것을 그 과객이 끝끝내 받자하지 않은 것과 과객을 죽이려던 칼에 옆집 총각놈이 죽게 된 것을 죽 내려 이야기하고 잠깐 숨을 돌리고 나서, 다시 그 과객과 같이 밤길을 걷는 중에 그 과객이 청석골 두령 황천왕동인 줄을 알게 된 것과 황천왕동이를 따라서 청석골을 왔더니 임꺽정이가 백부에게 검술을 배운 사람인 까닭으로 백부를 생각하고 특별히 후대하여 대번 두령을 시켜준 것과 이번에 도중을 대표하여 어물전 초상에 일 보아주러 온 것을 다 까놓고 이야기하였다.

이춘동이가 김산이의 이야기를 듣고 난 뒤

"자네를 내가 수상스럽게 봤더니 아니나 다를까 청석골 대당일세그려."

하고 싱그레 웃었다. 이때 일꾼 하나가 와서 방문을 열고 들여다보며 아랫말 간다고 말하는 것을 이춘동이가 좀 이따 가라고 이르고 그 일꾼의 발꿈치도 미처 돌아서기 전에 김산이더러

"임꺽정이 사람이 대체 어떤가, 같이 지낼 만한가?"

하고 물었다. 김산이는 얼굴빛을 변하고 대답을 못하고 있다가 그 일꾼이 바깥방으로 나가는 듯 신발소리가 멀어진 뒤 이춘동이를 보고

"나는 자네를 아잇적 친구루 믿구서 못할 말 없이 다 했더니 믿은 보람이 없네."

하고 책망을 하였다.

"일꾼 듣는 데 임꺽정이 말을 했다구 자네가 그러지? 우리 집

일꾼은 자네를 고발할 사람들이 아니니 안심하게."

"일꾼이 고발할까 봐 겁이 나서 하는 말이 아닐세. 자네가 친구의 비밀한 이야기를 누설시키는 것이 섭섭하단 말이지."

"자네가 우리 집에서 역적모의를 하더라두 밖에 누설될 리는 만무하지. 내가 목 벨 다짐함세. 임꺽정이 이야기를 나두 듣긴 많이 들었네만 도청도설˚을 준신할 수 있나. 자네가 친히 겪어본 걸 좀 이야기하게."

"그보다두 자네 소경력을 먼저 좀 듣세."

이춘동이는 김산이 백모(伯母)의 친정 조카니 본래 양주 어둔리 사람이다. 춘동이 열아홉살 때 장가든 색시가 입이 싸서 시어머니 말대답을 네뚜리˚로 하고 주책이 없어서 동네로 돌아다니며 말질을 일쑤 잘하여 시어머니와 살능이 나고 동네 여편네들과 무릎맞춤이 자주

● 도청도설(塗聽塗說) 길거리에 퍼져 떠다니는 뜬소문.
● 네뚜리 사람이나 물건 따위를 대수롭지 않게 여김.

났었다. 춘동이가 처음에 그저 구박하다가 나중에는 아주 소박하여 친정으로 쫓으려 든즉 죽는다고 독살을 부리더니 참말 어느 날 춘동이 모자 집에 없는 틈에 보꾹에 목을 매고 죽어버렸다. 색시 친정 쪽의 친오라비, 사촌오라비 여러 종형제가 사람들이 모두 불량하여 춘동이 모자를 저의 누이 죽인 원수라고 때려죽인다고 서두르는 통에 춘동이 어머니가 외아들 춘동이 몸에 무슨 일이 있을까 겁이 나서 맞아죽어도 좋다고 배짱 부리는 춘동이를 달래어 데리고 어둔리서 도망하듯 서울로 올라왔다. 서울서 남의 집 행랑살이를 하는 중에 춘동이가 못된 동무들을 사귀어서 술을

배우고 노름을 배우고 또 도둑질을 배워서 어머니의 속을 무척 썩여주었다. 춘동이의 친한 동무가 난전亂廛을 벌였는데 물건을 팔아서 동무 일을 도와줄 겸 장사한다고 어머니 마음을 위로하여 주려고 난전 물건을 가지고 시골로 내려다니다가 한번 평산서 해주로 나가는 길에 우연히 운달산패의 연줄을 얻어서 바로 입당하고 서울 어머니를 운달산으로 데려 내려왔다. 춘동이가 여력膂力도 세거니와 사람이 기걸奇傑하여 괴수 박연중의 눈에 들어서 괴수 버금가는 수령 노릇까지 하였는데, 운달산패가 관군에게 소탕을 당하여 풍비박산 흩어질 때 춘동이는 해주 땅에 가서 숨어 있다가 마산리로 이사온 지 이때 불과 일년 남짓 되었다.

이춘동이가 열아홉살 이후 소경력을 다 이야기하고 김산이와 서로 보고 웃는데, 두 사람의 웃음이 다같이 서글픈 웃음이었다.

밤이 이슥하여 김산이가 상행 묵는 집으로 다시 올 때, 이춘동이는 아랫말 간다던 일꾼을 불러서 관솔불을 들리고 자기도 같이 나와서 그 집까지 데려다 주고 갔다.

진시초辰時初가 지나야 해가 뜨는 시월 그믐께 하관시가 사시초巳時初라, 시각을 대기가 바쁘지마는 광중은 전날 낮에 만들어놓고 다른 준비는 전날 밤에 다 해놓은 까닭에 일이 몰리지 않고 제 시각에 하관하게 되었다. 오시 전에 평토가 끝이 나서 반우'가 떠나갈 때 김산이가 어물전 늙은이를 보고

"나는 친구에게 붙들려서 이삼일 후에나 가겠으니 우리게서들 기다리지 않두룩 기별 좀 해주시우."

하고 부탁하였다.

 이춘동이가 일부러 데리러 산으로 올라온 것을 김산이는 이왕 보아주던 일이니 봉분 짓는 것까지 마저 보고 간다고 춘동이를 먼저 내려보내고 한낮이 지나기까지 산에 있다가 춘동이 집으로 내려왔다. 춘동이는 대장간에 나가서 집에 없고 춘동이 어머니가 아랫방 문을 열어주며 들어앉으라고 권하는데, 김산이가 춘동이의 대장일하는 꼴을 구경하러 간다고 동네 밖에 있는 대장간을 찾아나왔다. 게딱지 같은 대장간 속에 맨 뒤에는 일꾼 하나가 풀무 위에 올라서서 풀무질을 하고 모루˙ 뒤에는 춘동이가 왼손에 집게 들고 바른손에 마치 들고 불 속을 들여다보고 앉았고 춘동이 앞에는 일꾼 둘이 메˙들을 거꾸로 세우고 쇠 위에 팔들을 걸치고 섰고 대장간 앞에는 동네 사람 서넛이 쪼그리고들 앉았는데, 둘은 고누를 두고 하나는 옆에서 구경하는 모양이었다. 얼마 뒤에 춘동이가 불 속에서 벌갛게 단 쇠를 집게로 집어내서 모루 위에 놓고 마치질을 하는데 마치질 한번에 메질 한번씩 쌍메가 번갈아 들었다. 마치질 소리와 메질 소리가 고저장단이 서로 맞았다.

● 반우(返虞) 장례 지낸 뒤에 신주를 집으로 모셔오는 일.
● 모루 대장간에서 불린 쇠를 올려놓고 두드릴 때 받침으로 쓰는 쇳덩이.
● 메 묵직하고 둥그스름한 나무토막이나 쇠토막에 자루를 박아 무엇을 치거나 박을 때 쓰는 물건.

 한동안 지나서 마치질이 그치고 메질하는 일꾼들이 다시 쉬게 되었을 때, 그중에 하나가 대장간 뒤 둑 위에 올라섰는 김산이를 보고 춘동이더러 말하여 춘동이가 돌아다보면서
 "어째 여기를 나왔나? 우리 집으루 들어가게. 나두 곧 들어감

세."

하고 말하였다.

"어서 일이나 하게. 나는 여기서 구경하겠네."

"내일 발매 간다구 낫하구 도끼들을 벼려달래서 끌려나왔는데, 자네 내려오기 전에 다 해치운다는 것이 그렇게 못 됐네."

"자네 어머니께 말씀을 듣구 왔네."

"어머니하구 이야기나 하지 왜 나왔나?"

"자네 일하는 구경 하려구."

"그럼 구경하게. 인제 도끼 둘, 낫 하나 남았는데 곧 다 되겠네."

김산이가 둑 위에서 왔다갔다하며 쇠 불리고 이기고 담그는 것을 구경하는 중에 대장일이 끝이 나서 춘동이가 마치, 집게 다 놓고 일어서는데, 고누 구경하던 사람이 맨 나중에 벼려 내놓은 낫을 들고 보며

"이렇게 건정으루 벼려서는 며칠 못 쓰구 도루 무더지겠네."

하고 두덜거리니 이춘동이는

"여게 이 사람, 이번은 용서하게. 이담번에 맘먹구 잘 벼려줌세."

하고 너스레를 놓았다. 이춘동이가 일꾼들더러

"뒤는 너희들이 다 치우구 들어오너라."

하고 말을 이르고 둑 위로 올라왔다.

김산이가 이춘동이와 같이 동네로 들어오는 길에

"자네가 일꾼들더러 해라를 하니 무어 되는 사람들인가?"
하고 물으니 이춘동이는 웃으면서
"왜 일꾼들더러 해라 못하나?"
하고 되물은 뒤
"전에 앞에 두구 부리던 아이들일세."
하고 말하여, 전날 밤 일꾼 듣는 데 꺽정이 말을 펼쳐놓고 묻던 것이 비로소 해혹이 되어서 김산이는 고개를 여러번 끄덕이었다.

이춘동이가 김산이와 같이 집에 와서 김산이는 먼저 아랫방에 들여앉히고 자기는 질자배기에 물을 떠다가 아랫방 앞에서 세수를 할 때 춘동이 어머니가 위채에서 내려와서

"저녁을 기다리자면 시장들 하지 않을까?"

하고 물으니 이춘동이가 물 묻은 얼굴을 들고 그 어머니를 치어다보며

"시장하다면 무어 먹을 걸 주실라우?"

하고 되물었다.

"애기 어미가 술을 걸러놨단다."

"지금 속이 출출한데 한사발 먹었으면 좋겠소. 안주두 많이 놔서 내려보내시우."

춘동이 어머니는 위채로 도로 올라가고 이춘동이는 얼굴에 수건질을 하며 방으로 들어왔다.

얼마 뒤에 춘동이 아내가 알방구리˙ 위에 납작소반을 얹어서 들고 내려왔는데 소반에는 대접에 담은 편육과 보시기에 떠놓은

● 알방구리
주로 물을 긷거나 술을 담는 데에 쓰는 작은 질그릇

장물과 술 먹을 사발과 편육 집을 젓가락 늘어놓였고, 방구리에 담긴 것은 탁배기였다. 이춘동이가 소반과 방구리를 받아서 방에 들여놓으며

"고기를 좀 많이 놓지 요게 무어야!"
하고 안주를 투정하니 며느리 뒤를 따라온 춘동이 어머니가
"아주 많이 저며서 한 목판 담았다. 나중에 더 갖다 먹어라."
하고 아들더러 말한 뒤 김산이를 보고
"김서방, 우리 아들하구 개고기 누가 많이 먹나 내기해보게."
하고 웃으며 말하였다.
"목판에 담았다는 고기를 아주 이리 가져오게."
하고 이춘동이가 그 아내에게 말을 일러서 다시 가져온 고기는 쪽목판일망정 그리 적지 아니한데 수북하게 담기었다.

개고기 편육 한 대접 한 목판을 안주로 놓고 술들을 먹는데, 이춘동이가 한입에 고기를 두서너 점씩 넣고 몇번 씹지도 않고 꿀떡꿀떡 삼키는 것을 김산이는 구경하듯 바라보다가
"인제 알구 보니 자네가 사람이 아니라 개호줄세그려."
하고 웃으니 이춘동이가 입에 든 고기를 삼키고 나서
"어른더러 욕하면 오래 산단다. 어서 욕해라."
대꾸하고 마주 웃었다.
"자네가 전에두 개를 잘 먹었든가?"
"내가 전에는 개비린내가 싫어서 복날 개장국두 입에 대지 않았는데 참말 개호주 한 분과 십여년 같이 지내는 동안에 식성이

변했네."

"박연중이란 이가 개고기를 잘 먹나?"

"잘 먹느니마니, 지금 환진갑 다 지난 늙은이건만두 우리버덤 곱절 많이 먹네."

"그가 젊어서 장사 소리 들은 이라데그려."

"지금 늙은이라두 우리루는 못 당하네."

"기운 쓰는 걸 더러 봤나?"

"보다뿐이야."

"우리 대장은 천하장사라지만 장산 체두 하지 않네. 내가 같이 지낸 뒤루 칠팔 삭 동안에 기운 쓰는 걸 한번두 보지 못했네."

"이야기는 많이 들었겠지?"

"다른 사람들에게서 이야기는 더러 들었지."

● 밑절미
사물의 기초가 되는, 본디부터 있던 부분.

"서울 남대문을 뛰어넘은 일이 있다는가?"

"그런 이야긴 듣지 못했네."

"경상도 조령인가 어디서 모듬발을 한번 굴러서 바위 위에 발자국이 났단 말이 있는데 그런 이야긴 들었나?"

"그런 이야기두 못 듣구."

"그래, 세상놈들 떠드는 소릴 곧이듣는 사람이 실없는 사람이야."

"말이란 갈수록 보태는 것이니까 세상에 떠도는 말은 에누릿속으루 들어야겠지."

"보태는 건 밑절미 °나 있지만 멀쩡한 터무니두 없는 말은 어떡허구."
 이춘동이 말끝에 김산이는 노밤이의 터무니없는 거짓말 잘하는 것이 생각나고 노밤이가 본래 운달산 사람이란 것이 생각나서
 "자네 노밤이를 아나?"
하고 물었다.
 "노밤이가 무어야?"
 "사람이지 무어야. 그 애꾸가 운달산에 오래 있었다데그려."
 "그놈을 자네가 어디서 봤나?"
 "지금 우리게 와 있네."
 "그놈이 천하 흉물일세."
 "거짓말이 난당이데."
 "거짓말뿐이 아니야."
 이때 일꾼들이 대장간에서 들어와서 연장을 아랫방에 들여놓았다. 이춘동이가 일꾼들을 보고
 "애꾸눈이 밤이란 놈이 지금 청석골 가서 있단다."
하고 말하니 일꾼 중에 하나가 웃으면서
 "그럼 청석골 대장이 삼씨 오쟁이를 지겠구먼요."
하고 대답하였다.
 김산이는 일꾼의 말이 귀에 거치나 잠자코 있다가 일꾼들이 바깥방으로 나간 뒤에 이춘동이를 보고
 "청석골 대장이 삼씨 오쟁이를 지다니 그게 무슨 소린가?"
하고 탄하였다.

"그게 까닭이 있는 말일세. 밤이란 놈이 운달산에 있을 때 박 대장의 셋째 첩이 여름밤에 문 열어놓구 자는 데 뛰어들어간 일이 있었다네."

"그놈을 그래서 떨어 내쫓았나?"

"일이 발각나기 전에 그놈이 핑계를 만들어가지구 산 아래 내려가서 그대루 고만 뺑소니를 쳤네. 그러지 않았으면 그때 목 달아났지."

"그놈이 우리 대장의 성명을 가지구 철원, 영평 등지루 돌아다니며 갖은 더러운 짓을 다 하다가 우리 대장에게 잡혀서 항복하고 따라왔다네."

"그놈이 임꺽정이루 행세했단 말이야? 임꺽정이 망신 많이 시켰겠네."

"가짜 임장사가 한참은 성풍했구 지금두 더러 있다네. 내가 임아무개다 하면 얼뜬 세상놈들이 고만 질겁을 하니까 그 맛에 그런 놈이 자꾸 생기는가 부데. 황천왕동이란 친구가 올 칠월에 이천 땅에서 서울을 올라가다가 양주 축석령 고개에서 좀도적 하나를 만났는데 그놈이 시뻘겋게 녹슨 칼 한 자루를 들구 나서서 나는 양주 장사 임아무다 하구 호통을 하더라지. 그 친구가 자살궂은 장난을 곧잘 하는 사람이라 그놈을 놀리려구 임장사 성화는 높이 들었지만 처음 보입소 하구 인사를 걸었더니 갓, 망건, 웃옷을 벗어놓구 그러구 주머니를 떼어놓구 가거라 하더라네. 양주 임장사는 당세의 호걸남자라더니 보행 행인의 주머니를 발르러

드는 것이 다라운 좀도적 같구려 하니까 그놈이 구변좋게 범이 배가 고프면 가재두 뒤지는˚ 일이 있느니라 하구 말하더라네. 그 친구가 나중에 자기가 누구란 것을 말하구 그놈을 단단히 제독 주었다구 이야기하데."

"임꺽정이가 가짜는 많은 모양이야. 내가 들은 이야기 중에두 서울 구리개 약국 하는 어떤 늙은이가 새벽 일어나서 문을 열어 보니까 허우대 큰 사내 하나가 문 앞에 쓰러져서 거의 다 죽게 되었더래. 그래 그 늙은이는 약국에서 자던 사람들을 모두 깨워가지구 그 사내를 들어 들여다가 구호해주었더니 그 사내는 대엿새 동안 곡기를 못해서 하마 죽을 뻔한 것을 구해주었다구 백번 천번 치사하구 갔는데, 나중 알구 보니 그 사내가 임꺽정이더라네. 그런 일이 참말 있었다면 그 임꺽정이두 정녕 가짜겠지."

"가짜구 여부가 있나. 우리 대장이 서울 가서 굶을 리두 없구 대엿새 곡기 못해서 길가에 쓰러질 리두 없으니까."

"구리개 이야기에 또 한 가지 다른 이야기가 생각나네. 어느 해 겨울밤에 눈이 많이 와서 서울 거리가 눈으루 덮였는데 파루 치기 전 거리에 사람 자취가 아직 없을 때 순라군사들이 종각 앞에서 눈 위에 큰 발자국 둘이 나란히 박힌 것을 보구 그 발자국의 오구간 곳을 살펴봐두 근처에는 다시 없어서 차츰차츰 멀리 나오며 찾아본즉 광통교 위에 나란히 박히구 구리개 어귀에 또 나란히 박혔더라네. 그 발자국을 가지구 보면 종각 앞에서 한번 뛰어서 광통교에를 오구, 광통교에서 또 한번 뛰어서 구리개 어귀에를 온 것이 분명하나 날개 돋친 사람이 아닌 담에야 그렇게 멀리 뜰 수가 없으니까 다들 도깨비장난으루 알았더니 나중에 알구 본즉 그것이 도깨비장난이 아니구 임꺽정이 장난이더라네그려."

"그건 허풍선이의 허풍일세."

"세상에 떠도는 임꺽정이 이야기란 대개 다 허풍이지. 그것만 허풍이 아닐 거야."

두 사람이 이런 이야기를 하는 중에 김산이가 이춘동이를 청석골로 끌어들여갈 생각이 나서 이춘동이의 의사를 떠보려고

"내가 자네에게 물어볼 말이 한마디 있는데 자네 진정을 기이지 말구 대답해주게."

하고 허두를 놓고

"자네가 지금 지내는 것이 운달산에서 지내던 때와 어떤가, 나은가?"

하고 물으니 이춘동이는 이야기하느라고 잘 먹지 못한 오력을 내리는 것같이 부지런히 고기를 집어먹다가 한참 만에 고개를 가로 흔들었다.

● 범이 배고프면 가재도 뒤진다
범과 같은 맹수도 배가 고프면 하는 수 없이 가재라도 잡으려고 물 밑이 돌을 뒤진다는 뜻으로, 궁한 처지에 부닥치면 체면도 가리지 않게 됨을 비유적으로 이르는 말.

"운달산버덤 낫지 못하단 말인가?"

하고 다져 물어서 이춘동이가 고개 끄덕이는 것을 본 뒤에 김산이는 정중하게 말하려고 앉음까지 고쳐 앉고

"그럼 내가 자네를 우리 도중에 천거하겠네."

하고 말하니 이춘동이가 손을 홰홰 내저었다.

"왜 싫은가?"

"내가 싫은 것보다두 우리 어머니가 대기˙실세. 자네가 지금 내게 권하는 말을 어머니가 들으시면 자네를 당장 배송내려 드실 겔세."

"그럼 운달산선 어떻게 지내셨을까."

"내게 끌려서 그럭저럭 그대루 지내셨지만 노상 끌탕이셨네. 그래서 여기 와서 살게 된 뒤루 비로소 밤에 발을 뻗구 주무신다구 하시네."

김산이는 다시 더 말을 못하고 무료하여졌다.

"내가 임씨의 선성을 하두 높이 들어서 언제든지 한번 만나보구 싶던 차인데 자네가 같이 있다니 겸두겸두해서 한번 놀러감세."

"이번에 나하구 같이 가세."

"우리 어머니 환갑 때 자네 안 올라나? 오겠지. 그때 와서 같이 가세."

"이번에는 왜 못 갈 일이 있나?"

"환갑잔치 차릴 준비를 차차 좀 해야겠네."

"아직두 장근˙ 한 달이나 남았는데 지금부터 준비 안 하기루 낭패되겠나. 나두 이번에는 도중에 말을 안 하구 와서 한만히 오래 묵을 수가 없으니 내일 곧 같이 가세."

"우리 어머니 환갑 때 와서는 오래 묵어 갈 텐가? 그런다면 내가 내일 같이 가겠네."

김산이가 이춘동이 집에서 하룻밤 자고 이튿날 이춘동이와 같이 떠나서 청석골로 돌아오는데 길에서 참참이 술집에 들어가서 늑장을 부린 까닭에 이틀 만에도 다저녁때 들어왔다.

김산이가 자기 거처하는 처소에 이춘동이를 들여앉힌 뒤 꺽정이 사랑에를 와서 보니 꺽정이는 없고 박유복이, 배돌석이, 서림이 세 사람이 어슥비슥 누워 있다가 일어나서 인사를 하였다.

"마산리서 며칠 되겠다더니 속히 왔구려."

서림이의 말은 어물전 기별을 들은 말이고

"웬 사람 하나하구 같이 왔다지?"

배돌석이의 말은 파수꾼 보고를 받은 말이고

"마산리가 대체 몇 린데 이렇게 일찍 들어왔나?"

박유복이의 말은 당일에 온 줄로 아는 말이었다. 김산이가 어제 떠나서 노량으로 이틀에 온 것을 말하고 같이 온 사람은 백부의 처조카요, 아잇적 동무요, 또 운달산패의 버금두령이었던 것을 이야기하니

● 대기(大忌)
몹시 꺼리거나 싫어함.
● 장근(將近)
'서의'의 뜻을 나타내는 말.

"그 사람을 여긴 어째 데리구 왔소?"

하고 서림이가 물어서

"우리 대장을 한번 만나보입구 싶어하기에 데리구 왔소."

하고 대답하였다.

"대장께 말씀을 여쭤보구 이다음에 데리구 왔더라면 좋을 걸 그랬소."

"여쭤보지 않구 데리구 왔다구 대장께서 꾸중하실까요?"

"꾸중하실지 칭찬하실지 그야 내가 알 수 있소? 내 생각에 이

다음 데리구 왔더면 좋을 뻔했단 말이지."

"그 사람을 입당을 시켜보려구 생각하는데 어떨까요?"

"입당하라구 권해봤소?"

"권하진 않았지만 말은 비쳐봤지요."

"그래 그 사람이 대장을 한번 만나보인 뒤에 입당할 의사루 말합디까?"

"아니요, 그 사람은 곧 입당할 생각두 없지 않은데 그 어머니 때문에 자저하는 모양입디다."

"어머니 때문에 자저하다니?"

"그 어머니는 아들이 지금같이 양민 노릇하구 사는 걸 대단히 좋게 여기는갑디다."

"김두령이 그 어머니의 말을 들어봤소?"

"아니요, 그 사람이 그렇게 말합디다."

"그러면 그 사람더러 너의 어머니가 전에는 양민 노릇을 하지 말래서 운달산패에 들어갔었느냐구 물어보시지."

"대장께 여쭙구 차차 권해볼 작정인데 내가 힘써 권하면 대개 입당할 겝니다."

"사람이 대관절 미덥기나 하우?"

"사람이 미덥지 못하면 내가 여기를 데리구 올 리가 있나요. 사람만은 의심 없지요."

"사람이 한세상 살아가는 동안에 몇번 고쳐 되는 것인데 수십 년 만에 만난 아잇적 동무를 어떻게 의심없이 믿으시우?"

서림이가 처음부터 이춘동이 데리고 온 것을 불긴하게 말하는데 김산이는 속이 상한 끝이라 부지중 불쾌스러운 말소리로

"그 사람이 조금이라두 의심쩍은 구석이 있으면 내 목을 서종사께 바치겠소."

하고 말하니 서림이가 김산이의 얼굴을 뻔히 바라보다가

"우리네는 매사에 조심을 해야 할 처진 까닭에 아무리 아잇적 동무라두 속을 선뜻 줄 수가 없단 말이지, 김두령 친구가 미덥지 못한 사람이란 말이 아니오."

하고 타이르듯 말하였다. 두 사람의 수작을 듣고 있던 배돌석이와 박유복이가 다같이 서종사 말이 옳다고 서림이의 편을 들어서 김산이는 자기의 무세한 것을 생각하고 긴 한숨을 지었다. 박유복이가 위로하는 말로

"대장 형님이 자네 온 줄 아시니까 곧 오실 걸세. 오시거든 말씀을 잘 여쭙게. 설마 같이 온 사람을 푸대접해서 자네 낯이 깎이게 하시겠나."

하고 말하여 김산이가 박유복이더러

"대장께서 안으서에게 가셨나요?"

하고 물을 때 밖에서 위, 위 소리가 났다.

꺽정이가 신불출이, 곽능통이 두 시위를 데리고 들어오다가 뜰 아래 내려서는 김산이를 보고

"마산리서 친구 하나를 만났다더니 그 친구하구 같이 왔느냐?"

하고 묻는 것을 김산이는 그저 네 대답하고 방에 들어와서 절하

고 문안한 뒤 이춘동이 데리고 온 사연을 중언부언 말하고 이춘동이의 사람과 내력을 소상하게 이야기하였다. 꺽정이가 서림이와 같이 꾀까다로운˚ 말을 하면 이춘동이를 대접하여 보낼 일이 여간 난처하지 아니한데 꺽정이는 순편하게

"입당은 나중 봐가며 권할 작정하구 우선 대접이나 잘하두룩 해라."

하고 말하므로 김산이는 한 근심이 덜리는 것 같았다.

"지금 곧 만나보실랍니까?"

"아무러나. 가서 데리구 오려무나."

꺽정이가 김산이의 취품하는 말을 허락하자, 곧 서림이가 출반좌하고

"김두령 낯을 봐서 만나보시더라두 내일 조사 끝에 잠깐 만나보시지요."

하고 말하여 꺽정이가 서림이를 돌아보며

"왜?"

하고 까닭을 물었다.

"운달산이 평양 봉물 동티루 망했으니까 운달산에 있던 사람들은 우리게 대해서 좋은 의사를 먹을 리가 없을 듯합니다. 지금 온 사람이 대장을 보이러 왔다구 하지만 속에 무슨 딴맘을 먹구 왔는지 누가 압니까. 그 사람이 김두령하구 과갈간이구 또 아잇적 친한 동무라구 하지만 수십년 서루 격조한 동안에 사람이 어떻게 변했는지 알 수 있습니까. 인심이란 못 믿을 것입니다."

"노밤이두 운달산에서 온 놈이 아니오?"

"그놈은 운달산에서 쫓겨난 놈일뿐더러 그따위 무명소졸˚과 수령 노릇하던 사람과 같이 말할 수 있습니까."

"그래 내일 만나라니, 온 사람의 속내를 하룻밤 동안에 자세히 알아볼 도리가 있소?"

"아주 안 만나보시면 김두령의 낯이 깎이니까 내일 잠깐 만나보시는 게 좋겠단 말씀입니다."

서림이 말끝에 김산이가 꺽정이를 바라보며

"이춘동이가 만일 악의를 품구 온 사람이라면 저는 데리구 온 죄루 죽어 마땅할 텐데 낯 깎이는 게 다 무엇입니까. 그러나 이춘동이 악의 없는 건 제가 목 벨 다짐을 하겠습니다."

하고 부프게 말하는 것을 꺽정이는 대답도 않고 서림이더러

● 뙤까다롭다
괴상하고 별스러운 데가 있다.
● 무명소졸(無名小卒)
세상에 이름이 알려지시 않은 보잘것없는 사람.

"이왕 만나볼 바엔 오늘이나 내일이나 마찬가진데 이러니저러니 긴말할 것 있소? 지금 데려다가 만나봅시다."

하고 말하였다. 이때 신불출이가 방 윗간 문을 열고 들여다보면서

"박두령 댁에서 진지 여쭈러 사람이 왔습니다. 오두령께서 시장하시다구 얼른 오시랍니다."

하고 고하여 박유복이가 일어서는데

"저두 가서 저녁 먹구 오겠습니다."

하고 서림이도 따라 일어섰다.

"이춘동이란 사람이 오거든 보구들 가지."

꺽정이 말에 일어선 두 사람이 가지를 못하고 주저주저하는데 김산이가 꺽정이를 보고

"그 사람두 아주 저녁을 먹여가지구 석후에 데리구 오는 게 좋지 않겠습니까?"

하고 물으니

"그럼 이따 여럿이 모일 때쯤 데리구 오너라."

하고 꺽정이가 말하였다.

김산이가 자기 처소에 돌아왔을 때 이춘동이는 방에 혼자 들어앉았기 심심하던지 마당에 나와서 거닐다가 김산이 오는 것을 보고 몇걸음 마주 나오며

"나를 혼자 앉혀놓구 어디 가서 그렇게 오래 있다 오나?"

하고 책망을 내놓았다.

"대장 뫼시구 이야기 좀 하다가 늦었네."

"어째 자네 대장하구 같이 오지 않구 혼자 왔나?"

"대장께 같이 오시잔 말씀을 안 했는걸."

"내가 온 사연은 말했겠지?"

"그야 말씀했지."

"먼 데 친구가 전위해 찾아온 줄을 알구 나와보지 않는단 말인가. 그게 어디 친구 대접인가?"

"그런 게 아니야."

"무에 그런 게 아니란 말인가?"

"사람이 여럿이니까 소견 없는 소리 하는 사람두 혹 있지만 우리 대장은 그런 사람이 아닐세."

"나 때문에 무슨 말썽이 있었나?"

"아니, 말썽이 무슨 말썽이야. 저녁밥을 먹구 이따 가세."

김산이는 서림이 치의와 이춘동이 책망 사이에 끼여서 안팎곱사 노릇을 하였다.

김산이가 이춘동이 모르게 넌지시 식사 공궤하는 졸개 내외를 시켜서 도중 숙설청˙의 맑은술을 반주할 만큼 가져오게 하고 또 한온이 집의 솜씨 좋은 찬을 몇가지 얻어오게 하여 제법 모양 있는 겸상으로 이춘동이와 같이 저녁밥을 먹는 중에 꺽정이가 자기 저녁상에서 좋은 찬을 물려보내서 상이 좁아 곁상까지 벌리게 되었다. 김산이가 행역 끝에 포식

● 숙설청(熟設廳)
나라의 잔치 때에 음식을 만들던 곳.

하고 식곤증이 나서 이춘동이더러 잠시 누웠다가 여러 두령이 다 모일 때쯤 가자고 말하고 누워서 잠이 소르르 들었는데 옆에 누운 이춘동이가 흔들어 깨웠다.

"밖에 누가 왔네."

"고동안 잠이 들었든가."

하고 김산이가 방문을 열어젖힌즉 초롱불을 든 졸개 하나가 방문 앞으로 들어서며 대장께서 손님을 뫼시고 얼른 오시란다고 전갈하였다. 김산이가 이춘동이를 재촉하여 벗어놓았던 의관들을 함께 차린 뒤 그 졸개를 앞세우고 꺽정이 사랑에를 왔다. 꺽정이가 이춘동이를 맞아들이느라고 자리에서 일어서니 아래윗간에 열

좌하였던 여러 두령들도 모두 따라 일어섰다. 서림이, 박유복이, 배돌석이 세 사람 이외 다른 두령이 김산이를 보고 잘 다녀왔느냐 인사들 하는 동안에 꺽정이는 방문 맞은편 첫자리에 앉았던 박유복이를 이봉학이 옆으로 올라 앉게 하고 그 자리에 이춘동이를 청하여 앉히었다. 아랫간에는 꺽정이와 이봉학이와 박유복이가 느런히 앉고 박유복이 앞에 모 꺾어서 이춘동이와 서림이가 어깨를 견주고 앉고 윗간에는 배돌석이, 길막봉이, 김산이 세 사람과 황천왕동이, 곽오주, 한온이 세 사람이 두 줄로 마주들 대하고 앉았다. 이렇게 좌정한 뒤 꺽정이로부터 시작하여 아래윗간 여러 두령이 김산이만 빼놓고 면면이 이춘동이와 초면 인사들을 하는 중에 이춘동이가 한온이의 얼굴을 물끄러미 바라보며

"서울 남소문 안 한첨지 영감의 자제 아니시우?"

하고 물어서

"네, 그렇소."

하고 한온이가 대답하였다.

"우리는 구면인데 나를 몰라보겠소?"

"전에 보였든지 의사무사한데요."

"내가 서울 있을 때 동무 반연으루 댁에두 더러 놀러갔었소."

"네, 그러셨든가요?"

"별명으루 암맹꽁이란 사람은 잘 아시겠구려."

"아다뿐이오? 그 사람이 내 유모의 큰아들이오."

"그래서 그 사람이 난전을 벌일 때 댁 첨지 영감이 밑천을 대

주셨습딘다."

"옳지, 인제 알겠소. 댁이 맹꽁이 난전에 있던 이서방이구려."

"그렇소. 내가 서울 있을 때 제일 사이좋게 지낸 동무가 맹꽁이였소."

"연못골 맹꽁이 집에서 우리가 만난 생각이 나우."

"그때 댁은 초립동인데 까불까불하드니."

"에 여보, 점잖은 사람더러 그게 무슨 소리요?"

"지금은 점잖지만 그때야 어디 점잖았소?"

"하여튼 반갑소. 나는 당초에 못 알아보겠는데 용하게 나를 알아보셨소."

"성씨 듣구 어림두 났었지만 전에 본 얼굴 모습이 과히 변하지 않았소. 그런데 소복을 했으니 웬일이오?"

● 궂기다
윗사람이 죽다. 상사가 나다.

"우리 아버지 거상을 입었소."

"첨지 영감 거상이란 말이지. 언제 돌아가셨소?"

"인제 겨우 졸곡 지났소."

"상주님을 그대루 보여서 쓰겠소? 새루 궂긴˙ 인사하구 보입시다."

하고 이춘동이가 한온이에게 절을 하려고 일어서는데 옆에 앉은 서림이가 절할 자리를 비켜주지 않고

"서루 실없는 수작까지 하다가 새삼스럽게 조문이 무어요? 그러구 여기가 조문할 자리도 아니니 제례하시우."

하고 말하니 이춘동이는 한온이더러

  "영감 상청을 뫼셨겠지요?"

하고 물은 다음에

  "그럼 내일 상청에 다니러 가겠소."

말하고 그대로 주저앉았다.

  이춘동이가 암맹꽁이란 동무의 별명을 말할 때 황천왕동이가 혼자 입속으로

  "암맹꽁이."

하고 뇌더니 마침내 한온이를 보고

  "맹꽁이면 맹꽁이지 어째 암맹꽁인가? 그 사람이 몸집은 뚱뚱하구 상판은 기집 같든가?"

하고 자기 의사껏 해석을 붙여서 물었다.

  "그 사람의 성이 안가야. 별명에다가 성을 붙이면 안맹꽁인데 암맹꽁이라구들 불렀다네."

  "자네 집에 가까이 다니는 사람을 내가 꽤 많이 봤는데 암맹꽁이는 어째 못 봤을까. 어디 다른 데 가서 사나?"

  "죽은 지가 벌써 십여년일세. 난전 쳐갈 때 잡혀가서 어떻게 몹시 맞았든지 골병이 들어가지구 나와서 얼마 못 살구 죽었네."

  한온이의 말끝을 이춘동이가 달아서

  "그때 나두 평산 행보를 안 하구 서울 있었드면 맹꽁이하구 같이 들려가서 졸경 칠 뻔했소."

하고 말하여 황천왕동이가 이춘동이를 돌아보고

"그때 벌써 운달산에를 다녔었소?"

하고 물으니 이춘동이는 고개를 가로 흔들고

"그때 나는 난전 물건 가지구 시골루 도부를 다녔었소. 평산 행보를 전후 너덧 번 했는데 우연한 기회에 운달산 박대장과 교분 있는 사람과 친해서 맹꽁이 죽은 뒤 그 사람 반연으루 운달산에를 들어갔었소."

하고 대답하였다.

"당신이 처음 입당할 때 운달산······."

황천왕동이 말하는 중간에 꺽정이가

"여보 이서방."

하고 불러서 이춘동이는 꺽정이게로 고개를 돌이키었다.

"연중이 노인은 지금 어디 가 사우?"

"얼른 말하자면 운달산에서 해주 땅으루 내려앉은 셈이오. 운달산 남쪽에 대궐고개가 있구 서남쪽으루 떨어져서 마장고개가 있는데 두 고개 중간에다가 전에 없던 새 동네 하나를 만들었소. 그 동네 십여 호가 거진 다 전날 부하들이오. 나두 거기서 좀 살다가 마산리루 이사왔소."

"그 동네에 관속 침책이 없소?"

"구실 잘 바치구 관속이 나오면 술 밥 대접 잘하니까 다른 침책 별루 없지요."

"박연중이 성명을 드러내놓고 사우?"

"아니오. 성명만은 숨기구 사우."

"그래 그가 지금은 무얼 하우?"

"농사 때 감농監農하구 일 없을 때 어린아이들 업어주구 아주 훌륭한 촌영감이 되었소."

"그가 자녀가 몇이나 되우?"

"아들 셋, 딸 둘 오남매요."

"열대여섯 해 전에 내가 운달산에 가서 그를 만나봤는데, 그때는 딸인가 아들인가 돌쟁이 하나밖에 없었는데."

"그게 지금 열일곱살 먹은 큰딸이겠소. 오남매가 모두 만득晚得이지만 지금 데리구 사는 젊은 첩에게서 낳은 남매는 더구나 아직 유치의 것들이오."

"그가 나이 올에 예순대여섯 됐지?"

"올에 예순아홉이오. 칠십 노인이지만 근력이 어떻게 좋은지 사십객 우리만 못지않소."

꺽정이가 박연중이의 소식을 물어본 뒤 다시

"평산, 재령, 해주 관군들이 합세해가지구 들이칠 때 어떻게 미리 알구 도망들 했소?"

하고 운달산 소탕당할 때 이야기를 물어보았다.

"박대장의 첩의 동생이 그때 재령서 통인을 다녔는데 그애가 뒷길루 기별해주어서 우리가 몰사죽음할 것을 면했소. 졸개 삼십여 명은 사방으루 헤쳐 보내구 나하구 박대장하구는 집안 식구를 데리구 재령 사자목이란 데 가서 숨어 있다가 바람 잔 뒤에 나왔소. 그때 이야기가 이왕 났으니 말이지만 세상에 그런 법두 있소? 일은 당신네가 저지르구 벼락은 우리를 맞힌단 말이오?"

"내게는 매원하지 마우. 나두 평양 봉물에 벼락맞은 사람이오. 그 매원받을 사람을 내가 가르쳐줄게 내 속까지 시원하두룩 한번 실컨 매원할 테요?"

하고 꺽정이가 껄껄 웃으니

"매원 부탁을 받기는 내가 사십평생 처음인데."

하고 이춘동이도 따라 웃었다. 서림이가 매원받을 사람이 나라는 듯이 나서서

"참말 당신네들은 우리를 여간 원망하지 않았을 테지요?"

하고 말하니

"원망뿐이오, 곧 절치부심*을 했지."

"다른 사람은 몰라두 박연중이란 이는 절치부심두 할 것이오."

● 절치부심(切齒腐心)
몹시 분하여
이를 갈며 속을 썩임.

"이다음에 혹시 만나면 칼부림받을까 봐 겁이 나시는 모양이구려. 그러나 그가 그런 걸 속에 치부하는 졸장부가 아니니 안심하시우."

이와같이 이춘동이가 꺽정이 이하 여러 두령들과 담화하는 중에 어느덧 밤이 들었다. 꺽정이가 미리 일러두었던지 훌륭한 주안상 둘이 나와서 아래윗간에서 각각 한상씩 받아가지고 술들을 먹는데, 윗간에서는 우리와 같이 한잔 먹자고 이춘동이를 끌어가고 아랫간에서는 순배 빼지 말라고 이춘동이를 불러오도록 스스럼들이 없어졌다. 무간한 대접을 받는 이춘동이 당자보다도 김산

이가 더 좋아하였다.

이날 밤 꺽정이 사랑에서 흩어져 나올 때 한온이가 이춘동이와 김산이를 보고 내일 아침밥들을 자기 집에 와서 먹으라고 말한 까닭에, 이튿날 식전에 김산이는 잔입으로 도회청에 나가서 조사를 치르고 오는 길로 방문 밖에 서서

"한두령이 곧 오라데. 가세."

하고 방안의 이춘동이를 불러내었다. 이춘동이가 의관을 차리고 나와서 같이 뜰아래 내려설 때 어떤 사람 하나가 허둥지둥 들어오며

"지금이사 오신 줄 알구 뵈러 오는데 어딜 가십니까? 부리나케 오길 잘했구먼요."

하고 떠벌거리고 이춘동이 앞에 와서 허리를 한번 굽실하였다. 이춘동이는 그 사람이 누군지 언뜻 생각나지 않아서 김산이를 돌아보고

"누군가?"

하고 묻는데

"밤이를 몰라보십니까?"

하고 그 사람이 저의 이름을 말하였다. 다시 보니 애꾸눈이 유표한 노밤이였다.

"오 너냐? 저승사자가 눈이 없어서 너를 아직두 잡아가지 않구 놔뒀구나."

"반가워서 하시는 말씀이라두 그런 방수 꺼리는 말씀은 아예

맙시오."

"너 같은 놈이 급살맞아 죽지 않는 걸 보면 천도가 무심한 거야."

"듣기 싫어하면 더 하실 줄까지 뻔히 알며 자발없이 방수 꺼린단 말씀을 했지? 지금 앞으루 한 오십년 더 살아봐서 세상이 길래 신신치 않으면 급살이라두 맞아 죽을랍니다."

김산이가 나서서

"예끼 미친놈, 저리 가거라!"

하고 노밤이를 꾸짖고

"미친놈 데리고 실없는 소리 고만하구 어서 가세."

하고 이춘동이를 재촉하였다.

"여러 사람이 미쳤다구 놀리면 성한 놈두 미친단 말이 괴이치 않은 말입니다. 여러분이 모두 나만 보면 미친놈이니 실성한 놈이니 놀리시는 까닭에 내 맘에두 내가 성하지 않지 생각이 드는 때가 있습디다."

하고 노밤이는 시벌거리며 두 사람의 뒤를 따라 나오다가 고샅길 갈림에서

"틈 있는 대루 또 뵈러 옵지요."

이춘동이가 큰 소리에 놀라서 돌아보도록 소리질러 인사하고 휘적휘적 다른 데로 가버리었다.

한온이의 집은 큰 집이 한 채요, 작은 집이 두 챈데, 형 내외와 서모와 자기 본처는 큰 집에 몰아 있게 하고 작은 집 둘은 큰첩

작은첩을 각각 갈라 들이었다. 본처는 수발만 맡고 식사와 침석은 첩들이 받드는 까닭에 한온이가 밤에는 많이 작은첩의 집 안방에 가서 있고 낮에는 항상 큰첩의 집 건넌방에서 거처하였다. 김산이가 이춘동이를 데리고 큰첩의 집에를 왔을 때 한온이는 큰집에 삭망˙을 지내러 가고 없어서 주인 없는 건넌방에 들어들 앉았는 중에 한온이가 와서 방문을 열고 들어서니 김산이는 앉아 있고 이춘동이는 일어섰다. 한온이가 이춘동이를 보고

"밤새 평안하우?"

하고 인사한 뒤 주인 자리에 가서 앉으려고 할 즈음에 이춘동이가 넙신 절을 하여 한온이는 잠시 당황하여 하다가 팔을 짚어서 절을 맞았다. 이춘동이가 꿇어앉아서

"상사 말씀은 무슨 말씀을 하오리까?"

하고 새삼스럽게 조상 인사를 하여

"자네두 꽤 쑥˙일세."

하고 김산이가 조롱하니

"서루 아는 처지에 애경간哀慶間 인사는 분명히 해야 하는 법이니."

하고 이춘동이는 모르는 것을 가르쳐주는 말투로 대꾸하였다. 이춘동이가 한온이더러

"상청에를 아주 다녀 나옵시다."

하고 청하는 것을

"궤연은 큰집에 뫼셨으니 아침 먹구 나중에 가서 다닙시다."

하고 한온이가 밀막았다.

 이춘동이는 손님으로 대접하여 외상하여 주고 김산이는 한온이가 자기와 겸상하여 아침들을 다 먹고 상을 막 치우고 앉았을 때, 서림이가 와서 네 사람이 앉아 이야기하게 되었다. 서림이가 이춘동이와 수작을 하는데 그 수작이 유심하고 들으면 모두 지기 떠보는 것 같아서 김산이는 불쾌한 마음을 참지 못하여

"우리 아침 얻어먹었으니 고만 가세."

하고 이춘동이를 데리고 가려고 하였다.

"이야기나 좀더 하다가 같이 일어섭시다."

 서림이가 붙드는 것은 차치하고

"더 앉아 놀다 가게."

한온이도 붙들뿐더러 이춘동이 당자까지

"여기 있다가 주인하구 같이 가서 상청에를 다녀야겠네."

● 삭망(朔望) 상중에 있는 집에서 매달 초하룻날과 보름날 아침에 지내는 제사.
● 쑥 너무 순진하거나 어리석은 사람을 비유적으로 이르는 말.

하고 일어나려 들지 아니하여 김산이는 다시 더 가잔 말을 못하였다. 서림이가 영웅 논란을 꺼내고 당세 영웅을 이춘동이에게 물으니 이춘동이는 처음에

"우리 같은 무식한 놈이 영웅을 알 수 있소?"

하고 겸사한 뒤 다시 생각하고

"여기 임대장 같은 이가 당세 영웅 아니겠소?"

하고 되물었다.

"우리 대장은 아직 말 말구 다른 영웅부터 쳐보시우."

"다른 영웅은 난 모르겠소."

"공연한 말씀 마시우."

"아니오, 참말이오."

"박연중이를 어째 치지 않소? 나더러 당세 영웅을 치라면 그를 첫손가락에 꼽겠는데."

"한번 만나보지두 못하구 그가 영웅인지 아닌지 어찌 아시우?"

"만나보지 못하구 말만 들어두 그건 알 수 있지요. 기묘년에 남곤 남정승이 박연중이란 이름을 들으면 벌벌 떨었답디다. 일인지하요, 만인지상'인 일국 정승이 겁을 낸 사람이면 그게 무서운 인물 아니겠소? 또 그가 을사년에 사赦를 받구두 이내 세상에 나서지 않았답디다. 여느 사람 같으면 세상에 나와서 펄펄 뛰구 돌아다녔을 것인데 산중에 들어앉아서 사십여년 동안 자행자지하구 지냈으니 그게 여간 동뜬 인물루 될 일이오? 그보다두 대당의 괴수 노릇하던 사람이 아무 뒤탈 없이 발을 씻구 나와서 여생을 안온하게 보내니 그런 희한한 인물이 이 세상에 또 어디 있겠소. 그래서 나는 그를 당세의 제일 영웅으루 아우."

서림이가 박연중이를 당세 영웅으로 안다는 것은 말짱한 입에 발린 말이고 그 입에 발린 말은 분명히 이춘동이의 속을 뽑아보려는 것이라, 김산이가 서림이 말하는 중간에 면박주고 싶은 것을 억지로 참고 있다가 서림이의 말이 끝나기가 무섭게 곧

"박연중이가 서종사를 원수루 치부하구 절치부심하더라두 지금 말을 들으면 술 사주구 떡 사주겠소."

하고 비꼬아서 말하니

"어젯밤에 실없이 한 말을 가지구 나를 오금을 박는 모양이오."
하고 서림이가 좋지 않은 내색을 보이었다.

"내가 서종사를 오금박을 주제나 되면 제법이게요. 그렇지만 지금 하신 말씀은 잘 곧이가 들리지 않소."

"무엇이 곧이들리지 않는단 말이오?"

"박연중이가 운달산에서 나가 사는 것을 희한한 인물의 일루 말씀하니 그럴 것 같으면 서종사는 왜 여기서 나가서 안온하게 지낼 생각을 안 하시우?"

"내가 그런 생각을 하는지 안 하는지 어찌 아우?"

"그런 생각을 안 하시기에 안 나가시는 것 아니오?"

김산이가 서림이와 말을 다투려 대들 때, 꺽정이가 의논할 일이 있다고 서림이를 부르러 보내서 서림이는 가소롭게 여기는 웃음을 김산이 얼굴에 던지고 큰기침까지 하고 일어섰다. 서림이 간 뒤에 김산이가 이춘동이를 보고

● 일인지하(一人之下) 만인지상(萬人之上)
만백성을 내려다보고 오로지 한 사람을 올려다보는 영광스러운 자리라는 뜻으로, 조선시대 영의정을 일컫는 말이다.
● 교사(狡詐)
교활하게 남을 속임.

"우리 중에 표리부동한 사람이 꼭 한 사람인데 그 사람이 지금 왔다간 사람일세. 그 사람하구 말할 때는 조심하게."
하고 당부하는데 한온이가 서림이의 흥을 씻어 덮듯이

"지모는 비상한 사람이야."
하고 말하였다.

"지모가 비상하니까 교사˚두 비상하거든."

"하여튼 사람이 미덥지는 못하지."

"여간 미덥지 못하기만 해? 그런 사람 믿었다간 큰코 깨네."

"자네두 곽두령의 본을 뜨네그려."

한온이 말끝에 이춘동이가

"곽두령의 본이라니?"

하고 물어서 김산이가 한온의 말은 접어놓고

"곽두령이 사람은 좀 무식스럽지만 우리 중에 제일 직장일세. 그래서 서종사하구 아주 앙숙이지. 대장께 눌리지 않으면 날마다 싸울 걸세. 날마다가 무어야, 하루 열두 번 싸우지."

하고 이춘동이의 말에 대답한 뒤 다시 서림이의 소행을 들추어 이야기하기 시작할 때, 방 밖에 누가 기침소리를 내어서 김산이는 이야기를 그치고 한온이는 방문을 열어보았다.

신불출이가 와서 한온이와 김산이를 보고 꺽정이의 전갈로 여러 두령들이 모여서 한담하는 중이니 손님을 데리고 오라고 하여 한온이와 김산이는 곧 전갈 온 신불출이와 같이 가려고 하는데, 이춘동이가 한첨지 궤연에 다닐 것을 잊지 않고 또 말하여 신불출이를 먼저 보내고 김산이까지 상주와 조객의 뒤를 따라서 궤연 있는 한온이 큰집에를 왔다. 곡 몇마디와 재배再拜 한번으로 이춘동이가 조례를 마치고 나온 뒤 김산이가 이춘동이더러

"오두령을 아주 잠깐 찾아보구 가세."

하고 말하니 이춘동이는 두말 않고 동의한 뒤

"오두령 집이 대장 사랑에 가는 길인가?"

하고 물었다.

"오두령은 살림을 안 하구 박두령 집에 같이 있는데 박두령 집이 바루 이 집 옆집일세."

"청석골 주인이 어째 자기 집이 없나?"

"올 가을에 상배˙한 뒤 살림을 거둬치우구 박두령에게 가서 얹혀 있네. 박두령의 아낙이 그의 수양딸이지."

"오두령 나이 올에 몇인가?"

"올에 쉰셋이라데."

"그럼 가서 절하구 뵈어야겠네그려."

김산이 대답하기 전에 한온이가

"여기는 무존장아문˙이니까 절 안 해두 좋소."

하고 웃으니

"나이 대접 않는 데가 어디 있단 말이오?"

하고 이춘동이는 고개를 외쳤다.

"당신이 대체 절하기를 좋아하는 모양이구려. 나는 절 받기를 좋아하니 조석으루 내게 와서 절문안하우."

"버르쟁이 없는 소리 말게. 내가 오두령에게 가서 절한다는 것이 자네 같은 젊은 사람들 보라는 본보기야."

"실없는 말 한마디를 했드니 막 기어오르네."

"기어오르다니, 그게 무슨 말버릇인가? 자네 나이 대접을 할 줄 모르거든 오늘부터 배워서 나이 많은 어른에게 그런 버릇없는 말 다시 하지 말게."

● 상배(喪配)
'상처(喪妻)'를 높여 이르는 말.
● 무존장아문(無尊丈衙門)
병영에서는 존장도 없다는 뜻으로, 어른에게 버릇없이 함부로 구는 자리를 이르는 말.

"떡국 많이 먹은 게 무에 그리 장해서 자세야?"

"자네는 단단히 버릇을 배워야 사람이 되겠네."

"우리 아버지께 못 배운 버릇을 아마 자네게 배우는가베."

"나는 자네더러 자네라지만 자네야 나더러 자네랄 수가 있나. 나이 있는데."

"자네 눈에는 내가 곧 어린애같아 보이나?"

"대체 자네가 나하구 벗할 나이 되나 못 되나, 나일 어디 따져 보세."

"나이는 차차 따지구 얼른 오두령한테 가서 절이나 하구 오게."

"왜 자네는 안 갈 텐가?"

"나는 먼저 대장께루 갈라네."

"같이 가지 무슨 소리야?"

"그럼 나는 여기 있을 테니 얼른 가서 다녀오게."

"자네가 오두령하구는 못 볼 사인가?"

"나까지 따라가서 무어하나? 자네들 둘이만 잠깐 갔다오게."

한온이와 이춘동이의 수작하는 것을 가만히 듣고 앉아서 웃기만 하던 김산이가 이춘동이를 보고

"가기 싫다는 사람은 고만두구 우리만 갔다오세."

말하고 먼저 일어났다. 이춘동이가 김산이를 따라가서 오가에게 인사하고 도로 올 때

"오씨가 쉰셋이랬지? 어디 오십 넘은 늙은이 같든가. 우리보다 몇살 더 먹어 보이지 않데."

"상배하기 전까지는 흰털 하나 없었는데 지금은 수염이 희끗희끗해서 늙은이 같지."

"지금두 박두령보다 되려 젊어 보이데. 박두령은 거의 반백頒白이데그려."

"박두령은 조백˙이지."

"오씨가 이름은 무언가?"

"오두령의 이름은 오래 같이 지낸 박두령두 몰랐었는데 연전에 한두령의 아버지 한첨지가 대장에게 가르쳐드려서 그래서 다들 알게 되었다데."

"그래 무어야?"

"개도치라네."

"개도치, 꺽정이. 이름들은 다 훌륭하지가 못한걸."

● 조백(早白)
늙기도 전에 머리가 셈. 흔히 마흔살 안팎의 나이에 머리가 세는 것을 말한다.

하고 서로 지껄이며 한온이 집 앞에 와서 한온이를 불러내서 다시 셋이 같이 꺽정이의 사랑으로 왔다.

이춘동이가 꺽정이게서 점심때 술대접을 받고 여러 두령들과 같이 담화하는 중에 해가 저녁때가 다 되어서 하나 둘 자리에서 일어서기 시작할 때, 꺽정이 이하 여러 두령들을 돌아보며 내일은 일찍 떠나겠다고 말을 하고 그다음에 특히 꺽정이를 보고 평생에 한번 만나보기를 원하다가 이번에 와서 원을 이루고 가노란 뜻을 말하는데, 꺽정이가 말을 다 못하게 가로막고

"오늘까지는 산이게서 묵구 내일부터는 내게 와서 며칠 동안

묵다가 가우."

하고 만류하였다.

"산이게서나 뉘게서나 이 산 안에서 묵으면 다 대장 댁에서 묵는 셈인데 따루 내게 와서 묵으라시니 그게 웬 말씀이오?"

"쇠뿔두 각각˚이라우. 내일부터는 내가 동향 친구를 대접해야겠소."

"어젯밤 오늘 낮 술대접에 동향 친구가 맘이 흐뭇했소."

"어제 오늘 술잔 낸 건 내 동무의 친구 대접이지 내 친구 대접은 아니오."

"관곡하신˚ 뜻은 감사하나 집에서 곧 올 줄 알구 기다릴 테니까 내일 가야겠소."

"못 가우. 내가 놔보내지 않겠소."

"집에 가서 볼일이 있으니 이번은 놔주시우. 이담에 다시 와서 동향 친구 대접을 실컨 받으리다."

"볼일 있는 사람이 오긴 왜 왔소?"

"핑계가 아니오. 산이는 알지만 우리 어머니 환갑이 이달인데 미비한 것이 많아서 가봐야겠소."

"환갑잔치의 미비한 것은 내가 준비해줄 테니 염려 마우."

"아니오. 내가 집에를 가서 준비할 일이 많소."

"환갑날이 어느 날이오?"

"스무엿샛날이오."

"이십여일을 두구 준비할 일이 무어요? 내가 심사 틀리면 환갑날두 못 가게 붙들어둘 테니 공연히 여러 말 마우."

꺽정이 말에 눌려서 이춘동이는 긴한 말을 더 세우지 못하였다.

이춘동이가 꺽정이에게 붙들려서 묵는 중에 여러 두령과 서로 너나들이들까지 하게 되고, 또 청석골 안을 돌아다니며 구경도 하게 되었다. 이춘동이가 황천왕동이를 앞세우고 뒷산 너머 곽오주의 집을 구경하러 가는데 김산이더러도 가자고 하는 것을 김산이는 이춘동이 없는 틈에 입당시킬 의논을 하려고 따라가지 아니하였다. 김산이가 꺽정이를 보러 왔을 때 말썽쟁이 서림이가 꺽정이 옆에 앉아 있어서 말을 할까 말까 망설이다가 마침내

"춘동이더러 입당하라구 권해보오리까?"

하고 꺽정이의 의향을 물어보았다. 꺽정이가 김산이의 말에

"그래 봐라."

하고 간단하게 대답한 뒤 서림이를 돌아보며

"서종사 보기엔 춘동이 사람이 어떱디까?"

하고 물으니 처음에 공연히 의심하던 서림이도

"사람이 너무 좀 고지식한 것이 병통이나 솔직한 것만은 가취할 점인 것 같습디다."

하고 대답하는 것이 이제는 의심할 나위가 없는 모양이었다.

이날 밤 여러 두령이 꺽정이 사랑에 모여서 이야기들 하는 중에 박연중이의 처신하는 것이 이야깃거리가 되었는데, 서림이가 명철보신˚이라고 칭찬하다가 꺽정이가 후기˚ 없는 늙은이의 일

● 쇠뿔도 각각 염주도 몫몫
무슨 일이나 각각 특성이 있으므로 일하는 방식도 서로 다름을 비유적으로 이르는 말.
● 관곡(款曲)하다
매우 정답고 친절하다.
● 명철보신(明哲保身)
총명하고 사리에 밝아 일을 잘 처리하여 자기 몸을 보신함.
● 후기(後氣)
참고 버티어가는 힘.

이라고 타박하는 바람에 그렇다고도 할 수 있다고 우물쭈물 자기의 말을 거두어치웠다. 박연중이 이야기 끝에 꺽정이가 이춘동이를 보고

"자네가 연중이 노인의 부하 노릇만 하구 내 부하 노릇은 안 할라나? 내 부하 노릇두 좀 해보게."
하고 입당을 권하니 이춘동이는 웃으면서
"나는 팔자가 남의 부하 노릇만 할 사람인가?"
하고 실없는 말을 한마디 한 뒤 곧 정중한 말로
"내가 소싯적에 어머니 말을 안 들어서 어머니 속을 무척 썩여 드렸소. 그래 서울서 평산으루 뫼셔올 때 이후는 말을 잘 듣겠다구 어머니 앞에서 맹세를 했소. 박대장하구 같이 살지 않고 마산리루 따루 이사온 것두 어머니 말에 순종한 게요. 아까 저녁때 산이가 나더러 이번에 입당하구 가라구 조르는데 내가 어머니 허락을 받은 뒤에 다시 와서 입당하마구 대답했소. 지금 대장께두 그 밖에 더 대답할 말씀이 없소."
하고 입당 바로 못할 사정을 이야기하였다. 이춘동이가 다른 두령들과는 맞하게를 하되 꺽정이게만은 기껏하여 반말이요, 그렇지 않으면 하오를 하였다. 여러 두령이 떠받드는 사람을 하게하기가 거북도 하거니와 그보다도 꺽정이의 기안에 눌려서 하게가 잘 나오지 않았던 것이다.

이춘동이의 사정 이야기를 듣고 꺽정이는 잠자코 있고 그 대신 여러 두령들이 제가끔 말 한마디씩 하였다.

"비싸게 굴지 말게."
 황천왕동이의 조소와
 "자네가 아직 어머니 젖꼭지를 못 떨어진 어린앨세그려."
한온이의 농은 말할 것 없고
 "효잘세. 가만두게."
배돌석이의 빈정대는 말과
 "입당하기가 싫거든 바루 싫달 게지 구차스럽게 무슨 핑계람."
길막봉이의 게먹는 말에 대꾸 않던 이춘동이가
 "그년의 늙은이 처치하기 어렵거든 날 불러가게. 도리깨루 대갱이를 바시어줄게."
곽오주의 무식스러운 말은 가만히 듣고 있을 수가 없던지
 "천생 도리깨 도둑놈의 말본새다."
하고 소리를 질렀다. 서림이가 정당한 말은 자기 입에서 들으란 듯이 먼저
 "여게, 내 말 좀 듣게."
하고 허두를 내놓고
 "자고로 부인네가 지아비 죽은 뒤에 아들을 좇으란 법은 있지만 사내자식이 아비 죽은 뒤에 어미를 좇으란 법은 없는데, 지금 자네는 매사에 어머니 말을 좇는다니 이건 옛날 성인들이 마련해놓은 법과 뒤쪽일세."
하고 교훈하듯 말하였다. 서림이 말한 뒤 이봉학이까지 마저
 "자당이 운달에는 가서 기시구 청석골은 못 와 기시겠다구 하

실 리가 없을 테지."

한마디 차례에 빠지지 않고, 박유복이와 김산이 두 사람만 말이 없었다. 박유복이는 고개를 잔뜩 숙이고 앉았고 김산이는 싱글싱글 웃으며 이 사람 저 사람을 돌아보았다. 김산이의 웃는 속은 이춘동이 입당하기를 제일 바라는 사람이 입당 않는다고 몰아세우는 여러 사람의 말을 듣고 좋아하는 것이려니와, 박유복이 속은 좌중의 제일 눈치빠른 서림이도 짐작 못하여

"박두령, 어디 불편하시우?"

하고 물으니 박유복이는 천천히 고개를 치어들고 풀기 없는 말로

"나는 춘동이 어머니 파는 것이 부럽소."

하고 말하는 것이 이춘동이 사정 이야기에 감촉되어서 자기의 죽은 어머니 생각이 났던 모양이었다.

한동안 담화가 그쳐서 방안이 조용하였다. 이춘동이는 자기 까닭으로 자리가 버성겨지는 것을 미안하게 생각하여 좌중을 한번 돌아본 뒤 꺽정이를 향하고 앉아서

"산이가 나를 끄는 것은 아잇적 동무의 정분이지만 여러분 친구들루 말하면 초면 만난 처지에 나 같은 하치않은 사람을 사생동고할 만한 사람으루 쳐주니 내 뼛속까지 사무친 감사한 맘을 말루 이루 다 할 수가 없소. 내가 가서 어떻게든지 어머니의 허락을 받아가지구 오리다. 내가 정히 조르면 어머니 맘에 싫더라두 허락하실 줄 아우. 그럴 리는 만무하지만 어머니가 종시 허락을 안 해서 다시 못 오게 되면 나는 죽음으루 여러분 친구께 사과하

겠소."

하고 말하는데 결심한 빛이 얼굴에 나타났다. 꺽정이가 이것을 보고

"자네가 그렇게까지 맘을 먹을 것 같으면 먼저 입당하구 가서 나중 허락을 받두룩 하게."

하고 말하니

"그건 어머니를 속이는 게니까 그렇겐 못하겠소."

하고 이춘동이는 왼고개를 쳤다.

"그래 다시 온다면 언제쯤 오겠나?"

"어머니 환갑이나 지내구 오겠소."

꺽정이가 고개를 한두 번 끄덕인 뒤

"환갑 때 산이를 오라구 청했다지? 나는 좀 청하지 않나?"

하고 말하며 웃었다.

"실없는 말씀이지, 그런 한만한 길을 하실 리 있소?"

"나더러는 오지 말란 말일세그려."

"그때 만일 오시면 박대장하구 두 분이 만나실 수는 있지."

"연중이 노인이 온다구 했나?"

"지난달 초생 뵈러 갔을 때 오신다구 말씀합디다."

"경사술 얻어먹구 오래 못 만난 사람 만나구 겸두겸두 가겠네. 산이하구 같이 갈 테니 그리 알구 기다리게."

"어머니 허락만 얻으면 나는 그때 아주 마산리 살림 명색을 거둬치우구 식구 데리구 따라오겠소."

"살림을 그렇게 쉽사리 거둬치울 수가 있을까?"

"집하구 밭뙈기는 동네 사람에게 맡겨두었다가 나중에 팔아오지요."

"그건 자네 요량해 할 일일세."

"내가 여기 온 지가 벌써 나흘이오. 내일은 가게 해주시우."

"그러게. 내일은 가게."

이날 밤 밤참으로 술들을 먹을 때 여러 두령들이 작별술이라고 자꾸 권하여 이춘동이는 양에 지나는 술을 먹었건만 이튿날 새벽같이 일어나서 조반 요기하고 바로 떠나는데, 꺽정이가 환갑에 물품을 부조하고 그 물품을 지워가지고 가라고 졸개 하나까지 주었다.

김덕룡이란 문무겸전한 사람이 새로 황해감사로 내려온다는 기별이 청석골에 들어온 것은 이춘동이가 와서 있을 때요, 신계현령 이흠례가 봉산군수로 승탁되어서 편도부임한다는 소식을 청석골서 들은 것은 이춘동이가 돌아간 뒤 한 보름 가까이 되었을 때다.

꺽정이가 봉산군수 갈린 소식을 듣던 날 불시로 여러 두령을 모아놓고

"신계현령 이흠례가 봉산군수루 승탁이 되었다니, 그놈을 가만둘 수가 없는데 어떻게 처치하면 좋을까?"

하고 이흠례 처치할 의논을 시작하였다. 서림이가 꺽정이 말의

뒤를 받아서

"이흠례가 재간이 좀 있다구 조정에서 특별히 승탁시킨 모양이구먼요. 그자가 신계 구석에 있어두 성가시었는데 봉산에 나와 앉으면 봉산 이서以西 왕래에 여간 성가시지 않을 테니 어떻게든지 처치해야지요."

하고 말할 뿐이고 다른 두령들은 잠자코 있는데, 중대한 회의라고 빠지지 않고 참례한 오가가 꺽정이를 보고

"이흠례는 윤지숙이와두 달라서 워낙 가만 놔둘 수 없는 놈이오. 그놈 손에 잡혀 죽은 여러 두목들의 원수두 갚아주는 것이 좋지 않소. 그러니 그놈은 잡아서 죽이두룩 합시다. 그놈을 죽이면 우리의 위엄두 서구 우리의 후환두 없을 것이오."

하고 말한 끝에

"자네들 생각엔 내 말이 어떤가?"

하고 여러 두령을 돌아보니 다들 좋다고 그 말에 찬동하였다. 이흠례를 잡아 죽이기로 의논이 일치한 뒤

"잡아 죽이자면 어떻게 해야 좋겠소?"

하고 꺽정이가 서림이에게 꾀를 물으니

"글쎄올시다. 좀 생각해봐야겠습니다."

하고 서림이는 대답하였다. 서림이의 생각한단 말에 비위가 거슬린 곽오주가 별안간 큰 소리로

"여보, 대장 형님."

하고 꺽정이를 부르고

"기급할 생각 다 고만두구 우리가 다 쏟아져 가서 봉산군수놈 두 죽이구 봉산 읍내두 도륙냅시다."
하고 말한 뒤 오가의 본을 떠서
"내 말이 어떻소?"
하고 좌중을 돌아보았다. 꺽정이가 곽오주를 주제넘게 나서지 말라고 꾸짖고 다시 서림이를 돌아보며
"별루 좋은 꾀가 없으면 내가 단신으루 봉산 가서 찔러 죽이구 오겠소."
하고 말하니
"자객질은 위험합니다."
하고 서림이가 고개를 가로 흔들었다.
"위험해? 무얼, 내가 대낮에 삼문으루 들어가서 동헌에서 찔러 죽이구 무사히 돌아올 테니 두구 보우."
"대장께서 하시면 될 수야 있겠습지요. 그렇지만 아무래두 위험합니다. 그보다 나은 계책은 얼마든지 있을 텐데 구태여 위험을 무릅쓰실 것 있습니까?"
"계책이 얼마든지 있으면 있는 대루 다 말을 하우."
"두령 몇분이 건장한 졸개를 십여명이구 수십명이구 데리구 나가서 신계서 봉산으루 나오는 길에 목을 잡구 매복하구 있다가 도임 행차를 엄습하는 것두 한 계책이 되지 않습니까?"
"그 계책두 좋겠지만 그동안 벌써 도임했으면 소용없지 않소?"

"그러면 또 수가 있지요. 조만간 감영에 연명은 안 가지 못할 테니까 봉산서 해주 가는 역로에서 해낼 수 있지 않습니까? 어좌어우˚간 황두령을 봉산 한번 보내보셨으면 좋겠습니다."

꺽정이가 서림이의 말을 좇아서 황천왕동이더러

"오늘은 늦었으니 내일 봉산을 가서 이흠례가 아직 도임 안 했거든 도임한다는 기일을 자세히 알아가지구 오구 벌써 도임했거든 해주 연명 갈 때 날짜를 미리 아는 대루 빨리 기별해달라구 단단히 부탁하구 오너라."

하고 이르고 이흠례 처치할 계획은 황천왕동이 갔다온 뒤 다시 의논하기로 작정하였다.

황천왕동이가 봉산 처가에를 다녀오는데 펼쳐 놓고 다니지 못하는 처지라 남의 눈에 뜨이지 아니하려고 중로에서 지체하여 땅거미 지난 뒤 들어가고 단잠을 못 자고 첫닭울이에 떠나온 것은 다시 말할 것도 없는 일이었다. 황천왕동이가 떠나가던 이튿날 한낮 좀 기운 때 되돌아왔다.

● 어좌어우(於左於右) 좌우간.
● 호장(戶長) 고을 구실아치의 우두머리.

"새 군수가 그동안 도임했습다. 엊그제 도임해서 내일부터 공사公事를 시작한답디다. 그러구 감영에 연명은 이달 그믐께 갈 모양인갑디다. 장인이 호장˚을 해보려구 책방에 긴한 길을 얻어서 청을 들여보냈더니 책방 말이 원님이 감영에 갔다오신 뒤에 육방六房에 변동이 생길 테니 아직 기다리라구 하더랍니다. 그래서 연명을 언제 가나 알아본즉 그믐 전에 갈 모양인데 골 일을 대강 보살피구 간다니까 자연 그믐께 되리라구 합디다. 연명 갈 날짜 정일定日하는 걸 알거든 곧 좀 기별해달라니까 기별할 사람이 없다구 나더러 또 왔다가랍디다."

황천왕동이의 회보를 들은 뒤 꺽정이가 이흠례를 연명하러 갈 때 잡으려고 생각하고 서림이를 불러서 잡을 준비를 의논하는데, 서림이가 무두무미˙에

"이춘동이 어머니 환갑에 참말 가실랍니까?"

하고 물어서 꺽정이는 괴이쩍게 여기며

"그건 왜 묻소?"

하고 되물었다.

"마산리서는 재령, 해주길이 가까울 테니 환갑에 가실 때 아주 사람을 십여 명 데리구 가셔서 거기서 이흠례 가는 것을 알아봐가 지구 목을 지키러 내보내시면 일이 편할 것 같습니다."

"거기 가서 여러 날 묵새길 수야 있소? 더구나 여럿이 가서."

"이춘동이두 인제는 우리 액내 사람인데 그 사람의 집에 가서 며칠 못 묵으실 것 있습니까? 그러구 며칠 될 까닭두 없습니다. 이달이 적어서 스무아흐레이자 그믐이니 스무엿샛날 환갑 보신 뒤 과즉 이틀만 더 묵으시면 그믐 아닙니까."

"이흠례가 스무엿새 전에 갈는지 누가 아우?"

"그믐께 간다니까 말씀입니다. 봉산서 어느 날 발정하는 것과 봉산서 해주를 이틀 갈 셈 잡구 첫날 어디 중화 어디 숙소하구 또 다음날 어디 중화하는 건 황두령이 미리미리 알아와야 준비에 실

수가 없을 겝니다."

"어디 그렇게 작정하구 준비를 해봅시다."

이와같이 꺽정이가 서림이를 데리고 대강 의론을 먼저 정하고 밤에 여러 두령 모였을 때 의론 정한 것을 이야기하였다. 이봉학이가 꺽정이더러

"그럼 갈 사람 수효와 목 지킬 자리두 대개 다 작정하셨습니까?"

하고 물어서

"아니."

하고 꺽정이는 고개를 가로 흔들었다.

"갈 사람이나 가서 지킬 자리는 임시해서 작정해두 낭패가 없겠지만 미리 대강 작정해두는 게 좋지 않겠습니까?"

• 무두무미(無頭無尾)
머리도 없고 꼬리도 없다는 뜻으로, 밑도 끝도 없음을 이르는 말.

"지금 공론해서 작정해보세."

하고 꺽정이가 곧 여러 두령을 돌아보며

"봉산, 해주 사이를 전에 내왕해본 사람이 누구누구냐?"

하고 물으니 여러 두령은 서로들 바라만 보고 대답이 없었다. 다른 두령은 모르되 황천왕동이는 봉산서 장교 다닐 때 해주 감영에를 내왕하였을 터인데, 대답 안 하는 것이 괴상하였다.

"천왕동이는 그 길을 다녀봤겠지?"

"몇번 다녀봤지만 유의 않구 획획 지나다녀서 고개티 이름 하나두 변변히 모릅니다."

꺽정이가 자리는 나중 실지를 가보고 잡는다고 뒤로 미루고 갈 사람을 작정하려고

"마산리 가구 싶은 사람이 몇이나 되느냐?"

하고 물으니 자리를 물을 때와는 딴판으로 여러 두령이 너도 나도 다 간다고 대답하고 오직 박유복이, 서림이 둘만 간단 말을 않고 잠자코 있었다.

"박두령은 남의 어머니 환갑 지내는 것두 부러워서 가실 생각이 없으시우?"

"대장 형님께서 가자시면 가지만 부득이 가구 싶을 거야 무어 있소."

서림이와 박유복이 사이에 이런 수작이 있고

"여기를 통이 비우다시피 하구 모두 다 갈 까닭두 없구 또 유복이는 겨울을 잡아들며부터 내처 감기가 떠나지 않으니까 남아 있는 게 좋겠지만, 서종사는 가서 일을 의논하더라도 꼭 같이 가야 하우."

"대장께서 가자시면 가지요."

이봉학이와 서림이 사이에 이런 수작이 있은 뒤 꺽정이가 박유복이, 곽오주, 한온이 셋이 오가와 같이 남아 있으라고 말하니, 셋 중에 곽오주는 간다고 고집을 세우다가 이춘동이의 어린 딸이 울기 잘한다는 김산이의 말을 듣고 고만 수그러졌다.

서림이가 꺽정이를 따라서 마산리를 가기로 작정하던 다음날이다.

무시戊時 때요. 추운 날이라 탑고개로 순 돌러 나온 두령이 잠깐 다녀서 들어가고 행인도 없어서 탑고개 주막이 쓸쓸할 때 어떤 노파 하나가 골 어귀 쪽에서 바람을 안고 올라오는데, 나이에 눌리고 또 추위에 눌려서 허리가 착 꼬부라져서 손에 짚은 짧은 지팡이가 버티지 않으면 곧 고갯길에 이마받이를 할 것 같았다. 그 노파가 꼬부랑꼬부랑하고 주막 앞에를 오더니 걸음을 멈추고 서서 허리를 좀 펴고 후유 하고 숨을 돌리고 목 안에서 갈라져 나오는 기침소리로 사람 온 기척을 내었다. 방문 닫힌 주막방은 사람이 없는 듯 조용하였다. 노파가 눈으로 사람을 찾느라고 두리번두리번하다가 방문 앞 토마루에 올라와서 언 입의 어줍은 말로
 "방에 아무도 없소?"
하고 말하며 이때까지 겨드랑 밑에 끼고 있던 왼손으로 닫힌 방문을 잡아당기니 방문은 열리지 아니하나 방안에서
 "그게 누구요?"
하고 묻는 사내 목소리가 났다.
 "여보, 방문 좀 여우."
하고 노파가 한옆으로 비켜서서 방문 열기를 한참 기다린 뒤에야 주막쟁이가 비로소 방문을 부스스 열고 앉아서 내다보았다.
 "어디서 오신 할머니요?"
 "추워 죽겠소. 좀 들어갑시다."
 주막쟁이가 손님은 없고 날은 추워서 계집과 같이 이불을 덮고 누워 있던 판이라 노파가 들어오는 것이 반갑지 아니하여 못 들

어오게 밀막는 핑계로

"방에는 앓는 사람이 있는걸요."

마치 염병하는 사람이나 있는 것처럼 말하고 제 말이 제 귀에 방자같이 들려서 눈살을 찌푸렸다.

"앓는 사람이 있더라두 잠깐 몸 좀 녹여 갑시다."

주막쟁이가 하릴없이 문길을 틔우고 비켜앉았다. 주막쟁이 계집은 서방의 거짓말이 무방하던지 벽을 향하고 돌아누워서 일어나지 아니하였다. 노파가 방에 들어오며 바로 화로 옆에 와 앉아서 불돌로 눌러놓은 잎나무 불을 헤치고 쪼이면서

"앓는 사람이 무슨 병이오?"

하고 물으니 주막쟁이는 대답을 않고 골난 사람같이 뿌루퉁하고 있었다. 노파가 주막쟁이의 눈치를 살피다가

"늙은 사람이 하마터면 길에서 강시* 날 뻔했소. 불을 좀 쪼입시다."

하고 사정하듯 말하는 것이 눌러놓은 불 파헤치는 것을 주막쟁이가 못마땅하게 여기는 줄로 아는 모양이었다.

"어서 쪼이구 갈 데루 가시우."

"나 갈 데가 이 근방인데 길을 모르니 좀 가르쳐주우."

"어디를 가실 텐데 길을 모르신단 말이오?"

"이 근방에 유명한 적굴이 있지 않소?"

"그건 왜 물으시우? 적굴에를 가실 테요?"

"적굴을 찾아가는 길이오. 적굴이 예서 가깝소?"

"적굴이 산속에 있는 줄만 알지 예서 가까운지 먼지 그건 모르우."

"청석골 어귀에 있는 양짓말이라든가 그 동네서 말들이 이 주막에 와서 물으면 잘 알리라구 합디다. 모른단 말 말구 길을 좀 가르쳐주우."

"어떤 미친놈들이 그런 말을 합디까? 도둑놈이 아닌 바에 적굴을 잘 알 까닭이 있소?"

"적굴 사람들이 육장 여기 와서 산다는데 모른단 말이 될 말이오?"

"대체 적굴 같은 무서운 데를 왜 갈라구 그러시우?"

"적굴에 서가 성 가진 대장이 있지요?"

● 강시(僵屍)
얼어 죽은 송장.

"대장 성이 임가란 말은 귀에 젖게 들었어두 서가란 말은 못 들었소."

"아니 임꺽정이하구 같이 있는 대장들 중에 서림이란 사람이 있지 않소?"

"서림이? 있는지두 모르지요. 그래 서림이란 사람을 보러 가시우?"

"그렇소. 서림이란 사람이 내 사위요."

"녜, 그러시우. 그런데 그까짓 도둑놈 사위를 왜 찾아가시우?"

"도둑놈 소리를 듣더라두 사위야 어디 가우? 더구나 딸이 와서 같이 있는데."

"그래 할머니가 딸 보러 가시는구려?"

"그렇소. 인제 내 근지를 알았으니 길이나 잘 지도해주우."

"그러면 이 아래 동네에 들어가서 손서방 집을 찾아가시우. 거기 가서 말씀하시면 따님을 만나보게 되리다."

"내 딸이 거기 와서 있소?"

"거기 있구 없구 만나게 해달라구 가서 말씀해보구려."

청석골 도중 대소사를 모르는 것 없이 잘 아는 주막쟁이가 서림이에게 은혜를 졌다는 손가를 찍어대서 서림이의 장모란 노파를 배송내었다.

서림이의 장모가 탑고개 주막에서 탑고개 동네로 내려오는데 엎드러지면 코 닿을 데를 열나절 만에 내려와서 찾기 힘들 것 없는 손서방 집을 두 번 세 번 물어서 찾아왔다. 이때 큰 손가의 아내는 봉당에서 저녁밥 밑 둘 콩을 고르다가 낯모르는 늙은 여편네가 꼬부랑거리고 들어오는 것을 보고 혼잣말로

"웬 할머니시여."

하고 말하였다.

"이 집 주인댁이오?"

"네. 어디서 오셨나요?"

"양지서 왔소."

"양짓말이오?"

"경기도 양지골이오."

"용인, 양지 하는 데요? 아이구, 멀리서 오셨네. 무슨 일로 오셨나요?"

서림이의 장모가 봉당 끝에 와 걸터앉아서 바로 자기의 근본을 이야기하고 딸과 사위를 만나보게 해달라고 청하였다. 큰 손가의 아내는 남편이 증왕에 은혜를 받은 까닭으로 서림이를 감지덕지 하는 사람이라 그 장모를 친절하게 대접하여 방에 누워 있는 남편을 밖으로 불러내고 방안에 들여앉힌 뒤 화로를 갖다가 앞에 놓아주고 불까지 헤쳐주며 쪼이라고 권하였다.

"내 딸이 여기 가까이 있소?"

"산에 기시지요."

"산이란 데가 예서 머우?"

"십릿길이라도 평지 길 이십리 맞잡이라구들 합디다."

"그럼 내가 지금 곧 그리 가야겠는데, 길 가르쳐줄 사람을 하나 얻어주시겠소?"

"가만히 계세요. 우리 시동생더러 말해보겠세요."

큰 손가의 아내가 서림이의 장모를 방에 앉혀두고 밖에 나와서 옆집을 향하고

"여보게, 여보게?"

하고 소리치니 그 동서가 네 하고 대답하였다. 형과 한집에 같이 살던 작은 손가가 그동안 옆집을 사서 따로 살림을 냈던 것이다.

"아재 집에 기신가?"

"집에 없세요."

"마을 가셨겠지?"

"권생원네 사랑에 갔겠지요. 왜 그러세요?"

"자네 얼른 가서 집에 손님 오셨다구 곧 오시라구 하게."
"어디서 오신 손님이에요?"
"양지 사시는 서종사 장모시래."

큰 손가의 아내가 다시 방에 들어와서 서림이 장모더러 자기 집을 어떻게 알고 찾아왔느냐, 딸과 외손주가 보고 싶으면 봄새 날 따뜻할 때 오지 왜 이런 추운 때 왔느냐, 양지서 여기까지 오는 데 며칠이 걸렸느냐, 여러가지 말을 묻고 자기 남편이 광주 분원 살인옥사에 애매하게 걸린 것을 그때 형방 서종사가 힘을 써주어서 놓여나온 까닭에 서종사는 자기 집의 은인이라고 이야기하는 중에 작은 손가의 아내가 와서 그 남편을 곧 오라고 불렀다고 말하고, 그 뒤에 얼마 아니 있다가 작은 손가가 와서 서림이 장모에게 절하고 인사하였다.

"양지서 어느 날 떠나셨습니까?"
"집에서 떠난 지는 한 달이 넘었소."
"그럼 어디를 다녀오시는 길입니까?"
"서울서 묵다가 왔소."
"서울서는 어느 날 떠나셨나요?"
"서울서 떠난 지가 오늘 벌써 엿샌가 보우."
"엿새나 오셨세요? 어제는 어디서 주무셨습니까?"
"미륵당이란 데서 잤소."
"미륵당이서 주무셨으면 여기를 일찍 오셨을 텐데 어디서 지체하셨습니까?"

"미륵당에서 아침 먹고 나선 뒤 양짓말이란 데 와서 잠깐 지체하고 줄곧 온 게 인제 왔소. 늙은 사람이 어디 걸음을 잘 걷소?"

"점심은 어떻게 하셨습니까?"

"점심 못 먹었소."

"아이구, 노인네가 시장하시겠습니다."

작은 손가가 그 형수를 돌아보며

"무어 요기하시게 드릴 게 없을까요?"

하고 물으니

"점심때 형님 안 자신 조당수가 있는데 그거나 데워서 드릴까."
하고 큰 손가의 아내는 일어나서 밖으로 나갔다.

"요기는 안 해두 좋으니 나를 딸에게루 곧 좀 데려다 주시우."

"오늘 못 가십니다. 길은 여기서 양짓말 가는 폭밖에 안 되지만 가기는 미륵당이 두어 번 가기보다두 더 어렵습니다. 내일 내가 들어가서 교군으루 뫼셔가두룩 말씀하리다."

"내가 딸 보구 싶은 맘이 일시가 급하우. 어렵지만 지금 좀 갔다오시우."

하고 서림이의 장모가 염치없이 조를 때 작은 손가의 아내가 그 남편더러

"여기서 교군을 얻어드리면 좋지 않소?"

하고 말하니 작은 손가는 고개를 끄덕이었다.

서림이의 장모가 탑고개에서 승교바탕을 타고 산에 들어왔을 때 날은 벌써 어두워서 불들이 켜져 있었다.

서림이의 아내가 어머니 왔단 연통을 듣고 버선발로 쫓아나와서

"아이구, 어머니 웬일이오?"

하고 우는 소리하며 달려들어서 어머니를 붙들고 집으로 들어오는데 그 어머니는 말도 못하고 덜덜 떨기만 하였다. 딸은 울렁거리는 놀란 가슴이 적이 가라앉으며 곧 반가움에 겨워 눈물이 쏟아지고 어머니는 반가움보다도 눈물이 앞을 서서 모녀가 손을 맞잡고 앉아서 울었다. 어머니는 징징거릴 뿐이지만 딸은 목을 놓았다.

서림이는 저녁밥을 먹고 걱정이 사랑에 가서 있다가 장모를 배행하여 온 작은 손가에게 이야기를 듣고 집으로 돌아왔다. 아내가 울음을 그치고 한옆으로 비켜앉은 뒤 장모에게 절하고 장모 옆에 와 앉아서

"무슨 급한 일이 있어 치운 때 이렇게 오셨습니까?"

하고 물으니

"숨 좀 돌려가지고 차차 이야기함세."

하고 장모는 후유 한숨을 내쉬었다. 서림이의 아들딸 남매가 이때까지 어느 구석에 있다가 앞으로 나와서 저희 외조모에게 절들하였다.

"이때껏 어디들 가 있다가 인제 와 뵙는단 말이냐."

서림이의 나무라는 말을

"어머니하구 맞붙들구 우시느라구 어디 우리 절을 받으실 새

나 있어요?"

하고 그 아들이 말대답하는데 서림이의 장모가 자기 앞을 가리키며

"이리 가까이들 좀 오너라."

하고 불러서 남매를 다 앞에 앉히고

"이것들 좀 봐. 아주 몰라보게들 컸구나."

하고 머리들을 쓰다듬어주었다.

"수남이 너 올에 몇 살이야?"

"열다섯살이오."

"그럼 복례는 열한살인가?"

"네."

"외할미 얼굴을 알아보겠니?"

"그러면요."

"나는 너를 몰라보겠다."

"할머니는 눈이 어두시니까 못 알아보시지요."

"아이구, 고년 소명두 하다."

"수남아, 너 글을 배우느냐?"

"아버지한테 배우는데 밤낮 바쁘다구 새루 가르쳐주진 않구 뒷글*만 읽으란답니다."

"이 자식, 아버지 말씀을 뉘서 그렇게 헐하게 한다든?"

서림이의 장모가 외손자 남매를 데리고 지껄이는 동안에 서림이는 그 아내에게

● 뒷글
배운 글을 다시 익히기 위하여 뒤에 다시 읽는 글.

"이런 치운 날 팔십 노인이 점심두 굶구 오셨다는데 진지를 얼른 해드려야지. 그러구 손서방하구 교군꾼들두 저녁을 먹이게 해."

하고 말을 일렀다. 서림이의 아내가 밖에 나가서 부리는 줄개 계집더러 밥을 뼈 없게 지어라, 국을 고기 많이 넣고 끓여라, 이렇게 이르기만 하고 도로 들어와서 앉았다.

"어머니, 시장하시겠세요."

"배는 고픈 줄 모르겠다만 따뜻한 물 한 모금 먹었으면 좋겠다."

마침 화로에 얹어놓은 숭늉이 있어서 복례가 갖다가 외조모를 주었다. 복례가 일어설 때 수남이도 일어나서 윗간으로 내려갔다. 서림이의 장모가 더운 숭늉을 먹은 뒤에 서림이를 보고

"내가 이번 오기는 딸보다두 자네를 보러 왔네."

하고 온 곡절을 말하기 시작하였다.

"내 자식이 칠월 초생에 누이를 한번 찾아보구 오겠다구 나가더니 석 달이 지나두룩 아무 소식이 없어서 우리 고부姑婦가 노심초사를 하구 지내는 중에 시월 보름께 낯모르는 사람 하나가 찾아와서 자식이 서울 좌포청에 잡혀 갇혀서 기막힌 고초를 겪는다구 소식을 전해주데. 야경벌이＊란 무슨 벌인지, 야경벌이하는 사람을 따라다니다가 잡혀 갇혔다구 하데. 그 소릴 듣구 어디 집에 가만히 앉았을 수 있든가. 그래 며느리만 집에 두구 나는 곧 서울루 올라왔었네. 서울을 오니 무슨 별수가 있나. 날마다 좌포

청 앞에 가서 지키구 서서 관원들 드나들 때 자식을 내놔달라구 비두발괄두 해보고 자식의 얼굴이나마 한번 보게 해달라구 애걸복걸두 해보았네. 그러나 무슨 소용 있어, 지청구만 받았지. 지청구뿐인가. 뺨두 여러번 얻어맞구 발길에두 여러번 걷어채었네. 내가 그 욕을 보면서두 혹시를 바라구 이십여일 동안 한결같이 포청 앞에 가서 살았네. 포도군사 하나가 나를 불쌍하게 보았든지 빈말이라두 고맙게 해주데그려. 그 군사에게 간間 속의 안부를 더러 얻어듣는데, 물을 때마다 몸은 성하다구 말하더니 육칠일 전에 비로소 몸이 성치 못한 것을 이때껏 속여왔다구 말을 하데. 병이 말이 아니라네. 간 속에서 병이 말 아니면 죽는 사람 아니겠나. 내가 다른 자식이 있나. 저 하나 믿구 살다가 팔십지년에 그 몹쓸 꼴을 어떻게 본단 말인가. 자네를 찾아보구 의논하면 혹시 무슨 도리가 있을까 하구 허위단심하구 왔네."

• 야경벌이
밤에 돌아다니면서
벌이를 한다는 뜻으로,
'도둑질'을 이르는 말.

장모가 질금질금하며 목멘 소리로 말하는 것을 서림이는 끝까지 다 듣고 나서

"진작 내게루 오셨더면 좋았지요."
하고 장모의 늦게 온 것을 탓하였다.

"자네가 전같이 관변官邊에를 다녔으면 벌써 쫓아왔지."
"그런 일 주선할 힘은 전보다두 지금이 나은걸요."
"그런 걸 누가 알았나. 그러면 곧 나오두룩 좀 주선해주게. 지금이라두 데려내다가 치료만 시키면 염려 없겠지."

"그걸 주선하자면 내가 서울을 가야 할 텐데 여기 일이 있어서 이달 안에는 갈 수가 없습니다."

"자네가 주선할 힘이 없으면 할 수 없지만 주선할 힘까지 있다면서 다른 일이 상치된다구 안 간단 말인가? 그런 섭섭한 말이 어디 있나."

"내 일 같으면 백 일이라두 제치구 가지요만, 도중 일이구 일두 큰일인데 그걸 어떻게 합니까?"

"도중 일이란 대체 무언가?"

"여러 사람이 같이 하는 일입니다."

"여러 사람이 같이 하는 일에 자네 하나가 빠지기루 큰 낭패 되겠나?"

"사람은 아무리 여럿이라두 정작 일을 꾸밀 사람이 빠지면 일은 낭패지요."

"여기 일은 좀 중지해두구 내 일을 먼저 봐주게."

"여기 일이 중지할 일이 못 돼요."

"그래 내 일은 못 봐주겠단 말인가?"

"새달 초생에는 꼭 서울을 가겠습니다. 새달 초생이라두 보름 안짝 아닙니까."

"지금 하루 사이에두 생사가 어찌 될지 모르는데 보름이 다 무언가? 이왕 갈 테면 내일 곧 가두룩 해보게."

"그러기에 진작 오셨더면 상치되는 일두 없구 좋았단 말씀이에요."

"여보게, 우리 모자를 좀 살려주게. 우리 모자가 죽는 걸 자네가 구해주지 않는대서야 어디 인정인가?"

장모가 땅파기˙로 조르는 것도 답답한데 말참례할 틈을 못 타서 애를 쓰던 아내가

"우리 어머니가 진작 와서 말하지 않았다구 심사가 틀려서 우리 동생이 죽건 말건 내버려둘 작정이오?"

하고 당치 않은 사설을 내놓아서 서림이가 속이 상하여

"소견 없는 소리 지껄이지 마라!"

하고 소리를 질렀다. 그러나 아내는 더욱 입이 싸게

"당신이 도중 일을 내세우니, 지금 도중에 무슨 일이 있소? 환갑잔치를 먹으러 가는 게 도중의 큰일이오? 설혹 우리들 모르는 큰일이 있다구 하더라도 당신이 틈을 낼라면 차치구 포치구 하는 수단으루 그만 틈을 못 내겠소?"

• 땅파기 사리를 분간하지 못할 만큼 어리석은 사람. 또는 그런 사람과의 시비를 비유쩍으로 이르는 말.

하고 사설을 퍼부어서 서림이가 곧 야단을 한바탕 치고 싶은 것을 장모의 낯을 보아서 억지로 참고

"장모께서 좀 일찍 오셨더면 좋을 뻔했단 말이지 그걸루 심사 틀릴 까닭이야 있나. 남의 맘에 없는 소릴 해두 분수가 있지. 여기 일이 한번 작정만 되면 좀처럼 요개가 없는데 여럿이 공론해 작정한 일을 지금 어떻게 하란 말인가."

하고 온언순사로 아내를 타일렀다.

"대장께 말씀하면 사폐를 봐주시겠지요. 내가 가서 사정해보

리까?"

"창피한 소리 하지 마라. 말을 하면 내가 하지."

서림이 말끝에 그 장모가

"자네 혼자 가서 말해보구 안 되거든 내외 같이 가서 사정해보구, 그래두 안 되거든 이 늙은것이 가서 석고대죄를 드리구 청해보세."

하고 말하니 서림이는 혀끝으로 쩟 소리를 한번 내고

"내가 이따 가서 되두룩 말해볼 테니 그 이야기는 고만하구 다른 이야기나 하십시다."

하고 대답하였다.

"지금 곧 가서 말할 순 없나?"

"진지 잡숫는 거나 보구 가겠습니다."

"밥 먹기 전에 나는 좀 누워야겠으니 그동안에 갔다오게."

"그러면 진지 잡술 때 못 와 보일는지 모릅니다."

"집에서 떠날 때는 입맛이 제껴져서 밥을 못 먹었지만 지금은 악에 받쳐서 밥두 잘 먹네. 자네가 옆에서 권하지 않아두 많이 먹을 테니 어서 가서 되두룩 말하구 오게."

서림이가 다시 꺽정이 사랑에 와서 꺽정이와 여러 두령에게 장모의 사정을 세세히 이야기한 뒤 꺽정이를 보고

"색책으루라두 잠깐 서울을 갔다와야겠습니다."

하고 말하니 꺽정이는 불쾌스러운 언성으로

"마산리는 못 가겠단 말이오?"

하고 물었다.

"스무닷샛날 뫼시구 같이 떠나두룩 스무나흗날 오밤중에라두 대어 오겠습니다."

"내일이 스무하루요. 이틀 가구 이틀 올 날짜밖에 안 되는데 서울 가서 무슨 볼일을 보겠소."

"밤 도와 가구 밤 도와 올 작정하면 서울 가서 하룻밤 이틀 낮은 볼일 볼 수 있습니다."

"가는 건 맘대루 하우. 그러나 오기는 스무나흗날 꼭 와야 하우."

"말씀 여쭙긴 황송하나 얼룩이를 좀 주시겠습니까?"

얼룩이란 꺽정이의 사랑하는 말인데 꺽정이는 근지 않고 선뜻

"그리하우."

하고 허락하였다.

서림이가 이튿날 꼭두새벽 조사 전에 떠난다고 미리 꺽정이에게 하직하고 또 여러 두령과 작별하고 꺽정이 사랑에서 나올 때 한온이가 자기도 일찍 집으로 간다고 같이 나오며

"서울 가면 뉘게 가 묵으시겠소?"

하고 물어서

"치선이 김선달네 집으루 가겠소."

하고 서림이가 대답하였다. 김치선이는 서울 남대문 밖에서 객주 하는 사람이니 청석골패와 연락을 맺은 지는 오래나 특별한 관계는 없던 것이 한온이가 서울 있지 못하고 도망한 뒤에 관계가 갑

자기 깊어졌다. 청석골서 장물 보내서 팔아오고 사람 가서 거접할 서울 주인집을 문안 문밖 두 군데 새로 정하였는데, 문안 주인은 한온이 집의 서사로 있던 최서방이요, 문밖 주인은 곧 김선달이었다. 한온이가 서림이더러

"최서방 집이 김선달 객주보다 조용할 테니 그리 가시구려."
하고 권하는데 서림이는 한온이의 권하는 뜻을 지레짐작하고
"최서방에게 혹 편지하실 일이 있소?"
하고 물었다.

"글쎄요."

"김선달이 윤원형 내외에게 긴한 길이 있는 줄 아는 까닭으루 아주 그 사람의 객주에 가 앉아서 심부름을 시켜볼까 생각하우. 최서방에게 갈 편지가 긴급한 것이면 내가 갖다 전할 테니 오늘 밤에 내게루 보내시우."

"아까 말씀 들으니까 서울을 왔소갔소 하실 모양인데 최서방을 찾아보실 겨를이 있겠소? 고만두시우."

이런 수작들을 하며 같이 걸어오는 동안에 벌써 서림이의 집 앞을 다 왔다.

"더 이야기하실 일이 있으면 잠깐 우리 집으루 들어가십시다."

"이야기할 일두 없구 바루 가겠소. 평안히 다녀오시우."

"편지는 가서 써 보내시우. 서울 가서 아무리 바쁘기루 편지 한장 전할 틈이야 없겠소."

"그럼 편지할 것두 없소. 최서방을 만일 찾아보시게 되거든 지

난달 그믐 안으루 추심해 보낸다든 셈을 어째 이때껏 보내지 않느냐구 물어보시구, 추심이 못 됐으면 못 됐다구 기별이라두 해줄 겐데 아무 기별이 없으니 대단 궁금하다구 말을 좀 전해주시우."

"네, 그러리다. 그러구 소월향이게 안부두 전하라구 말하리까?"

한온이가 소월향이와 친하게 지낸 것은 청석골 두령에 모르는 사람이 없었다.

"작히 고맙겠소."

"셈 추심한 걸루 소월향이 몸값을 치러주구 곧 청석골루 치송하라면 어떻겠소?"

"이때껏 몰랐더니 서종사 선심이 무던하구려."

한온이와 서림이는 한바탕 서로 웃고 흩어졌다.

이튿날 첫새벽에 서림이가 꺽정이의 얼룩말을 자견하여 타고 서울길을 떠났다. 이 얼룩말은 꺽정이가 전 봉산군수 윤지숙에게서 뺏어온 것인데, 걸음을 잘하여 겨울 짧은 해에도 일백이삼십 리 가기는 무난하였다. 서림이가 첫날 혜음령에서 혜음령패의 괴수를 만나서 그 집에 가서 자고 다음날 아침때 좀 지나서 남대문 밖 김치선이 객주에를 들어와서 뒤채의 조용한 방을 치우고 들어앉은 뒤, 주인 김선달과 포청에 갇힌 처남 빼내올 도리를 의논하였다.

"좀스러운 야경벌이하다가 잡혔으면 포청에서 두 달씩이나 가

뒤둘 까닭이 있나요? 벌써 형조루 넘겨서 결말을 지었겠지. 오래 가둬두는 내막을 먼저 알아봐야겠소."

"그래, 나두 그렇게 생각하우. 그런데 그걸 오늘 곧 알아볼 수가 있겠소?"

"그렇게 빨리 알아보기는 좀 어려운걸요."

"내가 이번 길이 대단 총망해서˚ 내일 아니면 모레는 도루 갈 텐데 오늘내일 양일간에 일이 포서˚ 만이라두 잡히는 걸 보구 갔으면 좋겠소."

"주선을 잘해서 일이 속히 되더라두 열흘이나 보름은 걸릴 텐데 이틀 동안에 어떻게 하겠소? 그건 안 될 말씀이오."

"영부사나 정경부인의 허락만 맡아놓으면 고만이니 이틀 동안에 그게 될 수 없겠소?"

"영부사나 정경부인 귀에 말이 속히 들어가두룩 하자면 중비˚를 많이 써야 하구 영부사나 정경부인 입에서 허락이 당장 떨어지두룩 하자면 뇌물을 많이 써야 할걸요."

"뇌물, 중비 엄불려서˚ 대개 얼마가량이나 들겠소?"

"다다익선이지만 적어두 두자 상목 이삼십 동 들걸요."

"얼마가 들든지 드는 대루 김선달이 먼저 쓰구 나중 회계를 닦읍시다."

"이십 동 잡구 절반은 내가 남의 것이라두 끌어댈 테니 절반은 달리 구처˚ 해보시우."

"나두 변통은 해보겠지만 김선달이 힘을 더 써주시우."

서림이가 한온이 부탁보다도 상목 변통할 일이 긴급하여 김선달과 대강 의논을 마친 뒤 곧 최서방을 찾아보러 문안으로 들어왔다.

서림이는 최서방의 집이 전날 한온이의 큰집 사랑 뒤 납작한 초가로 알고 찾아가본즉 뜻밖에 그 집에 다른 사람이 들어 있었다. 들어 있는 사람의 말이 최서방은 이달 초생에 수표교 천변으로 이사갔다고 하고 이사간 집 좌향˙을 캐어물어서 대강 짐작한 뒤 다시 수표교 천변으로 찾아오면서

'옳지, 이자가 저의 주인에게 보낼 셈을 보내지 않구 그걸루 이사를 한 게다. 사람이 영리하다더니 영리한 값을 하는 게다.'

하고 서림이는 속으로 생각하였다.

최서방의 새집은 훌륭한 와가이었다. 서림이가 문밖에서 주인을 찾으니 최서방이 동저고리 바람으로 나오는데 명주바지저고리가 거상에 벗어져 보이었다.

"이 집을 어떻게 찾으셨소? 그전 집으루 가셨습디까?"

"그랬소."

"어서 들어오시우."

최서방이 큰방을 두고 큰방머리 조그만 방으로 서림이를 인도하며

"저 방은 되지 못한 걸 어질더분하게 벌여놔서."

- 총망(悤忙)하다
  매우 급하고 바쁘다.
- 포서(布緖)
  일이 풀려나갈 실마리.
- 중비(中費)
  일을 성사시키는 데 드는 비용.
- 엄불리다
  서로 한데 어울리다.
- 구처(區處)
  변통하여 처리함.
- 좌향(坐向)
  묏자리나 집터 따위의 등진 방위에서 정면으로 바라보이는 방향.

하고 큰방으로 맞아들이지 못하는 것을 발명하듯 말하였다.

최서방이 서림이와 같이 방에 들어왔다가 점심을 이르고 온다고 도로 나가려고 하는 것을 서림이가 점심을 먹고 왔으니 고만두고 앉으라고 붙들어 앉히었다.

"언제 이사를 했소?"

"인제 한 열흘밖에 안 됐소."

"집이 훌륭하구려."

"주인의 수하에 있던 사람들이 저희 모일 처소가 없다구 추렴들을 내서 이 집을 사놓구 나더러 들랍디다. 이런 좋은 집에 든 것도 막비 주인의 덕이오."

"남소문 안에 집이 여러 채라니 그중에서 한 채 골라서 써두 좋지 않소?"

"주인집은 모두 속공됐지요."

"속공이 안 된 집두 여러 채란 말을 들었는데."

"나중에 사출이 나서 죄다 속공되구 말았소. 생각하면 기가 막히우."

"내가 이번에 어디 가는 길에 서울을 잠깐 들르게 되었는데, 한두령이 부탁하는 말이 있습디다."

"추심하라신 셈 말씀이겠지요? 추심이 도무지 잘 안 돼서 지금 속을 썩이는 중이오."

"추심이 못 됐으면 못 됐다구 기별이라두 해달라구 합디다."

"추심이 당초에 되지 않을 것 같으면 벌써 기별이라두 했겠지만 될 듯 될 듯한 데가 많으니까 얼른 수합해서 보내드릴라구만 생각하구 기별두 못했소. 지금두 저 방에서 문서 조각을 벌여놓구 앉았었소."

"더러는 추심됐소?"

"녜, 추심된 것두 있지요."

"그럼 두자 상목 열 동만 나를 줄 수 있겠소? 주인의 빚 추심한 걸루 안 되면 나중 도중 셈으루 에꿔두 좋소."

"주인의 수표를 가지구 오셨소?"

"수표는 안 가지구 왔지만 염려 말구 내주우."

"염려야 무슨 염려요. 그렇지만 셈이란 건 그렇지가 않아서 말씀이오."

"상목 열 동은 내가 받은 수표를 해주리다."

"언제쯤 쓰시겠소?"

"오늘 쓰게 해줄 수 있겠소?"

"오늘이오? 그건 좀 어렵겠는데. 내일 쓰시우."

"내일 식전에 쓰게 되겠소?"

"오늘 밤에 주워모아서 내일 식전 쓰시게 해보지요."

"나는 광주 땅에 급한 일이 있어서 오늘 곧 갈 텐데 상목은 내일 식전 와서 가져가두룩 일러두구 가겠소. 오는 사람이 엄외장의 상목 맡은 것을 내달라구 하거든 의심 말구 내주시우. 그러구 수표는 지금 써놓구 갈 테니 지필을 좀 빌려주우."

"광주 땅에 무슨 급한 일이 있기에 이렇게 총총히 가실라구 하시우?"

"그 일은 나중 회로에 와서 이야기하리다."

"언제쯤 회정하시겠소?"

"이삼일 후에 다시 오리다."

서림이는 최서방이 종시 못 미더워 보이어서 자기의 행지를 이와같이 기이고 이야기하였다. 최서방이 술 한잔 먹고 가라고 붙드는 것을 서림이는 이삼일 후에 와서 찾아 먹을 테니 아직 맡아두라고 실없는 말로 거절하고 최서방 집에서 바로 일어서 나왔다.

최서방이 천변에 나와 섰는데 광주 땅에 간다고 말한 사람이 곧장 장통교 편으로 올라올 수 없어서 서림이는 큰길로 휘돌아서 남대문 밖을 나가려고 수표교를 건너와서 베전˚ 병문˚을 향하고 나오는 중에, 대님 한 짝이 풀어져서 얼굴 가리었던 모선˚을 접어서 소매에 넣고 풀어진 대님짝을 고쳐 맬 때 의복이 남루한 사람 하나가 앞에 와서

"언제 오셨습니까?"

하고 인사하였다. 잘 아는 사람도 아닌데 길에서 알은체하는 것이 반갑지 아니하여 서림이가 인사대답을 어물어물하였더니 그 사람이 눈치를 알고

"저는 전에 남소문 안 사랑에서 심부름하던 사람입니다."

하고 말한 다음에

"저의 젊은 주인이 안녕하십니까?"

하고 한온이의 안부를 물었다. 서림이가 고개를 끄덕이며

"무고하우."

하고 대답한 뒤 그제는 인사성으로

"지금은 어데서 사우?"

하고 물으니 그 사람이 손을 들어서 가로 뚫린 사잇골목 안에 있는 움집을 가리키며

"저기 저 움퍼리˚가 제 집입니다."

하고 대답하였다.

"지내는 형편이 어려운 모양이구려."

"형편 여부가 없습니다."

"최서방에겐 다니지 않소?"

"최서방이오? 그놈은 말두 맙시오."

"최서방하구 사이가 좋지 않은 모양이군."

"그놈하구 사이좋을 까닭이 없지요. 주인집에서 낙향한 뒤 그놈의 행사를 보면 이 천지간에 용납할 수 없는 놈입니다. 어디루 뫼시구 가서 이야기를 좀 했으면 좋겠는데요."

"조용한 안침술집이 이 근처에 없소?"

"왜 없어요. 골목 안에 조용한 집이 하나 있습니다."

"그럼 그리 가서 술 먹으며 이야기를 들읍시다."

"자, 그럼 가시지요."

하고 그 사람이 앞을 서서 인도하였다. 그 사람의 움집을 지나서

● 베전 포전(布廛).
삼베를 팔던 가게.
● 병문(屛門) 동네 어귀의 길가.
● 모선(毛扇)
예전에 벼슬아치가 추운 겨울날에 얼굴을 가리던 방한구.
● 움퍼리 움파리. 움막.

얼마 더 골목 안으로 들어오다가 어떤 조그만 집의 지쳐놓은 일각문을 밀치고 들어섰다. 문간 흙바닥에는 트레방석들이 놓이고 문간에서 안으로 들어가는 데는 청포 조각이 걸리었다. 그 사람이 그중 정한 트레방석을 골라서 서림이를 앉힌 뒤 안을 향하고

"안주를 잘해서 술 한상 내보내시우."

하고 소리치고 서림이 앞에 와서 비슷 마주 앉았다. 서림이가 최가의 행사를 알고 싶은 마음에

"내게 할 이야기가 무슨 이야기오? 정녕 최서방 이야기겠지?"

하고 먼저 말을 자아내었다.

"최가놈의 죄상을 제가 다 이야기할 테니 가서 젊은 주인께 이야길 좀 해줍시오."

"이야기해야 할 일이면 하지 말래두 하지."

"그놈이 첨지 영감 손에서 잔뼈가 굵은 놈인데 그전 은혜 꼬물두 생각 않구 주인집을 인제는 더 볼 것이 없다구 막보구서 가지루 해를 붙입니다. 그런 천하에 죽일 놈이 어디 있겠습니까?"

"무슨 해를 어떻게 붙인단 말이오?"

"주인집에서 남 준 빚을 그놈이 다 받아먹구 주인이 맡겨두구 간 집이구 세간이구 그놈이 다 팔아먹었습니다."

"빚은 추심해서 주인에게루 보낼 게구 집들은 다 속공됐다는데 최서방이 무얼 팔아먹었단 말이오?"

"그건 모르시는 말씀입니다. 다른 데 있던 집은 말 말구 남소문 안에 있던 집만 말하더래두 속공된 건 다섯 채뿐이구 속공 안

된 건 삼 곱절 열댓 채나 되었습니다. 그 집들을 그놈이 팔아먹는 통에 집 없는 거지가 여럿 났습니다. 저두 남소문 안 주인집에 들어 있다가 집이 팔려서 쫓겨난 놈이올시다. 그러구 세간두 미리 돌려놓은 것이 적지 않았는데 지금은 도깨그릇 하나 남지 않았습니다. 죄다 그놈의 아가리루 들어갔습니다."

"집하구 세간하구 팔았으면 빚 추심한 것하구 함께 주인에게 루 보내겠지."

"그놈두 말은 보낸다지만 보내긴 무얼 보내요? 좋은 집 사 들구 기생 외입하구 포교 대접하구 흥청망청 쓰는 놈이 꿈에나 보내겠습니다."

"그 사람의 새집은 그전 남소문 안 사람들이 모일 처소가 없어서 추렴내서 사주었다며?"

"그놈이 그런 말을 합디까? 터무니없는 멀쩡한 거짓말입니다."

"그런 줄 몰랐더니 꽤 맹랑한 사람이구려."

"그놈이 기생을 상관해두 하필 젊은 주인하구 좋게 지내던 소월향이란 년을 상관해가지구 지금 죽자 사자 한답니다. 그러구……"

이때 술상이 안에서 나와서 그 사람의 말은 잠시 중단되었다.

서림이가 그 사람이 부어놓은 첫잔을 먼저 먹고 다음 잔을 부어서 그 사람을 준 뒤 한차례 두 차례 술잔을 연방 돌리는 중에

"성이나 서루 알구 지내야지. 성이 무어요?"

하고 비로소 그 사람의 성을 물어보았다.

"제 성은 권가올시다."

"권서방이야? 내 성은 아우?"

"네, 압니다."

"내가 가서 주인하구 이야기할 때 권서방이라구 말하면 주인이 알겠소?"

"사랑에 있던 권가라구 말씀해두 아시겠지만 제 이름이 개미치니 개미치라구 말씀합시오."

"최서방이 주인의 대리 잘 보는 걸 들은 대루 가서 이야기하리다."

서림이의 뒤 하는 말을 권가가 듣고 잠자코 있어서 서림이는 다시

"주인의 팔라는 집을 잘 팔구 주인의 받으라는 빚을 잘 받은 것두 무던하지만 그보다두 주인이 사랑하던 기생을 주인 대신 사랑한다니 대리를 그렇게 잘 보기가 어디 쉽소?"

하고 자기 말에 주를 달고 웃었다.

"그런 이야기두 가서 하시는 게 좋지만 꼭 가서 이야기를 해주셔야만 될 일이 한 가지 있습니다."

"그건 또 무슨 이야기요?"

"좌포청에서 젊은 주인을 찾을 때 구산하러 나갔단 말을 곧이 듣구 포교들이 남소문 안 사랑에 와서 지키구 있었지요. 그때 최가놈이 포교들과 친했던 모양이에요. 지금 포교들과 상종이 썩

잦습니다. 내 눈으루 보진 못했지만 포교 네 놈하구 오형제 의를 모았단 말까지 있습디다. 하여튼지 그놈이 두길보기하는 건 의심 없는 사실입니다. 젊은 주인이 그놈을 믿다가는 큰 낭패를 볼는지 모르니까 이건 꼭 가서 이야기합시오."

"그거 참말 맹랑한 사람이오."

"죽일 놈이지요. 흗벌루 죽일 놈두 아니에요. 천참만륙할 놈이지요."

"죽일 놈 소리 들어서 싸우."

큰 구리주전자에 하나 가득히 내온 술이 어느 사이 다 없어져서 권가가 주전자 뚜껑을 누르고 따른 마지막 잔이 반잔 될까 말까 하였다.

"반잔두 못 됩니다. 그대루 잡수시지요."

"한 순배 더 내오라지."

"저는 더 못 먹겠습니다."

"술이 길지 못하구려."

"어디 먹을 줄 압니까?"

"그럼 이거나 마저 자시구 일어납시다."

"아니, 잡수십시오."

"사양 말구 어서 자시우."

● 곯다 담긴 것이 그릇에 가득 차지 아니하고 조금 비어 있다.
● 산용 자실구레한 데에 드는 비용.

잔이 곯은˙ 마지막 잔을 권가를 먹인 뒤에 서림이가 몸에 지니고 나왔던 잔용˙ 쓸 것으로 술값을 치러주고 술집에서 나와서 권가를 작별하고 남대문 밖 객주로 나왔다.

김선달이 어디 나가고 없어서 서림이가 혼자 방에 드러누워서 가만히 생각하여 보니 한온이의 말을 듣고 최가에게 가서 주인하였더면 무슨 봉변을 하였을지 모르고, 또 자기가 사람이 데면데면하여 최가에게 행지를 알렸더면 다른 지장이 생길는지 모르는 것을 주인도 안 하고 행지도 안 알린 것이 못내 다행하였다. 서림이가 천장을 쳐다보고 누워 있는 중에 밖에서 김선달의 목소리가 나더니 바로 방문을 열고 들여다보았다.

"벌써 오셨습니까?"

"그랬소."

하고 서림이가 일어앉으니 김선달은 방에 들어와서 마주 앉으며 곧

"영부사 댁 도차지 손동지를 가서 보구 이야기했지요."

하고 말하였다.

"그래 이야기가 어떻게 됐소?"

"손동지 말이 그런 일은 정경부인께루 말을 들여보내면 제일 속한데 이십 동쯤은 안에 바쳐야 하구 그외에 댓 동 더 있어야 자기하구 시녀들하구 노놔쓴다구 스물닷 동을 주어야 일을 해보겠다구 합디다. 그래 여러가지루 사정해서 우사*는 떼구 이십 동만 주기루 했소. 손동지가 사람은 좋지만 속이 좀 컴컴하니까 이십 동을 가지구 정경부인하구 반분할는지두 모르지요."

"인제 이십 동만 구처하면 일은 됐구려. 이십 동을 김선달이 다 구처해주겠소?"

"처음에두 말씀했지만 나는 동 대서˚ 취해두 십여 동밖에 더 끌어댈 수 없는걸요."

"내가 오늘 문안에 들어가서 한 군데 열 동을 말해놓구 왔는데 꼭 될는지 모르나 내일 식전에 찾으러 보내보게 사람 하나를 얻어주우."

"집의 심부름꾼들을 보내시구려."

"상목을 준다는 사람이 혹시 내 뒤를 파볼는지두 모르니 누가 보내는지 모를 사람을 보냈으면 좋겠소."

"만일 상목 뒤를 밟으면 누가 가든지 매한가지 아니오?"

"그렇기에 상목을 찾거든 그걸 이리 가져오지 말구 바루 영부사 댁 도차지 방으루 가져가랍시다. 한번에 열 동씩 두 번 견줄러 보낸다구 적바림˚ 해주어 보내면 되지 않겠소?"

- 우사 우수리.
- 동 대다 도중에 떨어지지 아니하게 계속 잇대다.
- 석바림 나중에 참고하기 위하여 글로 간단히 적어둠. 또는 그런 기록.

김선달은 서림이가 일을 귀신같이 잘 요량하는 줄 아는 까닭에

"어련히 잘 생각하셨겠소?"

하고 딴말을 더 하지 아니하였다.

김선달이 상목을 변통하여 본다고 다시 나가더니 저녁 먹을 때까지 들어오지 아니하였다. 서림이는 저녁 먹은 뒤 바로 자고 싶은 것을 자지 않고 김선달 오기를 기다리었다. 서림이 눈에 잠이 가득하였을 때, 방문이 열리며 찬바람이 얼굴에 끼쳐서 잠이 달아났다. 김선달이 방으로 들어왔다.

"안 주무시구 앉으셨구려."

"어딜 갔다 이렇게 늦었소? 문안엘 들어갔습디까?"

"문안에두 들어갔었지만 문안에선 벌써 나왔구 피마 병문께 사는 사람을 하나 보러 갔다가 어디 나간 것을 기다려서 보구 오느라구 늦었소."

"저녁은 어떻게 했소?"

"지금 와서 한술 떠먹었소."

"수고를 너무 시켜 미안하우."

"별말씀을 다 하시는구려."

"그래 상목은 어떻게 변통이 됐소?"

"문안에 말씀하신 것만 낭패 안 되면 어떻게 그럭저럭 액수를 채워 보내게 되겠지요."

"문안에 보낼 사람은 어떻게 했소, 얻어놨소?"

"내가 나갈 때 집의 심부름꾼더러 신실한 사람을 하나 얻으라구 일러두구 나갔는데 와서 말씀 안 합디까? 그러나 지금 생각해 보니 사람을 아주 두엇 얻으라구 할 걸 공연히 하나만 얻으랬나 보우."

"상목 져 나를 지게꾼을 보낼라구 생각하우?"

"그럼 의관한 사람을 보내실 작정이오?"

"대갓집 하인으루 속을 만한 사람을 보내는 게 좋겠소. 상목은 삯꾼 대서 지우구 그 사람더러 영거만 해가지구 가라면 되지 않소. 그러구 삯꾼 삯 줄 건 미리 그 사람 주어 보내구."

"어떤 사람을 얻어냈나 어디 물어봅시다."

하고 김선달이 방문을 열고 안을 들여다보며

"여보게, 박서방 좀 부르라게."

하고 소리치니 안에서

"녜."

하고 대답하는 것은 김선달의 작은마누라인 듯 젊은 여편네의 목소리였다. 김선달이 방문을 도로 닫고 앉은 뒤, 한동안 지나서 방문 밖에 신발소리가 나고 신발소리 그치며 헛기침 소리가 났다. 김선달이 방문 쪽을 향하고

"박서방인가?"

하고 물으니 방문 밖에서

"녜."

하고 심부름꾼 박서방이 대답하였다.

"내일 문안에 보낼 사람 어떻게 했나?"

"말해놨습니다."

"누구를 말해놨나?"

"변대목大木 아들 인실이더러 가보라구 말했습니다."

"지게 지구 오라구 말했나?"

"걸빵으로 걸머질 짐인 줄 알구 지게 말은 이르지 않았는걸요."

"지게구 걸빵이구 다 소용없으니 옷갓하구 오라구 하게."

"내일 식전에 오거든 다시 가서 옷갓하구 오라구 이르지요."

"내일 식전 일찍 오라구 했나?"

"바라˚ 칠 때 오라구 했습니다."

"바라˚ 칠 때 오면 다시 갔다오라구 해두 늦지 않겠네. 고만 나가게."

박서방의 밖으로 나가는 신발소리가 난 뒤에 김선달이 서림이를 보고

"상목 찾을 곳은 내일 식전에 그 사람을 보구 이르실라우?"
하고 물었다. 서림이는 고개를 외치며

"나는 그 사람을 볼 것두 없소. 박서방더러 일러 보내랍시다."
하고 대답한 다음에

"수표교에서 남쪽 천변으루 장찻골다리를 향하구 올라오자면 불과 여남은 집 지나와서 바깥종부담을 새루 쌓은 집이 있는데, 그 집 주인의 성이 최가니 그 주인 최서방을 찾아보구 엄외장이 맡긴 상목을 가지러 왔다구 말하시우. 그러구 혹시 어디서 왔느냐구 묻거든 바루 영부사 댁에서 왔다구 말하구 그외의 묻는 말엔 모두 모른다구 대답하라시우."
하고 말하였다.

"나는 손동지에게 전갈할 말두 일러야 할 테구 또 삯꾼들 삯 줄 것두 주어야 할 테니까 내가 보구 똑똑히 이르겠소."

서림이가 하품을 하며 고개를 끄덕이었다. 김선달이 이것을 보고

"곤하시거든 주무시우. 나두 일찍 들어가 자겠소."

하고 일어나서 안으로 들어간 뒤 서림이는 곧 잘자리를 보았다.

하룻밤 지나니 동짓달 스무사흗날이다. 서림이가 잠은 새벽에 깨었으나 일찍 일어나서 볼일이 없고 또 몸 운김˙으로 따뜻하여진 이불 속에서 나오기가 싫어서 그대로 누워 있었다.

'내일은 오밤중이라두 청석골을 들어가야 할 텐데 말이 걸음은 잘하지만 이백리가 넘는 길을 당일에 들이대자면 말보다두 사람이 죽을 지경일 테니 오늘 다저녁때라두 떠나서 가는 대루 가다가 자야겠다. 청석골 가선 하루두 쉬지 못하구 바루 마산리를 가야 할 테지. 이런 제기, 다른 복은 막히구 길복만 터졌나. 올 때 임진강 등빙登氷에 감수減壽할 뻔했는데 어제부터 일기가 풀려서 얼음이 더 굳었을 린 없지. 등빙을 또 어떻게 한담.'

● 바라 '파루'의 변한 말.
● 운김 남은 기운.

서림이 생각에 임진강 갓 언 얼음에 또다시 등빙할 일이 곧 저승만 하였다.

서림이가 머리를 방문 편으로 두었는데, 문틈으로 들어오는 새벽바람이 얼굴에 서리를 끼어얹는 것 같아서 얼굴을 이불 속에 파묻고 누웠는 중에 자는지 만지 하게 개잠이 들었다. 자기가 얼음 구멍에 빠져 죽은 것을 건져내놓았다고 하는데, 자기의 시체란 것이 놓인 곳은 예전 광주서 살던 집 안방이고 시체 옆에 둘러앉은 것은 모두 일면부지 모를 사람들뿐이라 처자는 다 어디 가서 있나 하고 살펴본즉 방 한구석에 아내는 딸의 머리를 빗기고 앉았고 아들은 따로 돌아앉아서 훌쩍훌쩍 우는 모양이었다. 철없는 딸은 말할 것이 없거니와 결발˚한 뒤 이십여년 동안 고운 정 미운 정 정이 깊이 든 아내가 눈에 눈물 한 방울이 없었다. 미거한 아들만도 못하였다. 청석골 있을 때 어느 날 밤 내외가 베개 위에서 자식 남매의 전정을 이야기하는 중에

"나는 설혹 잡혀 죽게 되더래두 그대는 남매를 데리구 도망해 나가서 구명도생을 해야 할 텐데."

"그런 일이 나면 나는 따라 죽지 혼자 도망 안 해요."

"자식들은 어떡허구?"

"저희들 명 길면 살겠지요."

"그건 생각이 부족한 소리야."

"싫어요, 싫어요. 나 혼자 살긴 싫어요."

이렇게 열녀 노릇할 것을 자기˚하던 사람이 화복˚하고 단장하고 남편의 시체란 것은 본체만체하고 앉았으니 일변 괘씸도 하고 일변 한심도 하였다. 홀제 꺽정이가 어디서 와서 아들을 발상시킨다고 밖으로 끌고 나가는데 고만두라고 말을 하려 한즉, 혀가 얼어 굳어서 말이 나오지 아니하여 무진 애를 쓴 끝에 외마디 소리를 한번 지르고 자기 소리에 놀라서 정신이 번쩍 났다. 서림이가 얼굴을 이불 밖에 내놓고 보니 동향인 방문에 가득 비친 햇빛이 눈이 부시었다.

"이크, 너무 늦었구나."

하고 벌떡 일어나서 방문을 열어놓고 이불을 개킨 뒤에 세숫물을 달라고 소리치니 김선달이 세숫대야는 계집아이를 들리고 비누

합은 자기가 가지고 나왔다.

"이부자리가 얇아서 밤에 치웠지요?"

김선달의 밤 잔 인사에 서림이는

"치운 줄두 모르구 잘 잤소."

하고 대답한 뒤

"새벽에 깨었다가 이불 속 따뜻한 맛에 개잠이 들었었소."

하고 늦잠 잔 것을 발명하여 말하였다.

"일두 없는데 일찍 일어나 무엇하시우? 더 늦두룩 주무셔두 좋지."

"대체 지금 때가 어떻게 됐소? 아침때가 지났소?"

"다들 아침 먹구 우리 둘만 남은 모양이오."

"문안 간 사람은 새벽 갔소?"

"그 사람이 오기를 워낙 좀 늦게 오구 다시 가서 의관하구 오느라구 지체하구 간 지가 그리 오래지 않소. 지금쯤 수표교는 갔을 게요."

"어제 변통해놓으신 상목은 찾아왔소?"

"내가 다시 가서 아주 아퀴를 짓구 찾아올 텐데 일어나시는 걸 보구 가려구 아직 못 갔소."

"얼른 찾아다가 낮전에 마저 다 보냈으면 좋겠소."

"그럼 나는 곧 아침을 먹구 나가겠소."

하고 김선달은 안으로 도로 들어갔다.

서림이가 아침밥 먹고 밥상을 물릴 때 심부름꾼 박서방이 들어

- 결발(結髮) 예전에, 관례를 할 때 상투를 틀거나 쪽을 찌던 일.
- 자기(自期)하다 마음속으로 스스로 기약하다.
- 화복(華服) 물을 들인 천으로 만든 옷.

와서

"문안에 갔던 사람이 나왔는데 상목은 안 줘서 못 찾았답니다."
하고 말하여 그 사람을 불러서 보고

"대체 무어라구 말하구 안 줍디까?"
하고 물어보았다.

"최서방이란 사람이 잘 보지 않는 것을 그예 보자구 해서 보구 엄외장의 맡겨둔 상목을 영부사 댁에서 찾으러 왔다구 말하니까 그 사람 말이 물건이 아직 입수가 못 됐으니 내일 아침에 한번 다시 오라구 합디다. 그래서 한을 하루 물려두 좋을까 여쭤보구 온다구 말하구 바루 나왔습니다."

"여기 주인이 오면 무슨 말이 있을 테니 밖에 가서 좀 기다리우."

그 사람이 미처 밖으로 나가기도 전에 난데없는 포교들이 꾸역꾸역 들어왔다.

서림이 눈에 포교 수효가 처음에는 퍽 많아 보이더니 급기 방문 앞에 와서 서는 것을 본즉 불과 셋이었다. 그러나 셋은 고사하고 단 하나라도 서림이 주제로는 때려눕히고 도망할 가망이 없었다. 서림이는 옴치고 뛸 수가 없이 되었다. 포교들이 잡으러 왔으면 으레 제잡담하고 몸에 손을 댈 터인데, 고양이 쥐 놀리듯 하려는지 서로 돌아보며 눈짓 콧짓 다 하더니 그중에 하나가 서림이를 보고 능글능글하게 웃으면서

"임자 성명이 무어요?"

하고 말을 붙이었다. 서림이는 놀라움과 겁이 작이 차고 고비가 넘어서 뒤쪽으로 악이 나고 담대하여졌다.

"엄가요."

"오, 엄외장이란다지? 엄외장, 포청에 일이 있으니 우리하구 좀 같이 갑시다."

"무슨 일이오?"

"무슨 일은 가면 알지. 어서 이리 나오."

"무슨 일인지 모르구선 못 가겠소."

하고 서림이가 한번 뻑 써보았다.

"못 가?"

하고 그 포교는 당장 팔을 걷어붙이는데 다른 포교 하나가 눈을 희번덕거리며

"우리는 엄외장이 청석골 대적 서림이란 말을 듣구 잡으러 왔으니까 우리하구 같이 가서 서림이 아닌 것만 변명하구려."

하고 언죽번죽 말하였다. 포교들이 상목 찾으러 간 사람을 뒤밟아 온 것만 보아도 치의가 대번 최가에게로 가는데, 본성명까지 알고 잡으러 온 것을 보면 최가가 밀고한 것이 의심 없었다. 서림이가 속으로는 왼새끼를 꼬면서도 겉으로는 아닌보살하고

"서림이라니, 어떤 죽일 놈이 나를 서림이라구 모함했단 말이오?"

하고 펄펄 뛰었다.

"고발한 사람이 위조고발했으면 반좌율*을 켤 텐데 무슨 걱정

이오? 어서 빨리 갑시다."

"가지요."

서림이가 가기 싫다고 안 가지 못할 판이라 말은 간다고 하였지만 가는 곳이 죽을고니 마음엔 가고 싶을 까닭이 없었다. 목숨을 도망할 생각이 골똘하나 몸을 빼칠 꾀는 삭막하여 서림이의 마음이 초조하였다. 첫째 동안이 좀 있어야 꾀를 내기도 하고 쓰기도 할 터인데, 그럴 동안이 없어 탈이라 서림이가 뭉그적뭉그적 문지방 앞으로 나와 앉아서

"여러분께 청할 말씀이 한 가지 있는데 들어들 주시겠소?"
하고 포교들을 돌아보니

"무슨 청이오?"
하고 눈을 희번덕거리던 포교가 물었다.

"여기 객주 주인에게 셈을 밝힐 것이 있는데 지금 주인이 어디 잠깐 나갔으니 넉넉잡구 한 식경만 여러분 참아주실 수 없겠소? 그동안은 여러분이 이 방에 들어와서 나하구 같이 앉았습시다. 그러구 또 그저들 앉았기 심심하다면 내가 술을 한턱내리다."

서림이의 말끝이 나자마자 팔을 걷어붙이던 포교가 서림이 앞으로 바짝 대들며

"술을 한턱낸다? 그럼 신발차두 후히 주겠구나. 이놈아, 네가 우리를 시골 사령 부스레기루 아느냐?"
하고 바로 서림이의 팔을 잡아 앞으로 낚아서 서림이는 문지방 너머로 고꾸라지듯 끌려나왔다. 처음부터 입 한번 떼지 않은 포

교가 뒤에 들고 섰던 줄을 제겨 내쳤다. 포교 셋이 함께 대들어서 서림이를 묶는데, 걸려가지고 가려고 아랫도리만 내놓고 윗도리는 꼼짝 못하게 묶었다. 서림이는 입술이 악물리고 얼굴빛이 질리었다.

서림이가 포교들에게 끌리고 밀려서 중문간으로 나오니 다른 포교 둘이 문을 지키고 있는데, 상목 찾으러 갔던 사람을 뒷결박 지워서 한옆에 앉히었다. 안에서 나오는 포교 중에 하나가 밖에 있는 포교들더러

"저놈두 우리가 끌구 갈 테니 자네들은 여기 있다가 주인놈을 잡아가지구 오게."

하고 말한 뒤 결박지워 놓은 사람에게 가서 갓을 툭 쳐서 벗겨버리고 상투를 잡아서 일으켜세웠다. 그 사람은 엉엉 울며 안 가려고 앙탈하다가 포교에게 뺨을 여러 차례 얻어맞았다.

● 반좌율(反坐律) 반좌법. 없는 사실을 거짓으로 꾸며 고발한 사람에게 고발낭한 사람이 받은 처벌과 같은 형벌을 가하던 제도.

서림이를 나와 잡은 포교들은 좌포청 소속이라 서림이가 파자교 좌포청으로 끌려왔다. 늦은 아침때쯤 잡혀온 사람을 점심때 훨씬 지난 뒤에 비로소 부장청에 끌어내다가 문초를 받기 시작하였다. 첫 문초를 포교들끼리 받지 않고 부장 앞에서 받는 것부터 대사죄인大事罪人으로 잡도리하는 것을 알 수 있었다.

서림이가 죽을고를 어떻게 모면할까 곰곰 생각하여 보았으나 슬기 구멍이 막혔는지 좋은 꾀가 생각나지 않았다. 하릴없이 당하는 대로 당할 수밖에 없는데, 만일 서림이라고 자복하면 능지

처참이 가려`라 어디까지든지 자복은 않고 배기려고 마음을 먹었다. 설혹 서림이로 판명이 되어서 군기시 다리까지 끌려가게 될지라도 하늘이 무너져도 솟아날 구멍이 있다고 살 수가 있겠지 설마 죽으랴 하는 생각이 마음속 한구석에 붙어 있어서 낙심은 되지 아니하였다. 다만 악형 받을 것이 겁날 뿐이었다.

서림이가 포교들이 잡아 꿇리는 대로 부장청 계하에 꿇어앉아서 대상臺上을 치어다보니 중간에는 포도부장 한 사람이 화로를 끼고 앉았고 옆에는 서원인 듯 지필을 앞에 놓고 앉았다. 부장이 굽어보며

"묻는 말을 바루 대지 않으면 당장에 초죽음을 시켜놓을 테니 그리 알아라!"

하고 첫마디에 으름장을 놓는데, 서림이가 목소리는 나직하나 분명한 말로

"아는 일이면 다 이실직고하옵지 일호라두 기망할 길이 있소리까."

하고 대답하였다.

"네 성이 무어냐?"

"엄가올시다."

"성이 무엇이야?"

"엄할 엄자 엄가올시다."

"초죽음을 하구 싶어서 성부터 외대느냐?"

"엄가 아닌 걸 엄가랄 리 있소리까."

"네 아비는 서가구 너는 엄가냐? 이놈, 죽일 놈 같으니!"

부장이 서림이를 호령한 뒤 서림이 옆에 섰는 포교들더러

"그놈을 다듬어가지구 만져야겠다. 한바탕 톡톡히 내려라!"

하고 말을 이르더니 포교들 중에 가장 세차 보이는 사람 두엇이 방망이들을 뽑아들고 사다듬이를 시작하였다. 서림이가 몇번 아이구 소리를 지른 끝에

"바루 댈 테요. 고만, 고만."

하고 항복하여 방망질이 시작된 뒤 얼마 안 되어서 그치었다. 부장이 다시 성명을 묻는데 이번에는 바로

"네 성명이 서림이지?"

하고 물었다.

● 가려(可慮) 걱정이 되어 마음이 편하지 못함.

"어떤 놈이 저를 서림이라구 밀고했는지 그놈이 아마 저하구 불공대천지수 不共戴天之讐가 있나 봅니다."

"그래 네가 서림이가 아니란 말이냐?"

"제가 서림이루 몰려서 죽을 제 죽더라두 본성명은 아니올시다."

부장이 다시 포교들더러

"그놈이 설맞아서 바루 대지 않는다. 이번엔 아주 반쯤 쳐죽여놔라!"

하고 분부하여 먼저 방망이질하던 포교들이 견디어보라고 땅땅 벼르며 달려들 때, 서림이가 포교들에게

"대상에 사뢸 말씀이 한마디 있으니 잠깐만 참아주시우."

하고 애걸한 뒤 곧 부장을 치어다보며

"저의 이종형이 서울 있으니 이종형을 불러서 제 근본을 물어보십시오. 영부사 댁 도차지 손동지가 제 이종형이올시다."
하고 말하니 부장의 얼굴에 놀라는 빛이 나타났다.

서림이가 와서 묵던 객주의 안팎 사람들은 모두 엄오위장으로 알고 객주 주인이나 잡히면 물어볼 텐데 주인은 몸을 피하여 아직 잡지 못하고, 그 뒤에는 밀고한 최가밖에 서림이의 얼굴을 알 만한 사람이 없어서 서림이 입에서 직토를 받으려고 서두르던 판에 제 붙이가 서울 안에 있단 말이 귀에 뜨이기도 하거니와 그보다도 윤영부사 댁 도차지의 이종 되는 사람을 대적으로 잘못 알고 잡았으면 잡아온 포교들과 문초받는 부장은 말할 여지 없고 대장까지도 추고쯤을 당하게 될는지 모르므로 부장이 뒤가 나서 서원과 수군수군 공론한 뒤 서림이를 내려다보며

"네 이름이 무어야?"
하고 물었다.

"외자 이름으루 개올시다."

"엄개야? 오냐, 네 말루 네 이종이 영부사 댁 도차지라니 그 사람에게 물어봐서 이종이 아니라기만 하면 너는 죽구 남지 못할 테니 그리 알구 있거라."
하고 뒤를 누르고˙ 즉시 포교들더러 끌어내다 두라고 일러서 서림이는 처음에 와서 있던 굴속 같은 컴컴한 방으로 다시 끄들려 나왔다.

서림이가 임시처변으로 거짓말을 하여 당장 방망이찜질은 면하였으나 거짓말한 뒤가 걱정이었다. 일이 풀리고 더 옭히는 것이 손동지 말 한마디에 달렸는데, 손동지가 엄오위장을 알 까닭이 없고 설혹 김선달에게 말을 들었더라도 이종 아닌 사람을 이종이라고 말할 리가 없다. 김선달이 들면 손동지더러 외착나지 않게 말하라고 시킬 수도 있겠지만, 포청 안에 잡혀 앉은 사람이 김선달에게 통기할 재주가 무슨 재주냐. 이리저리 궁리했자 모두 괴 목에 방울 다는 궁리라 서림이 입에서 한숨이 절로 나왔다. 거짓말이 탄로나서 혹독한 단련을 받을 때 바로 불지 않으면 악형에 죽을 것이고 바로 불면 망나니 칼에 죽을 것인즉, 일 된 품은 죽었지 별수가 없는데 서림이 마음에 가득 찬 것은 살고 싶은 생각뿐이었다.

● 뒤를 누르다
뒷일을 걱정하여
미리 다짐받다.
● 헛청
헛간으로 된 집채.

서림이 앉은 방은 말하자니 방이지 굴이라는 게 마땅하였다. 뒤와 좌우는 전벽全壁이요, 오직 앞으로 널문 하나가 있는데 널문 밖은 포교들이 죄인을 닦달하는 헛청˚이라 햇빛이 들어올 데가 없고 바닥은 흙이었다. 서림이가 손발이 시린 것은 고사하고 몸이 아래서 굳어 올라오는 것 같은데 손을 놀리지 못하여 비빌 수도 없었다. 벽을 뚫고 도망거나 또는 자처하여 지레 죽거나 하지 못하도록 뒷결박을 잔뜩 지워놓은 까닭에 손은 꼼짝 못하고 겨우 일어서서 발만 동동거리었다. 서림이가 마침내 널문에 와서 몸을 기대고 팔꿈치로 문짝을 쳤다. 네댓 번이나 친 뒤에 비로소 밖에서

"이놈아, 가만있지 못하구 무슨 지랄이냐!"

하고 꾸짖는 소리가 났다.

"목이 말라 죽겠습니다. 더운물 한 모금 먹여줍시오."

속에서부터 떨려나오는 말소리가 서림이 자기 귀에도 가련하게 들리었다. 그러나 밖엣사람은 잘 알아듣지 못한 듯

"무어야?"

하고 채쳐 물어서

"물 한 모금 줍시오."

하고 서림이는 소리를 가지껏 질러보았다. 얼마 동안 지난 뒤에 널문이 열리며 포교 하나가 한손에 물바가지를 들고 서서

"이리 나서라."

하고 바가지를 입에 대어주는데 물은 더운물이 아니요, 얼음이 버적버적하는 찬물이었다. 서림이가 한 모금 간신히 마시고

"아이구, 이가 저립니다."

하고 고개를 치어들었다.

"고만 먹을 테냐?"

"더운물을 한 모금 주실 수 없습니까?"

"더운물은 없다. 고만 도루 들어가거라."

"할 말씀이 좀 있습니다."

"무슨 말이냐?"

"제 사정을 말씀할 게 있습니다."

"사정이구 활 쏘는 데구 다 고만두구 어서 들어가거라."

하고 그 포교는 굴속으로 들이쫓으려고 하는데 헛청 안침에 있는 방에서 나이 많은 포교 하나가 내다보며

"여보게, 무슨 할 말이 있다거든 이리 끌구 오게."

하고 말하여 서림이는 포교들 들어앉았는 방 앞으로 끌려왔다.

"네가 우리게 할 말이 있어?"

하고 나이 많은 포교가 물어서

"네."

하고 서림이가 여공불급하게 대답하였다.

"할 말이 무어냐?"

"제가 워낙 몸이 튼튼치 못한 위인인데 만일 저쪽 흙바닥 방에서 밤을 지내게 되면 영락없이 얼어죽습니다. 어떻게 좀 생각해 주십시오."

"오냐, 포청에서두 너를 얼려 죽이진 않을 테니 염려 마라!"

"그러구 또 여쭤볼 말씀이 한 가지 있습니다."

"무슨 말이야?"

"정말 서림이가 잡히면 저는 곧 놓이겠습지요?"

"그렇지."

"제가 서림이를 곧 잡아 바칠 도리가 있습니다."

"도리를 말해라. 어디 들어보자."

"그 도리는 대장 앞에 들어가서 말씀을 할 테니 대장을 좀 뵈입게 해주십시오."

"대장께서는 벌써 퇴청하셔서 댁으루 나가셨구 지금 종사관

한 분이 청에 기시니 종사관을 뵈입구 말씀을 할 테냐?"

"대장을 뵈입게 해주십시오."

"네가 대장 앞에 가서 발괄하면 무슨 좋은 수나 생길 줄 아는 모양이구나. 오냐, 대장 댁에 가는 사람이 있으면 네 말을 품해보라구 하마. 무슨 처분이 내리면 알려줄 테니 아직 저 방에 들어가 있거라."

서림이 옆에 섰던 포교가 서림이를 끌어다가 다시 굴속 같은 방에 집어넣고 널문을 닫았다.

서림이를 문초받던 포도부장이 포교 하나를 데리고 손동지를 보러 갔는데, 윤영부사 댁 도차지 보기 어렵기가 조정 재상만 못지아니하여 바로 들어가서 보지 못하고 밖에 있는 하인에게 거래를 시키었다. 처음에는 그저 덮어놓고 잠깐 뵙자고 하였더니 바쁜 일이 있어 뵙지 못하겠다고 하고, 나중에는 포도청 공사로 왔다고 그예 보자고 하였더니 영부사 댁 일이 포도청 공사보다 더 소중하여 바쁜 일을 놓아두고 볼 수 없으니 갔다가 이다음에 오라고 하였다. 그 부장은 일껀 갔다가 그대로 오기 창피하여 엄개란 사람이 이종이냐 아니냐 물어보라고 할 마음도 없지 아니하였으나, 막중莫重 공사를 중간에 하인 놓고 물어보기 중난하여 고만두었다. 손동지가 포도부장을 보지 않은 것은 다름이 아니다. 포청에서 잡으려고 한다는 김치선이를 자기가 숨겨주었는데, 포도부장이 정녕코 치선이의 종적을 알고 내달라고 말하러 온 줄로 지레짐작하였던 것이다.

그 부장이 사람은 보지 못하고 창피만 보고 포청에 돌아와서 종사관에게 사실을 고한즉 종사관이 한참 생각하다가

"영부사 대감께 가서 뵈입구 도차지를 잠깐만 보내줍소사구 말씀을 여쭤보는 수밖에 없네."

하고 말하였다.

"영부사 대감을 지금 가 뵈입구 오실랍니까?"

"내일 대장께 여쭤보구 가겠네."

"서림이루 알구 잡아온 놈을 밤에 어디서 재우라면 좋겠습니까?"

"북간에 넣어두라지."

"그놈이 만일 영부사 댁 도차지의 이종이면 뒤에 말썽이 날 듯한데 간에 넣지 말구 당번 포교들더러 데리구 자라면 어떻겠습니까?"

"그래두 좋겠지만 포교들더러 잡도리를 허수힌 하지 말라구 단단히 신칙하게."

"밤에두 번갈아가며 하나씩 자지 말구 지키라구 이르겠습니다."

그 부장이 친히 포교들 있는 데 나와서 포교들에게 신칙할 말부터 먼저 일러놓고 포교 하나를 시켜서 서림이를 데려내다가 뒷결박을 풀고 방에 들여앉히게 하였다.

서림이가 손발도 비비고 더운물도 얻어먹은 뒤 대장을 보입게 하여달라고 청한 나이 많은 포교를 보고

"아까 말씀한 것 대장께 취품해보셨습니까?"
하고 물으니 그 포교가 눈을 지릅뜨고 보면서 대답이 없었다. 그 포교는 서림이의 말을 실답지 않게 듣고 건정으로 대답하였던 까닭에 대장에게 품할 생각을 염두에도 두지 아니하였다.

"내 말씀을 우습게 들으셨는지 모르나 흰소리가 아니라 내가 들면 서림이는 고사하구 꺽정이두 잡을 수 있습니다."

"정말이냐?"

"내 말이 거짓말 아닌 건 사흘 안에 아실 수 있지요."

"꺽정이를 사흘 안에 잡을 수 있단 말이지?"

"오늘부터 준비를 차려야지 오늘 넘으면 날짜가 불급이 돼서 소용없습니다."

"지금 당장 우리에게 말하면 우리가 대장께 여쭙구 준비를 차리겠다."

"그건 안 됩니다. 내가 대장을 뵈옵기 전엔 말씀을 할 수 없습니다."

나이 많은 포교가 옆에 앉은 젊은 포교 하나를 돌아보며

"뜨물에두 아기 설는지 누가 아나. 자네 가거든 말씀을 여쭤보게."

하고 말하니 젊은 포교가 고개를 끄덕하였다. 이때 사령 하나가 방문을 열고 들여다보며 그 젊은 포교를 나오라고 손짓하여 그 젊은 포교가 다른 포교들더러

"나는 바루 가우."

하고 밖으로 나갔다. 그 젊은 포교는 포도대장 댁 대령 포교인데 대장의 심부름으로 포청에를 왔다간 것이었다.

 날이 어두워서 방에 등잔불을 켜놓은 뒤 포교들이 각기 자기네 집에서 가져온 저녁밥을 먹고 대궁을 모아서 서림이를 주었다. 서림이가 대궁밥이 먹기 아니꼬우나 주린 창자를 달래느라고 한 술 떠먹는 중에 먼저 왔던 젊은 포교가 다시 와서 서림이를 가리키며

"저자를 데리러 왔소."

하고 나이 많은 포교더러 말하였다.

"부장께 말씀했나?"

"벌써 어저께 말씀했소."

"그저께 갔겠네그려. 배행은 몇이나 가라든가?"

"나까지 서넛이 같이 가랍디다."

"묶어서?"

"아니, 그대루."

 ● 실답다 꾸밈이나 거짓이 없이 참되고 미덥다.
 ● 뜨물에도 아기가 든다 일이 이뤄 늴 지연되기는 해도 반드시 이루어짐을 비유적으로 이르는 말.

 서림이는 데리러 왔다는 말을 듣고 곧 숟가락을 놓고 가자기를 기다리고 있다가 포교 셋의 옹위를 받고 포청 밖을 나왔다.

 좌변포도대장 김순고의 집은 잿골 초입이라 파자교에서 돈화문을 바라보고 올라오다가 대궐 앞에서 왼편으로 꺾이어 관상감(觀象監)재를 넘어와서 계산골 다음 북쪽으로 뚫린 골목을 들어서니 고만이었다. 서림이가 포도대장을 뵈어지라고 청할 때는 보

지 못할까 은근히 근심까지 되더니 대장 집에 불려오게 되어 포청문 밖을 나서며부터 포도대장을 보고 싶은 생각이 천리만리 달아났다. 꺽정이의 반의반만 한 힘만 있어도 포교 서너 놈 한주먹에 때려눕히고 들고뛸 수 있을 것을 생각하니 꺽정이의 힘이 새삼스럽게 부러웠다. 하늘 끝 닿은 데까지 훨훨 가고 싶은 생각도 나고 밤새도록 거리로 바장이고 싶은 생각도 나서 자꾸만 갔으면 좋겠는데, 고만 다 와서 솟을대문 앞에 걸음을 멈출 때 포교 하나가

"아이 추워."

하고 몸을 흔드는데 서림이는 추운 줄도 모르면서 몸을 옹송그리었다.

서림이가 포교들과 같이 대령 포교들 있는 처소에 들어와서 한구석에 죽쳐 앉은 뒤 벌써 한 식경이 좋이 지났다. 그동안에 대령 포교가 들어갔다 나오고 또 포청 포교가 들어갔다 나왔건만 나와서는 아무 소리들이 없었다. 포교들이 서로 이야기도 별로 아니하여 이편은 조용한데, 건너편은 하인청인 듯 여럿이 지껄이는 소리가 떠들썩하였다.

"까게, 어디 보세. 오팔팔 따라질˙세그려."

"이 사람은 노름 못할 사람이야. 팔팔 서시˙에 대지 않구 뽑아서 따라지를 만들었다네."

"서시면 대는 법이지."

"팔자 하나만 더 뽑았더면 순이 아닌가, 이 사람아."

"욕심은 경치게 많으이."

지껄이는 것이 엿방망이[*]들을 하는 모양이었다. 엿방망이판에서 지껄이는 말소리를 서림이가 무심히 듣다가 무뜩 생각하니, 자기가 포도대장을 보는 것이 흡사 한 장 더 뽑는 셈인데 더 뽑아서 따라지나 만들지 아니할까. 아니다. 자기는 이왕 잡은 것이 따라지니까 뽑아서 더 못 되면 무대[*]밖에 더 될까. 겁날 것이 없었다. 별안간 방울소리가 떨렁떨렁 요란스럽게 나서 소리나는 곳을 치어다보니 천장 한구석에 설렁줄이 매여 있었다. 대령 포교 하나가 부리나케 들어가더니 곧 도로 나와서 동무 포교들더러 다 일어나라고 뒤설레를 쳤다.

"잡아들이라시든가?"

동무 포교 하나가 말을 물으니

"그럼 뫼셔들이라구 하실 줄 알았나?"

그 포교는 엇나가는 대답을 하였다. 말을 묻던 포교가 서림이에게 와서 제잡담하고 상투를 잡아서 일으켜세웠다.

포교들이 서림이를 상투 잡고 등 밀고 사랑 앞에 들어와서 댓돌 아래 꿇려 엎치고 잡아 대령했다고 소리친 뒤

"일으켜세워라!"

포교들에게 분부가 내리고 서림이가 두 손길을 맞잡고 고개를 숙이고 섰더니

- 따라지 삼팔따라지. 노름판에서 세 끗과 여덟 끗을 합하여 된 한 끗.
- 서시 노름판에서, 여섯 끗을 이르는 말.
- 엿방망이 투전이나 골패 노름의 하나. 세 짝 이내를 뽑아서 끗수가 많은 사람이 이긴다.
- 무대 골패나 투전에서, 열 끗이나 스무 끗으로 꽉 차서 쓸 끗수가 없어진 경우를 이르는 말.

"얼굴을 치어들어라!"

서림이에게 분부가 내리었다. 불후리로 촛불을 가리어서 포도대장 앉은 자리가 마루 끝에 달린 등롱불이 비치는 댓돌 아래보다 별로 더 밝을 것이 없었다. 침침한 속에서 내다보건만 포도대장 눈에 영채가 도는 것 같았다.

"네 성명이 무엇이냐?"

하고 포도대장이 묻는데 서림이가 서슴지도 않고

"엄개라구 했소이다."

하고 대답하니 포도대장은

"엄개라구 했다?"

하고 한번 뇌고 나서

"네가 꺽정이와 서림이를 잡아 바칠 수가 있다구 했다지?"

하고 물었다.

"녜, 그럴 수가 있을 줄루 믿습니다."

"어떻게 잡아 바칠 텐고?"

"아뢰옵긴 황송하오나 좌우를 물리시구 비밀히 물어주셨으면 좋겠소이다."

포도대장이 포교들더러

"너희들 저놈의 몸을 뒤져봤느냐? 안 뒤져봤거든 뒤져봐라."

하고 분부하여 포교들이 달려들어서 소매 속, 허리춤, 바짓가랑이, 심지어 사타구니까지 만져보고 주물러본 뒤 아무것도 가진 것이 없다고 아뢰니 한참 만에 포도대장이 다시 포교들더러

"너희들은 잠깐 밖에 나가 있거라."
하고 분부하였다. 포교들이 밖으로 나갈 동안에 마루에 나섰던 청지기, 상노들도 수청방으로 들어갔다. 서림이가 한번 공손히 허리를 굽히고 나서

"소인이 다른 무엇이 아니옵구 곧 서림이올시다."
하고 아뢰고 포도대장의 얼굴을 치어다보니 포도대장 눈의 영채가 더 나는 듯하며

"이놈, 네가 내 앞에 와서 비로소 성명을 바루 대는 게 무슨 뜻이냐, 농락이냐?"
하고 호령이 내리었다.

"소인이 포청에 잡혀온 뒤 인제 더 살지 못하구 죽을 것을 생각하온즉 자연 회심이 되와 반나절 동안 굴속 같은 방에서 일생 지은 죄를 가지가지 후회하옵는 중에, 소인이 죽기 전에 꺽정이를 잡아서 나라에 바칠 생각이 났소이다. 처음 생각이 나올 때는 소인이 죽을 바엔 꺽정이까지 끌구 같이 죽으려는 속담의 물귀신 심사두 없지 않았숩구, 또 꺽정이를 잡아 바치구 소인은 사(赦)받아서 살아 나가려는 요행을 바라는 욕심두 없지 않았사오나, 나중에 결심까지 하옵기는 꺽정이 같은 나라와 백성의 큰 화근을 없애구 죽사오면 이 세상에서 옳은 사람 노릇은 못하였을지라두 지하에 가서 그른 귀신 되기는 면하올 듯 생각이 들어서 맘을 여러번 도슬러˙ 먹었소이다. 포청에서 문초를 받을 때 본성명을 대옵구 소회를 말씀하옵구 꺽정이 잡을

● 도스르다
무슨 일을 하려고 별러서 마음을 다잡아 가지다.

계책까지 다 아뢰올 것이오나, 서울 안에 있는 한온이 여당 중에 좌우포청 군사들과 여형약제°하게 지내는 것들이 포청 소식을 알아내서 뻔질 기별하옵는 까닭에 포청에서 일이 미처 결정두 나기 전에 한온이와 꺽정이의 귀에 말이 들어갈 염려가 불무하와 소인이 구차하나 거짓말루 문초를 늦추옵구 영감마님 앞에 와서 당돌히 원정을 아뢰오니 하정을 통촉하옵시기 바라옵네다."

서림이의 말이 빈구석이 없어서 거짓말 듣는 데 짓이 난 포도대장 귀에도 그럴싸하게 들릴 만하였다.

"꺽정이가 지금 대체 어디 있느냐?"

"내일 밤까지는 청석골 있을 것이옵구 모레 아침에는 다른 데루 갈 것이외다."

"다른 데란 어디냐?"

"평산 남면 마산리에 사옵는 대장쟁이 이춘동이 집에 가서 여러 놈이 모이옵네다."

"무슨 짓을 하려구 거기 모이느냐?"

"글피 스무엿샛날 이춘동이 집에 모여서 의논하온 뒤 재령이나 해주 땅에 나가서 숨어 있숩다가 신임 봉산군수 이 흠자 례자분이 해주루 연명 가실 때 그 행차를 엄습하올 것이외다. 봉산 안전께서 신계현령으루 깁신 동안 청석골 두목을 댓 놈 잡아 죽이신 일이 있숩는데 승탁되신 이번 기회에 전날 원수를 갚으면 위명威名이 날 뿐 아니라 후환이 없다구 봉산 안전을 살해하려구 벼르옵네다."

"너두 평산으루 갈 걸 못 가구 잡혔느냐?"

"네, 소인두 스무엿샛날 오라는 약속을 받았소이다."

"꺽정이를 잡아 바칠 계책이 있다니 말해봐라."

"조정에서 봉산군수나 평산부사나 또는 금교찰방에게 비밀히 영을 내립셔서 스무엿샛날 마산리를 들이치게 하옵시면 대개 잡힐 듯하외다. 만일 소인이 가서 내외 향응하오면˙실수없이 꼭 잡겠습지요만, 조정에서 소인을 믿구 보냅실 리가 없사온 줄 아옵네다. 이번에 혹 일이 실수되어서 꺽정이를 잡지 못하구 놓치옵더라두 잡을 소임을 소인에게 맡기시면 꺽정이 칠형제패를 내년 일년 안으루 다 잡아 바치겠소이다."

"꺽정이 칠형제패란 무엇이냐?"

"꺽정이와 의형제를 맺은 놈이 모두 일곱이온데 일곱 놈 중에 꺽정이까지 너덧은 무예가 출중들 하외다."

● 여형약제(如兄若弟) 친하기가 형제와 같음.
● 향응(響應)하다 남의 주창에 따라 그와 같은 행동을 마주 취하다.

"그 일곱 놈이 이번에 다 마산리에 모이느냐?"

"몇놈 안 빠지구 다 모일 것이올시다."

"너는 그 의형제 틈에 끼지 않았느냐?"

"소인이 적굴에서 구구히 목숨을 부지하올망정 백정의 자식과 형이니 아우니 하옵긴 맘에 부끄럽사와 꺽정이가 같이 결의하자구 조르옵는 걸 굳이 싫다구 했습더니, 꺽정이 말이 우리와 같이 결의 않는 것은 종시 딴맘을 두는 것이라구 죽인다구 서둘러서 소인이 어진혼이 빠졌었소이다. 만일 그때 결의에 참례하였습든들 오늘날 꺽정이를 잡아 바칠 생각이 났는지 마치 모를 일이 외다."

"꺽정이가 제 도당두 많이 죽이느냐?"

"죽이다뿐이오니까. 지난 구월달 장수원에 모였을 때두 한자리에서 둘을 죽인 일이 있소이다."

"장수원에선 어째 모였드냐?"

"전옥에 잡혀 갇힌 꺽정이의 기집 셋이 처교處絞되기 쉽겠단 소식을 꺽정이가 이천서 듣솝구 구월 초닷샛날 장수원에 와서 여럿을 모아가지구 그날 밤에 오간수 구녕으루 문안에 들어와서 전옥을 깨치구 기집들을 꺼내가려구 획책하옵는 것을 도당 중에 두 놈이 못 될 일이라구 말리옵다가 참혹하게들 죽었소이다. 그날 밤은 파옥 계획을 중지하게 되옵숩구 그 이튿날은 이천서 급한 기별이 와서 이천으루 몰려가서 있는 동안에 전옥의 기집들이 형조 전복사典僕司루 넘어가서 관비들 박히게 되리란 소식을 듣솝구 파옥 계획을 파의하게 되었소이다."

"전옥을 타파하구 관장을 살해하구, 너희놈들은 못할 일이 없구나."

처음 호령 한마디 외에는 온언순사로 말을 묻던 대장이 언성을 높이었다.

서림이는 꺽정이를 잡아 바친다고 거짓말하고 살아 나갈 가망이 적어서 정말로 잡아 바칠 마음을 먹었었다. 꺽정이를 잡아 바치면 자기는 죄만 면할 뿐 아니라 전정이 있으려니 생각하였다.

일의 고동˚을 손에 쥔 포도대장이 말을 순리로 묻는 것부터 일이 자기의 소료대로 되어가는 것이라고 속으로 좋아하던 중에, 포도대장이 꺽정이의 죄를 자기에게 들씌울 심산인지 너희들이라고 하고 토죄하는 데 가슴이 좀 뜨끔하였다. 죄란 죄는 죄다 꺽정이 하나에게만 밀어붙이고 발명할 수도 있지만, 섣불리 발명하다가 포도대장의 비위를 거스를까 저어하여 그저 인과자책引過自責하듯

"백번 죽어 마땅하외다."
하고 포도대장의 토죄를 순하게 받았다.

"너희 같은 흉악한 도둑놈들을 못 잡은 건 하릴없지만 잡은 건 살려둘 수 없다."

• 고동 일을 하는 데 가장 중요한 사항이나 계기.

"먼저두 말씀을 아뢰었지만 꺽정이를 잡아가지구 같이 죽기가 소인의 소원이온즉 영감마님께서 깊이 통촉합셔서 꺽정이를 마산리서 잡으오면 며칠 동안이옵고, 만일 놓치구 잡지 못하오면 일년 동안만 소인의 목숨을 살려줍시기 바라옵네다."

"꺽정이 잠복한 곳을 네가 밀고해서 잡두룩 한다면 너는 그 공로루 살 욕심이지, 이놈 같이 죽기가 소원이라니 입에 발린 가짓말 마라!"

"어느 존전이라구 감히 거짓말씀을 아뢰오리까. 소인이 살 욕심 없다구는 아뢰옵지 못하오나 꺽정이를 잡아 바치구 같이 죽사오면 진정 죽사와두 한은 없겠소이다."

포도대장이 수청방을 향하고
"이리 오너라!"
하고 소리쳐서 청지기 하나가 수청방에서 나온 뒤
"포교들 불러라."
하고 분부하였다. 그 청지기가 도로 수청방에 들어가서 설렁을 치더니 얼마 안 되어서 포교들이 몰려들어왔다.
"그놈을 간에 갖다 가둬둬라!"
포도대장의 분부 끝에 포교 하나가 분명한 체하고
"북간에 갖다 가두랍시오?"
하고 취품하다가
"북간이란 다 무어냐? 너희들 눈에는 그놈이 북간에 가둘 죄인으루 보이느냐?"
포도대장께 꾸중을 들었다.
"박부장 나리가 간에 넣지 말라구 해서 댁에 올 때까지 북간에 두 넣지 않았소이다."
"가선 남간에 집어넣어라."
남간에 집어넣으라는 것은 곧 대사죄수로 패 채우는 것이라 서림이는 가슴이 덜컥 내려앉았다. 서림이가 포도대장에게 발괄이나 한마디 더 하여보고 싶은 생각도 없지 않았으나, 포교들이 꼭 뒤잡이로 내끄는 데 그대로 끌려나갔다.
이튿날 아침에 좌변포도대장 김순고가 예궐하여 도적 잡는 일로 탑전정탈을 받자올 일이 있다고 폐현*을 청하였더니, 상후가 마침 미감微感으로 미령하여 승전색˙이 포장의 말을 물어들이란 어명을 받들고 정원으로 나왔다. 내시라도 어명을 받든 사람이라 김순고가 승전색에게 절을 한 뒤

"해서대적 임꺽정이의 도당 서림이란 자가 엄개라고 변성명하고 숭례문 밖에 와서 있는 것을 탐지하옵고 체포하여다가 죄상을 대개 추문하온즉, 지난 구월 초오일에는 장수원에서 모여서 전옥서를 타파하려고 이러이러하게 획책하였다고 말하옵고 오는 이십육일에는 평산 남면 마산리에 모여서 신임 봉산군수 이흠례를 살해하려고 준비할 터인데 대개 이러이러한 까닭이라고 말하오니, 그 말을 다 준신할 수는 없으나 부장 하나, 군관 하나를 속히 역마 주어 보내서 봉산군수 이흠례와 금교찰방 강려로 더불어 상의하여 비밀히 근포하도록 함이 어떠하올지. 또 이번에 만일 꺽정이를 잡지 못하고 놓치면 서림이가 내년 안으로 잡아 바치겠다고 하오나 반복反覆하는 자의 말을 신청할˙ 것이 못 되오니 서림이를 어찌 처치하올지."

˙ 폐현(陛見)
황제나 황후를 만나뵘.
˙ 승전색(承傳色)
조선시대에, 내시부에서 임금의 뜻을 전달하는 일을 맡아보던 벼슬.
˙ 신청(信聽)하다
믿고 곧이듣다.

이런 사의로 위에 아뢰어달라고 말하였다. 그 승전색이 합문 안으로 들어갔다가 한동안 지난 뒤 다시 나오는데, 서림이는 아직 그대로 두고 보고 그외는 아뢴 사의대로 하라시는 전교가 포장에게 내리고, 또 뒤미처 다른 승전색이 나오는데 선전관 정수익鄭受益이에게 부장 두엇을 데리고 가라고 하되 말들을 주어서 급히 가게 하라시는 전교가 정원에 내리었다.

이때 오위부장들 중에 충좌전위忠佐前衛에 매인 연천령延千齡은 용맹이 무쌍하고 호분우위虎賁右衛에 매인 이의식李義植은 무예가 출중하여 부장청에서 이름들이 높았던 까닭으로 이 두 사람이 뽑히어서 정수익과 같이 가게 되었다.

 선전관 정수익이 전교와 표신과 마패를 받자온 후 궐내에서 물러나오며 즉시 부장 두 사람을 데리고 황해도길을 떠나는데, 동짓달 추운 밤에 밤새도록 갈 길이라 휘항˚에 털토시에 술병까지 어한제구를 단단히들 차리었다. 청석골 도둑놈들이 평산 마산리에 가서 모인다는 것이 스무엿샛날이라니 앞으로 이틀 동안에 봉산읍 사백이십리 길을 가서 기병하여 가지고 다시 마산리까지 소불하˚ 수백리 될 길을 가야 할 터인데, 거기다가 금교서 찰방을 보고 가자면 지체가 될 것이고 또 봉산 가서 기병하자면 동안이 걸릴 것인즉 날짜가 촉박 여부 없어서 밤길을 가도 빨리 가야 할 판이었다.

 선전관 일행이 떠나는 날 반나절 해로 파주까지 달려와서 저녁밥들을 먹고 파주서부터 밤길을 시작하였다. 참마다 홰를 갈려 들리고 역마다 말을 갈아타고 홰꾼과 견마잡이 역졸들이 줄달음질을 치도록 달리었다. 홰꾼과 역졸들은 옷이 박착˚이라도 땀을 뻘뻘 흘리는데 거해부대 같은 말 탄 양반들은 추워서 덜덜 떨었다. 역에 올 때마다 번번이 술로 어한들 하고, 그리하고도 참참이 길갓집을 깨워 일으키고 방에 들어앉아서 몸들을 녹이었다. 이튿날 아침 해 돋을 때 금교역말을 당도하였다. 정수익이 우선 객주를 잡고 들어앉아서 전교 받들고 온 사연을 찰방 강려에게 통기하였더니, 얼마 동안 지나서 관사로 들어오라고 마중 하인들이 나왔다. 정수익이 부장들과 같이 마중나온 하인들을 따라서 찰방 관사에 들어와 보니 마당에 향상香床을 차려놓고 향상 앞에 강려가 모대帽帶하고 서 있었다. 정수익이 향상 옆에 와서 선 뒤, 강려는 분향하고 북향재배하고 꿇어앉아서 정수익이 내주는 전교를 공손히 받아서 받들어 읽었다. 그 전교는 다른 것이 아니라 선전관 정수익은 부장 연천령, 이의식을 데리고 황해도에 가서 봉산군수 이흠례와 금교찰방 강려와 상의하여 평산 남면 마산리에 모인다는 도적들을 잡으라는 것이었다. 강려가 전교를 정수익에게 도로 주고 일어나서

"인제 방으루들 들어가십시다."

하고 어명을 몸에 받은 정수익을 향하여 팔을 치어들고 먼저 올라가기를 청하였다. 방에 들어와서도 정수익이를 상좌에 앉히고 좌정들 한 뒤, 초면 인사들을 마치고 강려는 바로 밖에 나가 편복을 갈아입고 다시 들어와 앉아서 정수익을 보고

"그 치운 밤에 밤길들을 어떻게 오셨단 말씀이오? 장사들이시우."

하고 위로 말을 하였다.

"오늘 봉산을 가자면 또 밤길을 해야 하지 않겠소? 여기서 봉산이 몇 리요?"

- 휘항 휘양.
추울 때 머리에 쓰던 모자의 하나.
- 소불하(小不下) 적게 잡아도.
- 박착(薄着)
겨울옷을 썩 얇게 입음.

"이백십리요."

"그럼 얼른 객주에 나가서 아침 시켜 먹구 떠나야겠소."

"아침은 시켰으니 염려 마시구 일이나 의논하십시다. 내 생각엔 도둑놈들이 내일 마산리서 모인다면 당일에 흩어질 리는 없으니까 모레 마산리를 들이칠 작정하구 준비하는 게 좋을 것 같소."

"어떻게 준비한단 말이오?"

"나는 수하에 군사가 없는 사람이라 평산 가서 부사하구 의논해서 기병해가지구 평산 북면 어수동御水洞으루 나갈 테니 여러분은 봉산 가서서 군수하고 같이 군사를 조발해가지구 모레 새벽까지 어수동 와서 합세하두룩 해보시우."

"어수동서 마산리가 가깝소?"

"봉산서 평산읍에까지 왔다가 다시 마산리를 나가자면 길을 곱 걷게 되우."

"그럼 내일 어수동서 만나두룩 해보는 게 좋지 않소?"

"군사 조발하는 데 동안이 얼마나 걸릴 줄 알구 그러시우. 그나 그뿐이오? 여러분이 연일 뻐친 끝에 접전을 어떻게 하실 테요? 오늘이구 내일이구 하룻밤은 실컨 주무셔야 하우."

"아무러나. 그럼 모레루 정일하구 준비해봅시다."

정수익이 강려와 의논을 작정한 뒤 금교서 아침밥을 먹고 부장 두 사람과 같이 봉산으로 떠나왔다.

봉산 이백십리를 곧 해지기 전에 갈 것같이 말들을 빨리 몰았다. 우봉 땅 들어와서 홍의 역마 갈아타고 평산 땅 잡아들며 김암 역마 갈아타고 평산 읍내 언뜻 지나 보산역말 들어오니 해는 한낮이 이미 지났고 금교서 온 이수里數는 팔십리밖에 안 되었다. 얌전하게 춥던 날씨가 보산서 중화할 때부터 갑자기 변하여 풍세가 사나웠다. 사나운 바람을 안고 가게 되어서 말 모는 역졸들은 말할 것도 없고 말 탄 양반들도 숨이 턱턱 막히었다. 총수령葱秀嶺을 넘어와서 안성 역마를 갈아타고 서홍 읍내를 들어올 때는 벌써 길이 잘 보이지 않도록 어둔 빛이 짙었다. 동짓달 짧은 해에 일백사십리를 온 것도 무던히 많이 왔건만, 앞으로 남은 칠십리를 밤길로 마저 가야 할 일이 태산 같아서 선전관과 부장들은 더 빨리 오지 못한 것을 못내 괴탄하였다.

바람이 조금 자는 듯하다가 다시 일기 시작하여 밤에는 풍세가 저녁때보다도 더 사나워졌다. 바람이 불거나 눈이 오거나 불구하고 한 시각이라도 바삐 가야 할 길이라 정수익이 저녁밥을 재촉하여 먹고 또 밤길을 나섰다. 홰가 바람에 부지할 것 같지 않으나 수가 많으면 혹시 나을까 하고 말 한 바리 앞에 홰 세 자루씩, 도합 홰꾼 아홉을 데리고 나섰는데, 불과 몇마장 안에 홰 아홉이 다 꺼져서 홰꾼들은 대代도 세우지 않고 그대로 돌려보냈다. 서관대로 길이 좋아서 희미한 별빛으로 갈 수는 있지마는, 말을 채쳐 몰지 못하고 예사로 걸리었다. 서흥 용천역말과 봉산 검수역말서 역마를 두 번 갈아타고 닭 운 뒤에 봉산 읍내를 들어왔다.

정수익이 역졸들 시켜 삼문을 두들겨서 자는 군수를 깨워가지고 전교를 받게 한 뒤, 이십칠일 미명未明에 평산 군사와 어수동에서 합세하기로 약속 정하고 온 것을 말하고 밤중에 좀 야경스러우나˚ 곧 기병할 준비를 차려서 평명˚에 행진하도록 하라고 독촉하니, 군수의 말이 기병할 것은 염려 말고 밤길에 뻐친 끝에 잠들이나 한숨 자라고 하고 관가 안의 방 하나를 치워주어서 정수익은 부장 두 사람과 같이 두둑한 요 깔고 푹신한 이불 덮고 동여가도 모르도록 잠 한숨 곤하게 자고 해가 뜬 뒤에 일어들 났다.

봉산이 꺽정이패가 자주 출입하는 길목인 까닭에 봉산군수 이흠례는 적환 방비를 급선무로 알아서 도임한 후 그동안 한 일이 무기 수보修補와 군총 조련操練이라 기병하기 힘들 것이 없었다. 이백여명 군사를 불각시로 취군하여 무기를 일제히 나누어주어서 삼문 밖에 결진을 시켜놓고 이백여명이 이틀 먹을 군량으로 쌀 두 섬과 조 석 섬을 먼저 실려 보내는데, 군량지기에게 중화참과 숙소참을 일러주어서 앞서가며 미리 준비하여 놓게 하였다. 선전관이 이것을 알고 부장들과 서로 돌아보며 군수의 처사가 엽렵한˚ 것을 칭찬하고 곧 군수와 같이 행군을 하는데, 연천령과 이의식은 소부대를 거느리고 선진이 되어 앞서 떠나고 이흠례와 정수익은 대부대를 통솔하고 후진으로 뒤에 떠났다. 용천역말 와서 중화하고 안성역말 와서 숙소하는데 안성 사람은 군사들에게 방을 뺏기고 하룻밤을 한둔들 하다시피 하였다. 첫닭울이에 떠날 작정으로 한밤중부터 밥을 짓게 하여 군사들을 밤참 쉬직한 조반을 먹인 뒤에 선진, 후진이 일시에 다 떠났다.

전날 종일 흐리던 날이 밤중은 하여 눈이 오기 시작하였는데 산과 들이 허옇게 보이도록 쌓이고도 아직 그치지 아니하였다. 눈을 맞으며 행군하여 동이 트기 시작할 때 어수동을 대어오니 밥 짓는 연기, 화톳불 연기가 인가가 잘 보이지 않도록 자욱하였다. 평산부사 장효범이 금교찰방 강려와 같이 삼백명 군사를 거느리고 먼저 나와 있었다. 봉산군이 안성서 경야할 때 당보수˙ 서너 명을 밤 도와 먼저 보내서 봉산서 오는 군총 수효를 알린 까닭에 오백여명 먹일 밥을 지어놓아서 요기하고 온 봉산군들도 시래기 토장국을 부어주는 밥 한 바가지씩 제각기 다 받아먹었다.

눈이 어느 결에 그치고 아침 해가 구름에 싸여서 올라왔다. 사람들 부르는 소리, 꾸짖는 소리, 떠드는 소리 야단스럽게 나고 취군하는 징소리, 나발소리 요란히 난 뒤 삼엄˙이 끝이 나서 오백여명 군사가 선봉대, 중군, 후군 세 떼로 차례차례 떠나 남면길로 내려가는데, 기치는 정제整齊하고 창검은 삼엄하였다.

청석골 꺽정이는 스물나흗날 저녁때부터 밤중까지 서림이 오기를 헛기다리다가 오지 않는 데 화증이 나서

"요런 사람이 있나. 내가 떡 먹듯이 일렀는데 오늘 아니 오니 무얼 믿구 내 말을 어기나. 나중에 어디 보자."

- 야경(夜警)스럽다
밤중에 떠들썩한 듯하다.
- 평명(平明)
해가 뜨는 시각.
또는 해가 돋아 밝아질 때.
- 엽렵(獵獵)하다
슬기롭고 민첩하다.
- 당보수(塘報手)
척후의 임무를 맡아보던 군사.
- 삼엄(三嚴)
군사 행동에 들어갈 때 북을 쳐서 알리는 세 번의 엄. 또는 그 셋째번 엄. 이것이 울리면 행군을 시작하였다.

서림이가 오기 곧 하면 무슨 거조를 낼 것같이 별렀다. 꺽정이를 뫼시고 앉았던 여러 두령 중에 박유복이가 서림이 두둔보다도 꺽정이 위안으로
"내일 아침 떠나시기 전엔 오겠지요."
하고 말 한마디 하였더니
"내일 아침에 꼭 올 것은 네가 다짐할 테냐?"
꺽정이가 큰 눈을 흰자투성이로 뜨고 불호령조로 말을 하는 것이 애매하게 화풀이를 받을 것 같아서
"남의 일을 제가 다짐이야 어떻게 합니까?"
하고 뒤를 뺐다. 다른 두령들은 물계를 보고 잠자코 있는데 눈치 없는 곽오주가 비꼬아 하는 말로
"서종사가 안 오면 봉산 원은 다 잡았구먼요."
하고 말하여 꺽정이는 화가 복받쳐서
"되지 못한 소리 지껄이지 마라!"
하고 소리를 질렀다.
"내가 무얼 잘못했소? 왜 내게다가 화를 내시우?"
"말대답 마라!"
"형님이 서종사 말을……."
"듣기 싫다."
"형님이 아무리 야단을 쳐두 내가 하구 싶은 말은 다 해야겠소. 서종사 말을 형님이 너무 믿으시는 게 탈입니다. 나는 서종사가 오늘 오지 않을 줄을 미리 다 알았소."

쇠 먹미레 같은˙ 곽오주가 말을 불쑥불쑥 하는 데 꺽정이는 화가 꼭뒤까지 올라서

"아가릴 찢어놓기 전엔 가만히 닥치구 있지 못하겠느냐!"

하고 소리를 고래고래 질렀다. 아닌 밤중에 큰 야단이 나는 줄 알고 밖에서 술렁거리기까지 하였으나, 박유복이는 곽오주가 말대답을 더 못하게 윽박지르고 이봉학이는 꺽정이가 화를 가라앉히도록 애를 써서 이 이상 야단은 나지 않고 말았다.

이튿날 식전에 꺽정이가 박유복이와 곽오주와 한온이는 오가와 같이 청석골에 남아 있게 하고, 황천왕동이는 봉산 가서 이흠례의 발정 일자를 분명히 알고 마산리로 오라고 따로 떠나보내고, 이봉학이, 배돌석이, 길막봉이, 김산이 네 두령을 데리고 마산리로 떠나가는데, 남아 있는 두령 넷 중에 오가만은 도회청 앞에서 작별하고 들어가고 그외 세 두령은 다 서산 등갱이 위에까지 따라나왔다. 박유복이가 꺽정이에게 하직 절을 하고 나서

• 쇠 먹미레 같다
고집이 몹시 센 사람을
비유적으로 이르는 말.

"서종사가 오늘이구 내일이구 오거든 곧 마산리루 보낼까요?"

하고 물으니 꺽정이는 증을 내며

"보낼 것 없다. 고만둬라."

하고 말하였다. 졸개 하나가 등갱이 위로 쫓아올라오는 것을 한온이가 어느 결에 보고

"저게 누구까?"

하고 말하여 여럿이 작별인사들을 하다가 말고 내려다보고 섰는

중에 동산 파수꾼의 패두가 헐레벌떡거리며 올라와서 허리를 굽실굽실하고

"대장께 아룁니다. 지금 송도부중 김천만이 집 심부름꾼이 들어왔읍는데 서울서 온 급한 편지를 가져왔다구 하옵니다."
하고 한손에 들고 온 편지봉을 두 손으로 내바치었다. 꺽정이가 이봉학이더러 받아서 뜯어보라고 하여 이봉학이가 편지를 들고

"남대문 밖 김치선이의 편지구먼요."
하고 뜯어서 보다가 깜짝 놀라며

"형님, 큰일났습니다."
하고 꺽정이를 돌아보았다.

"무슨 일이야?"

"서종사가 엊그제 좌포청에 잡혔답니다."
서림이 잡혔단 소식에 꺽정이와 여러 두령이 다같이 놀랐다.

"어떻게 하다가 잡혔어?"
꺽정이 묻는 말에 이봉학이는 다시 편지를 들여다보며

"수표교 천변에 사는 최가에게 상목을 취대하려구 하다가 최가 밀고에 잡혔다구 하구, 치선이 자기두 지금 피신해서 숨어 있는 중인데 일이 급하면 이리 오는 수밖에 없다구 했습니다."
하고 대답하였다.

"수표교 천변에 사는 최가가 누구까?"

"글쎄요."

"남소문 안 최가가 그동안 수표교루 이사를 갔나?"

한온이가 앞으로 나서서

"집에 있던 최서방이면 설마 밀고를 했을까요?"

하고 말하며 고개를 한편으로 기울이다가 또 가로 흔들었다. 전날 서사 최가에게는 의심이 가지 않는 모양이었다.

꺽정이가 여러 두령들을 둘러보며

"여기 서서 이야기할 게 아니라 도루들 들어가자."

하고 말하니

"마산리길은 파의하실랍니까?"

하고 김산이가 물었다.

"파의를 하든지 않든지 들어가서 이야기하자."

하고 꺽정이가 여러 두령들을 데리고 도로 집으로 내려왔다.

꺽정이가 여러 두령과 같이 사랑에 들어와 앉은 뒤 김천만이 집 심부름꾼을 불러들여서

"서울 편지를 누가 가지구 왔든가?"

하고 물어보았다.

"서울서 전인이 왔다갔습니다."

"서울 전인이 언제 왔다 언제 갔어?"

"어젯밤에 와서 자구 오늘 새벽에 갔습니다."

"편지 답장두 해야겠구 온 사람에게 물어볼 말두 있는데 왜 여기까지 데리구 오지 않구 그대루 보냈단 말인가?"

"그러지 않아두 저희 주인이 편지 답장을 맡으러 저하구 같이 가라구 말하니까 그 사람 말이 답장 맡으러 다른 데까지 갈 것두

없구 또 서울 볼일이 있어서 곧 가야 한다구 합디다. 그래서 그 사람은 서울루 바루 가구 저만 들어왔습니다."

"그 사람이 혹시 무슨 다른 말이 없든가?"

"다른 말씀은 별루 듣지 못했습니다."

꺽정이가 그 심부름꾼에게는 더 캐어물을 말이 없어서 신불출이더러 데리고 나가서 행하를 주어서 보내라고 이르고 옆에 앉은 이봉학이를 돌아보고

"천왕동이나 있었더면 얼른 가서 자세한 소식을 알아오라겠는데 지금은 하는 수 없으니 졸개라두 하나 보내볼까?"

하고 의논하였다.

"최서방은 의심스럽구 김선달은 숨어 있다는데 졸개를 보내면 어디루 보냅니까?"

"그것두 그래. 포청 속내를 알아보는 데 우리 중에 온이만한 사람이 없으니 온이가 한번 갔다오는 게 좋을까?"

"한두령이 가면 좋다뿐입니까. 알아보는 건 고사하구 웬만하면 주선해서 빼내올 수두 있겠지요."

꺽정이가 윗간에 있는 한온이를 바라보고

"여게, 폐일언하구 네가 한번 서울을 갔다오너라."

하고 말을 일렀다.

"저더러 가라시면 내일이나 가지 오늘은 못 가겠습니다."

"오늘은 무슨 못 갈 일이 있나?"

"오늘이 저의 선조부 기일입니다."

"기일이라니 제삿날이란 말이지? 제사는 고만두구 가두 좋지만 하루쯤 늦어서 큰 낭패 없을 테니 내일 가려무나."

꺽정이가 한온이에게 말을 다 한 다음에 다시 이봉학이를 돌아보며

"온이가 내일 떠나서 모레 저녁이나 글피 아침에 서울을 들어가구 서울 가서 포청 일을 알아보는 데 이삼일 걸리구, 그러구 우리게 기별을 할 테니 그동안에 우리는 가서 이흠례를 요정내구 오세."

하고 말하니 이봉학이는 가도 좋고 안 가도 좋단 의사인 듯

"형님 생각대루 하시지요."

하고 대답하는데 박유복이는 안 가기를 바라서

"김선달에게서 또 기별이 오더라두 형님이 안 기시면 어떡합니까? 이흠례는 이다음 다른 기회에 처치하시지요."

말하고 김산이는 가기를 조여서

"이춘동이에게두 가신다구 말씀하셨구 또 황두령더러두 그리 오라구 말씀하셨으니까 이왕이면 갔다오시는 게 좋지 않을까요?"

하고 말하였다. 꺽정이가 김산이를 묻지 않는 말참견한다고 나무라고, 또 박유복이더러 이흠례를 그믐 안에 잡지 못하게 될 것 같으면 일을 중지하고 온다고 말을 이른 뒤에 예정대로 마산리길을 떠났다. 꺽정이가 두령 네댓 데리고 가면 봉산군수의 연명 행차는 고사하고 황해감사의 순력 행차라도 넉넉히 엄습하려니 속셈을 잡아서 졸개는 짐꾼으로 하나밖에 더 데리고 가지 아니하였다.

한온이는 이날 밤에 제사 지내고 이튿날 아침에 서울길을 떠나는데 두 패 교군에 별배까지 세웠다. 교군은 소교˙요, 별배 세운 자기 집 사람은 말할 것 없고 교군하는 졸개들도 다 포망˙과 패랭이를 쓰게 하여 훌륭한 상제님 행차로 보일 만하였다.

한온이의 소교가 미륵당이를 지나올 때 주막에서 말을 묻던 보행꾼 하나가 소교 뒤에 따라가는 별배를 바라보고 근두박질하여 쫓아나오며

"여보게, 나 좀 보게."

하고 소리쳤다.

"자네 웬일인가?"

"상제님을 뵈러 오네."

"상제님 지금 서울 가시네."

"하마터면 길에서 어긋날 뻔했네."

잠깐 동안에 소교가 벌써 멀찍이 앞서 나간 까닭에 별배가 그 보행꾼과 같이 달음박질로 따라와서 소교 옆에 붙어 오며

"여기 개미치가 왔습니다."

하고 한온이에게 고하였다.

교군꾼이 교군을 내려놓고 별배가 앞 휘장을 걷어친 뒤 개미치란 사람이 교군 앞 땅바닥에서 절을 하였다. 한온이가 그 사람의 절은 가만히 앉아 받으며 그 사람에게 말은 하대하지 않고 하게로

"무슨 일루 이 치위에 내려오나?"

하고 물었다.

"청석골 여러분 중에 서씨 성 가진 분이 기십지요? 그분의 심부름을 맡아가지구 오지만 실상은 상제님을 뵐 욕심으루 오는 길입니다."

"서씨의 심부름? 무슨 심부름인가?"

"편지 심부름입니다."

"뉘게 가는 편지야?"

"손서방이란 사람한테 전하란 편진데, 그 속에는 아마 상제님께 오는 편지두 들었갑니다."

"대체 자네가 그분을 어디서 만나봤나?"

"삼사일 전에 길에서 만나뵈었습니다."

"삼사일 전이면 스무 며칠날인가?"

"스무이튿날인가 봅니다."

"그때 편지를 주구 전해달라구 부탁하든가?"

● 소교(素轎)
장례에서 상제가 타기 위하여 희게 꾸민 교자.

● 포망(布網)
상제가 쓰는, 베로 만든 망건.

"아니올시다. 엊그저께 스무나흗날 다저녁때 편지와 노자를 저 있는 움퍼리루 보냈습니다. 제 움퍼리는 스무이튿날 만날 때 보구 가셨지요. 편지 가지구 오는 사람에게 전갈해 보낸 말씀이 이 편지를 청석골 탑고개 동네에 사는 손서방에게 갖다 전하는데, 한 시각이라두 빨리 전해야만 첫째 그대의 주인이 낭패를 면하게 될 테니 곧 떠나서 밤 도와 가라구 합디다. 다른 사람의 일두 아니구 상제님 일이라는 걸 밤길이 고생된다구 안 올 수 있습니까. 그래서 하룻밤 하루 낮에 어제 송도 와서 자구 지금 탑고개루 나가는 길인데 천행으루 이렇게 길에서 만나뵙게 됐습니다."

"내가 낭패를 면하게 될 일이 무어야?"

"상제님께서 서울 오실 때 최가의 집으루 오시지 말란 통기가 아닐까요? 제 어림에는 그런 듯싶습니다."

"최가란 게 누군가?"

"댁에 있던 서사 최갑지요."

"최서방이 그저 그전 집에서 살지?"

"수표교 천변의 좋은 기와집을 사가지구 이사했습니다."

"누가 집값을 대줘서 좋은 와가를 사 들었어?"

최가가 주인의 재물을 제 것같이 쓰고 좌포청의 포교와 형제같이 지내는 것을 개미치가 신이야 넋이야 이야기하는데, 한온이는 기가 막혀서 한참 동안 입을 벌리고 다물지 못하다가

"그런 이야기는 나중 자세히 들을 셈 잡구 우선 편지나 이리 내게. 어디 보세."

하고 개미치의 이야기를 가로막았다.

개미치가 괴나리봇짐에서 꺼내 주는 손가에게 가는 편지를 한온이가 중간에서 뜯어보았다. 그 편지봉 속에 동봉한 편지가 두 장이 들었으나 겉봉 쓴 것을 보니 한 장은 '수남 모친께 부치노라'요 또 한 장은 '오두령 개탁'이요, 한온이 자기에게 오는 편지는 없었다. 손가 보라고 적은 사연은 간단한 안부 외에 동봉한 편지들을 분전하라는 부탁뿐인데 수남어머니에게 가는 편지를 아무도 모르게 갖다 주라는 당부가 좀 수상스러웠다.

'오두령 개탁' 속에는 무슨 말이 있나 하고 한온이가 먼저 뜯어본즉, 그 사연의 대개는 처남을 포청에서 빼내왔으나 병이 위중하여 가위 명재경각이라 인정상 차마 객지에 혼자 두고 갈 수 없으니 장모 되는 노인을 삯마라도 태워서 하루바삐 김치선이 객주로 보내주고, 또 병인이 죽기 전 저의 누님을 한번 만나보아지라고 하여 천륜의 정을 막을 수 없어 허락하였으니 아내를 장모와 같이 보내주기 바란다는 뜻이고, 그외에는 장모와 아내가 오는 것을 보고 자기는 곧 회정하겠다는 말과 이십사일 기한을 어기게 된 사정은 만나서 이야기하겠다는 말과 대장께 죄책을 당할 일이 걱정이란 말을 늘어놓았을 뿐이었다.

한온이가 그 편지를 다 보고 나서 생각하니 자기에게 낭패될 일이란 것이 우선 허무맹랑한 말이고 김치선이 기별에 스무사흗날 포청에 잡혀갔다는 사람이 스무나흗날 편지를 부쳤다는 것은 거의 천변지이˙와 다름없는 일이었다. 그러나 편지 글씨가 서림이의 필적이고 편지 끝에 연월일이 십일월 이십사일인즉 김치선이의 기별을 의심할 수밖에 없는데, 김치선이가 병풍상성한 사람이 아닌 바에 삼백리 전도에 잇속 없는 거짓 기별을 할 까닭이 없다. 한온이는 아무리 생각해야 일을 대중잡을 수가 없었다. 아무도 모르게 그 아내에게 전하란 편지를 한온이가 궁금한 마음에 마저 뜯어보고 싶으나 남의 내외간에 하는 편지를 몰래 뜯어보기가 점직하여˙ 뜯어볼까 말까 편지봉을 손에 들고 만작만작하다가 마

● 천변지이(天變地異)
하늘과 땅에서 일어나는
자연계의 여러가지 변동과 이변.
● 점직하다
부끄럽고 미안하다.

침내 궁금한 마음을 못 이겨서 곱게 뜯어서 훔쳐보려고 생각한 것이 봉하기를 하도 단단히 하여 생재기가 찢기는 까닭에 얼없이 다시 봉할 수 없을 바엔 마찬가지라고 그대로 북북 뜯었다.

"긴말쌈 줄이노라. 오두령이 지금 도중 일을 주장 알음할 듯 오두령에게 게서 모녀분을 치송하여 달라 부탁하였노라. 수남 남매는 부탁하지 아니하였으나 만일 떼어놓고 오시면 큰일이니 게서 오두령을 보시고 미거한 것들을 두고 갈 수 없다든지 그것들이 같이 가고자 한다든지 잘 꾸며 말쌈하면 오두령은 이곳과 정분이 두텁고 또 마음이 서그러져서 공연히 까다로이 굴지 아니할 듯 수남 남매 다 데리고 수이 좋이 오시기 믿고 바라노라. 이 글월 보고 곧 불에 넣어 태우시라."

한온이가 이 편지를 보고는 서림이를 의심 안 할 수 없었다.

'타처루 도망할 준비가 아니면 조정에 귀순한 모양이다. 귀순을 조정에서 그렇게 쉽사리 받아줄까? 자현두 아니구 잡혔다는데. 옳지 옳지, 자현하면 무사하게 될 길을 뒤루 뚫어놓고 남의 눈가림으루 잡혀간 게로구나.'

이런 의심이 들며 곧 입에서

"큰일났다."

소리가 절로 나왔다. 서울을 가더라도 들어가서 상의하고 다시 나오리라 생각하고 한온이는 별배와 교군꾼들을 불러서 도로 들어가자고 이르고, 또 개미치더러 뒤를 따라오라고 일렀다.

한온이가 산에 들어오는 길로 바로 박유복이 집에를 오니 박유

복이는 안방에서 쫓아나오며 급한 말로

"웬일인가?"

하고 묻고 오가는 건넌방에서 나오며 실없는 말투로

"김치선이게서 또 기별이 왔나?"

하고 물었다. 건넌방으로 들어와서 셋이 솥발같이 앉은 뒤 한온이가 개미치가 가지고 온 편지들을 내서 사연을 읽어 들리고 끝으로 자기의 의심까지 말하니 박유복이는 말없이 한숨만 쉬고 오가는

"글쎄."

하고 고개를 비틀었다.

"내가 의심하는 게 잘못이오?"

● 생재기
종이나 피륙 따위의 성한 곳.

"나는 그런 의심이 들지 않는걸."

"서종사가 그럴 사람이 아니라구 믿으시우?"

"사람을 믿는 게 아니라 일이 그렇게 될 수가 없을 것 같애. 우리가 '귀순하겠소' 하면 조정에서 '오냐' 하구 받아줄까. 그럴 리만무할걸."

"뒤루 주선을 잘했으면 혹시 누가 아우?"

"서종사가 서울 가 누워서 일년 이태 근사를 모았다구 하더라두 잘될 것 같지 않은데 더구나 서울 간 지 불과 오륙일에 무슨 용뻘 재주루 그런 주선을 해낸단 말인가. 자네가 서울 반연 많기루 말하면 서종사 따위룬 어림없지. 그렇지만 지금 자네더러 열흘이나 보름 안에 그런 주선을 하라면 할 수 있겠나 생각해보게.

그러구 또 조정에서 우리네 귀순을 받아준다구 잡더라두 적어두 한번 원악도쯤은 구경시킬 테지, 서울 안에 처자를 모아가지구 편히 살게 두겠나?"
하는 오가의 말에는 한온이도 대답이 막히었다.

　서림이가 간 속에 갇혀서 하룻밤을 지낸 뒤 포도대장께 급히 아뢸 말씀이 있으니 또 한번 보입게 하여달라고 누구이 청하여 김순고가 궐내에서 나와서 포청의 대무한 일을 다 보살피고 서림이를 데려내다가 물어보게 되었는데, 서림이의 급히 할 말이란 별것이 아니고 꺽정이가 마산리에서 잡히지 않고 도망하면 더 말할 나위도 없고 도망을 못하고 잡히더라도 청석골에 있는 저의 처자는 적당의 손에 죽게 될 터이니 하해 같은 덕택으로 살려내오게 하여달란 애걸이었다. 김순고가 서림이의 애걸을 들을 때 서림이 장래 처지에 처속 있는 것이 혈혈단신보다 낫거니 생각하여 가까이 있는 포도부장 하나를 돌아보고 서림이의 말을 들어서 그 처자 빼내올 방편을 차려주라고 분부하였다. 그 부장이 대장의 분부를 드듸어서 서림이의 말하는 대로 편지들을 쓰게 하여 편지에 다른 말이 없는 것을 보고 전날 압수하여 온 서림이 행구 중에 있는 상목으로 편지에 노자를 얹어서 개미치란 자를 갖다 주라고 포청 사령 하나를 부리려고 한즉, 서림이 말이 사령 복색이 개미치의 의심을 사면 일이 와해라고 하여 사령 대신으로 부장 자기 집 하인을 부리었다.

　일이 이렇게 된 것을 삼백리 밖에 앉은 한온이가 귀신이 아닌

다음에 알 까닭이 없었다.

　오가가 한온이를 보고

　"나더러 의심하라면 외려 이런 의심을 하겠네."

하고 말머리를 내놓고, 무슨 의심이냐고 한온이가 묻기를 기다려서

　"포청에서 서종사를 잡아놓구 그 처자까지 마저 잡으려구 꾸민 놀음이 아닐까? 우격다짐으루 편지를 씌울 수두 있구 글씨체를 본떠서 어주편지를 쓸 수두 있으니까 나는 그 편지를 의심하구 싶어."

하고 말하니 한온이는 대번 고개를 내흔들며

　"그건 당치 않은 의심이오. 그것두 대장이나 우리들을 서울루 꾀여다가 잡으려구 한다면 혹시 모르지만 서종사의 처자를 잡으려구 그런 놀음을 꾸밀 까닭이 무어요? 관비가 지금 부족해서 수남이 어머니를 잡아가구 장래 관노, 관비를 기르기가 급해서 수남이 남매를 잡아간단 말이오? 포청에서 할 일두 없든가 보우."

하고 오가의 말을 여지없이 반박하였다.

　"자네 말을 듣구 보니 참말 그런 의심두 할 수 없네."

　"김치선이 기별이 어제 오지 않구 또 오늘 이 편지가 내 손에 떨어지지 않았더면 우리가 꾀에 빠지는 줄두 모르구 서종사의 식구를 다 보내주었을 것 아니오? 서종사가 서울서 무슨 짓을 하는지 그건 알 수 없으나 좌우간 딴맘 먹구 식구를 데려가려는 것만은 틀림없는 사실일 것 같소."

이때까지 두 사람의 수작을 듣기만 하고 말 한마디 아니하던 박유복이가 한온이를 보고

"편지 글씨는 분명히 서종사의 필적인가?"
하고 물어서

"진서구 언문이구 필적은 조금두 의심 없소."
하고 한온이가 대답하였다.

"그 편지가 스무나흗날 난 게라지? 그러면 스무사흗날 잡혔다는 건 헛말 아니겠나?"

"스무사흗날 잡혀갔더라두 곧 놓여나왔기에 스무나흗날 편지를 부쳤겠지요."

"포청 안에 잡혀 갇혔으면 편지는 부칠 수 없겠지?"

"친한 포교가 있으면 끼구서 편지쯤 부칠 수가 있겠지만 잡혀 갇힌 사람이 식구를 보내달랄 리가 있소?"

"서종사의 식구를 어떡하면 좋을까? 보내달라는 대루 보내주는 게 좋을까?"

"서종사가 우리 도중을 배반하구 간다면 그 식구를 볼모루 잡아두는 게 좋을 텐데 그걸 왜 보내준단 말이오?"

한온이의 말을 박유복이가 가타부타 말하기 전에 오가가 나서서

"서종사가 우리 도중을 배반하구 간다면 그 식구를 되려 선뜻 보내주는 게 득책일세."
하고 말하여

"무엇이 득책이란 말이오?"

하고 한온이가 뒤받았다.

"옛 성현네 말씀에 남은 나를 저버리더라두 나는 남을 저버리지 말란 말씀이 있다네. 주체궂은 남의 식구를 맡아두어 무어하겠나. 성현네 말씀대루 우리는 저버리지 않는다는 표나 내지."

한온이가 말 같지 않은 말 듣기 싫다는 듯이 오가의 말은 듣는 체 만 체하고 박유복이를 돌아보며

"서종사의 식구를 보내든지 안 보내든지 대장 오신 뒤에 품하구 작정합시다."

하고 말하니 오가가 증을 내면서

"대장 안 기신 동안에 우리는 무슨 일이 있든지 처리하지 못하나?"

하고 탄하였다.

"누가 처리 못한다우? 급한 일이 아니니 대장 오신 뒤에 처리하잔 말이지."

"서종사 편지에 식구를 급히 보내달랬다며?"

"서종사 급하다는 것이야 우리가 알 까닭이 있소?"

"대장이 기시면 우리는 부하니까 무슨 일이든지 자의루 처리 못하겠지만, 지금 대장이 안 기시구 안 기신 동안 일 처리를 우리게 맡기셨으니까 이만 일은 우리끼리 처리해두 좋지 않은가."

부하란 말에 오가는 힘을 주었다.

"글쎄 누가 처리 못한다우? 아직 보내지 않기루 처리해둡시다

그려."

"아니, 나는 두구 볼 것 없이 곧 보내구 또 수남이 남매까지 다 보내기루 주장하네."

"그런 주장을 나는 찬동할 수 없소."

한온이가 오가와 말다툼을 하는 중에

"서울 가다 말구 왜 왔나?"

하고 소리치며 곽오주가 방으로 들어왔다.

한온이는 오가의 객기 부리는 것이 속상하고 박유복이의 우물쭈물하는 것이 답답하던 차에, 서림이와 앙숙인 곽오주가 와서 자기 말에 편역 들 사람이 생긴 것을 든든하게 생각하여 얼른 자리까지 비켜주며

"어서 이리 와서 앉게."

하고 곽오주를 자기 옆에 앉힌 뒤에 서림이의 편지 석 장 사연을 낱낱이 일러 들리니 곽오주는 고개를 끄덕끄덕하다가 홀제 껄껄 웃었다.

"무에 우스운가?"

"그 불여우에게 속은 사람들이 우습지 않아? 대장 성님이 지금 있으면 펄펄 뛰며 야단법석을 했을걸."

"믿는 도끼에 발을 찍히면 누구는 분하지 않겠나."

"불여우에게 오장 빼먹힌 걸 생각하면 도끼에 발을 백번 찍혀두 분할 것 없겠네."

"그런데 여보게, 지금 서종사의 식구를……"

"지금두 서종사야? 서가놈이면 알아봤지."

"아따 자네 말대루 서가놈의 식구를 어떻게 처치할까 의논이 났는데, 오두령은 보내달라는 대루 다 보내주자구 하구 나는 보내주지 말구 보내주더라두 대장 오신 뒤에 말씀이나 들어보구 보내주자구 했네. 자네 생각엔 어떻게 하는 게 좋겠나?"
하고 한온이가 곽오주에게 물을 때, 곽오주는 보내주자는 것이 쓸개 빠진 소리라고 오가를 면박이라도 하려니 생각하고 물었는데

"제 기집 제 자식 보내달라는 걸 우리가 안 보내줄 턱이 있나. 보내주는 게 좋지."
하고 곽오주 입에서 뜻밖의 대답이 나와서 자기 편으로 헛믿은 한온이가 어이가 없었다. 곽오주 생각에는 서림이의 떨거지를 얼른 다 보내서 서림이의 관계를 단결에 끊어버리는 것이 아주 시원하여 오가의 편을 들게 된 것인데, 한온이는 미련한 곽오주가 생각이 미처 잘 돌지 못한 줄로 짐작하고

"이 사람아, 서가놈이 우리 도중을 배반하구 나가면 처자를 볼모루 잡아두구 애를 태워줄 텐데 그걸 왜 보내준단 말인가?"
하고 깨우쳐주듯 말한즉, 곽오주가 눈을 부릅뜨고

"그놈이 배반하구 나가서 우리게 해를 부치면 그놈은 우리 도중의 역적놈이니까 그놈을 어디 가서든지 잡아 죽이지, 그까짓 기집자식을 잡아두었다가 대신 죽일 텐가?"
하고 도리어 한온이를 핀잔주려 들었다. 서림이를 미워하는 곽오주가 서림이에게 두남두는 오가와 합세하는데, 한온이는 독불장

군이 되어서 속이 버쩍 더 상하여 박유복이를 보고

"나는 모르겠소. 박두령, 잘 생각해서 오두령하구 처리하시우."

하고 퉁명스럽게 말한 뒤 집으로 가려고 일어섰다. 박유복이가 치어다보며

"어딜 갈라구 일어서나?"

하고 물어서 한온이는 핑계로

"골치가 아파서 바람을 좀 쏘여야겠소."

하고 대답하였다.

"앉아서 내 말 좀 듣게."

"무슨 말이오?"

"글쎄 앉아."

한온이가 다시 앉은 뒤 박유복이가 한온이더러

"내 생각엔 오두령께 온 편지대루 수남이 어머니 모녀만은 곧 보내주구 수남이 남매는 두었다가 나중 서울 소식을 자세히 들은 뒤 어떻게든지 처치하는 게 좋을 것 같애."

하고 말하며 오가와 곽오주까지 돌아보았다. 서림이 장모까지 보내지 말자던 한온이와 수남이 남매까지 다 보내자던 오가는 다같이 조금씩 주장을 굽히어서 박유복이의 말을 좋다고 찬동들 하였으나, 곽오주만은 한꺼번에 다 보내버리자고 내처 고집을 세우다가 박유복이에게 꾸지람을 받고 겨우 수그러졌다.

서림이 아내에게 편지는 주지 않기로 작정들 하여 오가가 서림

이 아내를 가서 보고 서울서 이러이러한 기별이 왔는데 모녀분이 같이 간다면 삯마 두 필을 얻어주마고 말로 일렀다.

금교역말에 사람을 보내서 삯마를 얻어왔을 때 해가 거의 저녁때가 다 되었는데, 서림이 아내보다도 서림이 장모가 몸이 달아서 단 십리라도 가다 잔다고 곧 떠나기로 하여 오가와 박유복이가 와서 떠나는 것을 보았다. 아들아이 수남이는 열댓살 먹은 값을 하느라고 가장 씁쓸한 체하나, 나이 어린 딸 복례는 그 어머니를 차마 못 떨어져서 어머니 치마꼬리에 매어달리며 울고불고하여 서림이 아내가 좀처럼 말을 탈 수가 없었다. 오가가 이것을 보고

"복례까지 보내주는 게 어떤가?"

하고 귓속말로 박유복이에게 의논하니 박유복이는 처음 작정을 변하기 어려워서 자저하다가 어머니는 떼어놓으려고 달래고 딸은 안 떨어지려고 악지 부리는 광경을 보다가 못하여 오가에게 눈짓하며 고개를 끄덕끄덕하였다. 오가가 복례를 데리고 가라고 권하여 그 외조모가 말 위의 의지성삼아 안고 타고 가게 되었다.

● 과화숙식(過火熟食)
지나가는 불에 음식이 익는다는 뜻으로, 어떤 사람을 위하여 한 것은 아니지만 그 사람에게 은혜가 됨을 비유적으로 이르는 말.

꺽정이 일행은 떠나는 날 당일 마산리를 대가려고 한 것이 김치선이 기별로 의외에 지체하고 늦게 떠난 까닭에 어둡기 전에 대갈 가망이 없었다. 온천으로 작로가 되어서 온천에 오니 해가 벌써 다저녁때라, 과화숙식*으로 목욕하고 자고 가자고 꺽정이

가 말을 내었다. 온천 동네 여러 집은 모두 농가들이나 봄가을 난 데서 온천하러 오는 사람이 많을 때 점잖은 행차의 사처할 만한 집이 더러 있으므로, 그중에서도 깨끗한 집을 골라서 주인을 잡고 저녁밥을 시킨 뒤 바로 주인집 아이를 앞세우고 탕으로 목욕들을 하러 왔다.

날이 찬 까닭에 올라오는 김이 안개같이 자욱하여 처음에는 주위에 돌난간 친 것도 잘 보이지 않더니 난간 앞에들 와서 섰는 동안에 탕 안에 물 고인 것이 내려다보이었다. 그러나 물이 정한지 더러운지는 알 수 없었다. 이봉학이가 들떼어놓고

"물에 옴딱지나 없을까? 옴딱지가 있으면 께름칙해 목욕을 할 수 있나. 물을 좀 치구서 들어가야지."

하고 말하는 것을 주인집 아이가 듣고

"요새는 물이 정합니다. 봄철이나 가을철 같으면 옴쟁이두 많이 오구 절름발이두 많이 모이지만 요새는 없습니다."

하고 대답하였다. 탕에서 흘러나오는 물이 모여서 떨어지는 목에 삿자리˙로 둘러막은 곳이 있어서 꺽정이가 그곳을 가리키며

"저기는 무어하는 데냐?"

하고 그 아이더러 물었다.

"거기는 빨래텁니다. 사내들 목욕할 때 아낙네 빨래하기 좋으라구 가려 막은 겝니다."

"이 동네 여편네들은 겨울에 빨래하는데 손이 안 시려서 좋겠다."

"이 동네뿐 아닙니다. 겨울에는 십 리 이십 리 밖에서두 이리 빨래하러 옵니다. 그래서 요새는 종일 방망이질 소리에 귀가 따갑지요."

그 아이가 촌생장이라도 손님에 치여나서 말대답하는 것이 소명하였다.

꺽정이가 두령 네 사람과 같이 갓, 망건, 옷을 돌난간 앞에 벗어놓고 내려가서 더운물에 종일 언 몸들을 담갔다. 탕 안의 물이 철철 전을 넘어서 밖으로 흘러나가는데 깨끗하기가 옥수 같았다. 탕에 들어올 때 아직 환하던 것이 어느 사이에 서로 얼굴들이 분명히 보이지 않도록 침침하여졌다. 목욕들을 실컷 할 작정하고 혹은 몸을 씻고 혹은 머리를 감고 혹은 옆엣사람에게 등을 밀리고 혹은 노독을 푼다고 물속에 진득하니 앉았을 때 빨래터에서 찰싹찰싹 방망이질하는 소리가 났다.

● 삿자리
갈대를 엮어서 만든 자리.

"해진 뒤에 방망이질 소리가 웬일이야?"
하는 이봉학이 말에
"아마 도깨빈가 보우. 사람이 어둔데 무슨 빨래를 하겠소."
하고 배돌석이가 뒤를 잇자
"도깨빈가 내 좀 가보구 오리다."
하고 길막봉이가 일어나서 성큼성큼 위로 올라갔다.

동네 젊은 여편네 하나가 남이 보는 데서 빨기 난중한 더러운 속것을 빨래꾼 없을 때 빨려고 나온 것을 길막봉이는 도깨비로 여기고 벌거숭이 몸으로 가까이 오며 에헴 하고 큰기침을 하니

"아이구머니!"

하고 여편네가 방망이를 내던지고 천방지축 도망하였다. 길막봉이가 빨랫돌에 가서 빨래를 들고 보니 비린내가 코를 거스르는 여편네의 속옷이라 도로 내던지고 탕에 돌아와서

"예 여보, 공연히 도깨비라구 해서 나는 망신했소."

하고 배돌석이를 매원하였다.

"누가 자네더러 쫓아가랬어?"

"도깨비라니까 구경하러 갔지."

"그래 인도깨비든가?"

"젊은 여편네가 나를 보구 놀라서 당장에 애를 지웠소."

"누구를 속일라구 거짓부리하나."

"거짓말인가 가 보구려. 서답돌˙에 피가 벌거니."

"자네 말대루 낙태했다구 하구 낙태한 여편네는 어떻게 했나?"

"어떻게 할 수 있소? 그대루 내버려두구 왔지."

"여편네가 참말 그저 빨래터에 있나?"

"사지가 붙었는지 꼼짝 못합디다."

길막봉이가 계집 밝히는 배돌석이를 헛걸음 한번 시키려고 능청스럽게 거짓말하는데 꺽정이가 옆에서

"참말이냐?"

하고 물어서 길막봉이는 껄껄 웃고 여편네가 방망이 내던지고 도망한 것을 이야기하였다.

목욕을 다 하고 주인집에 와서 저녁밥을 한 그릇씩 다 먹고 먹

은 밥이 자위도 돌기 전에 잘자리들을 보았다. 추운 때 길을 오고 뜨거운 물에 목욕을 하고 또 시장한 끝에 밥을 먹은 까닭에 다들 곤하겠지만, 그중에 이봉학이와 김산이는 다른 사람들에게 대면 기질이 약한 편이라 곤한 것을 억지로 참다가 누우며 곧 속잠이 들어서 정신들을 모르고 배돌석이와 길막봉이는 마주 누워서 이런 소리 저런 소리를 서로 씩둑꺽둑 지껄이고 꺽정이는 눈을 감고 잠을 청하였다. 꺽정이가 잠이 오냐 마냐 하는데 옆에서 지껄이는 것이 듣기 싫어서

"고만들 지껄이구 자지."

하고 말하여 배돌석이와 길막봉이가 일시에

"네."

하고 대답들 하더니 불과 잠시 동안에 길막봉이는 코를 드르렁거리었다. 사내 주인이 밖에서

"여게 김서방, 자네 잠깐 가서 백손이 큰아버지더러 좀 오라구 하게."

하고 머슴을 심부름시키는 말이 귀에 들리어서 꺽정이는 속으로

'이때까지 백손이 동명同名을 못 봤더니 여긴 있구나.'

하고 생각하였다. 백손이 이름에서 백손이를 장가들여야 할 목전 걱정과 백손이는 도적놈 소리를 듣지 않게 해주어야 할 장래 근심으로 생각이 번져나가서 꺽정이는 잠이 번놓이었다.ˊ

벽에 걸린 등잔은 심지가 타느라고 찌찌 소리가 나고 머리맡 문틈으로는 찬바람이 들어와서 덜미가 서늘하였다. 삽작문께서

● 서답돌 '빨랫돌'의 방언.
● 번놓이다 번놓다. 잠을 자야 할 때에 자지 아니하고 그대로 지나가다.

안방 앞으로 들어가는 발소리가 나며 곧 말소리들이 나는데

"김서방 왔나?"

하고 묻는 것은 주인이요,

"네, 갔다왔습니다."

하고 대답하는 것은 김서방이란 머슴이었다.

"백손이 큰아버지는 뒤에 오마든가?"

"술이 억병 취해서 정신을 모릅디다."

"술 먹을 밑천은 여일˚ 어디서 나노? 고만 나가 자게."

꺽정이가 그러지 않아도 술 생각이 나는 것을 참고 누웠던 차에 술 소리를 듣고는 더 참을 수 없어서 벌떡 일어나 앉으니 배돌석이가 설잠이 들었던지 눈을 떠보고

"왜 안 주무시구 일어나십니까?"

하고 물었다.

"잠이 어째 아니 오네. 술이나 좀 사다 먹세."

꺽정이가 배돌석이에게는 하게도 하고 해라도 하고 마음 내키는 대로 하였다. 배돌석이가 일어나서 머슴방에서 자는 졸개를 부르러 나가려고 하는데, 꺽정이가 주인을 불러서 사다 달라고 청하라고 말하였다. 배돌석이가 방문을 열고 주인을 부를 때 길막봉이도 눈을 떠보고 일어났다. 노자로 가지고 나선 상목 중에서 자투리 한 끗을 주인에게 내주고 술 한 동이를 사다가 먹게 하여달라고 청한 뒤 자는 사람들을 마저 깨우는데, 이봉학이는 정신이 맑은 사람이라 대번 일어나고 김산이는 잠주정을 하여 여럿

이 웃었다.

　주인이 술을 데워서 내올 때 안주로 처음에 김치를 한 그릇 내오고 나중에 다시 메밀묵 무친 것을 한 양푼 내왔다. 꺽정이가 주인더러 술을 같이 먹자고 들어오라고 하고, 사양하는 것을 길막봉이 시켜서 끌어들이다시피 하였다. 주인이 술 한 사발을 받아먹은 뒤

　"아까 여러분 목욕들 가셨을 때 어떤 분이 빨래 나온 아낙네를 놀래신 일 없습니까?"

하고 물어서

　"우리가 그런 장난했다구 누가 말합디까?"

하고 배돌석이가 되물었다.

● 여일(如一)
한결같이. 언제나. 매일.

　"아니요. 내 생각에 그럴 듯해서 여쭤보는 말씀입니다. 술집 며느리가 더러운 옷을 남몰래 빨라구 석후에 나갔다가 온천 도깨비를 만났다구 술집 있는 윗말서 떠들드랍니다. 도깨비는 벌거벗었는데 키는 하늘까지 닿구 몸집은 몇 아름드리라구 하드랍니다."

　주인의 말끝에 꺽정이가 웃으며

　"그 온천 도깨비가 여기 있소."

하고 길막봉이를 가리키니

　"그러면 그렇지요."

하고 주인은 손뼉을 쳤다.

　"온천에 그런 도깨비가 있단 말은 전에두 있었소?"

"전부터 일러 내려오는 말이 온천에 주인 도깨비가 있어서 온천 효험을 내주기두 하구 안 내주기두 한답니다. 사오년 전에 한 번 온 동네가 떠든 일이 있었습니다. 그때두 지금 같은 겨울인데 새벽에 자욱눈˚이 온 뒤 동네 사람 하나가 일찍 온천 앞을 지나다가 탕으루 들어간 발자국을 보구 누가 이렇게 새벽 목욕을 하러 왔나 하구 탕 안을 들여다보니까 아무두 없드랍니다. 그런데 눈 위의 발자국은 들어간 것뿐이구 나온 것이 없어서 다들 도깨비의 장난으루 믿었습니다. 나중에 알구 보니 그때 동네에서 머슴살이하던 장난꾼 하나가 탕 안에 들어가서 세수하구 나오는데 남을 속일라고 짚신을 꺼꾸루 신구 들어갈 때 발자국을 다시 밟구 나왔답니다."

"신발을 꺼꾸루 신으면 발이 들어갈까?"

"앞총을 찌글트려 눌러 신고 들메˚를 하면 발에 붙지야 않겠습니까."

"이야기 안주가 훌륭하구려. 술 한 동이 여섯이 먹기 부족하니 한 동이만 더 사오라구 하오."

도깨비 이야기, 호랑이 이야기, 종작없는 이야기가 술자리를 길게 하여 한밤중이 지난 뒤에 다시들 눕게 되었는데, 꺽정이는 두 번 사온 술의 반 동이 턱을 좋이 먹고 걱정 근심 다 잊어버리고 잠을 잤다.

꺽정이 일행이 이튿날 첫새벽에 온천서 떠나서 환갑잔칫집 아침밥이 채 되기 전에 마산리를 들어왔다. 이춘동이는 꺽정이와 김산이가 전날 올 줄 알고 기다리다가 오지 않아서 무슨 연고가 있어 못 오는가 보다 생각하고 있던 차에, 꺽정이와 김산이 외에 다른 두령들까지 온 것이 마음에 고마워서 어려운 길을 하였다고 지재지삼 치사하였다.

이춘동이가 어머니 환갑 때 오리라고 하던 박연중이는 아들아이까지 데리고 이틀 전기하여 와서 뜰아랫방에 있다고 그 방으로 꺽정이 일행을 인도하여 꺽정이가 방안에 들어가서 박연중이를 보고

"오래간만에 보이니 절을 한번 해야지. 자, 절 받으시우."
하고 절하려고 하다가

"이 사람, 망령의 소리 말구 어서 앉게."
박연중이가 붙들어서 못하고 이봉학이 이하 네 두령도 절인사하려는 것을 역시 못하게 밀막아서 입인사로 인사들을 마치고 각각 좌정한 뒤, 박연중이가 한옆에 비켜섰는 아들아이더러 이 어른들께 보이라고 꺽정이 앞에서부터 돌아가며 절하도록 시키었다. 박연중이는 외양부터 촌보리동지˚가 다 되었고, 그 아들아이는 외모도 똑똑히 생겼거니와 응대진퇴應對進退에 촌티가 없었다.

● 자욱눈
발자국이나 낼 정도로 매우 조금 내린 눈.
● 들메
신이 벗어지지 않도록 신을 끈으로 발에 동여매는 일.
● 촌보리동지
어련무던하게 생긴 시골 사람을 낮잡아 이르는 말.

환갑잔치에 먼 데서 온 손님은 박연중이와 꺽정이 일행뿐이나 본동本洞, 근동近洞에서 사람이 많이 모여서 동네 집 방까지 빌렸어도 방사가 오히려 부족하건만, 뜰아랫방에는 다른 사람을 들이

지 아니하였다. 이춘동이가 눈코 뜰 새 없이 분주한 중에도 아침 밥상이며 점심 국숫상을 뜰아랫방에 내갈 것은 낫게 차리라고 잔소리하고 동네 노인들이 모여 앉은 바깥방보다도 뜰아랫방에 상을 먼저 내가게 하라고 재촉하고, 또 상 심부름을 바깥방과 동네방은 일꾼들에게 밀어 맡기고 뜰아랫방은 자기가 친히 하여 뜰아랫방 손님들을 칙사같이 떠받들었다. 뜰아랫방 손님들이 대체 어디서 온 어떤 사람인지 몰라서 이춘동이 집 일꾼들더러 물어보는 사람도 한둘이 아니었다. 일꾼들은 알고 모르고 덮어놓고 모른다고 대답하였겠지만, 청석골 대장 임꺽정이가 친히 부하 두령들을 데리고 온 줄은 사실로 일꾼들 역시 분명히 알지 못하였다.

먹는 빛과 떠드는 소리 속에 경삿날 하루해가 저물었다. 근동 사람은 말할 것 없고 본동 사람도 거진 다 돌아가서 동네방과 바깥방은 비고 뜰아랫방의 먼데 손님들만 남았다. 이춘동이가 뜰아랫방에 들어와서 등잔불을 켜놓을 때

"벌써 불을 켜게 되었는데 이애가 이때까지 안 오니 웬일일까?"

하는 꺽정이 말에

"알아보러 간 일을 자세히 알구 오려구 오늘 못 오는 게지요."

하고 이봉학이가 대답하는 것을 듣고 이춘동이가 불을 켜놓고 와 앉아서 꺽정이와 이봉학이를 아울러 보며

"올 사람이 누구요?"

하고 물으니 꺽정이가

"내 처남아이를 오늘 이리루 오라구 했는데 안 오네그려."
하고 대답하였다.

"일이 있는 걸 제치구 오셨소?"

"일을 제치구 온 게 아니라 하러 갈라네."

"어디 다른 데루 가실 테요?"

"해주 땅이나 재령 땅에 잠깐 갔다가 자네게루 다시 와서 전날 말한 대루 자네하구 동행할 작정일세."

"해주 땅이나 재령 땅이나 갔다온다니 그게 대체 무슨 일이오?"

"일은 나중 조용히 이야기함세."

꺽정이 말끝에 박연중이가 슬그머니 일어나서 밖으로 나가려고 하여

"어디 가실랍니까?"
하고 이춘동이가 물었다.

"밖에 잠깐 나갈 일이 있네."

"뒷간에 가실랍니까? 어두우니 불을 가지구 가시지요."

"아니, 고만두게."

박연중이가 밖으로 나갈 때 그 아들아이까지 뒤를 따라나갔다.

"박노인은 형님이 자기를 꺼려서 일 이야기 안 하는 줄루 알구 자리를 피해서 나간 모양이오."
하고 이봉학이가 말하여 무심하였던 꺽정이도 개도가 되어서

"의뭉스러운 늙은이가 정녕 그래서 나간 겔세."

하고 곧 이춘동이를 내보내서 박연중이 부자를 청하여 들인 뒤 박연중이더러

"우리가 해주, 재령 지리에 밝지 못해서 말씀을 들어보구 일자리를 정하려구까지 생각하는데 당신을 꺼려서 일 이야기 않는 줄루 아시는 건 지릅*이 너무 과하시우."

말하고 웃었다.

밤이 들어서 잔치 뒷설거지해주는 동네 여편네들까지 다 갔다. 낮에 사람이 북적북적하던 끝이라 집안이 괴괴하고 쓸쓸하였다. 그러나 뜰아랫방에는 담화가 그치지 않고 떠들썩하게 웃을 때도 간간이 있었다. 박연중이가 아들아이 눈에 잠이 가득한 것을 보고

"졸리냐?"

하고 물어서

"아니요."

하는 대답을 듣고도

"졸리거든 한구석에 쓰러져 자려무나."

하고 일렀다. 이춘동이가 아이더러

"오늘 밤에 너는 우리 어머니 방에 가서 자는 게 좋겠다."

하고 말한즉 아이는 그저 들을 만하고 있다가 그리하라는 저의 아버지의 말을 듣고 비로소

"네."

하고 대답하였다.

이춘동이가 박연중이 아들을 안에 데려다 두고 나와서 청석골 두령들을 보고 아이가 신통하다고 칭찬을 시작하자, 여럿이 받고 채기로 '얼굴이 동탕하다˙' '눈에 정기가 있다' '열네살로 숙성하다' '딸 있으면 사위삼겠다' 이런 말로 칭찬들 하여 박연중이는 입이 헤 하고 벌어졌다.

"자제 혼인을 어디 정하셨소?"

꺽정이가 묻고

"아직 못 정했네. 어디 좋은 혼처 있거든 한 군데 일러주게."

박연중이가 대답하는데 묻는 사람이 무슨 유의하고 물은 것도 아니요, 대답하는 사람 역시 지나가는 말로 대답한 것이었다.

이봉학이가 꺽정이를 보고

"애기하구 혼인하면 좋겠소. 아주 천생배필이오. 내가 중매를 들리까?"

하고 말하는 것을 꺽정이가 대답 아니하니 박연중이가 꺽정이더러

"애기가 누군가, 자네 딸인가?"

하고 물었다.

"내 딸이 아니구 우리 누님 딸이오."

"자네 매부가 누군가?"

"우리 선생님 아시지? 우리 선생님이 우리 누님의 시아버지요."

"자네 선생님이라니, 동소문 안에 사시던 양선생 말씀인가?"

● 지름 미립.
경험을 통하여 얻은 묘한 이치나 요령.
● 동탕(動蕩)하다
얼굴이 두툼하고 잘생기다.

"그렇소."

"자네 생질녀가 이인의 손녈세그려. 그래 자네 누님이 지금 어디서 사시나?"

"우리 누님이 그애 낳던 해 과부가 되어가지구 내게 와서 오늘날까지 같이 지내우."

"그래 자네 생질녀가 올에 몇 살인가?"

"열다섯살이오."

"내 자식하구 자치동갑일세그려. 나이두 좋군. 다시 더 말할 것 없이 자네 생질녀를 내 며느리루 주게."

"좋은 말이오. 그러나 급한 일이 아니니 이다음 다시 의논합시다."

"자네 누님의 의향을 몰라서 지금 대답을 못하나?"

"우리 누님 의향은 들으나 마나지만 혼인에는 보는 것이 많으니까 더 좀 생각해보잔 말이오."

"보는 게 무언가, 궁합 말인가?"

"내 생질녀를 들여보냈다가 댁 안식구들이라두 혹 근본을 들춰서 정가하면˙ 재미없지 않소."

"이인의 손녀요, 호걸의 생질녀니 친가 외가의 혈통 좋기가 내 자식에다 대겠나? 근본으루 정가란 게 무슨 소린가? 자네가 당치 않은 염려를 하는 것이 아마두 전날 속에 든 은혈병이 아직두 남아 있는 모양일세."

"그런지두 모르겠소."

"내 평생에 진정으루 우러러본 인물은 김사성 영감두 아니구 조대헌 영감두 아니구 갓바치 노릇하시던 양선생일세. 그 선생의 손녀를 며느리삼게 되면 내겐 그보다 더 기쁜 일이 없겠네."

"그러면 혼인합시다."

"혼인은 인제 아주 완정일세."

"두말이 왜 있겠소."

"내 생각엔 개춘한 뒤 대사를 곧 지냈으면 좋겠는데 자네 바쁘지 않겠나?"

"바쁠 것 없소."

"그럼 개춘하거든 곧 하세."

박연중이 말끝에

"따님은 놔두구 역혼逆婚하실랍니까?"

● 정가하다
지나간 허물을 들추어 흉보다.

하고 이춘동이가 말하여

"지금 혼인 말 하는 데가 두어 군데 되니까 어디루든지 정해서 세전歲前에 치우겠네."

하고 박연중이가 대답하는 것을 이봉학이가 듣고

"내가 중신애비루 나선 김에 장래 병사 사위를 하나 중신해드리리까?"

하고 웃으며 말하니 박연중이는 실없는 말로 알고

"늙은 사람을 놀리려구 하는 말이오?"

하고 불쾌스러운 내색까지 보이었다.

"좋은 낭재가 있어서 중매해드리려구 하는데 놀리다니, 그게 무슨 말씀입니까?"

"장래 병사라구 말하니, 장래 무엇 될 걸 미리 어떻게 아우? 그게 실없는 말이 아니오?"

"어떤 용하다는 상쟁이가 상을 보구 장래 병삿감이라구 말하는 걸 들은 까닭에 솔구이발˚루 그렇게 말했습니다."

이봉학이의 실없는 말 아닌 발명을 듣고 박연중이는 비로소
"그 신랑감이 어디 있소?"
하고 물었다.

"그 신랑감은 내 조칸데 나이는 올에 스무살이구 인물은 사내답게 생겼습니다."

"함씨˚를 지금 데리구 기시우?"

이봉학이가 꺽정이를 가리키며

"이 형님이 데리구 기시지요. 당신 아들이니까."
하고 말하니 박연중이는 꺽정이를 돌아보며

"자네가 그런 장남한 아들이 있든가?"
하고 말한 뒤 다시 이봉학이를 보고

"좋긴 좋으나 겹혼인이 재미없소."
하고 고개를 가로 흔들었다.

"겹혼인이 왜 재미없습니까?"
하고 이봉학이가 재미없는 까닭을 다그칠 뿐 아니라

"오뉘바꿈˚이 혼인 중에 가장 재미있는 혼인인데 재미없다는 건 모를 말씀인걸요."

하고 배돌석이가 재미없단 말을 책까지 잡아도 박연중이는 아무 소리 않고 잠자코 있었다.

　박연중이가 마산리 오던 날 밤에 이춘동이의 청석골패에 입당할 이야기를 듣고 청석골은 불구덩인데 타죽을 줄 모르고 들어가는 것이 정신없는 사람의 짓이라고 이춘동이를 조만히 책망하였다. 자기 수하에 있던 사람이 다른 데로 간다는 데 마음이 격하여 책망한 것이 아니고 자기의 생각을 솔직히 말하자니 자연 책망이 나왔었다. 며느리는 데려오는 것이라 관계없지만 딸은 들여보내는 것인데 불구덩이로 들여보낼 마음이 없고, 또 꺽정이의 아들은 양주팔이의 손녀같이 욕심날 것도 없어서 박연중이가 입을 함봉하고 있었다. 이봉학이가 먼저 꺼낸 말 뒤를 거두느라고

　"연분이란 인력으루 할 수 없는 게지만, 이다음에 조카아이를 한번 보시면 그때는 겹혼인 못한 것을 후회하시리다."
하고 말하는 것을 듣고 박연중이가 어색한 말로
　"장래 병삿감이라구 말한 상쟁이가 마전 조서방이란 사람이오?"
하고 물었다.
　"그건 어디서 들으셨나요?"
　"내가 피풍*이 있어서 올 여름에 냉정(冷井) 물 맞으러 갔다가 삼거리서 그 사람을 만났는데, 그 사람이 청석골 잡혀가서 죽을 뻔

● 솔구이발(率口而發) 입에서 나오는 대로 경솔하게 함부로 말함.
● 함씨(咸氏) 조카님. 상대편 조카를 높여 이르는 말.
● 오뉘바꿈 서로 상대편의 오누이와 맺는 혼인.
● 피풍(皮風) 피부가 소름이 끼치듯이 볼록볼록한 것이 돋으며 가려운 피부병.

한 일이 있다구 이야기합디다."

"상쟁이가 그애를 보구 만일 좋은 가문에 태어났더면 출장입상'이라두 하겠지만, 평지돌출루 나설 테니까 병사쯤 하겠다구 말합디다."

박연중이가 삼거리서 상쟁이를 만났을 때 자기 상을 보이고 말이 맞는 데 반하여 집에까지 데리고 와서 식구들의 상을 다 보이었는데, 지금 혼인 말 하는 딸을 보고 나서 풍상을 많이 겪은 뒤에 부인 직첩을 받으리라고 말하였다. 상쟁이 말을 돌이켜 생각하니 꺽정이 아들과 연분이 있는 듯도 하여 박연중이가 꺽정이를 보고

"내외종 사촌이라두 누이바꿈이 재미가 없는데 자네 생각엔 어떤가?"

하고 물은즉 꺽정이는 두말없이 좋다고 대답하였다.

혼인 두 쌍이 한자리에 작정되어서 좌중 여러 사람이 다같이 좋아하는데, 박연중이는 좋아하면서도 마음 한구석에 궂은고기 먹은 것 같은' 생각은 없지 아니하였다.

이춘동이가 술을 내와서 술들을 먹는 중에 꺽정이가 박연중이에게 봉산군수 잡아 죽일 계획을 말하고 장맞이하기 좋은 자리를 물으니, 박연중이가 듣고 한참 있다가

"내가 자네게 할 말이 있는데 후기 없는 늙은이 말이라구 웃지 않구 들어주겠나?"

하고 정중하게 말을 내었다.

"무슨 말씀이오?"

"우리가 서루 사돈까지 정해서 그저 친한 처지와두 다른데 진정을 기일 수가 있나. 나는 대체 자네네 청석골 사업이 너무 큰 것을 재미없게 아는 사람일세. 우리가 압제 안 받구 토심 안 받구 굶지 않구 벗지 않구 일생을 지내면 고만 아넌가. 그외에 더 구할 게 무언가. 자네네 일하는 것이 나 보기엔 공연한 객기의 짓이 많데. 이번 일만 말하더라두 그게 객기 아넌가? 봉산군수를 죽이면 금이 쏟아지나 은이 쏟아지나. 설사 금은이 쏟아지더라두 뒤에 산더미 같은 화가 올 걸 어째 생각 아니하나? 아무리 무능한 조정이라두 지방 관원을 죽이는데 가만히 보구 있겠나? 말게, 제발 말게."

"말씀은 잘 알아들었지만 이왕 작정한 일이니까 이번 일은 그대루 할밖에 없소."

"자네가 고만두면 고만 아닌가."

"칼을 뺐다 그대루 꽂을 수야 있소?"

"잘못 뺀 칼은 그대루 꽂는 게 장살세."

"그건 할 수 없소."

꺽정이가 말을 듣지 아니하여 박연중이는 길이 탄식하고 말을 그치었다.

이튿날 아침에 뜰아랫방 여러 사람이 겨우 소세들을 마치고 앉았을 때, 일꾼 하나가 들어와서 밖에 손님이 왔다고 연통하자마자

● 출장입상(出將入相) 나가서는 장수가 되고 들어와서는 재상이 된다는 뜻으로, 문무를 다 갖추어 장상의 벼슬을 모두 지냄을 이르는 말.
● 궂은고기 먹은 것 같다 병으로 죽은 짐승의 고기를 먹은 것처럼 꺼림칙한 느낌이 있음을 이르는 말.

"형님, 나 왔소."

하고 황천왕동이가 소리를 앞세우고 방문 앞으로 대들었다.

"어제 올 줄 알구 기다렸다."

하고 꺽정이가 말한 다음에

"어디서 자구 이렇게 일찍 왔나?"

"밤길 걸었나?"

이봉학이와 배돌석이가 연달아서 말 묻는 것을 황천왕동이는 대답 한마디 않고 부지런히 들메 풀고 신발 벗고 방안에 들어와서 인사들도 건둥반둥하고˙ 주저앉았다. 꺽정이가 박연중이를 가리키며

"이 어른께 절하구 뵈어라."

하고 이르는데 박연중이가 절 말라고 손을 내젓고

"그대루 앉아 인사합시다. 나는 박연중이란 사람이오."

하고 말을 붙이는 것을 황천왕동이는 대답도 않고 일어나서 절을 한번 시늉내듯 하고 도로 앉았다.

"절을 공손히 하지 못하고 그게 무어냐?"

하고 꺽정이가 나무라니

"이야기할 일이 급한데 언제 인사범절을 늘어지게 차리구 있세요?"

하고 황천왕동이가 말대답하였다.

"이야기할 일이 무에 그리 급하냐? 이흠례가 벌써 떠났다드냐?"

"이흠례가 오늘 이리 옵니다."

"무어야?"

하고 소리치는 꺽정이뿐 아니라 좌중 여러 사람이 다같이 놀랐다.

"내가 처음부터 찬찬히 이야기할게 들으시오. 그저께 봉산 가서 장인보구 온 사연을 말하니까 장인은 자기 일이 바빠 알아봤는지 잘 알구 있습디다. 군수가 그믐 전에 못 가구 새달 초생에 가는데, 닷샛날쯤 떠나갈 모양이라구 합디다. 그래서 나는 어제 첫새벽 떠나올라구 막 일어나 앉았을 때 별안간 관문 앞에서 취군 나발소리가 야단으루 나구 읍내 일판이 곧 난리난 것같이 술렁술렁합디다. 장인이 진둥한둥 나가서 알아본즉 서울서 선전관 하나, 군관 둘이 내려와서 불각시루 군병을 조발하는데, 평산 땅으루 청석골패를 잡으러 간다구 하더랍니다. 우리가 평산 땅에 모이는 것을 서울서 알 까닭두 없으려니와 설혹 알았다구 하더라두 기병하자면 평산이 있는데 봉산까지 올 까닭이 없으니까 우리를 잡으러 오려구 기병한단 말은 곧이가 잘 들리지 않습디다. 그러나 그런 말을 듣구 그대루 올 수가 있습디까. 봉산 군사들이 어디루 가는 것이나 알구 올라구 아침때까지 봉산 있다가 봉산군수가 서울서 온 선전관하구 같이 이백여명 군사를 거느리구 검수역 말길루 나갔단 말을 듣구 봉산서 떠나서 후진 뒤를 멀찍이 따라오다가 노량으루 걷기가 갑갑증두 나구 생각해보니 뒤따라올 맛두 없어서 샛길루 빠져서 선봉대보다두 앞질러 왔습니다. 어제

• 건둥반둥하다 반둥건둥하다. 일을 다 끝내지 못하고 중도에서 성의없이 그만두는 모양을 이름.

좀 늦더라두 여기까지 대올 수 있었지만, 봉산 군사들이 과연 이리 오나 혹 다른 데루 가나 아주 보구 올라구 안성역말쯤서 자려구 맘을 먹었더니, 봉산 군사들이 안성 와서 경야한다구 선참이 와서 집들을 치우는 중입디다. 그래서 안성을 지나놓구 총수령 넘어와서 고개 밑 동네에서 잤습니다. 오늘 새벽 동트기 전, 봉산 군사들이 지나갈 때 자다가 놀라 일어난 동네 사람들은 '관군이 도적 잡으러 가니 놀라지들 마시오' 군중에서 외치는 소리를 듣구 안심이 되어서 밖에 나가서 구경들 하는데, 나두 동네 사람들 틈에 섞여서 구경하다가 그대루 나서서 진 뒤를 청처짐하게 따라왔습니다. 어수동이란 데를 오니까 연기가 자욱한 중에 사람이 와글와글하는데 그 사람이 다 군삽디다. 누구든지 붙잡구 말을 좀 물어보구 싶으나 군사 천지에 발을 들여놓기가 서먹서먹해서 동네 밖 길가에서 서성거리는 중에, 마침 여편네 두엇이 동이들을 이구 논귀˙샘으루 물 길러 나가기에 쫓아가서 말을 물었습니다. 여편네들이 말대답 잘 않는 것을 구슬러서 물어본즉 평산부사하구 어디 찰방하구, 여편네들은 어디 찰방인지 모릅디다만, 찰방이면 금교찰방이겠지요, 어제 밤중에 군사 여러 백명을 끌구 나와서 동네 사람들은 건밤을 새웠다구 말하구 오늘 남면으루 도적을 잡으러 간다는데, 도적은 아무개라구 형님 이름까지 말합디다. 여편네들이 더 자세히 알지두 못하거니와 평산 군사가 봉산 군사하구 합세해가지구 남면으루 오는 줄까지 안 바에는 더 물어볼 것두 없어서 여편네들이 물동이 이구 돌아선 뒤 곧 두 주먹 불끈 쥐고 내달았습니다. 여기까지 오는 동안에 길을 묻느라구 좀 지체하구 그외에는 잠깐 쉬지두 못하구 달려왔습니다."

꺽정이 외 여러 사람이 놀란 얼굴로 서로 돌아보는 중에 황천왕동이의 이야기가 끝이 났다.

이봉학이가 꺽정이를 보고

"서림이 초사에서 일이 난 모양이오."

하고 말하니 꺽정이도 그렇게 생각한다고 고개를 끄덕이었다. 황천왕동이는 서림이 잡힌 소식을 모르는 사람이라

"서종사 초사라니 웬 말씀이오!"

하고 물어서 이봉학이의 이야기로 김선달에게서 기별 온 것을 알고

• 논귀 논의 귀퉁이.

"그런 줄 모르구 나는 공연히 이 집 주인을 의심했구려."

하고 말한 뒤 곧 이춘동이를 돌아보며

"용서하게."

하고 치의한 것을 사과하였다.

"그까짓 한담설화는 고만두구 관군이 지금 대체 어디쯤 오나, 뒤에 곧 오나?"

"나 온 뒤에 곧 진이 풀려서 풍우같이 몰려오더라두 늦은 아침때 전엔 여기 못 올 겔세."

황천왕동이가 이춘동이와 수작하는 말을 박연중이는 미심적게 생각하여

"여보, 노형이 온 뒤 진이 곧 풀렸으면 선진은 미구에 들이닥

치지 않겠소?"

하고 묻는 것을 꺽정이가 황천왕동이 대신

"저애는 걸음이 희한하게 빨라서 여느 사람 십리쯤 갈 동안에 이삼십리 예사루 내뺍니다."

하고 대답하였다.

"희한한 재줄세. 참 그렇겠네. 요새 같은 짜른 해에 어수동서 여기 오자면 새벽 일찍 떠나두 한낮 거진 될 거야. 한낮이 되거나 늦은 아침때가 되거나 우리는 얼른 피신할 도리를 차리는 게 상책일세."

"아침밥이나 재촉해 먹구 이야기합시다."

하고 꺽정이가 곧 이춘동이에게로 고개를 돌이키며

"여보게, 우리가 접전을 하든지 피신을 하든지 좌우간 밥은 든든히 먹어야 할 테니 밥을 좀 많이 지으라게."

하고 말을 일러서 이춘동이는 네 대답하고 안으로 들어갔다. 박연중이가 꺽정이더러

"자네가 관군을 맞아 싸워볼 생각인가?"

하고 묻는데 꺽정이는 대답을 선뜻 아니하였다.

"관군이 오륙백명이나 쏟아져 온다는데 자네네 예닐곱이 어떻게 당할 텐가? 그런 무모한 생각 먹지 말게. 자네네가 모두 만부부당지용이 있어서 오륙백명을 능준히 당할 수 있더라두 이런 때야말루 삼십육계에 주위상책일세. 두말 말구 달아나게. 공연한 객기를 부리다가 큰코 떼일 까닭 있나. 우리 아침 먹구 곧 흩어지

세."

"나는 도망을 하더라두 관군들 오는 꼴이나 좀 보구서 도망하구 싶소."

"그게 객기란 말이야. 그런 객기를 부리지 말게."

"사돈 노인의 말씀을 너무 거역하면 괘씸하다구 하실 테니까 말씀대루 아침 먹구 각각 흩어집시다."

"춘동이네 식구는 어떻게 할까?"

"내가 데리구 가겠소."

꺽정이가 박연중이의 말을 좇아서 관군 오기 전에 도망하기로 작정한 뒤에는 아침밥을 새로 더 지을 것 없이 먼저 지은 것이 다 되었거든 곧 먹게 내오라고 김산이를 시켜 안에 재촉하였다.

아침밥이 끝난 뒤 박연중이는 아들아이와 데리고 왔던 심부름꾼과 셋이 먼저 마산리서 서쪽 해주 가는 길로 떠나가고 꺽정이는 이춘동이의 안식구가 행장 다 차리기를 기다리고 있는 중에, 김산이가 이춘동이의 짐 싸는 것을 거들어주다가 꺽정이에게 와서

"인제 생각하니 탈이 한 가지 있습니다."

하고 말하여

"무엇이 탈이야?"

하고 꺽정이가 물어보았다.

"우리 떠난 뒤에 관군이 와서 동네 사람들에게 물어보구 우리 뒤를 쫓으면 탈 아닙니까?"

"우리가 몇십리 앞서간 뒤 쫓아오면 무어해? 헛걸음들 하는 꼴 좀 보게 쫓아오라지."

"우리들만 같으면 설마 잡히겠습니까만, 춘동이 어머니하구 춘동이 아내가 걸음을 못 걸을 테니 그래 탈입지요."

"그러니 무엇을 태워가지구 가잔 말이냐?"

"태울 것을 갑자기 어디서 변통합니까. 춘동이 말은 저의 안식구들을 해주 박노인에게루 보내는 게 좋을 것 같다구 합니다. 그게 어떻겠습니까?"

"그럴 것 없다. 안식구만 떠나보내구 우리는 여기 있다가 관군들 온 뒤에 도망하든지 접전하든지 형편 봐가며 하자."

"박노인 말씀마따나 삼십육계가 우리의 상책이니까 그건 변경하시지 않는 게 좋을 것 같습니다."

"우리가 도망을 하더라두 관군 온 뒤에 도망하는 것이 관군 오기 전에 도망하는 것과 다르다. 오륙백명이 몰려와서 우리를 보구 못 잡으면 그놈들 낯바대기가 어떻게 될까 좀 생각해봐라."

"도망을 잘할 수 있을까요?"

"접전해서 승전을 못할망정 도망이야 못하랴. 염려 마라."

꺽정이가 데리고 온 졸개더러 이춘동이 집 일꾼들과 같이 안식구를 잘 보호하고 앞서가라고 마산리서 남쪽 온천 나가는 길로 떠나보내고, 이봉학이 이하 다섯 두령과 마산리 근방 지리에 밝은 이춘동이를 데리고 뒤에 남아 있었다.

마산리는 사방이 모두 산인데 동쪽, 서쪽, 남쪽은 산골길이나

마 통로가 있으되 북쪽은 통로가 없고 초군길뿐이고, 이춘동이 집은 동네 중에 서녘 끝으로 산봉우리 밑에 외따로 있는 집인데 집 뒤 산봉우리를 바로 정면으로 기어올라가도 못 올라갈 것은 없으나 동네 복판 뒤 산잔등과 해주 통로 뚫린 산날가지에 초군길이 나서 동쪽, 서쪽으로 오르내리게 되었다. 이춘동이 집을 북쪽 막힌 동네 중에 제일 북쪽 막힌 집이라고 말할 수 있었다. 이춘동이 집에 남아 있는 일곱 사람 중에 이봉학이는 천생 총명보다도 전장 미립으로 막힌 북쪽에 도망할 길이 있으려니 착목[*]하고 대강 지형을 알려고 이춘동이보고 말을 물어보았다.

"집 뒤 산꼭대기에 올라서면 그 위는 어떻게 되었나?"

"앞으루 보기와 달라서 뒤는 민틋해."

"그 뒤에 나무꾼 다니는 길이 있나?"

● 착목(着目)
어떤 일을 주의하여 봄.

"있다뿐이야?"

"북쪽으루 자꾸 들어가면 어떻게 되나?"

"이 뒷산을 다 패어 넘어가면 산골에 동네들이 있네."

"그 동네들은 통로가 어떻게 되었나?"

"물여울이란 데루 나가면 읍내 들어가는 큰길이 나서구 궁골이란 데루 나가면 기린역말 가는 길이 나서네. 통로는 여기보다 외려 낫지."

"여보게, 어수동서 여기를 오자면 어느 쪽으루 오나, 동쪽으루 오겠지?"

"바루 오면 동쪽으루 들어오지만 남쪽으루 돌아서 들어올 수두 있구 또 이 뒷산하구 자모산성 있는 큰 산하구 사이의 골짜기 길루 빠져나오면 서쪽으루 들어올 수두 있네."

"그러면 관군이 여기를 뺑 둘러싸구 들어올 수가 있지 않은가?"

"그렇지."

"북쪽으루 산을 패어 넘어가두 도망할 길이 없겠네그려."

"만일 둘러싸구 들어오면 도망할 길 없네."

"자모산성 있는 큰 산은 이 뒷산에서 산을 타구 갈 수 있나?"

"이 산에서 서쪽 골짜기루 내려서서 개울 하나 건너가야 큰 산일세."

"그 산속은 길이 어떻게 되나?"

"그 산은 이 산과는 달라서 장산˚이니까 첩첩산중일세."

이봉학이가 이춘동이에게 말 물어보는 것을 그치고 꺽정이더러

"형님, 관군이 오기 전에 이 뒷산 꼭대기에 올라가 있다가 약차若此하거든 큰 산속으루 들어가십시다."

하고 말하니 꺽정이는 한참 생각하다가

"산속에서 만일 여러 날 나오지 못하게 되면 어떡하나? 이 엄동설한에 며칠씩들 굶구 견디겠나?"

하고 물었다.

"오륙백명이 이 산골에 들어와서 무얼 먹구 며칠씩 있겠습니까? 양식들은 가지구 온댔자 하루 이틀 양식밖에 더 가지구 오겠습니까. 우리두 한 이틀 요기할 것은 준비해가지구 가십시다. 어

제 환갑 나머지 음식 있거든 있는 대루 싸가지구 가면 되지 않습니까?"

"어디 자네 말대루 그렇게 해보세."

"관군이 와서 우리가 산 위에 있는 걸 보구 쫓아올라올 때 혼뜨검을 내주자면 활이 제일인데 활이라구는 나 가진 것밖에 없구 그나마 살이 한 벌뿐이니 그거야 함부루 쓸 수 있세요? 돌덩이, 나무토막, 도깨그릇 깨진 것 같은 것을 많이 산 위에 날라다 놨다가 위에서 내려치면 한번 혼뜨검은 낼 수 있을 듯합니다."

길막봉이가 옆에서

"그거 좋소. 우리 얼른 벗어붙이구 날라 올립시다."

말하고 나서는데 이봉학이는 여전히 꺽정이더러

● 장산(壯山) 웅장하고 큰 산.

"우리가 날라 올리면 얼마나 날라 올리겠습니까. 동네 사람들을 잡아내서 우격으루 울력을 시킵시다."

하고 말하였다.

꺽정이가 황천왕동이는 관군이 어디 오는 것을 알아 보내고 이춘동이까지 다섯 사람은 무기들을 들려 내보내서 동네 사람을 잡아다가 부리는데, 무기보다도 청석골 임꺽정이란 성명에 동네 사람은 놀라고 겁이 나서 꿈쩍 못하고 시키는 대로 다들 하였다. 댓잇돌, 토막나무, 깨진 질그릇은 다시 말할 것도 없고 잿독과 장항아리를 재 담기고 장물 담긴 채 올려가고 길막봉이의 청으로 절구통들까지 올려갔다. 이춘동이 집의 올려갈 만한 물건은 얼추 다 올려가고 동네 사람의 집 물건까지 더러 올려가서 동네 사람들이 산봉우리 위에를 두어 고팽이씩 오르내렸을 때, 황천왕동이가 달려들어와서 관군의 선봉대가 십리 밖에 왔다고 알리었다. 꺽정이가 동네 사람들을 모아놓고

"이춘동이의 땅과 집과 세간은 너희들을 내줄 테니 오늘 품삯으로 노놔 가져라. 그러구 지금 관군이 우리를 잡으러 오는데 만일 동네에서 하나라두 나서서 관군을 조력하면 우리가 나중에 다시 와서 너희 동네를 도륙을 낼 테니 그리 알아라."

하고 일러서 흩어보낸 뒤, 일곱 사람이 다같이 주체궂은 갓을 벗고 수건으로 머리를 질끈질끈 동이고 행세건˚의 웃옷도 벗어버리고 바짓가랑이를 추키고 오금이를 가뜬가뜬하게 동이고 미투리에 들메를 단단히 하고 산봉우리 위로 올라들 갔다.

어수동서 내려오는 관군 오백여명이 삿바위란 곳에 와서 제각기 싸가지고 온 밥으로 늦은 아침에 이른 점심을 겸하여 먹은 뒤 두 진으로 나뉘어서 한 진은 삿바위서 바로 남으로 내려오고 또 한 진은 물여울까지 더 나가서 남으로 내려오게 되었다. 삿바위서 오는 진은 부장 연천령이 평산 군사 오십명을 거느리고 선봉이 되어 앞서오고, 그 뒤에 봉산군수 이흠례와 선전관 정수익이 봉산 군사 이백여명을 거느리고 오니 마산리 동쪽으로 들어올 것이고, 물여울로 오는 진은 부장 이의식이 역시 평산 군사 오십명을 거느리고 선봉이 되어 앞서오고 그 뒤에 평산부사 장효범과 금교찰방 강려가 두 진 선봉대로 나누어주고 나머지 평산 군사 이백명을 통솔하고 오니 마산리 서쪽으로 돌아 들어올 것이었다.

두 진의 병세兵勢 장한 품이 마산리에 있는 도적이 수백명이라도 하나 놓치지 않고 이 잡듯 잡을 것 같았다.

　동쪽으로 들어오는 진의 선봉장 연천령이 마산리 동네에 들어서며 곧 군사를 시켜 동네 사람 하나를 잡아내다 놓고 대장쟁이 이춘동이란 놈의 집이 어디냐, 이가놈의 집에 지금 도둑놈들이 모여 있느냐 말을 물어본즉 그 동네 사람이 서쪽에 있는 산을 가리키며

　"대장쟁이 집은 저 산 밑에 있는 외딴집이옵구 도둑놈들은 모두 산꼭대기루 올라갔소이다."
하고 말하다가 손가락질하던 손을 얼른 움츠러들이고
　"산꼭대기에 일곱 놈이 섰는 게 보입니다."
하고 말하는데 그 손가락 끝이 가던 곳에 예닐곱 놈이 한데 뭉치어 섰는 것이 보이었다.

● 행세건(行世件)
행세하느라고 하는 행동.

　"도둑놈 수효가 모두 몇이냐?"
　"일곱 놈이올시다."
　"단 일곱 놈뿐이냐?"
　"네, 일곱 놈뿐이올시다. 그런데 소인이 이렇게 말씀 여쭙는 걸 도둑놈들이 볼 테니 뒤가 걱정이올시다."
　"그건 무슨 소리냐?"
　"도둑놈들이 산으루 올라갈 때 이 동네 백성들더러 말씀 한마디라두 관군에 일러바치면 나중에 와서 동네를 도륙낸다구 했소이다."

연천령이 이 말을 듣고 어이가 없었다. 도둑놈 예닐곱에게 쥐여지낸 동네 백성도 가련한 인생들이지만, 도둑놈 예닐곱을 잡으러 두 골 군사 오백여명이 쏟아져 온 것도 일 같지 않았다. 대군이 오기 전에 도둑놈들을 다 잡아치우려고 마음을 먹고
"저 산을 어디루 올라가느냐?"
하고 길을 물었다.
"동네 뒤루두 올라가옵구 동네를 지나가서두 올라가는 길이 있소이다."
연천령이 군사들을 보고
"도둑놈들이 도망하기 전에 얼른 쫓아올라가서 잡아가지구 내려오자."
하고 소리치고 말을 채쳐 군사들의 앞을 서서 동네 뒤로 들어왔다.
눈 위에 사람들 오르내린 발자국이 있어서 그 발자국을 따라 올라오는데 이제 조금만 더 올라가면 도둑놈들 있는 산꼭대기려니 생각이 들 때, 홀제 위에서 아우성이 나며 돌덩이와 나무토막이 아래로 굴러내려왔다.
연천령이 큰칼을 휘두르며
"자, 올려밀어라!"
하고 소리치나 군사들은 돌덩이, 나무토막을 피하느라고 정신이 없어서 뒤를 잘 따르지 못하였다. 연천령이 말을 잠깐 세우고 군사들을 돌아보며 빨리빨리 올라오라고 호령할 때 말이 별안간 껑

청 뛰어서 말에서 떨어졌다. 군사 두엇이 부장을 붙들어주려고 쫓아오다가 그중에 군사 하나가 어디를 얻어맞았는지 외마디 소리를 지르고 구렁진 데로 떨어졌다. 연천령이 일어나서 떨어뜨린 칼을 집고 그동안 아래로 뛰어간 말을 다시 잡아타려고 쫓아내려가는 것을 군사들은 부장이 도망하는 줄로 알고 와 하고 내려몰리는데, 올라올 때와 딴판으로 앞을 다투어 뛰었다. 연천령이 이것을 보고 화가 충천하게 나서 군사들을 쫓아오며

"이놈들, 왜 도망하느냐!"

"게들 섰거라. 군령이다!"

"군령에 사정없다. 모가지들이 떨어지구 싶거든 어서 내빼라!"

하고 소리소리 질러서 겨우 군사들을 더 내려가지 못하게 제지하였으나, 벌써 먼저 올라갔던 데서 활 한 바탕 거리나 좋이 내려왔다.

연천령이 창피 본 분풀이로 군사들을 죽일 놈 살릴 놈 하고 한바탕 야단친 뒤 어느 틈에 옆에 와 섰는 말을 앞으로 끌어 내세우고 살펴본즉 앞굽 하나를 돌덩이에 짓찧인 모양인데, 그래도 굽통이라 단단한 덕으로 아주 으스러지지 않은 것이 다행이었다. 구렁에 떨어진 군사를 데려오라고 군사 두엇을 보냈더니 걷지 못하여 업고 왔는데 한편 다리의 정강이뼈가 부러졌다. 도둑놈들이 돌덩이, 나무토막을 던지는데 말 탄 사람을 목표삼고 많이 던져서 타고 앉은 말이 상하고, 붙들어주러 오던 군사가 상한 듯하여 연천령이 말을 타지 않을 작정으로 군사 두 명더러 하나는 상한

군사를 업고 하나는 말을 끌고 동네로 내려가라고 한 뒤 다시 군사들을 몰고 산으로 올라가려고 할 때 그동안 동구 밖에 와서 결진한 본진에서 퇴군하여 내려오라는 전령이 왔다.

연천령이 본진에 와서 승창˚들을 깔고 느런히 앉았는 이흠례와 정수익을 보고

"퇴군령을 어째 놓으셨나요?"

하고 물으니

"도둑놈들을 잡으러 올라가기 전에 먼저 준비할 일이 있소."

하고 이흠례가 대답하였다.

"준비할 일이 무엇입니까?"

"지금 이 동네 것들의 말을 들은즉 산 위에 올라가 있는 도둑놈이 일곱 놈이라는데 일곱 놈을 모짝 다 잡지 못하구 한 놈이라두 놓치면 대군을 거느리구 온 우리가 창피한 중에 더 창피할 테니 한 놈두 놓치지 않두룩 준비를 차리잔 말이오."

"네, 그럼 일시에 동서 양쪽으로 쫓아올라가잔 말씀입니까?"

"쫓아올라가는 데두 양쪽으루 쫓아올라가려니와 그보다두 이 산을 타구 북쪽으루 들어가면 큰길루 나갈 수가 있다니 북쪽에서 내쫓구 여기서 들이쫓구 해야 놓칠 염려가 없겠소. 그러니 연부장은 지금 빨리 물여울서 오는 길루 가서 본수˚를 보구 길루 오지 말구 산을 타구 오거나 산이 험해서 탈 수가 없거든 이 산 뒤의 큰길루 나가는 목을 지키라구 말씀하시우."

"군관을 하나 보내셔두 좋을 텐데 왜 나더러 가라십니까?"

"본수가 주장 노릇을 톡톡히 하려구 하는 모양인데 군관이 가서 말하면 딴소리할는지 모르니 연부장이 가시우."

"도둑놈들이 그동안에 도망을 안 할까요?"

"미련한 놈들이 관군에 항거할 생각으루 돌멩이, 나무토막, 깨진 그릇 등속을 수십 짐 산 위에 갖다 쌓았다니까 우리가 올려치면 저희 힘껏 막다가 막지 못하게 돼야 도망할 것이오."

"그놈들이 항거 못할 줄 깨닫고 미리 도망할는지 누가 압니까?"

정수익이 연천령더러

"그놈들이 도망할라면 벌써 도망했지 이때까지 있겠나? 그러구 우리 둘이 여기서 봐가며 대책을 세울 테니까 그런 염려는 고만두구 어서 가게."

하고 말하여 연천령이 네 하고 대답하면서도 먼저 쫓겨내려온 설치로 댓바람 쫓아올라가서 도둑놈들을 한칼에 무찌르고 싶은 마음이 속에 가득한 것을 억지로 참았다.

이흠례와 정수익이 군사를 두 대에 나누어서 동쪽 산잔등과 서쪽 산날가지를 각각 지키기로 의논한 뒤, 이흠례가 일대를 거느리고 서쪽으로 나오는데 연천령도 이흠례를 따라와서 선봉대로 데리고 왔던 평산 군사를 이흠례 진에 머물러두려고 한즉 군사들이 타군 군사 틈에 섞여 있기가 싫던지 모두 따라가기를 원하여 수솔군隨率軍으로 데리고 나갔다. 산골에서는

● 승창 직사각형 가죽조각의 두 끝에 네모진 다리를 대어 접고 펼 수 있게 만든, 휴대하기 편리한 의자. 예전에 벼슬아치들이 외출할 때 들려 가지고 다니면서 길에서 깔고 앉기도 하고 말을 탈 때에 디디기도 하였다.
● 본수(本倅) 본관(本官). 고을의 수령을 이르던 말.

큰 들이라고 할 만한 개야된 곳까지 나와서 물여울서 오는 북쪽 산골길로 꺾이어 얼마 들어오다가 이의식이 몰고 오는 선봉대를 만났다. 이의식이 말을 놓아 앞으로 쫓아나오며

"자네 어디루 가나? 마산리에 도둑놈이 없든가?"

하고 물어서 연천령이 평산부사에게 약속하러 가는 사연을 말한 뒤

"막이 도둑놈 예닐곱 놈 잡는 데 이게 무슨 야단인가. 사람이 창피해 죽겠네."

하고 한숨까지 쉬었다.

"그나마 잡지 못하구 놓치느니."

"도둑놈을 잡지 못하구 놓치는 날이면 나는 서울 안 가겠네."

"서울 안 가구 어디루 도망할라나?"

"나 혼자서라두 적굴을 찾아갈라네."

"도둑놈들 손에 죽구 싶어서?"

"죽어두 좋지. 설마 고깃값이야 못하겠나."

"그러면 일이 더 커졌는걸."

"일이 더 커지다니?"

"도둑놈 잡을 일에 친구 살릴 일이 엄쳐서 더 커졌단 말이야."

"실없는 말은 고만두구 자네가 마산리 당도하거든 곧 산으루 쫓아올라가두룩 하게. 그동안 나는 평산부사에게 가서 말하구 같이 뒤에서 쫓아나갈 테니."

"앞에서 들이쫓거든 뒤에서 놓치게나 말게."

"내가 뒤에 가 있으면 뒤에선 놓칠 리 만무하지."

"내가 앞으루 가니 앞두 염려 말게."

"자, 어서 가게. 이따 만나세."

"도둑놈을 앞에서 다 잡아놓거든 와서 구경하게."

"잡지는 못하더라두 튀기기나 잘하라게."

연천령이 이의식과 마상에서 이런 수작을 하고 남북으로 서로 갈리었다.

연천령이 이의식을 만난 데서 한 이 마장쯤 더 와서 평산부사 장효범이 행군하여 오는 것을 만났는데, 산골길이 좁아서 당당하게 작대作隊는 할 수 없겠지만 뒤죽박죽 몰려오는 꼴이 마치 패진하고 쫓겨오는 군사들과 흡사하였다. 그러나 나팔수의 나발 부는 소리와 고수의 북 치는 소리는 기세가 좋아서 양쪽 산이 찌렁찌렁 울리었다. 연천령이 말께서 내려서 장효범 말머리에 와서 군례로 국궁하고 도둑놈을 앞뒤로 쫓을 계책을 말하니 장효범이 시뜻하며

● 각자이위대장(各自以謂大將) 사람은 저마다 잘난 체한다는 뜻으로, 누구나 저 잘난 맛에 산다는 의미.

"내가 여러분의 강권으루 주장 노릇을 하기루 했으니 주장 명색의 말이나 들어보구 계책을 정해야 하지 않소? 각자이위대장˙이오? 그럼 나는 내 맘대루 할 수밖에 없소."

하고 꿰어진 소리를 하였다. 연천령이 비위가 상하는 품으로는 곧

"모르겠소. 맘대루 하시구려."

하고 내받고 싶으나, 그러면 이흠례가 군관을 안 보내고 자기를 보낸 보람도 없거니와 그보다도 도적을 잡는 데 낭패가 날는지

몰라서 비위를 참고

"일이 급해서 오시기를 기다리지 못하구 작정했다구 정선전이 중언부언 말씀합디다."

하고 왕명 받고 온 사람의 무게로 장부사의 여기를 누르려고 정선전을 내세웠다.

"그 계책을 낸 사람이 이봉산이 아니구 정선전이오?"

"작정하기 전 의논은 이봉산과 둘이 했겠지요."

"정선전으루 말하면 어명을 받잡구 온 사람이니까 일에 혹 실수가 있더라두 용서할밖에."

하고 장효범이 자기 옆에 말을 세우고 있는 금교찰방 강려를 돌아보았다.

"우리 중에 누가 실수가 있다손 잡더라두 도적을 잡구 나서 이야기하는 게 옳지요. 빨리 군사를 돌려가지구 지금 지나온 동네 앞에까지 도루 가서 거기서 산으루 올라가든지 길목을 지키든지 작정합시다."

"강찰방 말이 옳소."

하고 장효범이 곧 가까이 섰는 군관을 불러서 지금 지나 내려온 동네까지 도로 가도록 군사를 돌리라고 영을 내렸다. 연천령은 나가서 말을 타고 다시 들어와서 강려 옆에 말을 세웠다.

"여기서 바루 산으루 올라가두룩 해보시지요."

"여기는 산이 험준해서 올라갈 수가 없소. 여기서 죽 내려가며 어디 올라갈 만한 데가 있나 보시구려."

강려가 산을 가리키는데 연천령이 좌우 산천을 다시 한번 살펴보니, 길 서쪽 산기슭은 그다지 험하지 아니하나 길 동쪽 산세는 과연 험하여 쭉쭉 미끄러지는 빙설이 아니라도 올라가기 어려울 것 같았다.

산골을 다 지나오니 조그만 동네요, 개울 건너를 바라보니 편편한 들판이었다. 장효범이 동네 앞에 와서 진을 머무른 뒤 강려를 보고

"지키자면 어디를 지키는 게 좋겠소?"
하고 의논하여

"저 들판을 건너가면 산 새에 남쪽으루 뚫린 길이 있다니까 그 길을 지키는 게 좋겠지요."
하고 강려가 대답하는 것을 연천령이 가까이 있다가 듣고 승창에 앉은 장효범 앞에 나와 서서

"산으루 올라가서 쫓아나가지 않구 길을 지키실랍니까?"
하고 들이대듯이 물었다.

"산에 올라가서 공연히 눈 속에 싸지르느니 길목을 단단히 지키구 있는 게 좋지 않소?"

"그럼 나는 다시 마산리루 갈랍니다."

"마산리는 이부장이 갔는데 연부장마저 갈 게 무어요?"

"서울서 여기까지 와서 남들이 도적 잡는 것 구경하구 있세요?"

"갈라거든 가우. 그러나 데리구 온 군사는 여기서 쓸 테니까 다시 못 주겠소."

"녜, 나 혼자 달려가는 게 빨라서 되려 좋습니다."

연천령이 분연히 돌쳐서서 말 타러 나올 때 강려가 뒤에서

"연부장, 잠깐만 거기 서 기시우."

하고 만류한 뒤 장효범을 돌아보고

"나를 군사 백명만 나눠주시면 나는 연부장하구 같이 산으루 쫓아나가구 영감은 그 나머지 군사를 데리구 길을 지키시는 게 더 단단할 것 같은데 영감 생각엔 어떠시우?"

하고 말하니 장효범이 강려의 말은 잘 듣는 듯

"아무리나 좋두룩 합시다."

하고 대답하였다.

얼음 위로 개울을 건너고 눈 속으로 들판을 지나고 산 사이에 뚫린 통로에 와서 장효범은 군사 일백사십여명을 데리고 길을 지키고 강려와 연천령은 군사 백명을 거느리고 산으로 올라왔다. 백명 중에 이 근처 길을 잘 아는 군사가 한둘이 아니어서 그 군사들 말이 산속에도 마산리 동네 뒤로 나가는 훌륭한 초로가 있다고 하여 그 군사들을 앞세우고 쫓아나오는데, 연천령은 도둑놈이 어디 쫓겨오나 하고 연해 좌우를 돌아보았다.

꺽정이패는 돌 몇덩이, 나무 몇토막으로 관군 한 떼를 물리치고 재미들이 나서 동구 밖에 결진한 수백명 관군을 안하眼下에 내려보고들 있는 중에 관군이 동서로 올라오려고 준비 차리는 것을 보고 이봉학이가 걱정이더러

"관군이 일시에 양쪽으루 올려밀면 우리가 손이 모자라서 아

까같이 막아내긴 틀렸으니 고만 어디루 갑시다."
하고 말하는데 길막봉이가 중간에 불쑥 나서서
 "일견 품 들여 져 올려다 놓은 걸 아깝게 내버리구 간단 말이오? 절구통이구 잿독이구 장항아리구 하나두 남기지 말구 다 쓰구 갑시다."
하고 말하여 이봉학이가 눈살을 잠깐 찌푸리고
 "아깝긴 무에 아깝단 말인가. 주책없는 소리 하지 말게."
하고 나무랐다. 그러나 꺽정이 역시 길막봉이의 의사와 대동소이하게
 "아까 같은 재미 한번만 더 보구 가세."
하고 말하므로 이봉학이는 다시 더 말 않고 고만두었다. 이춘동이기 이봉학이의 대를 받아서
 "관군이 오륙백명이라더니 여기 온 것은 이삼백명밖에 더 안 될 것 같소. 그러면 절반가량은 다른 데루 간 모양 아니오? 북쪽에서 이 산을 에워싸구 서쪽에서 큰 산으루 건너갈 길을 막으면 우리는 천라지망˙에 빠져서 빠져나갈 틈이 없소. 한 시각이라두 바삐 도망합시다."
하고 걱정스럽게 말하니 꺽정이는 한번 껄껄 웃고
 "에워싸든지 막든지 저희 할 수 있는 대루 다 하라게. 그래두 우리는 빠져나갈 테니 염려 말게."
하고 이춘동이의 어깨를 뚜덕뚜덕하였다.
 동쪽, 서쪽의 관군은 모두 아무 동정이 없고 산 위 눈 위의 바

● 천라지망(天羅地網)
하늘에 새 그물,
땅에 고기 그물이라는 뜻으로,
아무리 하여도 벗어나기 어려운
경계망이나 피할 수 없는
재액을 이르는 말.

람은 혹독히 차서 꺽정이, 길막봉이 두 사람 외의 다른 사람들은 혹 몸을 옹송그리기도 하고 혹 발을 동동거리기도 하였다. 그중에 김산이 같은 사람은 보기가 딱하도록 덜덜 떨었다. 황천왕동이가 김산이를 와서 붙들고

"자네 몹시 치운 모양이니 화톳불을 좀 놓을라나?"
하고 말을 걸었다.

"여기서 무얼루 화톳불을 놓아?"

"여기선 왜 못 놓겠나. 놓을라면 놓을 수 있지. 우리 가진 부싯깃을 모아서 한데 뭉쳐서 절구통 위에 놓구 저기 광솔 박힌 나무토막이 수두룩하게 많으니 광솔을 얇게 뻿기두 하구 잘게 쪼개기두 해서 부싯깃 위에 엉성하게 덮어놓구 부싯깃에 불을 붙여서 그 불이 광솔에 옮아 달리면 나중에는 통나무토막이 활활 타두룩 화톳불을 놓을 수 있지 않겠나."

김산이가 화톳불 놓을 공론만 들어도 추위가 잊어지는 듯 떨리는 것이 적이 진정되었다. 배돌석이는 불붙은 나무토막으로 관군들을 덴둥이* 만들어도 좋겠다고 말하고 길막봉이는 화톳불에 떡이나 구워 먹었으면 좋겠다고 말하여 여러 사람이 같이 웃을 때, 홀제 북소리가 서쪽에서 나고 또 동쪽에서 났다. 양쪽 관군이 일시에 올라오는데 계책을 서로 의논하여 정한 듯 양쪽에서 다같이 산꼭대기를 활 한 바탕 못 남겨놓고는 산꼭대기가 바라보이는 산모퉁이에 활잡이들을 남겨서 먼장질을 시키고 창잡이, 칼잡이들은 위로 쫓아올라왔다.

꺽정이는 배돌석이, 황천왕동이를 데리고 동쪽 관군을 막고 이봉학이는 길막봉이, 김산이, 이춘동이를 데리고 서쪽 관군을 막기로 작정한 뒤 각각 관군이 턱밑에 오기를 기다리는데, 날아오는 화살을 피하려고 나무들을 의지하고 서 있었다.

이봉학이가 아래를 굽어보고 있는 중에 별안간 귓가에서 딱 소리가 나며 화살 하나가 옆에 나무 밑동에 와서 박혔다. 이봉학이가 괘씸스러운 생각이 나서 한옆에 놓아두었던 활을 가서 집어들고 전동에서 살을 꺼내려다가 말고 나무에 박힌 살을 와서 흔들어보았다. 궁력이 약한 사람의 살이던지 깊이 박히지 아니하여 몇번 이리저리 흔들어서 뽑아가지고 촉을 조져서* 시위에 먹여들었다. 관군의 활잡이 선 곳을 바라보니 활잡이들 뒤에 말 탄 사람 하나가 우뚝하여 겨냥대기* 좋았다.

● 덴둥이 불에 데어서 얼굴이나 몸에 상처가 많이 난 사람을 낮잡아 이르는 말.
● 조지다 짜임새가 느슨하지 않도록 단단히 맞추어서 박다.
● 겨냥대다 활이나 총을 쏠 때 목표물에 맞도록 어림을 잡다.

이봉학이가 활을 쏘았다. 그러나 깍짓손을 떼며 곧 아차 소리가 입에서 나왔다. 겨냥댄 말 탄 사람의 몸이 깍짓손 떼는 순간에 움직이었던 것이다. 봉산군수 이흠례는 목숨이 경각에 달린 줄도 모르고 군사들더러 나무 앞에 나서는 놈을 쏘라고 말을 이르려고 몸을 앞으로 굽히자마자 상투 밑이 뜨끔하여 손이 절로 올라가서 만져보니 화살이 와서 꽂히었다. 등겁하여 말께서 뛰어내려서 군사 뒤에 숨었다. 벙거지의 모자 앞을 뚫고 상투 밑을 꿰고 모자 뒤까지 나간 살이 천하 명궁이 미간을 겨냥댄 살인 줄 알았더면 두고두고 등골에 찬땀을 흘렸을 것이다. 이봉학이 손에 화살이 한 대만 더 있었더라도 이흠례는 마산리 귀신이 되고 말았을 것인데, 첫 대는 공교하게 빗맞고 둘째 대는 손에 가지지 않아서 이흠례가 비명의 죽음을 면하였다. 이것은 천명이랄밖에 없다.

이동안에 선두에 선 관군들이 벌써 턱밑에를 다 와서 길막봉이가 큼직한 돌덩이를 내던지기 시작하여 이봉학이는 얼른 활을 전동 위에 갖다 놓고 김산이, 이춘동이와 같이 돌도 굴리고 나무도 집어던졌다. 활잡이들의 먼장질은 뜸하여졌다. 뜸하지 않더라도 겁날 건 없는 것이 바람을 거슬러서 치쏘는 화살이 거지반 작이* 모자라서 산 밑에 올라오는 관군들이 되려 상하기 쉬웠다. 올라오는 관군들은 돌, 나무, 깨진 그릇을 피하느라고 빨리 올라오진 못하나 그래도 일보일보 자꾸 올라와서 네 사람이 비록 삼두육비*들을 가졌더라도 도저히 막아낼 가망이 없었다. 더구나 동쪽에는 말 탄 사람이 둘인데, 하나는 활잡이들과 같이 중간에 처지고 하나는 창잡이, 칼잡이들을 몰고 오는 까닭에 올라오는 것도 서쪽보다 훨씬 빨랐다. 서쪽의 이봉학이가 활을 쏠 때 동쪽의 세 사람은 벌써 돌과 나무를 던지느라고 분주하였다.

관군이 자빠지고 엎드러지는 동무들을 돌보지 않고 올려밀어서 산꼭대기에서 과즉 예닐곱 간밖에 안 될 데까지 올라왔다. 황천왕동이가 깨진 그릇으로 잿독의 매운재*를 퍼다가 그릇째 내던졌다. 황천왕동이 하는 것을 보고 배돌석이도 재로 대들어서 둘이 뻔질 퍼날랐다. 바람이 마침 높새라 재를 아래로 날리는 데 서쪽만 못하나 그래도 위에서 던지는 바람에 앞장선 관군들은 눈을 뜨지 못하도록 재가 날았다. 그 관군들이 뒤로 물러내려가자 말 탄 사람이 쫓아올라오며 내려오지 못한다고 호령호령하였다.

"저놈을 내려가서 요정내구 올까 부다."

꺽정이 입에서 이 말이 떨어지자

"가만히 기시우. 내가 내려가리다."

배돌석이가 왼팔에 돌주머니를 걸고 바른손에 팔맷돌을 꺼내들며 아래로 쫓아내려갔다.

말 탄 사람이 배돌석이의 쫓아오는 것을 수상히 여기는 듯 뻔히 바라보고 있더니 배돌석이 손이 번뜩한 뒤 몸을 한번 기우뚱하었다. 면상에 들어가 맞을 팔맷돌이 귀 뒤로 지나갔다. 배돌석이가 이것을 보고 적잖이 놀라서 자기의 특별한 재주인 연주팔매를 치려고 돌주머니의 돌을 왼손에 한 줌, 바른손에

● 작이
아쉽게도 채 이르지 못하게.
● 삼두육비(三頭六臂)
머리가 셋, 팔이 여섯이라는 뜻으로, 힘이 엄청나게 센 사람을 이르는 말.
● 매운재
진한 잿물을 내릴 수 있는 독한 재.

한 개 꺼내 쥐는 동안에 그 사람은 얼굴이 말갈기에 닿도록 납작 엎드리고 말을 놓아 앞으로 쫓아왔다. 배돌석이가 사람을 놓아두고 말을 쳤다. 말이 한짝 눈에 돌을 맞고 대가리를 번쩍 치켜들며 앞을 솟치는데, 그 사람이 말에 익어서 낙마는 아니하였으나, 말을 제지할 때 부지중 고개를 좀 쳐들었다가 앞이마에 돌을 맞았다. 이마를 깨고 비로소 영문을 알았던지 별안간 말머리를 돌이켜서 아래로 달려내려갔다. 그 사람은 다른 사람이 아니고 무예

출중한 부장 이의식이니, 눈이 밝고 손이 재서 눈앞에 들어오는 화살을 손으로 예사 잡는다던 사람이다. 배돌석이의 첫번 팔매를 피한 것만 보아도 그 재간을 알 수 있었다. 배돌석이가 말 탄 사람의 뒤를 쫓아 아래로 더 내려가며 돌 한 개에 군사 하나씩 넘어뜨렸다. 군사가 대여섯 넘어지자 여러 군사들은 와 하고 도망하였다.

이때 서쪽에서는 길막봉이가 절구통을 내던지는 바람에 관군이 올라오는 기세가 좀 꺾이어서 잠시 숨들을 돌리는 차에, 황천왕동이가 잿독을 끌고 와서 길막봉이더러 관군 가까이 들고 내려가서 잿독에 남은 매운재를 쏟으라고 가르쳤다. 재를 쏟아서 바람 아래 관군들이 눈을 잘 뜨지 못할 때, 길막봉이가 목청 가지껏 호통을 지르며 잿독을 내려치고 또 황천왕동이와 이춘동이가 맞들고 내려온 장항아리를 받아서 내려쳤다. 잿독이 깨지는데 벼락 치는 소리가 나고 장항아리가 깨지며 관군에게 장물 벼락을 들씌웠다. 관군이 도망질을 치기 시작하였다. 관군이 쏟아져 내려가는 형세가 마치 물꼬에 물을 터놓은 것 같아서 우두머리 군관들도 제지할 힘이 없었다.

이봉학이가 꺽정이게 와서

"형님, 인제 고만 갑시다."

하고 말한 뒤 배돌석이가 배를 잔뜩 내밀고 찬찬히 올라오는 것을 내려다보고 빨리 올라오라고 소리쳤다.

이춘동이가 음식 싸넣은 자루를 어깨에 엇메고 나설 때, 이봉학이가 그 자루는 원력 있는 길막봉이를 주라고 하여 길막봉이는 한손에 철편 들고 한 어깨에 자루 메고 그외의 여섯 사람은 각각 무기만 손에 들고 이춘동이를 앞세우고 산속으로들 들어왔다.

꺽정이패 일곱 사람이 얼마 동안 북쪽에 솟은 상봉을 바라보고 들어오다가 큰 산으로 건너가려고 서쪽을 향하고 나오는데 본래 길이 없는데 눈까지 덮여서 지형을 잘 아는 이춘동이도 나갈 방향을 잡느라고 두리번거릴 때가 많았다. 잔등을 높은 것 낮은 것 여럿 넘어오는 중에 김산이가 빙판진 비탈에서 미끄러져서 한편 발목을 접질리고 그 발목을 아끼느라고 절뚝절뚝하며 잘 따라오지 못하여, 황천왕동이가 올라오는 데는 뒤에서 밀어주고 내려오는 데는 앞에서 끌어주었다. 황천왕동이는 산에서 나서 산에서 자란 사람이라 산 타기를 여느 사람 평지 걷듯 하는 까닭에 김산이를 거들어주면서도 남의 뒤에 떨어지지 아니하였다. 김산이가 황천왕동이에게 딸려오면서

"여보게 춘동이, 길까지 나가자면 얼마나 남았나?"

하고 물으니 이춘동이가 좌우 산세를 한번 둘러보고

"반 좀 더 왔네."

하고 대답하였다.

"어디 앉아서 좀 쉬어 갔으면."

김산이가 발목이 아파서 쉬어 가잔 말은 내고도 다른 사람의 의향을 몰라서 말끝을 흐리었다. 일곱 사람 중에 귀인인 이봉학이도 다리를 잠깐 쉬고 싶은 생각이 없지 않던 차라 김산이더러

"자네는 이번이 처음 경난이지? 어렵겠네."

하고 말한 뒤 곧 꺽정이를 보고

"여기 어디 좀 앉아서 쉬어 갑시다."

하고 말하니 꺽정이는 못마땅한 것같이 혀를 찬 뒤 고개를 끄덕거리었다. 앉아 쉴 만한 자리들을 찾는 중에 이춘동이가 앞에 장등을 가리키며

"이 등갱이를 넘어가면 아늑한 골짜기가 나설 듯한데 이왕 쉴 바엔 잔풍*한 데 가서 쉽시다."

하고 말하여 여러 사람이 그 말을 좇아서 장등 하나를 더 넘어온즉 과연 조그만 골짜기가 있고 골짜기 안침 산기슭에 두덩진 곳이 있는데, 두덩 위에는 바윗돌이 듬성듬성 박히고 두덩가에는 다복솔이 빽빽하여 날 따뜻할 때 길짐승들 붙기 좋을 자리였다. 일곱 사람이 두덩 위에 와서 돌 위의 눈을 쓸고 앉아 헐각들 하는 동안에 길막봉이는 동쪽의 관군 막은 것을 묻고 또 배돌석이는 서쪽의 관군 막은 것을 물어서 여럿이 너도 한마디 나도 한마디 서로 받고채기로 이야기를 하는데, 김산이만은 발목 주무르기에 골몰하여 이야기 참례도 못하였다.

이춘동이가 김산이를 이야기 한 축에 끌어넣으려고

"산이는 관군 올라오기 전에 덜덜 떨던 사람이 관군 올라온 뒤루 땀을 뻘뻘 흘렸으니까 관군이 산이를 어한시켜 준 셈이야."

하고 웃으니

"관군 덕에 어한한 사람이 나뿐일라구."

하고 김산이는 말대꾸하며 여전히 발목을 주물렀다.

"관군이 지금쯤 쫓아오면 자네 발목두 절루 나을 겔세."

"참말 관군이 지금 우리 뒤를 쫓아오지 않을까?"

"발목이 낫는다니까 곧 쫓아오기를 바라나? 그렇지만 우리가 어디루 간 줄 알구 그렇게 쉽사리 쫓아오겠나."

이춘동이가 김산이에게 우스개하는 말을 황천왕동이가 듣고

"눈 위에 우리 발자국이 난 것은 어떡허구?"

하고 말하니 이춘동이는 깜짝 놀라며

"참말 그래. 우리가 이렇게 늑장 부릴 일이 아니로군."

하고 여러 사람을 돌아보았다. 길막봉이가 온천서 들은 이야기가 무뜩 생각이 나서

● 잔풍(潺風)
고요하고 잔잔하게 부는 바람.

"우리 지금부터는 모두 미투리들을 꺼꾸루 신구 갑시다. 그러면 우리 발자국을 뒤밟아오는 관군이 간 건 온 결루 알구 온 건 간 걸루 알지 않겠소?"

하고 말하니 황천왕동이는 온천 이야기를 듣지 못한 사람이라 신통한 꾀라고 손뼉까지 쳤다. 꺽정이가 웃으며 신통한 꾀를 써보자고 말하여 여럿이 다같이 미투리를 꺼꾸로 신고 발에서 벗겨지지 않도록 들메를 단단히 매고 두덩에서 일어설 때 동쪽 장등에 관군의 활잡이들이 나타났다. 서쪽 장등으로 올라가면 과녁박이 노릇을 하게 되는 까닭에 나무가 많이 들어선 북쪽 산으로들 기어올랐는데, 산이 서쪽은 험하여 일곱 중에 가지 못할 사람이 태반이라 하릴없이 상봉 밑을 지나서 동쪽으로 나왔다. 꺽정이가

걸음 걷기 거북하다고 미투리들을 바로 신자고 말하여 관군이 그림자도 보이지 않는 데 와서 신발들을 다시 고쳐 신고 상봉 뒤로 돌아서 서남간으로 내려갔다.

　동쪽, 서쪽 관군들이 활잡이들 섰는 곳까지 몰려내려갔을 때, 동쪽에서는 선전관 정수익이 군사를 다시 정돈시켜서 데리고 올라오는데 활잡이들을 창잡이, 칼잡이보다 앞세우고, 서쪽에서는 봉산군수 이흠례가 군사를 친히 통솔하고 올라오는데 창잡이, 칼잡이 새새에 활잡이들을 섞어 세웠다. 그러나 양쪽에서 다같이 화살 한 개 쓰지 않고 산 위에를 올라왔다.

　정수익과 이흠례가 군사를 다시 합하여 가지고 도망한 도적들을 뒤쫓았다. 새 눈 위에 박힌 발자국을 밟아서 조그만 골짜기 두덩진 곳에 와서 본즉 여러 놈이 앉았다 간 형적은 완연하나 어디로들 나갔는지 나간 발자국이 없었다. 북쪽 산으로 올라가는 것을 보았다고 말하는 군사도 있으나 발자국으로 보면 북쪽 산에서 내려왔지 올라간 것이 아니었다. 정수익과 이흠례가 다같이 까닭을 몰라서 묻는 눈치로 서로 바라보다가 정수익이 먼저

　"그놈들이 이곳에 와서 승천입지*를 했기 전에야 어디루든지 나갔을 텐데 두 군데 발자국이 다 들어온 게니 이거 괴상하지 않소?"

하고 말을 내었다.

　"들어오는데 두 군데루 들어왔을 리야 있소? 한 군데루는 나갔겠지."

"나갔을 텐데 발자국은 들어온 게니 이게 무슨 까닭이오?"

"옳지, 이놈들이 신발을 거꾸루 신은 게요. 발자국으루 우리를 속이려구."

"그러면 우리가 여기까지 온 것두 발자국에 속아 왔는지 모르겠소."

"아까 올라가는 걸 봤다는 아이들두 있으니까 여기서 신발을 거꾸루 신구 저 산으루 올라간 게 분명하우."

"십의 팔구 그런 듯하나 혹 우리가 오는 중간에 다른 데루 빠져나간 발자국이 있는 걸 살펴보지 못하구 왔는지두 모르니 군사를 다시 나눠서 두 패루 종적을 찾아보는 게 어떻소?"

"내 생각엔 그럴 것 없을 것 같소. 우리 함께 발자국을 밟아서 저 산으루 올라갑시다."

"아무리나 합시다."

● 승천입지(昇天入地) 하늘로 오르고 땅속으로 들어간다는 뜻으로, 자취를 감추고 없어짐을 이르는 말.
● 필마단기(匹馬單騎) 혼자 한 필의 말을 탐.

정수익과 이흠례가 군사들을 데리고 상봉 밑을 지나서 동쪽으로 나오는데 말을 타도 고생이지만 그나마 못 탈 데가 많아서 걷느라고 죽을 고생을 하였다.

안계眼界가 제법 넓어지는 한 장등에를 올라왔을 때, 평산 군사가 북쪽에서 마산리로 나가는 것이 바라보이어서 정수익이 이흠례와 의논하고 마산리 동네와 서쪽 산골길을 막아달라고 전갈하여 군관 두엇을 쫓아보냈더니 연천령이 필마단기˙로 달려와서 정수익과 이흠례를 보고 마상에서 한번 허리를 굽힌 뒤

"도둑놈을 몇 놈이나 놓쳤소?"

하고 물어서

"아직은 한 놈두 못 잡았네."

하고 정수익이 대답하였다.

"어떻게 하다가 일곱 놈을 다 놓쳤단 말이오?"

"이야기하자면 장황하니 나중 듣게."

"이부장은 어디 있소?"

"이마를 몹시 깨서 지지라구 동네루 내려보냈네."

"어째 이마를 깼소, 낙마했소?"

"도둑놈의 돌팔매를 맞았다네."

"저런 변이 있나."

"여기서 보기에 평산군이 얼마 안 돼 보이니 웬일인가?"

"나하구 강찰방하구 둘이 백명을 얻어가지구 오는 길이오."

"본수는 어디 다른 길루 오나?"

"산에서 내려오는 길목을 지킨다구 뒤에 남아 있소."

"그럼 자네하구 강찰방하구 둘이 동네 앞과 서쪽 산골길을 노놔서 지키두룩 하게."

"강찰방더러 동네 앞을 지키라구 하구 나는 서쪽 산골길을 가서 지키겠소."

"그건 자네 생각대루 하게."

"그럼 군사 여남은명만 나를 주시우."

"자네가 여남은만 데리구 갈 작정인가?"

"여남은이면 넉넉하우."

정수익이 이흠례에게 말하고 사수, 살수 섞어 이십명을 뽑아서 연천령을 주었다.

 연천령이 강려에게 와서 마산리 동네와 서쪽 산골길을 나눠 지키는데 자기가 서쪽 산골길을 맡겠다고 말한 뒤

 "도둑놈들이 지금 서쪽으루 도망한 모양이니까 내가 빨리 가야 할 텐데 내 말이 굽이 상해서 걸음을 잘 못하우. 강찰방 말을 좀 바꿔 탑시다."

하고 청하였다. 강려의 말은 공골말˙인데 금교역말 역마 중에 제일 좋은 말이었다. 강려가 말을 잠시라도 내놓기가 싫던지 허락을 선선히 하지는 아니하나, 마침내 바꿔주어서 연천령은 강려의 공골말을 타고 봉산 군사 이십명을 몰고 마산리 ● 공골말 털빛이 누런 말. 뒷산에서 자모산성 있는 큰 산으로 건너가는 산골길을 지키려고 풍우같이 달려왔다.

 연천령이 마산리 동네로 내려와서 오리 넘는 길을 돌아오는 동안에 꺽정이패는 상봉에서 서남간으로 과즉 이 마장가량밖에 안 되는 서쪽 산 끝에를 겨우 나왔다. 평지 길을 오는 것이 길 없는 산속으로 나오는 것과 다를뿐더러 연천령이 닫는 말을 채질하여 군사들이 줄달음을 쳐도 뒤를 잘 따르지 못하도록 빨리 달려왔던 것이다.

 꺽정이패가 산 끝에서 산 아랫길까지 절반 넘어 내려왔을 때, 연천령이 멀리서 바라보고 뒤에 떨어진 군사들을 기다리지 않고 단기單騎로 쫓아와서 말을 길에 세우고 칼을 머리 위에 비껴들고

나무 사이에 우뚝우뚝 섰는 꺽정이패를 치어다보며

"이놈들, 어서 내려오너라!"

하고 호통을 질렀다. 연천령은 이봉학이가 군기시의 직장을 다닐 때 부봉사로 있던 사람이라 이봉학이가 옛날 조라 동관을 알아보고 그전 동관의 의로 양편이 다 무사하기를 바라서 다른 사람보다 한걸음 아래로 내려서며

"연 봉사, 편안하우?"

하고 인사하니 연천령이 이윽히 치어다보다가

"이놈, 네가 이봉학이 아니냐? 너는 조정의 벼슬 다니던 놈이 무슨 뜻으루 조정을 배반하구 도둑놈이 됐느냐? 꺽정이 같은 백정놈의 자식보다 네가 더 죽일 놈이다. 너부터 빨리 내려와서 내 칼을 받아라!"

하고 호령을 통통히 하였다. 이봉학이는 부끄럽고 분하여 말을 더 못하고 고개를 옆으로 돌리는데, 꺽정이가 이봉학이 앞에 내려와서 연천령을 굽어보며

"그까짓 녹슨 칼을 누구더러 받아라 마라, 되지 못한 놈 같으니! 그 칼 가지구 네 집에 가서 개껍질이나 벗겨라!"

하고 조소 반 욕설 반 꾸짖었다.

"쥐새끼 같은 도둑놈들! 한꺼번에 다 내려오너라. 내가 너희놈 일곱을 한칼에 무찌르지 못하면 성이 연가가 아니다."

"주제넘은 놈 큰소리 마라!"

배돌석이가 뒤에서

"대장 형님, 그깐 놈하구 아귀다툼하지 마시우. 그따위 주둥이 다시 못 놀리두룩 내가 버릇을 가르치리다."

하고 말하는 것을 꺽정이가 돌아보며

"너희들은 가만있거라."

하고 제지한 뒤 곧 허리에 질렀던 장광도를 빼들고 아래로 내려오다가 나무 없는 데 와서 홀제 걸음을 멈추었다. 난데없는 화살 한 개가 왼편 견대팔에 와서 꽂혔던 것이다. 위에 섰던 여섯 사람이 꺽정이 살 맞은 것을 보고 쫓아들 내려오는데, 이봉학이와 배돌석이가 먼저 쫓아와서 하나는 꽂힌 살을 뽑아주고 하나는 맞은 자리를 눌러주었다.

연천령을 따라온 군사들이 쌈하러 오지 않고 구경하러 온 것같이 멀찍이 뭉쳐 서서 연부장이 가까이 오라고 부르지 않는 것만 다행한 양으로 여기고들 있는 중에, 활잡이 하나가 동무 군사들더러

"여기 섰지 말구 저리들 가서 도둑놈을 잡아보세."

하고 말을 내었다가

"꺽정이더러 자네를 잡아가라게?"

"자네가 전장 귀신이 되구 싶어서 몸이 다나?"

"저리 가구 싶거든 자네 혼자 가게."

동무 군사들에게 핀잔을 받았다. 그 활잡이는 키가 작아서 봉산 읍내 사정에서 땅딸보란 별명을 듣는 한량인데 호초가 작아도 맵다는 격으로 사람도 다기지고 활도 당차게 쏘았다.

편잔주던 동무 군사들이

"뒤루 둘째 선 놈이 황갈세."

"그놈이 우리 골 이쁜 색시를 뺏어갔지."

"쇠전거리 백이방이 사위를 너무 유난스럽게 고르다가 뱀 봤느니.'"

"너무 유난 떠는 걸 부엉바위 용왕님이 밉살스럽게 여겨서 도둑놈 사위를 지시한 거야."

"호장을 얻어 하려구 애쓰는 모양이지만 사위 연좌루 안 될 겔세."

"백이방더러 사위 말을 하면 나는 딸두 없구 사위두 없는 사람이라구 펄쩍 뛴다네."

"지금 연부장 나리하구 맞소리 지르는 놈이 누군지 자네들 아나? 저게 꺽정일세."

"지금 황해도 이십사관 관하 백성들더러 황해감사가 무서우냐, 꺽정이가 무서우냐 물어보면 열에 아홉은 꺽정이가 무섭달 걸."

"논두럭 정기라두 정기를 타고난 놈이야."

하고 씩둑꺽둑 지껄일 때, 땅딸보란 한량은 입술을 잔뜩 악물고 있다가 꺽정이가 나무 없는 데로 내려오는 것을 바라보고 얼른 여러 군사들 앞에 나와 서서 먼장으로 한 대 쏜 것이 꺽정이 팔에 맞았다. 꺽정이가 화살 온 곳을 바라보다가

"저기 조놈이 쐈구나. 또 쏜다, 살 조심들 해라."

하고 소리치니 이봉학이가 웃으며

"소경살이 번번이 맞겠소? 한 대 앙갚음은 내가 하리다."
하고 말하며 곧 활을 앞으로 내들었다.

땅딸보란 한량이 활을 두번째 쏘고 살이 넘고 처지는 것을 바라보느라고 고개를 젖혀들고 있는 동안에 이봉학이의 화살이 산멱통에서 뒷덜미까지 꿰뚫어서 섰던 자리에 고꾸라졌다.

연천령은 적괴로 짐작이 드는 영특하게 생긴 도적이 칼 가지고 싸우러 내려오는 것을 보고 말을 뒤로 좀 물려 세우고 기다리던 중에 적괴가 살을 맞아서 뒤에 섰던 여러 도적이 모두 쫓아내려와서 옹위하고 섰는데, 그 선 자리가 길에서 대여섯 간밖에 더 안 되었다. 산 밑으로 두어 간 동안이 좀 가파르나 • 뱀 보다 잘못 대하다가 큰 봉변을 당하다.
가파른 데만 지나 올라가면 비스듬한 비탈이라
연천령이 도적들을 쫓아올라가려고 양쪽 등자로 다리 위를 치며 고삐를 채쳐서 말을 산 위로 치달렸다. 가파른 데를 다 올라오자, 돌 한 개가 미간에 들어와 맞는데 눈에 불이 번쩍 났다. 고삐 잡은 손등으로 미간을 누르며 앞으로 엎드릴 때 고삐가 절로 잡아당겨진 것을 말이 서란 뜻으로 잘못 알았던지 혹 앞으로 더 나가는데 위험한 낌새를 미리 알아챘던지 빨리 오던 걸음을 급히 그치려다가 뒤로 미끄러지고 안 미끄러지려고 애쓰다가 더욱 미끄러져서 마침내 말은 궁둥방아 찧고 쓰러지고 사람은 재주 넘고 나가동그라졌다.

꺽정이가 돌팔매 친 배돌석이를 가만있으라는데 가만히 못 있는다고 나무라고 다친 팔을 동여매지도 않고 그대로 길로 뛰어내려왔다. 연천령이 나동그라질 때 내던진 환도를 미처 다시 집기 전이라 항거도 변변히 하지 못할 터인데, 꺽정이는 바로 해치려 들지 아니하고

"어서 칼 집어가지구 대들어라! 네가 칼을 얼마나 잘 쓰기에 그렇게 큰소리하나 어디 좀 보자."

하고 불호령을 내놓았다. 연천령이 환도를 집으며 곧 머리 위에 치켜들고 대드니 꺽정이는 가까이 대들지 못하게 막는 것같이 칼을 앞으로 내들었다. 꺽정이의 장광도는 비수 쉽직하게 작고 연천령의 환도는 장광도보다 곱절 넘어 커서 서로 어울리기만 하면 꺽정이가 훨씬 불리할 것 같았다. 한참 동안 둘이 서로 노려보고만 있던 끝에 연천령이 별안간 큰 소리를 지르고 한 발을 앞으로 내디디며 머리 위의 환도를 정면으로 내리쳤다. 꺽정이는 미리 짐작하고 기다린 것같이 슬쩍 몸을 바른쪽으로 틀고 몸을 트는 결로 곧 연천령의 왼쪽 허리를 가로 후려칠 듯이 하여 연천령이 환도를 끌어들일 새도 없이 그대로 꺽정이의 칼 든 팔을 치치려는 순간에 꺽정이의 칼이 가로 허리를 치지 않고 위로 어깨에 떨어졌다. 날카롭기 짝이 없는 장광도가 연천령의 왼쪽 어깨에서 바른쪽 젖가슴까지 엇비슷하게 내려먹었다. 연천령이 몸이 피투성이 된 뒤에도 악 소리를 지르며 환도를 몇번 휘두르다가 땅바닥에 쓰러지는데 마치 밑동 찍어놓은 나무 넘어가듯 하였다.

말이 타고 온 사람의 임종을 하려는 것같이 우두머니 바라보고

섰는 것을 꺽정이가 와서 고삐를 잡고 말의 아래위를 한번 훑어본 뒤에 몸을 날려 안장 위에 올라앉았다. 말은 흉악한 사람을 등에 태우고 싶지 않은 듯 대가리를 뒤흔들고 궁둥이를 들까불고 뺑뺑 돌더니 탄 사람이 저를 다루는 품이 생무지˚나 행내기가 아닌 줄을 짐작하였던지 순하게 가만히 섰다.

 꺽정이가 산에서 내려온 여섯 사람을 보고

 "이 황부루˚가 훌륭한 말이다."

하고 말을 칭찬하는데 여섯 사람 중 황천왕동이가 전에 금교서 본 생각이 나서

 "그게 금교찰방 타구 다니던 말이구먼요."

하고 말하니

 "전에는 뉘 말이거나 인제 내 손에 들어왔으니 내 말이다."

● 생무지
어떤 일에 익숙하지 못하고 서투른 사람.
● 황부루
누런 바탕에 흰빛이 섞인 말.

하고 꺽정이는 마음에 만족한 듯이 껄껄 웃었다. 이춘동이가 앞으로 나서며

 "의외루 좋은 말까지 한 필 얻었으니 인제 고만 저 개울 건너루 건너갑시다."

하고 가기를 재촉하여 꺽정이가 선뜻

 "가세."

하고 대답한 뒤 두 눈 딱 부릅뜬 채 죽어자빠진 연천령을 말 위에서 다시 굽어보고 여섯 사람을 데리고 얼음 언 개울을 건너서 또다시 나무 많은 산으로 올라섰다. 산등갱이를 하나 넘어올 때, 뒤

쫓던 관군들이 겨우 쫓아온 듯 길 저쪽 산 위에서 여러 사람들 떠드는 소리가 풍편에 들리었다. 황천왕동이가 김산이의 손목을 잡고 오면서 백두산 이야기를 하는데 앞서가는 이춘동이가 뒤를 돌아보며

"백두산엔 어째 갔었나?"

하고 묻는 것을 황천왕동이는 듣고도 못 들은 체하고 하던 이야기를 계속하여 끝을 마친 뒤에 김산이의 손목을 놓고 이춘동이 옆에 쫓아와서 느런히 서서 오며

"내가 백두산 정기를 타고나신 어른이야."

하고 웃음의 말로 뒤늦은 대답을 하였다.

"자네가 함경도 태생인가? 나는 자네 고향이 양주 줄 알았네."

"나는 백두산이 고향일세."

"고향이라니, 백두산에서 났단 말인가?"

"백두산에서 나서 백두산에서 자란 백두산 사람일세."

"자네가 백두산 곰의 새낀가?"

"어른에게 버릇없이 욕하지 말게."

"자네 눈에 이런 산은 산 같지두 않겠네그려."

"커두 산이구 작아두 산이지만 이 산이 장산은 아닐세. 그저 야산이지."

"여기는 초입이니까 야산 같지만 조금 더 가서 길 하나 건너서면 산세가 벌써 달라지네."

"웬 길이 또 있어?"

"그 길두 소로는 소로지만 지금 지나온 길에 대면 바루 대론데, 그 길에 또 관군이 있을까 봐 겁이 나네."

이춘동이 하는 말을 바로 뒤에 따라오던 이봉학이가 듣고

"지금 해는 다 져가는데 관군이 어둔 데 매복이나 하구 있으면 탈일세. 어둡기 전에 그 길을 지나가두룩 지껄이지들 말구 빨리 가세."

하고 길을 재촉하여 황천왕동이는 뒤에 가서 다시 김산이의 손목을 잡아주고 이춘동이는 앞에서 걸음을 재빨리 걸었다.

산속에서 또 길로 나오고 길을 건너서 또다시 산속으로 들어오는데 앞을 가로막는 관군이 없을 뿐 아니라 뒤를 쫓는 관군도 없었다. 해는 꼬박 다 지고 앞은 갈수록 산인데 산에 솔도 많고 잡목도 많아서 만일 초목 무성한 여름철 같으면 대낮이라도 어둠침침할 것이나 솔 이외 다른 나무에 잎이 없고 나무 아래 눈이 하얗

• 심메꾼
 심마니.
• 너덜
 너덜겅. 돌이 많이 흩어져 있는 비탈.

게 덮여서 밤빛이 짙어가는 중이건만, 한두 간 앞은 훤하였다. 나무 새를 새겨서 올라갔다 내려갔다 하는 중에 맨 뒤에 말 타고 오는 꺽정이가 맨 앞에 가는 이춘동이를 불러서 이춘동이가 대답하고 뒤로 돌아서니 다른 사람들도 일제히 걸음을 멈추고 꺽정이를 돌아보았다.

"여보게, 자네가 우리를 끌구 어디루 가는 셈인가? 밤새두룩 지향없이 산중으루 들어갈 텐가? 자꾸 들어가서 무어하나. 숯장수의 숯가마나 심메꾼*의 초막이나 그렇지 않으면 굴이라두 어

디 있거든 그리루 가서 앉아 이야기들이나 하며 밤을 지내세."
하는 꺽정이의 말에

"한참만 더 가면 산성 너덜˚이가 나설 테니 산성에 가서 하룻밤 지냅시다."
하고 이춘동이가 대답하였다.

"산성 안에 인가가 있나?"

"따비밭 일궈먹구 사는 사람들이 전에 서너 집 있었는데 작년 올 흉년에 집 수효가 부쩍 늘어서 지금은 여남은 집이나 된답디다."

"산성이 여기서 잇수 대게 먼가?"

"평짓길 십리가 넘을 게요."

"그럼 얼른 그리루 가세."

자모산성으로 가기로 작정하고 산성 너덜이를 찾아나오는 중에 무슨 시퍼런 불이 여러 사람 옆에 서너 간 밖을 휙 지나 앞으로 갔다. 황천왕동이가 사냥개같이 냄새를 맡아보고

"노린내가 호랭이야. 내일 낮에 호랭이 사냥 한번 했으면 좋겠다."
하고 혼잣말하여 이춘동이는 그후부터 좌우쪽을 돌아보며 가느라고 걸음이 마냥 더디어졌다. 뒤에서 빨리 가잔 재촉이 여러번 난 뒤 이봉학이가 이춘동이의 호랑이 조심하는 눈치를 알고 앞으로 나서서 이춘동이와 둘이 앞장을 섰다. 가는 앞에 불과 사오 간 될락말락한 데서 시퍼런 불이 흐르다 꺼졌다 하여 이봉학이가 불

을 어림삼아 화살 한 대 쏘았더니 어흥 소리 한마디가 산골을 울리고 불은 이내 간 곳이 없이 없어졌다.

꺽정이 일행이 자모산성에 왔을 때 밤은 벌써 이슥하였다. 어두운 밤에 험한 길을 오느라고 애들을 써서 추위 타는 김산이도 추운 줄은 몰랐고 마른 떡과 익은 고기로 군입들을 다시어서 아침 설친 황천왕동이도 허기는 지지 않았었다.

산성 한복판에 있는 집이 대여섯인데 불빛 있는 집은 하나뿐이고 불빛은 있으되 사람은 잠들이 들었는 듯 불빛 없는 집과 다름없이 괴괴하였다. 여름일이 바쁜 때와 달라서 들녘 농가 같으면 이야기하는 소리도 나고 혹 책 보는 소리도 날 것이건만, 여기는 귀에 들리는 소리란 바람소리밖에 없었다. 집집마다 앞뒤에 호망虎網친 것을 보니 밤에는 호환이 무서워서 이웃간에도 놀러다니지 못하고 각기 저의 집에서 일찍 자는 것이 일인 모양이었다. 불빛 있는 집이 그중에 제일 커서 바깥방까지 있으므로 꺽정이가 그 집 앞에 와서 여러 사람을 돌아보고

"이 집 주인을 불러 깨워라."

하고 분부하니 네 대답하는 여러 사람 중에 황천왕동이가 남보다 먼저 방 앞에 친 새끼그물을 들치고 들어가서 닫아걸린 방문을 잡아 흔들었다.

"그게 누구요?"

"방문 열어라!"

상투쟁이 하나가 방문 열고 내다보는 것을 황천왕동이가 잡아

나꾸듯이 끌어내었다.

"네가 주인이냐?"

"아니올시다."

"주인은 어디 있느냐?"

"안에서 잡니다."

"그럼 얼른 들어가서 깨워라."

상투쟁이가 안으로 들어간 뒤

"형님, 형님."

하고 부르는 소리와

"웬일이냐?"

하고 묻는 소리가 나고 그외에는 소곤소곤 지껄이는 소리들이 나더니 얼마 만에 주인이 관솔불을 켜 들고 상투쟁이와 같이 나와서 일곱 사람이 병장기들 가진 것을 보고 저의 집을 떨러 온 줄로 알았던지

"기린역말서 지난 장날 소 파는 것을 누가 보셨는지 모르지만 그게 저희 소가 아니구 사주리 김서방네 소올시다. 저희가 그런 소까지 먹일 만하면 들녘으루 내려앉았지 이런 산꼭대기서 살겠습니까."

하고 지레 발명을 늘어놓았다. 이봉학이가 주인더러

"우리가 무어 달래러 온 게 아니라 하룻밤 자자구 왔네."

하고 말하니 주인은 여공불급하게

"네, 하룻밤 주무시러 오셨세요? 주무시구 가시지요."

하고 대답한 뒤 곧 상투쟁이를 보고

"너는 안에 들어와 자구 네 방을 손님네 내드려라."
하고 분별하였다.

"우리가 저녁을 굶었으니 밥을 좀 지어줘야겠네."

"양식이 좁쌀뿐이구 입쌀은 한 톨두 없습니다."

"좁쌀두 좋으니 밥을 많이만 지어주게. 그러구 말을 어디 들여맬 데가 없나?"

"김서방네 도짓소˚ 부리던 것을 팔아가서 외양간이 비었으니 거기 들여매겠습니다."

"말두 먹이를 잘 주게."

이봉학이가 주인에게 말 이르는 동안에 상투쟁이가 자던 방을 들어가 치워놓아서 일행이 다함께 방에 들어와 앉았다. 반일 동안 목마른 것을 견디느라고 여러 차례 눈을 움켜먹은 사람들이라 몸이 녹은 뒤로 물이 밥보다 더 급하였다. 주인을 몇번 불러도 대답이 없어서 성미 팔팔한 황천왕동이와 불뚱가지˚ 있는 길막봉이가 안으로들 쫓아들어왔다. 주인은 눈에 보이지 않고 상투쟁이가 밥솥에 불을 넣고 앉았는 것을 황천왕동이가 와서 잡아 일으켜세우고 한번 보기좋게 귀때기를 우렸다.

● 도짓소
한 해 동안에 곡식을 얼마씩 내기로 하고 빌려 부리는 소
● 불뚱가지
걸핏하면 얼굴이 불룩해지면서 성을 내며 함부로 말하며 화를 내는 성질.

"아이구, 잘못했습니다."

"이놈이 부르는 소릴 듣구두 일부러 대답 안 한 놈 아니냐!"

"누가 저를 부르셨습니까?"

"이놈아, 네가 뉘게다 생청을 붙이느냐. 그럼 네 아가리루 잘못했다는 건 무어냐."

"무엇이든지 잘못했기에 때리시겠지요만, 제가 무얼 잘못했는지 그건 저두 모릅니다."

주인이 장물 떠가지고 오는 여편네를 데리고 오다가 여편네는 봉당 호망 안에 들여세우고 쫓아와서

"이 변변치 못한 것이 제 동생인데 무슨 말씀을 잘못했는지 모르지만 제 낯을 봐서 용서해주십시오."

하고 사정하여

"사람이 목청이 떨어지두룩 부르는데 듣구 대답 않는 법이 어디 있소?"

하고 황천왕동이가 주인에게 찍자˚를 붙었다.

"부르시는 소릴 못 들었습니다."

"안에서 바깥이 몇천리요? 그렇게 부르는 걸 못 듣게."

"안사람 뒤따라다니느라구 못 들었습니다."

"뒤따라다니지 않으면 누가 업어가우?"

"뒤따라다니지 않으면 무서워서 꼼짝을 못하니 어떡합니까?"

"무에 무섭단 말이오?"

"저거 못 보십니까?"

하고 주인이 호망을 가리켰다. 황천왕동이가 싹싹하게 풀려서 부엌 밖에 섰는 길막봉이를 내다보며

"봐하니 젊은 아주먼네가 우리 밥 지어주느라구 고생하시네.

우리들이 주인 형제하구 같이 보호해드리세."
하고 발론하였다.

　황천왕동이와 길막봉이가 물을 먹고 또 떠가지고 바깥방에 나가서 무서움 타는 주인 여편네를 보호하여 준다고 말하고 다시 안으로 들어올 때 배돌석이도 따라들어와서 세 사람은 밥 먹고 밥 먹은 뒷설거지가 끝날 때까지 안에들 있었다.

　바깥방에서 잠자리들을 볼 때 김산이가 꼭 문 바람맞이에 눕게 되어서 머리를 안으로 두고 꺼꾸로 자려고 하니 한옆에 이춘동이는 마음대로 자라고 내버려두나, 다른 옆에 길막봉이가 누구더러 발고린내를 맡으라느냐고 꺼꾸로 눕지 못하게 하였다. 김산이는 이마가 서늘하여 자지 못하겠다거니 길막봉이는 남이라고 자랴 혼자 유난 피우지 말라거니 서로 옥신각신 말할 때, 이봉학이와 황천왕동이의 새에 누웠던 배돌석이가 일어나서 김산이더러

● 찍자 괜한 트집을 잡으며 덤비는 짓을 속되게 이르는 말.

　"홍살문 안 사대부 출신이 마구 자란 우리네와 같겠나. 내가 자리를 바꿔줄게 여기 와서 눕게."
하고 비아냥스럽게 말한 뒤, 김산이 자리에 와서 김산이를 밀고 드러누워서 김산이는 싫지도 않지만 싫어도 할 수 없이 자리를 바꾸게 되었다.

　다른 사람은 한잠이 들어서 곤히들 자는데 배돌석이는 생각이 주인 여편네 몸에 가 실려서 잠을 이루지 못하였다. 나이는 젊고 얼굴은 면추免醜하고 육기肉氣는 좋았다. 배돌석이의 여색을 밝

히는 품이 육기 없어도 싫지 않겠지만, 육기 좋은 데 더욱 탐이 났다. 코가 간질간질하여 재채기가 연거푸 나고 재채기가 난 뒤 눈이 점점 반들반들하였다. 배돌석이가 가만히 일어나서 돌주머니 외에 환도 한 자루까지 손에 집어들고 살그머니 방문을 여닫고 밖에 나와서 살금살금 안으로 들어왔다. 안방의 등잔불은 깜박거리고 방문은 걸리었다.

"이 문 좀 열우."

하고 배돌석이가 방문을 흔드니 주인이 놀란 목소리로

"누구요?"

하고 소리질렀다.

"소리는 지르지 말구 문이나 열우."

"바깥방 손님이십니까?"

"그렇소."

"웬일이십니까?"

"방에 잠깐 들어가서 이야기하겠소."

주인이 일어나서 등잔불을 돋우는 듯 깜박거리는 불빛이 홀제 환하여졌다.

배돌석이가 방안에 들어설 때 주인은 방문 옆에 섰고 주인 여편네는 방구석에 돌아앉았고 주인의 동생 상투쟁이는 비로소 부스스 일어앉았다.

"무슨 일루 주무시다 말구 들어오셨습니까?"

하고 주인이 묻는 말에

"안에서 좀 잘라구 들어왔소."

하고 배돌석이는 대답하였다.

"방을 바꿔달란 말씀입니까?"

"아니오. 나만 이 방에서 자잔 말이오."

주인이 난처하게 여기는 눈치로 한참 자저하다가

"그리하시지요."

하고 말하는데 말소리가 목 안에서 잡아당기는 것 같았다.

"임자네는 다른 데 가서 자구 이 방은 나를 내줘야겠소."

"다른 데 가서 잘 데가 없습니다."

"이놈아, 다른 데 가 자라면 봉당이나 부엌이나 어디든지 가 잘 게지 무슨 잔소리냐!"

배돌석이의 말이 곱지 못하게 나가니 주인은 한숨을 땅이 꺼지게 쉬고

"여보게, 어서 일어서게. 밖으루 나가세."

하고 방구석의 여편네를 바라보았다.

"너희 형제만 나가거라. 네 기집은 여기 두구."

주인이 배돌석이 말을 듣고는 입을 악물고 노려보았다.

"네가 나를 노려보면 어쩔 테냐? 말루 일러서 못 나가겠으면 칼맞을 좀 볼라느냐?"

하고 배돌석이가 환도를 빼들었다. 주인의 동생이 먼저 방문을 박차고 나가고 주인이 그다음에 나가는데, 주인 여편네가 붙어 나가려고 하는 것을 배돌석이가 못 나가게 가로막았다.

주인이 밖에 나오며 곧 헛간에 가서 도끼를 찾아들고 그 동생더러 식칼이라도 들고 뒤를 따르라고 이르니
 "형님, 바깥방에 있는 여러 놈은 어떻게 하실랍니까?"
하고 그 동생이 윈고개를 쳤다. 주인이 동생의 말을 듣고 잠시 고개를 숙이고 있다가 도끼를 내던지고 바깥방으로 쫓아나와서 방문 앞에서
 "손님들 주무십니까?"
하고 소리쳤다. 황천왕동이가 첫마디에 주인 목소리를 알아듣고
 "웬일이오, 호랑이가 왔소?"
하고 물었다.
 "손님 한 분이 안방에 들어와서 제 처를 겁탈하려 드니 어떡하면 좋습니까?"
 황천왕동이가 주인의 말을 듣고 일어앉아서 문 앞에서 자던 배돌석이가 없는 것을 더듬어보고 혀를 쩟쩟 찬 뒤 밖에 나와서 주인더러
 "나하구 같이 들어갑시다."
하고 말하였다.
 배돌석이가 몸부림하는 여편네를 안고 둥개는' 중에 황천왕동이가 들어와서
 "여보, 이게 무슨 짓이오? 대장 형님께서 곧 나오라구 걱정하시우."
하고 공동하였다. 배돌석이가 여편네를 놓고 얼빠진 사람같이 앉

앉는 것을 황천왕동이가 끌고 나와서 방안에 들어설 때, 꺽정이가 누워서

"자지들 않구 웬 수선이냐? 가만히 자빠져 자거라."

하고 꾸짖었다.

이튿날 식전에 꺽정이 일행 중 가장 먼저 일어난 황천왕동이가 뒷간에 갔다오다가 주인의 동생이 안에서 나가는 것을 보고

"이 친구, 식전에 어디 가나?"

하고 먼저 말을 붙였다.

"누님 집에 갑니다."

"누님한테 식전 문안하러 가나?"

"누님이 양반인가요, 문안하게. 집의 아주머니가 병이 나서 아침밥 좀 지어달라구 누님을 부르러 갑니다."

- 둥개다
일을 감당하지 못하고 쩔쩔매다.
- 가시어머니 장모.
- 족지족(族之族)
친척이 되는 관계.

"자네 아주머니가 어째서 병이 났어?"

"어젯밤에 놀라서 병이 났나 봅디다."

"자네두 상투를 끌어올렸을 젠 장가를 들었을 텐데 자네 색시는 어디 가구 없나?"

"엊그저께 친정에 다니러 갔습니다."

"자네 처가는 어딘데?"

"사주립니다."

"소 임자 김서방 사는 동넬세그려."

"그 김서방이 우리 가시어머니*의 칠촌 아저씨랍니다."

"자네 처가의 족지족˚을 다 대대간 아침밥 늦겠네. 어서 자네 누님이나 부르러 가게."

황천왕동이가 주인의 동생을 보내고 안을 와서 들여다보니 주인은 호망을 걷어치우고 있었다.

"벌써 일어났소?"

황천왕동이의 목소리를 듣고 주인이 반색하고 쫓아나와서 밤잔 인사를 다정하게 하였다.

"안에서 놀라서 병이 나셨다니 미안하우."

"대단한 병은 아닙니다. 골치가 좀 아프답니다."

"어젯밤에 해거를 부린 분이 산매증이 좀 있어서 이따금 그런 실수를 하우. 그게 그의 병이니 어찌 알지 마시우."

"어찌 알다니 천만의 말씀을 다 하십니다."

황천왕동이가 인사성으로 주인과 수어 수작하고 바깥방으로 나왔다.

이른 아침때가 되어서 조밥과 된장국으로 아침들을 먹은 뒤 꺽정이가 황천왕동이더러 관군의 동정을 가서 알아오라고 하여 황천왕동이는 곧 주인의 삿갓을 얻어 쓰고 산 아래로 내려가고 꺽정이는 다섯 사람과 같이 주인을 앞세우고 나와서 산성 안을 돌았다. 인가는 동문 안에 너덧 집이 있고 또 서문 안에 서너 집이 있어서 복판에 있는 집까지 모두 합하면 십여 호란 말이 틀리지 아니하였다. 주인은 산성에서 양대째 산다는 사람이 산성 주회가 얼마인지도 자세히 모르는데 이춘동이는 훵하게 잘 알았다. 자모산성뿐 아니라 평산 경내 다른 산성도 다 잘 아는 듯 이것저것 비교하여 이야기까지 하였다.

  자모산성의 소재지는 평산읍에서 남으로 칠십리요, 성벽은 석축인데 주회가 이천사백팔십 척이요, 고가 십오 척이요, 성내의 우물은 단 하나뿐이나 다른 곳 열 우물이 부럽지 않도록 수량이 많았다. 평산 경내 산성이 자모산성 외에 태백산성과 성황산성과 철봉산성이 있어 모두 합하여 넷인데 그중에 태백산성이 제일 컸다. 태백산성은 황주 정방산성正方山城, 해주 수양산성首陽山城, 은율 구월산성九月山城, 서흥 대현산성大峴山城, 재령 장수산성長壽山城 다섯 산성과 아울러서 황해도내 육대 산성으로 칠 것이라 성이 넓고 높을뿐더러 곡성,˚ 옹성˚까지 구비하여 성의 규모가 자모산성으론 견줄 수가 없었다. 그러나 정방산성과 같은 요해처에 있는 산성이 아니므로 구경 피난곳밖에 더 될 것이 없는데, 피난곳으로 말하면 읍에서 멀리 떨어지고 큰길에서 깊이 들어앉은 자모산성이 성황산성이나 철봉산성보다 나은 것은 고사하고 태백산성보다도 나으면 낫지 못하지 않았다. 그러므로 자모산성을 평산 경내의 제일 좋은 피난곳이라고 말할 수가 있었다.

  꺽정이 이하 여섯 사람이 산성을 한바퀴 다 돌고 주인집에 와서 들어앉은 뒤 얼마 되지 아니하여 황천왕동이가 관군의 동정을 탐지하여 가지고 돌아왔다.

- 곡성(曲城)
성문을 밖으로 둘러 가려서 구부러지게 쌓은 성.
- 옹성(甕城)
성문을 보호하고 성을 튼튼히 지키기 위하여 큰 성문 밖에 원형이나 방형으로 쌓은 작은 성.

황천왕동이가 산성서 도평이란 벌판에 있는 동네까지 남쪽으로 곧장 내려가고 도평서 마산리는 동쪽이려니 어림을 잡고 동쪽으로 꺾이어 나가다가 위아래 갈림길 진 곳에서 윗길에 촌사람 하나가 가는 것을 보고 쫓아가서 붙들고 마산리 가는 길을 물었더니, 그 사람이 대답은 않고 황천왕동이의 삿갓 밑의 얼굴을 면구스럽게 들여다보았다.

"내 얼굴에 무어 묻었소?"

"임자의 차림차림은 이 근처에서 사시는 양반 같은데 말소릴 듣든지 마산리길 묻는 걸 보든지 근처 양반은 아닌 모양이니, 대체 어디서 오시우?"

"산성서 오우."

"녜, 산성서 오셔요? 산성 안에 사시우?"

"그렇소."

"난데서 산성으루 이사오셨구려."

"봉산서 이사왔소."

"봉산 어디서 사시다 오셨소?"

"읍내서 살다 왔소."

"이사는 언제 오셨소?"

"올 봄에 왔소."

"봐하니 깎은선비 같은 양반이 산성 와서 어떻게 사시우?"

황천왕동이가 임시처변으로 거짓말 대답 한마디 하고 뒷갈무리하느라고 연해 거짓말로 대답하는데, 답답한 촌사람은 대답이야 참말이든 거짓말이든 묻기만 위주하는 것같이 자꾸 물어서 황천왕동이는 거짓말을 꾸며대기가 성이 가시었다.

"인제 고만 길이나 좀 가르쳐주구려."

"나두 지금 마산리루 가니 같이 갑시다."

황천왕동이가 그 촌사람과 동행하여 가면서 서로 통성通姓하고 사는 곳을 물어본즉 그 사람은 마산리 사는 박서방이라는데 도평형의 집에 있는 늙은 어머니를 보고 간다고 말하였다. 마산리 사람들이 이춘동이 집 잔치에 모였을 때는 황천왕동이가 봉산서 아직 오지 않았었고, 마산리 사람들을 꺽정이가 울력시킬 때는 황천왕동이가 관군 동정을 알러 나갔었고, 또 울력시킨 사람들을 꺽정이가 한데 모아놓고 말을 이를 때 황천왕동이가 마침 뒤를 보러 갔던 까닭에 마산리에서 황천왕동이의 얼굴을 본 사람이 별로 없었다.

"마산리서 어제 난리가 나서 사람이 많이 죽었다니 참말이오?"

"산성서 어떻게 그렇게 빨리 소문을 들으셨소?"

"이웃 사람 하나가 어디서 소문을 듣구 와서 이야기합디다."

"사람이 많이 죽었다는 건 헛소리지만 난리는 났었소."

"난리가 대체 무슨 난리요? 마산리서 누가 역적모의를 했습디까?"

"청석골 임꺽정이가 우리 동네 대장쟁이 이가의 집에 와서 도당을 불러모아가지구 무슨 공론하는 것을 우리 동네서는 몰랐는데 서울서 용하게 미리 알구 군관들을 내려보내서 그 군관들이 평산, 봉산 두 골 원님하구 같이 오백여명 군사를 끌구 와서 단지 일곱 명밖에 안 되는 임꺽정이패하구 어제 우리 동네 뒷산에서 접전이 됐었소."

"일곱 명하구 오백여명하구 접전해서 그래 어느 편이 승전했소?"

"오백여명이 일곱 명을 에워싸놓구 하나 못 잡구 곱게 다 놓쳤소. 그저 놓치기만 했어두 오히려 낫지만 관군 편에는 죽은 사람이 둘이구 상한 사람이 여남은이나 되는데 꺽정이 편에는 털끝 하나 상한 사람두 없는갑디다. 꺽정이가 살을 맞았단 말두 있구 꺽정이가 죽었단 말두 있지만 그건 다 멀쩡한 거짓말인갑디다."

"관군들이 어디루 갔소? 마산리에 그저 있소?"

"어제 저녁때 바루 읍내루 걷혀 들어갔소."

"그럼 지금 마산리에는 관군이 하나두 없소?"

"상한 군사들만 남아 있는데 오늘 낮에 마저 읍내루 데려 들어간답디다."

황천왕동이가 그 사람의 말을 듣고 본즉 마산리까지 갈 것도 없으나 관군이 걷혀가고 없는 것을 눈으로 보고 오려고 그대로 가는 중에 그 사람이 무슨 잊은 말이나 갑자기 생각한 것같이

"여보 황서방, 우리 동네에 무슨 볼일이 있어 오시우?"

하고 물어서 황천왕동이는 먼저 한 거짓말과 동이 닿게

"나는 타향으루 떠나왔지만 내 처가는 봉산 읍내서 그저 사는데 처남 하나 있는 것이 이번 이런 데 끌려와서 죽지나 않았나 알

아보러 오는 길이오."

하고 거짓말, 참말 섞어작으로 대답하였다.

"그럼 읍내까지 가셔야겠소. 아니, 읍내 가두 소용없겠소. 봉산 군사들이 오늘 다같이 읍내서 묵을 리 있소?"

"다친 사람들이 아직 마산리 있으면 그 사람들더러 물어봐두 알겠지요."

그 뒤에는 마산리가 쑥밭 될 뻔한 것도 이야기하고 꺽정이패가 무서운 것도 이야기하며 마산리를 다 와서 그 사람은 다친 군사가 묵는 처소를 가르쳐주고 자기 집으로 들어가고 황천왕동이는 동네를 한바퀴 돌아서 나왔다. 황천왕동이가 이춘동이 집 앞을 지나올 때 벗어버린 의관들을 가지고 오려고 들어가본즉, 여러 방문이 첩첩이 닫히고 자물쇠로 잠그기까지 하여 그대로 도로 나오는데 웬 늙은이 하나가 장정 두엇을 데리고 쫓아와서 앞을 막으며

"네가 웬 놈이냐?"

하고 소리를 질렀다.

그 늙은이 소리지르는 것이 하도 같지 않아서 황천왕동이가 말없이 뻔히 바라보았더니 늙은이는 곧 눈방울을 굴리며

"이 집에를 무얼 하러 들어갔다 나오느냐?"

하고 내처 소리를 질렀다.

"말을 물으면 온언순사루 묻지 못하고 누굴 딱딱 을러? 되지 못하게."

장정 하나는

"여보, 노인께 대해서 그게 무슨 말버릇이오?"

하고 말로 시비를 걸고 장정 또 하나는

"너 같은 배우지 못한 놈은 주먹으루 버릇을 가르쳐야겠다."

하고 주먹다짐을 하려고 들어서 황천왕동이가 칠 수 있거든 쳐보란 듯이 당돌하게 몸을 앞으로 내밀며

"오냐, 너희들이 내 몸에 손만 대면 마산리는 오늘 해안에 송장 천지가 될 테니 알아 해라!"

하고 을러대었다.

말로 시비 걸던 사람이 주먹다짐하려는 사람을 밀어젖히며

"자네는 좀 가만있게."

하고 말린 뒤 황천왕동이를 보고

"내가 지금 말 몇마디 물을 테니 묻는 대루 대답하우."

하고 말하는 것을 황천왕동이는 배리가 틀려서 대답하지 아니하였다.

"어디서 오셨소?"

"그건 알아 무어하우?"

"이 주인 없는 빈집에를 어째 들어갔었소?"

"임자네가 무슨 까닭으루 이 집에 들어가는 사람을 기찰하우? 그걸 먼저 말하면 묻는 대루 대답하리다."

"그리하우. 어제 이 집에 대적들이 모인 것을 관군이 잡으러 나왔다가 못 잡구 놓쳤는데 관군을 통솔하구 나오셨던 우리 골

안전께서 환관하실 때 동네 동임들을 불러서 분부하시기를 관령 없이 이 집에서 물건을 훔쳐가는 사람과 이 집 주인을 보러 찾아 오는 사람은 반상 물론하구 잡아서 관가에 바치거나 잡아놓구 관가에 보하거나 해야지, 만일 그런 사람을 모르구 못 잡거나 잡았 다가 놓아주거나 하면 동임들이 중죄를 당한다구 하셨소. 지금 저 어른은 우리 동네 일좌 영감이시구 나는 삼좌구 이 사람은 소임이오."

"잘 알았소. 그래 지금 나를 잡아서 관가에 바칠 작정들이오?"

"말씀을 들어봐서 딱한 사정이 있으면 우리가 관가에를 같이 들어가서 헛고생 안 하시두룩 발명해드릴 작정이오."

"나는 관가엘 들어갈 수가 없으니 어떡하우?"

"그럼 우린 어떡하라구요?"

황천왕동이가 큰기침을 한번 하고

"내가 누군지 너희는 모를 테지. 나는 청석골 황두령이다. 너희 원님의 분부만 장하게 여기지 말구 내 분부두 들어라. 이 집 물건을 훔쳐가는 사람은 관가에 잡아 바치거나 말거나 너희 맘대루 하지만, 이 집 주인을 찾아오는 사람은 너희 맘대루 잡지 못한다. 만일 그런 사람을 너희가 잡으면 너희 동네는 도륙날 줄 알아라."

하고 말한 뒤 꿀꺽 소리도 못하고 서로 돌아보기만 하는 동임들을 본체만체하고 몸을 빼쳐 나오는데 일좌가 삼좌와 소임을 보고

"붙들게. 못 가게 붙들게."

하고 입속말로 중얼거렸으나 삼좌나 소임이 붙들 생의도 못하는 모양이고 또 붙들 새도 없었다.

황천왕동이의 마산리 갔다온 이야기가 끝난 뒤, 꺽정이는 곧 일행을 데리고 산성서 떠나서 도평을 지나 마산리로 내려왔다.

꺽정이 일행이 이춘동이 집에 와서 잠근 자물쇠를 뽑아버리고 닫힌 방문을 열어젖히고 뜰아랫방에 고스란히 있는 의관을 찾아서 다시 모양들을 차리는 동안, 기찰한다는 동임들은 어느 쥐구멍에 가 처박혔는지 현형現形도 아니하였다.

이춘동이가 평산 관가에 좋은 일을 할 까닭 없다고 자기 집에 불을 지른다고 하는 것을 여러 사람이 다 좋다고 찬동하고 꺽정이가 황천왕동이를 붙들라고 한 일좌의 죄로 온 동네에 불을 지르려고 하는 것은 이춘동이가 한사하고 말리었다.

이춘동이가 집에 불 지를 준비로 불꾸러미를 만들 때 김산이가 옆에 와서

"동네 사람이 관가에 들어가서 고하면 어제 곡경 또 한번 치르게 될는지 모르니 빨리 하게."

하고 재촉하니

"읍내 한번 갔다오자면 하루해가 잔뜩 걸리네. 염려 말게."

하고 이춘동이는 늑장 부려도 좋을 줄로 말하였다.

"관군이 이리 오지 않구 우리 갈 길을 앞질러 가서 지키구 있으면 어떡하나?"

이춘동이가 읍내 마산리 간의 거리 먼 것만을 태평으로 믿다가

김산이의 말을 듣고 보니 그 염려가 없지 않아서

"참말루 그건 생각 못했네. 자네 대장께 가서 말씀하게."
하고 말하여 김산이를 밖으로 내보낸 뒤, 부지런히 불꾸러미를 만들어서 불을 붙여 들고 마치 신이나 난 사람같이 겅정겅정 뛰어다니며 앞뒤 처마에 불을 질렀다.

김산이의 말을 사실에 비추어보면 빈 염려가 아니었다. 마산리 동임들이 꺽정이패 다시 온 줄을 안 뒤, 바로 동네의 걸음 잰 사람을 읍에 들여보내서 관가에 고하게 하였다.

이날 아침 전에 평산 군사들은 각각 흩어져서 집구석을 찾아가고 봉산 군사들은 군수 이흠례가 거느리고 봉산으로 떠나가고 아침 후에 선전관 정수익과 부장 이의식은 서울로 올라가고 금교찰방 강려까지 금교로 돌아가서 평산 읍내가 굿해먹은 집과 같았다.* 부사 장효범이 자기는 전교를 받지 아니하여 기병 안 해도 좋을 것을 공연히 강려의 말을 듣고 기병하였다가 꺽정이 실포한 죄책을 당하게 되었다고 못내 후회하는 중에 마산리 백성이 와서 고하는 사연을 들으니 꺽정이를 잡아서 장공속죄할 욕심은 불현듯이 나, 잘못하면 장공속죄커녕 죄상첨죄하기 쉬운데다가 무참하게 죽은 연천령의 얼굴이 눈앞에 어른거려서 나던 용기가 제풀에 꺾이었다.

* 굿해먹은 집 같다 한참 법석이던 일이 있은 뒤 갑자기 고요해짐을 비유적으로 이르는 말.

"도둑놈들이 너희 동네서 오늘 묵을 모양이드냐?"
"소인이 읍에 들어오는 동안에 벌써 다른 데루 갔는지두 모르겠소이다."

"그럼 지금 언제 기병해가지구 쫓아가서 잡겠느냐. 그놈들이 어디루 간 것이나 알아서 다시 보해라."

장부사가 셈평 좋게 책장을 덮어서 마산리 백성이 헛다리품만 판 까닭으로 마산리서 청석골 가는 길은 무사태평하게 되었다.

꺽정이 일행 말, 사람 여덟이 마산리서 떠나서 온천을 지나 솔모루란 곳에 가까이 왔을 때 앞길에 두 사람이 이편을 향하고 마주 오는데, 그 두 사람이 박유복이와 곽오주라 청석골에도 무슨 변고가 생긴 듯하여 여러 사람은 다들 놀랐다. 황천왕동이가 앞으로 쫓아가더니 이야기들 하느라고 얼른 오지 아니하여 말을 세우고 기다리던 꺽정이가 빨리들 오라고 산이 울리도록 큰 소리를 질렀다. 박유복이와 곽오주는 줄달음을 치고 황천왕동이는 그저 재게 걸어서 여러 사람들 섰는 곳에 와서 걸음들을 멈추자 꺽정이가 말 위에서

"너희들 웬일이냐?"

하고 물으니 박유복이가 가쁜 숨을 돌리고

"관군하구 접전하신단 소식을 듣구 쫓아오는 길입니다."

하고 대답하였다.

"누가 너희들더러 청석골을 비워놓구 오라드냐?"

"그런 소식을 듣구 어떻게 가만히 앉았습니까."

"그래 너희들이 우리를 구원해주러 오는 모양이냐?"

"만일 불행한 일이 있으면 함께 당하기라두 해야지요. 무어하잔 결의 맹셉니까?"

"소식은 대체 뉘게 들었느냐? 춘동이네 식구가 어제 당일 들어갔드냐?"

"아니요. 형님께 기별할 일이 있어서 어제 식전에 말불이를 떠나보냈더니 말불이가 중로에서 춘동이네 식구 배행하는 짝쇠를 만나서 이야길 듣구 어제 밤중에 되돌아왔습다. 춘동이네 식구는 어제 밤개서 잤답다. 오늘 오다가 만났는데 지금쯤 산에 들어갔을 겝니다."

"말불이는 무슨 일루 보냈드냐?"

"서림이게서 식구를 보내달란 편지가 와서 그걸 기별했었습니다."

"서가가 무어라구 하구 식구를 보내달랬드냐?"

박유복이가 서림이의 편지 사연과 서림이의 식구 보낸 곡절을 대강 다 이야기하니 꺽정이는 화를 벌컥 내며

"너희들이 서가놈하구 부동했느냐?"

하고 호령을 내놓았다.

"서림이가 형님께 배심背心 먹을 줄은 꿈에두 생각 못했습니다."

"내가 오란 때 오지 않은 것만 봐두 알 것 아니냐. 네가 사람이냐, 돌부처냐!"

"생각이 부족해서 일을 잘못했습니다."

"잘못했다면 고만일 줄 알구 일을 그따위루 했느냐?"

이봉학이가 박유복이 앞으로 나서서

"형님, 꾸중을 하시더라두 가서 하시지요."
하고 말하니 꺽정이는 박유복이의 죄송스러워하는 모양을 말없이 내려다보다가
"사람이 약지를 못해두 분수가 있어야지."
하고 혀를 몇번 찬 뒤 여러 사람을 돌아보고
"자, 고만들 가자."
하고 말하였다.

꺽정이 일행이 청석골까지 무사히 간 것은 다시 더 말할 것 없고, 평산, 봉산 두 골 관군이 마산리서 퇴진하여 함께 평산읍으로 들어온 뒤 선전관 정수익은 평산부사 장효범과 봉산군수 이흠례더러 두 골에서 감영에 보장하는 사연이 자기가 서울 가서 복명할 사연과 틀리지 않도록 자기 보는 데서 보장 초를 잡으라고 청하고, 또 평산부사 장효범과 금교찰방 강려더러 연천령의 시체를 입관하여 곧 서울로 운구시켜 달라고 부탁하고 부장 이의식을 데리고 평산서 떠나서 이틀 만에 상경하였다.

선전관 정수익과 부장 이의식이 궐하에 와서 대죄한 것을 정원에서 위에 입문한 후 정수익은 정원으로 불러들이고 이의식은 부장청에 대죄시키란 처분이 내리었다. 승전색이 정원에 나와서 대죄하는 연유를 물을 때, 정수익이 위에 아뢴 사연이 대개 아래와 같았다.

"신등臣等이 금월 이십사일에 명을 받자온 후 반나절 하룻밤 줄곧 말을 달리와 이십오일에 황해도 경내에 들어가옵는 길루 금

교찰방 강려에게 전교를 보이온즉, 강려의 말이 나는 수하에 군사가 없는 사람이라 평산 가서 부사 장효범과 상의하여 군사를 일으켜 바로 평산 북면 어수동으로 나갈 터이니 너희는 빨리 봉산 가서 군수 이흠례와 같이 기병하여 가지고 와서 합하여 도적을 토벌하도록 하자 하옵기에 신등이 밤에 말을 달려 이십육일 미명에 봉산에 득달하옵고 이십칠일 효두˙에 어수동에 와서 합세하온즉 두 골 군사 수효 도합 오백여명이었사외다. 어수동서 행군하와 마산리에 도달하였사올 때 도적 일곱 명이 미리 산 위에 올라가서 있사오므로 앞뒤로 에워싸고 산마루로 골짜기로 오르내리며 쫓아다니옵는 중에 도적들이 산골 개울바닥으로 내려가서 달아나옵는 것을 부장 연천령이 강려의 역마를 비껴 타옵구 이흠례의 군사를 나눠 데리옵고 앞질러 가서 도적들의 가는 길을 막으려고 하옵다가 천령과 봉산군사 하나는 도적에게 죽었삽고 천령의 바꿔 탄 말도 도적에게 뺏겼사외다. 신등이 도적들의 종적을 수색하려 하온즉 날은 벌써 어둡삽고 산도 또한 험하온데 수색하다가 도리어 도적의 꾀에 빠질 염려가 적지 않사오므로 부득이 회군하와 닭 운 뒤 평산읍에 들어왔사외다."

● 복명(復命) 명령을 받고 일을 처리한 사람이 그 결과를 보고함.
● 효두(曉頭) 먼동이 트기 전의 이른 새벽.

승전색이 정수익의 아뢰는 사연을 듣고 합문 안에 들어갔다가 한동안 지난 뒤 다시 나오는데

"알았다."

하는 간단한 전교를 물어 내리었다.

정수익이 복명하던 이튿날 병조판서 권철權轍과 좌변포도대장 김순고가 함께 청대請對하여 위에서 편전에서 인견하고 먼저 병판에게 무슨 일이 있느냐고 하문하였다.

"선전관 정수익과 부장 이의식은 왕명을 욕되게 하온 죄가 없지 않사온즉 치죄하게 하옵심이 마땅하옵고, 부장 연천령은 국사國事에 신명을 바쳤사온즉 휼전˚을 내리옵심이 마땅하온 줄루 아뢰오."

권철의 말을 위에서 의윤˚하여 권철이 뒤로 물러난 뒤 김순고가 어전에 나와 부복하고

"이번에 대당 꺽정이를 잡지 못하였사오나 전자에 잡은 적당 서림이가 꺽정이 도당의 모이는 처소를 이실직고하온 것만은 사실이온즉 전죄前罪를 경하게 다스려서 감사정배하옴이 마땅하올지, 또는 전죄를 아직 덮어두옵구 저의 말대로 꺽정이를 잡아서 장공속죄하게 하옴이 마땅하올지 탑전정탈을 받자와지라고 아뢰오."

하고 서림이 처지에 대하여 상의上意를 품하니 위에서

"서림이를 내놓아서 꺽정이를 잡아 바치게 하는 것이 매우 좋으나 도타하지 못하도록 조종하여야 할 것이매 경이 잘 알아 하라."

하고 윤음˚을 내리어서 김순고는 황감하여

"신이 비록 무능하오나 성의聖意에 어그러지지 않도록 하오리다."

하고 아뢰고 병조판서와 같이 어전에서 퇴출하였다.

- 휼전(恤典) 정부에서 이재민을 구제하기 위하여 내리는 특전.
- 의윤(依允) 신하가 아뢰는 청을 임금이 허락함.
- 윤음(綸音) 임금이 신하나 백성에게 내리는 말. 오늘날의 법령과 같은 효력을 지닌다.

임꺽정 ❾ 화적편 3

1985년	8월 31일	1판 1쇄
1991년	11월 30일	2판 1쇄
1995년	12월 25일	3판 1쇄
2007년	8월 15일	3판 15쇄
2008년	1월 15일	4판 1쇄
2023년	5월 20일	4판 10쇄

지은이	홍명희
편집	김태희, 박찬석, 조소정, 이은경
디자인	오진경
제작	박흥기
마케팅	이병규, 이민정, 최다은, 강효원
홍보	조민희
출력	블루엔
인쇄	천일문화사
제책	J&D바인텍
펴낸이	강맑실
펴낸곳	(주)사계절출판사
등록	제406-2003-034호
주소	(우)10881 경기도 파주시 회동길 252
전화	031)955-8588, 8558
전송	마케팅부 031)955-8395 ǀ 편집부 031)955-8596
홈페이지	www.sakyejul.net
전자우편	literature@sakyejul.com
블로그	blog.naver.com/skjmail
페이스북	facebook.com/sakyejul
인스타그램	instagram.com/sakyejul

ⓒ 홍석중 2008

값은 뒤표지에 적혀 있습니다. 잘못 만든 책은 구입하신 서점에서 바꾸어 드립니다.
사계절출판사는 성장의 의미를 생각합니다. 사계절출판사는 독자 여러분의 의견에 늘 귀 기울이고 있습니다.
이 책은 저작권법에 따라 보호받는 저작물이므로 무단 전재와 복제를 금합니다.

ISBN 978-89-5828-269-3 04810
978-89-5828-260-0 (세트)